KINLEY MACGREGOR

Highlander meines Herzens

Buch

Braden MacAllister ist ein englischer Baron und stolzer Highland-Krieger, dem der Ruf vorauseilt, seine Feinde mit einem Fausthieb niederzustrecken und die Frauen mit einem einzigen Kuss zu erobern. Doch bei Maggie scheint ihm das nicht zu gelingen. Denn die Schöne mit der feuerroten Mähne möchte die schon seit langem tobenden Kämpfe zwischen den Clans beenden und weist alle Annäherungsversuche Bradens ab. Denn, was Braden nicht ahnt: Maggie hat den Plan ersonnen, dass sich alle Frauen ihren Männern verweigern sollen, bis der letzte Krieger seine Waffen niedergelegt hat – und diese Verhaltensregel gilt natürlich auch für Maggie selbst. Doch dann gelingt es dem attraktiven Highlander, das widerspenstige Biest einmal allein zu erwischen – und ihr einen leidenschaftlichen Kuss abzuringen. Das stürzt Maggie in die tiefsten Gewissensnöte: Wie lang wird sie ihre Leidenschaft für den Highlander ihres Herzens zurückhalten können, um ihren Friedensplan nicht zu gefährden?

Autorin

Kinley MacGregor arbeitet als Web-Designerin und schreibt sehr erfolgreiche Liebesromane, die mit dem K.I.S.S. Award ausgezeichnet wurden. Sie lebt mit ihrem Mann und ihren Söhnen bei Nashville, Tennessee.

Von Kinley MacGregor bereits erschienen:

Die schottische Braut (36055)
In den Armen des Highlanders (36041)
Der widerspenstige Highlander (36374)

Kinley MacGregor

Highlander meines Herzens

Roman

Aus dem Amerikanischen von
Ute-Christine Geiler

blanvalet

Die amerikanische Originalausgabe erschien 2002 unter dem Titel
»Claiming the Highlander« bei Avon Books,
an imprint of HarperCollins Publishers, New York.

Umwelthinweis:
Alle bedruckten Materialien dieses Taschenbuches
sind chlorfrei und umweltschonend.

Einmalige Sonderausgabe Mai 2006 bei
Blanvalet, einem Unternehmen der Verlagsgruppe
Random House GmbH, München.

Published by arrangement with Avon, an imprint of
HarperCollins Publishers, Inc.
Umschlaggestaltung: Design Team München
Umschlagfoto: Zefa
ES · Herstellung: LW
Druck und Einband: GGP Media GmbH, Pößneck
Printed in Germany
ISBN-10: 3-442-36543-0
ISBN-13: 978-3-442-36543-2

www.blanvalet-verlag.de

Kapitel 1

London, während der Herrschaft von König Henry II.

Attraktiv wie die Sünde und gefährlicher als Luzifer selbst hatte Braden MacAllister nur eine Schwäche.

Er liebte Frauen.

Alle Frauen.

Mit fünfundzwanzig Jahren hatte er mehr Herzen erobert, als man zählen konnte, und mehr Frauen den Kopf verdreht, als es Sterne am Himmel gab. Man sagte, schon eine Stunde nach seiner Geburt sei die Hebamme seinem Charme erlegen. Die Frau, die mehr als sechs Dutzend Kindern auf die Welt geholfen hatte, hatte sogleich verkündet, Braden sei der Untergang eines jeden weiblichen Wesens, das närrisch genug sei, sein Herz an ihn zu verlieren.

Denn der Junge war ein Teufel. Das war offenkundig.

Braden wusste selbst nicht, warum ihn Frauen derart faszinierten. Er wusste nur, dass er sie alle anbetungswürdig fand – junge, alte, ledige und verheiratete, wunderschöne oder unscheinbare. Das war völlig gleich, denn jede Frau besaß ein inneres Feuer, dem er einfach nicht widerstehen konnte. Die Frauen waren ebenso von ihm gefesselt.

Wo auch immer er hinging, steckten sie ihre Köpfe zusammen, seufzten und kicherten, während sie einander erzählten, was sie von ihm wussten. Die, die über seine Fähigkeiten im Schlafzimmer aus erster Hand berichten konnten, herrschten über die, die nur seinen Ruf kannten.

Braden schenkte jeder Frau, die er traf, sein berüchtigtes Lächeln. Nie hatte er so wenig Zeit, dass er nicht stehen blieb, um ein oder zwei Augenblicke mit einem willigen Mädchen zu schäkern.

Er lebte für alles Sinnliche. Er liebte die leisen, lustvollen Seufzer an seinem Ohr so sehr, weil er es liebte, Lust zu bereiten. Ehe er seine Bettgefährtin nicht wenigstens dreimal zum Höhepunkt gebracht hatte, betrachtete er sich nicht als wirklich befriedigt.

Braden liebte das Gefühl der Befriedigung.

Seine Familie behauptete sogar, er sei süchtig danach.

Dabei konnte er beim besten Willen nicht sagen, was Frauen an sich hatten, das ihn so in ihren Bann zog. War es ihr Geruch, ihre weichen Arme und Schenkel, wenn sie über seine nackte Haut strichen?

Nein, entschied er, am meisten liebte er ihren Geschmack.

Im Moment war er von drei Frauen umgeben, die um seine Aufmerksamkeit buhlten.

Die Schwestern Ghent.

Nun, genau genommen, hießen nur noch zwei Ghent, da die eine Schwester, Pieta, im vergangenen Winter mit Rufus von Nottingham vermählt worden war. Und obwohl Braden den alten Earl gerne mochte, war es wahrlich eine Schande, dass eine so lebhafte junge Frau an einen Mann gebunden war, der dreimal so alt war wie sie selbst. Besonders da besagter Mann mehr Zeit mit seinen Hunden und seinen Falken verbrachte als mit seiner wunderschönen Braut.

Pieta hatte Braden trotz ihres frommen Namens schöne Augen gemacht, seit er vor drei Monaten nach England gekommen war, um seinen Bruder zu besuchen und für seine englischen Ländereien König Henry II. die Treue zu schwören.

Da er immer schon bemüht war, Unannehmlichkeiten mit den Engländern so weit wie möglich aus dem Weg zu gehen, hatte Braden darauf verzichtet, auf die verführerischen Vorschläge und Annäherungsversuche der jungen Frau einzugehen.

Als er vorhin eine Nachricht von Rufus erhalten hatte, in der er gebeten wurde, sich mit dem Earl zu treffen, um über schottische Ländereien zu sprechen, die er zu verkaufen erwog, hatte sich Braden nichts weiter dabei gedacht. Doch dann hatte er die drei Frauen allein vorgefunden und hatte erfahren, dass der Earl mit seinen Brüdern am selben Morgen nach Frankreich aufgebrochen war.

Eigentlich wollte Braden daraufhin sofort wieder gehen. Aber welcher Mann konnte schon der Versuchung derart himmlischer Früchte widerstehen, wenn sie so vor ihm ausgebreitet wurden?

Auf jeden Fall konnte Braden dieser Versuchung nicht widerstehen. Nicht, dass Bradens Widerstandskraft sonst in dieser Hinsicht sonderlich rühmenswert wäre.

Wenn die Frauen es zufrieden waren, ihn zu verführen, dann war er es ganz bestimmt zufrieden, sich verführen zu lassen.

Die drei Frauen drückten ihn auf das Bett und schickten sich an, sich an seinem Körper zu erfreuen. Beglückt, den Edeldamen zu Gefallen zu sein, lehnte sich Braden entspannt zurück, um zu genießen, was ihm geboten wurde.

»Mylord«, schnurrte Patience und ließ seinen dunkelblauen Überrock zu Boden fallen. »Erzählt uns noch einmal, wie Ihr den Drachen von Kilgarion erlegt habt.«

Prudence zog an seinem rechten Stiefel, bis sein bestrumpfter Fuß zum Vorschein kam. »Ich finde die Geschichte viel schöner, wie Ihr den Räuber überwältigt habt, der Euch auf Eurem Weg nach London überfallen wollte.«

Pieta fuhr liebkosend mit den Händen über seine Schenkel und Hüften. »Und mir ist diese Geschichte hier am liebsten«, erklärte sie und packte seine Pobacken.

»Meine Damen, meine Damen«, seufzte er wohlig. »Wo soll ich anfangen?«

Ihr Unterkleid anhebend und ihn so mit dem Anblick ihrer nackten Kehrseite belohnend, kletterte Pieta auf seinen Schoß. Sie rieb ihre Hüften verführerisch an seinem Unterleib, ehe sie den gelben Stoff wieder fallen ließ, sodass er nun sie beide bedeckte. Dann zupfte sie an ihrem Oberteil, bis ihr üppig gerundeter Busen entblößt war.

»Warum nicht hier?«, forderte sie ihn auf und strich sich mit der Hand über die Spitze ihrer linken Brust.

»Aye, das sieht nach einem guten Platz aus, um zu beginnen«, erwiderte Braden mit belegter Stimme.

Aber bevor er dem Vorschlag der Countess folgen konnte, flog die Tür zur Kemenate auf.

»Pieta!«, erklang ein empörter Aufschrei.

Braden stützte sich auf die Ellbogen und entdeckte Rufus auf der Türschwelle, die Lippen grimmig zusammengepresst. Das Gesicht des Earls war röter als die Glut im Kamin, wodurch sein sorgfältig gestutzter weißer Bart umso mehr auffiel.

Braden verkniff sich ein erbittertes Aufstöhnen. Konnte ein Mann denn nicht einmal ein bisschen Spaß haben, ohne dass ein wütender Ehemann, Vater oder Bruder dazwischenkam und Blut fließen sehen wollte?

Nun, wenn du die Frau zuerst heiratest, Bruderherz, dann hast du dieses Problem nicht. Braden schnitt eine Grimasse, als ihm Sins Bemerkung wieder einfiel.

Was wusste sein Bruder schon davon? Sin machte um alles, was mit dem heiligen Stand der Ehe zu tun hatte, einen ebenso weiten Bogen wie Braden selbst.

Pieta rutschte mit einem unwilligen Laut von seinem Schoß, während sich die beiden anderen Frauen hastig in eine Ecke zurückzogen. Das Licht von Kaminfeuer und Talgkerzen warf ihre Schatten flackernd an die Wand.

Braden seufzte bedauernd. Es hatte Spaß gemacht, solange es gedauert hatte.

Warum nur konnte man sich nie darauf verlassen, dass Ehemänner auch wirklich außer Landes weilten, wenn sie es sagten?

Man sollte doch meinen, dass ein Mann mehr Rücksicht besäße, als einfach unangemeldet in das Gemach seiner Frau zu platzen. Es war geradewegs unhöflich.

»Wie kannst du es wagen!«, rief Rufus mit schneidender Stimme, während er in den Raum stürmte.

Pieta stellte sich ihrem wütenden Ehemann mitten im Zimmer in den Weg, die Hände in die Hüften gestemmt. »Wie kannst *du* es wagen?«, schrie sie zurück.

Sie fasste ihn an der Tunika, als er an ihr vorbei zum Bett wollte, und hielt ihn fest, sodass er sie ansehen musste. »Du sagst mir, dass du fortgehst, nur um in dem Augenblick zurückzukehren, wo ich gerade ein bisschen Spaß haben möchte. Langsam denke ich, dass du mich absichtlich anlügst, nur damit du nach Hause kommen kannst und den Mann umbringen, den einzufangen mir gelungen ist.«

Braden hob eine Augenbraue und überlegte, wie viele Männer die Countess wohl schon *eingefangen* hatte.

Rufus betrachtete seine Gattin aus zusammengekniffenen Augen. »Weib, ich schwöre, wäre dein Vater nicht so reich, und wüsste ich nicht, dass er dann mein Todfeind würde, hätte ich dich schon in der ersten Woche unserer Ehe hinausgeworfen oder dich geschlagen, bis du nicht mehr stehen kannst.«

»Nun, dann ist es ja gut, dass ich mit so guten Versicherungen in diese Ehe gekommen bin, oder?« Sie deutete zum Bett, auf dem Braden immer noch lag. »Weißt du, in mir regt sich der Verdacht, dass es dir Spaß macht, junge Männer mit deinem Schwert aufzuspießen.«

Rufus plusterte sich verärgert auf. »Ich hätte keinen Grund ihn aufzuspießen, wenn er nicht erst dich aufgespießt hätte!«

Wenn ich nur so weit gekommen wäre, dachte Braden voller Bedauern. Unglückseligerweise hatte der Earl ein grässliches Talent, den falschen Zeitpunkt zu wählen. In Wahrheit hatte Braden ja noch nicht einmal einen Kuss von dem Frauenzimmer bekommen.

Braden erhob sich langsam. »Vielleicht sollte ich jetzt besser gehen.«

»Vielleicht solltet Ihr jetzt besser sterben«, erwiderte Rufus und drängte sich an seiner Frau vorbei.

Da er sich schon mehr als einmal in einer ähnlichen Lage wiedergefunden hatte, wusste Braden, dass es am wichtigsten war, Ruhe zu bewahren. Allein kühle Logik konnte jetzt noch verhindern, dass ihm der Kopf von den Schultern getrennt würde.

Das Letzte, was er wollte, war, auf englischem Boden zu sterben. Wenn er denn schon abtreten musste, dann wollte er das, bei allem, was ihm heilig war, auf schottischer Erde tun.

Am liebsten mit einem schottischen Mädel im Arm.

»Wenn es Euch nichts ausmacht, Rufus, dann würde ich lieber noch ein paar Jahre warten, ehe ich vor meinen Schöpfer trete.«

»Dann hättet Ihr Eure Hände von meiner Frau lassen sollen.«

Genau genommen war Braden ja derjenige gewesen, der liebkost worden war, aber es war vielleicht nicht der günstigste Zeitpunkt, den Earl darauf hinzuweisen. Ganz zu schweigen davon, dass es alles andere als ritterlich wäre, die Dame weiter zu kompromittieren.

Denn trotz ihrer Dreistigkeit mochte Braden Pieta, und er wollte ganz gewiss nicht, dass sie irgendwie zu Schaden kam.

Pieta flüchtete sich zu ihren Schwestern in die Zimmerecke, während Rufus sein Schwert zückte.

Braden musterte seinen Gegner abschätzend.

Als jüngster von fünf Söhnen war Braden zum Krieger erzogen worden, seit er ein Schwert halten konnte. In seinem ganzen Leben waren einzig seine Brüder in der Lage gewesen, mit ihm mitzuhalten.

Der närrische Alte vor ihm würde sich zweifelsohne als armselige Herausforderung für sein Kampfgeschick erweisen.

Obwohl er nie davor zurückgeschreckt war, Männer im Kampf zu töten, sagte es Braden gar nicht zu, wegen einer so läppischen Angelegenheit Blut zu vergießen. Eine Frau war nicht das Leben eines Mannes wert.

Wenn er nur auch den Earl davon überzeugen könnte.

Braden breitete die Arme aus. »Nun seid aber vernünftig, Rufus. Ihr wollt doch nicht wirklich gegen mich kämpfen.«

»Nicht gegen Euch kämpfen, Ihr zurückgebliebener schottischer Barbar? Und das nach dem, was Ihr getan habt? Ich werde Euch in die Hölle schicken, wo Ihr hingehört, Ihr gottloser Hund.«

Wie niedlich. Beleidigungen! Braden musste sich beherrschen, um nicht laut aufzulachen. Zu schade, dass der Mann nicht mehr Übung darin besaß. Bradens ältere Brüder könnten ihm auf dem Gebiet noch eine Menge beibringen.

»Können wir die Sache nicht wie erwachsene Männer regeln?«, erkundigte sich Braden.

»Wie erwachsene Männer?«, keuchte Rufus empört.

Dann stürzte er sich auch schon mit gezücktem Schwert auf Braden.

Durch einen Schritt zur Seite wich Braden ihm mühelos aus, aber da die Schwertspitze nur um wenige Zoll seinen Hals verfehlte, entschied er, dass es eindeutig Zeit wurde, die Örtlichkeit zu verlassen.

»Kommt, Rufus«, sagte er, um den anderen davon abzulenken, dass er sich langsam auf die Maueröffnung zu dem schmalen Balkon hin bewegte. »Ihr wisst, dass Ihr mir nicht gewachsen seid. Ich könnte mit einem Dutzend von Eurer Sorte gleichzeitig fertig werden.«

Rufus wich mit einem berechnenden Lächeln zurück. »Dann ist es ja gut, dass ich meine drei Brüder mitgebracht habe.«

Besagte Brüder wählten genau diesen Augenblick, in den Raum zu kommen und ebenfalls ihre Schwerter zu zücken.

Das hast du jetzt unbedingt noch sagen müssen, was?, schalt sich Braden im Geiste.

Er hielt inne und überlegte rasch, wie er mit der veränderten Lage umgehen sollte. Keiner seiner Gegner konnte jünger als vierzig sein. Trotzdem verriet die Art und Weise, wie sie ihre Waffen hielten, dass sie erfahrene Ritter und keine Gecken waren, die ihrem König nur bei Hofe dienen konnten. Diese Männer hatten viele Kämpfe überstanden und übten sich immer noch im Waffengebrauch.

Nicht dass es wirklich wichtig war, denn er hatte keine Angst vor Rittern. Der Tag war noch nicht gekommen, da einer von ihnen einen Highlander besiegen konnte. Aber Braden war alles andere als ein Narr, und die Chancen von vier kampferprobten Rittern gegen einen halb bekleideten, unbewaffneten Highlander standen nicht so schlecht, dass er es ohne weiteres darauf ankommen lassen wollte.

Er beschloss, an das Ehrgefühl des englischen Ritters zu appellieren. »Vier gegen einen ist nicht fair.«

»Einem anderen Hörner aufzusetzen auch nicht.«

Nun gut, so viel zu Ehrenkodex und Ritterlichkeit.

Wieder machte Rufus einen Ausfallschritt. Braden schnappte sich ein Kissen vom Bett und wehrte die Klinge damit ab. Dann rettete er sich mit einem Sprung auf das Bett und rollte sich über die Matratze, während der gehörnte Ehemann mit einem Streich auf seine Schulter zielte. Er verpasste sie nur um Haaresbreite, ehe die Schwertspitze sich in den Bettvorhängen verfing.

Braden kam auf der anderen Seite des Bettes auf die Füße und schaute zu den heranrückenden Brüdern des Earls.

»Braden!«

Er ließ das Kissen sinken und drehte sich um.

Prudence stand in ihrer Ecke und hielt sein Schwert in den Händen. Mit einem Kuss auf den Griff warf sie es ihm zu.

Braden fing es geschickt auf, hob es dankend, bevor ihn einer der Brüder des Earls angriff.

Er wehrte den Schlag geschickt ab und kämpfte sich

aus der Ecke frei. Ehe er den Balkon erreichen konnte, stürzten sie sich gemeinsam auf ihn.

Braden schlug sich wacker, aber mit einem Fuß in Strümpfen und dem anderen im Stiefel war es auf Dauer schwierig, ihnen standzuhalten. Verdammte Engländer mit ihrer umständlichen Art, sich zu kleiden. Zu Hause müsste er diese unbequemen Stiefel überhaupt nicht tragen, genauso wenig wie die ganzen anderen überflüssigen Kleidungsstücke.

Seine geliebten Schotten als Barbaren zu schmähen, war schlicht abwegig. Wenigstens wussten die Männer im schottischen Hochland, wie man sich zum Wohl von Gesundheit und Bequemlichkeit kleidete.

Und – was am wichtigsten war –, um für unerwartete Liebesabenteuer gewappnet zu sein.

Während sie kämpften, verlor der Earl kurz das Gleichgewicht und strauchelte, bot Braden damit die Gelegenheit zu entkommen, ohne englisches Blut zu vergießen.

Zur Wand herumwirbelnd durchtrennte Braden das Halteseil des Deckenleuchters.

Der Earl und seine Brüder sprangen in alle Richtungen auseinander, als das schwere Eisenrad herabkrachte und sich die Kerzen auf dem Boden verteilten.

Während sie damit beschäftigt waren, die kleinen Strohfeuer auszutreten, die sofort überall aufflackerten, lief Braden zu den sich in einer Zimmerecke drängenden Frauen. Rasch nahm er von Patience seine Tunika, von Prudence seinen Stiefel und von Pieta seinen Umhang entgegen. »Lebt wohl, meine Schönen«, rief er mit einem Lächeln und strich Pieta zärtlich über die Wange. »Wenn Ihr je nach Schottland kommt …« Er schaute bedeutungsvoll zu den Männern, die sich ihm wieder zuwandten. »Lasst Eure Ehegatten zu Hause!«

Damit trat er durch die Öffnung auf den Balkon und sprang leichtfüßig auf den darunter liegenden Burghof.

Er blickte kurz nach oben und sah die drei Frauen an der Brüstung.

»Behaltet uns in lieber Erinnerung«, rief ihm Prudence nach und winkte anmutig.

»Immer, meine Schätzchen«, erwiderte er und lächelte.

Dann warf er ihnen eine Kusshand zu, zog sich rasch seinen Stiefel an und eilte zum Stall. Ihm blieb nur noch wenig Zeit, um zu verschwinden, bevor der Earl und seine Brüder sich an seine Verfolgung machen würden. Nicht, dass er vor ihnen Angst hatte, weit gefehlt. Er hätte sie alle längst töten können, aber er weigerte sich, einen Mann wegen einer Tändelei umzubringen.

Frauen machten Spaß. Frauen waren Bradens Daseinszweck.

Dennoch war keine Frau sein Leben wert, und er würde nie einem anderen Mann deswegen das Leben nehmen.

Das war die eine harte Lektion, die er vor Jahren gelernt hatte.

Außerdem war seine Heimreise nach Schottland überfällig. Engländerinnen besaßen eine Zeit lang einen gewissen Reiz, doch letztendlich würde er immer ein Mädchen aus dem Hochland vorziehen. Mit ihren sanften, melodischen Stimmen und den strahlenden Lächeln waren sie wie die Juwelen der Erde. Es wurde Zeit, dass er zu ihnen und in ihre Arme zurückkehrte.

Denn die öffneten sie nicht allein für ihn.

Bei dem Gedanken musste Braden lächeln.

Mit der Geschwindigkeit eines erfahrenen Kriegers sattelte er sein Pferd und war aus dem Stall, ehe Rufus aus dem Söller trat. Braden war schon durch die Burgtore geritten, bevor der Earl den Burghof erreichte.

Er musste nur noch an einem Ort anhalten. Dann würde er nach Norden reisen.

»Los, Deamhan«, trieb er seinen schwarzen Hengst an. »Lass uns sehen, in welche Schwierigkeiten wir noch geraten können!«

Kapitel 2

Kilgarion, Schottland
Drei Wochen später

Lochlan MacAllister war ein praktisch veranlagter Mann. Vernunftgründen war er immer zugänglich, wenigstens nach Ansicht der meisten, die ihn kannten. Als Anführer seines Clans musste er das auch sein. Aber dies hier … das schlug doch alles um Längen, was er in den achtundzwanzig Jahren seines Daseins erlebt hatte.

Alle Frauen von Kilgarion weigerten sich, für ihre Männer zu kochen oder ihnen das Bett zu wärmen, ehe Lochlan nicht versprach, die Fehde mit Robby MacDouglas zu beenden.

Unter dem Schlag dieser völlig abwegigen Forderung, die ihm eben unterbreitet worden war, schwankte er immer noch. Die Frauen waren übergeschnappt. Alle. Aber keine mehr als Maggie ingen Blar.

Sogar er, den so leicht nichts aus der Ruhe brachte, fühlte sich ernsthaft versucht, die Wortführerin der Frauen zu erwürgen.

Damit stand er nicht alleine. Die Männer seines Clans waren am Ende ihrer Geduld angelangt. Ihm war bereits zu Ohren gekommen, dass ein paar von ihnen vorhatten, Maggie aufzulauern. Jeden Morgen rechnete er halb damit, ihren Leichnam an die Tür des Söllers genagelt oder an den Zinnen aufgeknüpft zu finden.

Erbittert ließ er den Blick durch seine ehemals saubere, elegante Halle zu der Stelle schweifen, wo sein jüngerer Bruder Ewan saß und an einem Stück Fleisch herumsäbelte, das Lochlan kurz zuvor zu kochen versucht hatte. Seine Bemühungen, etwas Essbares zuzubereiten, wären von mehr Erfolg gekrönt gewesen, hätte er seine Schuhsohlen gesalzen und gebraten. Denn das Leder konnte unmöglich zäher sein als dieses Fleisch.

Wäre die Lage nicht so ernst, würde Lochlan lachen, so komisch sah es aus, wie Ewan mit dem Fleisch kämpfte und dabei versuchte, seine langen Beine unter dem Tisch zu lassen. Es gab wenige Männer im Clan, die Ewans Körpergröße von fast sechseinhalb Fuß nahe kamen. Obwohl er schlank war, besaß er genug Muskeln, um anderen ein furchtsames Aufkeuchen zu entlocken.

Aber es war nicht nur seine Körpergröße, die einschüchterte, sondern vor allem sein grimmiges Auftreten. Ewan lächelte nur selten. Meist mied er die Gesellschaft anderer völlig und verließ kaum seine Höhle in den Bergen, in der er hauste.

Trotz seiner schlechten Laune zeichnete sich Ewan durch die Fähigkeit aus, zielsicher den Kern eines Problems zu erkennen und beim Namen zu nennen. Aus diesem Grund hatte ihn Lochlan aus seiner Einsiedelei holen lassen.

»Was soll ich nur tun?«, fragte er Ewan.

Ewan bemühte sich, das Fleisch zu kauen, aber er sah mehr wie eine Kuh beim Wiederkäuen aus als wie der Furcht einflößende Krieger, als den Lochlan ihn kannte. »Lerne kochen, oder du verhungerst.«

»Ewan«, knurrte er drohend. »Ich meine das ernst.«

»Ich auch«, erklärte Ewan mit vollem Mund und schob den Holzteller von sich. Dann nahm er einen Schluck

Ale, um den scheußlichen Geschmack von verbranntem Fleisch aus seinem Mund zu spülen. »Du kannst nicht weiter so ein Zeug essen, sonst trittst du binnen einer Woche vor deinen Schöpfer.«

»Ewan ...«

Aber sein Bruder ignorierte den warnenden Unterton. »Es scheint mir eine ganz einfache Lösung für dein Problem zu geben.«

»Und welche?«

»Geh auf den Kirchhof, wirf dir Maggie ingen Blar über die Schulter, schlepp sie her und zwing sie, uns etwas Essbares zu kochen.«

Lochlan seufzte. »Denkst du, ich hätte nicht schon selbst daran gedacht? Aber sie befindet sich auf geweihtem Boden. Ich werde nicht das Kirchenrecht brechen.«

Ewan erhob sich langsam. »Dann werde ich es tun. Satans Thron wird einfrieren, ehe *ich* noch einmal zulasse, dass mich eine Frau lächerlich macht.«

»Das mag stimmen«, mischte sich eine vertraute Stimme in ihr Gespräch ein. »Und darum hat der liebe Gott *mich* auf diese Erde gesandt.«

Lochlan fuhr herum und entdeckte seinen jüngsten Bruder Braden auf der Türschwelle.

Bradens schwarzes Haar war windzerzaust, als wäre er schnell geritten. Sein grünschwarzes Plaid hatte er sich verwegen über die linke Schulter geworfen, und er sah so unternehmungslustig aus wie immer.

Zum ersten Mal seit vierzehn Tagen lachte Lochlan. »Der verlorene Sohn ist heimgekehrt«, rief er, während er die Halle durchquerte, um seinen umtriebigen und völlig respektlosen Bruder zu begrüßen.

Sobald er bei Braden angekommen war, bemerkte Lochlan den Mann, der reglos in den Schatten hinter seinem kleinen Bruder stand. Das Lächeln auf seinem Gesicht gefror, und er blieb wie angewurzelt stehen.

Nein, das konnte nicht sein …

Aber es war so.

Lochlan blinzelte ungläubig.

Es waren Jahre vergangen, seit er seinen Halbbruder Sin das letzte Mal gesehen hatte. Schon als Kind war Sin noch ernsthafter gewesen als Ewan und mehr von Hass und Erbitterung erfüllt.

Als Sin gegen seinen Willen als Geisel zum englischen König gesandt worden war, den ihr Vater so verachtete, hatte der Junge geschworen, nie wieder freiwillig das Land nördlich des Hadrianswalles zu betreten.

Lochlan konnte sich nicht vorstellen, was geschehen war, dass Sin seine Meinung geändert hatte, aber er war unvorstellbar froh darüber, denn er liebte seinen älteren Bruder und hatte ihn sehr vermisst.

Sin besaß immer noch diese freudlosen, durchdringend blickenden, schwarzen Augen, mit denen er einem bis auf den Grund der Seele zu schauen schien. Er hatte dasselbe schwarze Haar wie Ewan und Braden und überraschenderweise trug er es lang wie die Highlander, nicht nach englischer Mode kurz geschnitten.

Aber für seine Kleider galt das nicht. Sein schwarzer Überrock, das Kettenhemd, Beinlinge und Stiefel waren ganz englisch. Keinerlei Wappen oder sonst ein Emblem zierte sie.

»Was denn?«, fragte Lochlan, sobald er sich von seiner Überraschung erholt hatte. »Du hast einen Gast aus England mitgebracht?« Er streckte Sin seine Hand entgegen, der sie eine volle Minute anstarrte, ehe er sie ergriff.

Lochlan klopfte ihm auf die Schulter. »Es tut gut, dich wiederzusehen, mein *bráthair*. Es ist viel zu lange her.«

Sins scharfe Züge entspannten sich kaum merklich, und erst da begriff Lochlan, wie unsicher Sin wegen seines Empfanges hier gewesen war.

»Ich wollte Braden nicht allein reisen lassen«, erklärte Sin, als er seine Hand zurückzog. »Nachdem er in England in eine Klemme nach der anderen geraten und immer nur mit knapper Not entkommen ist, hatte ich Angst, dass er es nicht heil nach Hause schafft, sondern dass ihn ein erzürnter Ehemann oder Vater aufschlitzt.«

Als er Sin erkannte, entfuhr Ewan ein Laut freudiger Überraschung, und er eilte zu ihm, um ihm eine Bärenumarmung zuteil werden zu lassen.

Sin versteifte sich. »Lass mich runter, du großer, hässlicher *úbaidh*!«

»Na«, sagte Ewan, als er Sin wieder auf die Füße gestellt hatte. »Jetzt ist dir doch wieder eingefallen, wo du hingehörst. Mit diesen Kleidern auf deinem Leib habe ich dich erst gar nicht als meinen großen Bruder erkannt, erst dachte ich, Braden hätte eine seiner Eroberungen mit nach Hause gebracht.«

Wie immer prallte die Spöttelei an Braden ab, aber Sins Blick wurde mörderisch.

»Wo wir gerade von Eroberungen reden«, mischte sich Braden ein. »Wo sind eigentlich die Frauen? Ich habe keine einzige gesehen, seit ich auf dem Land der MacAllisters bin.«

»Nein!«, keuchte Ewan gespielt entsetzt und drehte sich zu Braden um. »Kann es sein, dass Braden eine ganze Stunde ohne Frau auskommen musste? Schnell, Lochlan, ruf nach einer Heilerin, bevor er unter den Folgen der Enthaltsamkeit zusammenbricht.«

Braden schnalzte nur mit der Zunge. »Das ist überhaupt nicht witzig. Es ist für keinen Mann gut, zu lange ohne Frau zu sein. Seine Säfte vertrocknen, und ehe man es sich versieht, ist aus ihm ein übellauniger, miesepetriger Fiesling geworden.«

Während er Ewan nachdenklich musterte, weiteten sich seine Augen. »*Das* also ist dein Problem! Komm«, fuhr er fort und legte Ewan den Arm Trost spendend um die Schultern. »Wir gehen dir jetzt schnell eine Frau besorgen, bevor es noch schlimmer wird.«

Mit einer Grimasse schlug Ewan Bradens Arm weg. »Hörst du endlich mit dem Unsinn auf?« An Sin gewandt sagte er: »Du solltest ihn besser wieder mit zurück nach England nehmen, bevor ich ihm etwas antue.«

Lochlan schenkte den fast schon zur Gewohnheit gewordenen brüderlichen Streitereien weiter keine Beachtung. Ewan und Braden konnten nicht miteinander reden, ohne Beleidigungen auszutauschen.

Lochlan schaute Sin an. »Ich bin froh, dass du nach Hause gekommen bist. Es ist viel zu lange her, seit du das letzte Mal in den Highlands warst.«

Sin nickte. »Du, Kieran, Braden und Ewan, ihr seid alles, was ich an diesem gottverlassenen Land je vermisst habe. Nichts für ungut, aber ich ziehe englischen Luxus eurem rauen Leben vor.«

»Du klingst wie ein echter Stutzer«, erwiderte Ewan mit angewiderter Miene.

Sins Augen wurden schmal.

»Genug«, schaltete sich Lochlan ein, bevor Sin antworten konnte. Sin war nie sonderlich gutmütig gewesen, und das Letzte, was Lochlan wollte, war, dass noch mehr Blut zwischen seinen Brüdern vergossen wurde.

Gleichgültig, was in der Vergangenheit geschehen und was im Zorn gesagt worden war, Sin war stets in seinem Heim willkommen.

»Schluss jetzt mit den Beleidigungen«, sagte Lochlan zu Ewan mit strenger Stimme. »Lass wenigstens Sin in Ruhe. Was du mit Braden machst, ist mir egal.«

»Ach ja«, empörte sich daraufhin Braden. »Und was hältst du von Bruderliebe?«

Lochlan lächelte teuflisch. »Das *ist* meine Form von Bruderliebe. Ich habe dich nämlich nicht aufgezogen, wie du vielleicht bemerkt hast.«

»Aye, aber ich bin sicher, dass du das nur vergessen hast.« Braden drehte sich um und blickte sich erwartungsvoll in der Halle um.

Noch bevor Braden die Worte aussprach, wusste Lochlan, was sein Bruder sagen wollte. Das hier war das erste Mal, soweit Lochlan sich erinnern konnte, dass Braden nach Hause gekommen war, ohne von einer ganzen Armee von Frauen umringt zu werden, die sich drängelten und schubsten, um ihn zu begrüßen und ihm zu essen und zu trinken zu bringen.

»Wo bleiben die Dienstmägde mit Speis und Trank?«, fragte er.

Lochlan setzt zu einer Erklärung an, aber Ewan kam ihm zuvor.

»Nein, lass es mich ihm erzählen.« Ewans blaue Augen funkelten in seltener Belustigung.

»Nun gut«, erwiderte Lochlan, »wenn es dich glücklich macht.«

»Aye, das tut es.« Mit einem zufriedenen Lächeln wandte sich Ewan an Braden. »Erinnerst du dich noch an Anghus' und Aidans kleine Schwester, Maggie ingen Blar?«

Braden runzelte die Stirn. »Die grässliche kleine Unruhestifterin mit den roten Haaren, Sommersprossen und scharfen Reißzähnen? Wie könnte ich die je vergessen?«

Lochlan horchte auf. Nie zuvor hatte er seinen Bruder eine Frau anders als schön beschreiben hören, und Maggie war alles andere als hässlich.

Unruhestifterin war indessen eine zutreffende Bezeichnung.

»Ich kann mich nicht erinnern, dass sie scharfe Reißzähne hätte«, sagte er nur.

»Das liegt allein daran, dass sie dich nie damit gebissen hat«, versetzte Braden. »Auf mich hat sie sich mit Vorliebe gestürzt. Keine Ahnung, warum.«

»Das muss an deinem einnehmenden Wesen liegen«, erwiderte Sin trocken.

Ewan hob die Hände und stellte sich vor Braden. »Ich würde jetzt gerne beim Thema bleiben.« Er warf erst Lochlan, dann Sin einen mahnenden Blick zu.

»Bitte sehr«, erklärte Lochlan.

»Danke.« Ewan legte Braden seine Hände auf die Schultern, als wollte er seine Reaktion genießen. »Ob sie nun große scharfe Zähne hat oder nicht« – er schaute warnend zu Lochlan, ehe er wieder Braden anblickte –, »Maggie hat alle Frauen mitgenommen und ist geflohen.«

Bradens Stirnrunzeln vertiefte sich. »Geflohen vor wem?«

»Vor uns bösen, lüsternen Männern.«

Braden starrte Ewan verständnislos an, während ihm die entsetzliche Bedeutung seiner Worte langsam klar wurde. »Du scherzt doch, oder?«

Dann schaute er Lochlan an. »Er scherzt, nicht wahr?«

»Nein«, seufzte Lochlan. »Er sagt die Wahrheit. Es scheint, die Frauen fordern, dass ich die Fehde mit den MacDouglas beende, oder sie rühren für uns keinen Finger mehr.«

»Und das in *jeglicher* Hinsicht«, fügte Ewan hinzu, um etwaige Unklarheiten auszuräumen.

Braden wurde tatsächlich blass und wich einen Schritt zurück. Er streckte die Hand aus und packte Sin am Umhang. »Bei den haarigen Zehen des Teufels, Sin, ich habe das Gefühl, als wäre ich gestorben und in die Hölle geraten.«

Sin verzog das Gesicht. »Dann denk noch einmal nach, Brüderchen. Hier ist es zu kalt für die Hölle.«

Braden schüttelte ungläubig den Kopf, seine Miene verfinsterte sich, und er schaute Lochlan an. »Nun gut, *Laird*, was hast du mit den Frauen gemacht, dass sie derart aufgebracht sind?«

»Ich?«, fragte Lochlan, beinahe sprachlos vor Empörung, dass Braden annehmen konnte, er habe den Frauen irgendetwas getan. »Ich habe nichts gemacht. Himmel, ich habe alles versucht, was mir eingefallen ist, dass sie vernünftig werden. Ich habe gebeten und gebettelt, ihnen gedroht und geschmeichelt, Hölle noch mal, ich habe sogar höchstpersönlich versucht, Maggie zu verführen, aber …«

Bradens abfälliges Schnauben unterbrach ihn. »Nun, dann haben wir ja schon die Wurzel des Problems entdeckt. Ich kann dir versichern, einer Frau zu befehlen, ihre Röcke zu heben, wird sie nicht in dein Bett locken.«

Lochlan merkte, dass ihm der Mund offen stand, und schloss ihn rasch. »Entschuldige bitte, aber ich habe mehr Fingerspitzengefühl, als du mir zutraust.«

»Zum Teufel mit deinem Fingerspitzengefühl. Du vergisst, dass ich aus nächster Nähe deine unbeholfenen Verführungsversuche mit ansehen konnte.«

»Unbeholfen? Lass dir sagen, dass ich mehr Frauen hatte als du, du Welpe.«

Braden hob nur zweifelnd eine Augenbraue.

»Na gut«, räumte Lochlan nach einer Sekunde des Nachdenkens ein. Er bezweifelte, dass selbst ein Fürst im Orient mit einem ganzen Harem von sich behaupten konnte, mehr Frauen beglückt zu haben als Braden. »Vielleicht nicht mehr als du, aber bestimmt mehr als Ewan.«

»Das will nicht viel heißen«, warf Braden ein. »Mein linker Stiefel hat mehr Frauen als Ewan gesehen.«

»He, Augenblick mal«, mischte sich der solchermaßen Geschmähte ein. »Du solltest lieber aufpassen, dass du nur den Bruder beleidigst, der dir gegenüber Nachsicht walten lässt. Ich reagiere nicht so freundlich.«

Ohne dieser Bemerkung Beachtung zu schenken, legte Braden Lochlan einen Arm um die Schultern und zog ihn näher, als wollte er ihm ein großes Geheimnis anvertrauen. »Jetzt hör mir mal zu, mein teurer Bruder, der du mich nachsichtig behandelst. Du bist der Laird eines mächtigen Clans. Es sind weniger deine kümmerlichen Verführungskünste, die auf Frauen anziehend wirken, als vielmehr dein Titel und dein hübsches Gesicht.«

»Mein was?«, fragte Lochlan empört.

»Es ist wahr«, fuhr Braden fort. »Es gibt keine Frau hier, die nicht gerne von sich behaupten würde, eine Nacht mit dem Laird verbracht zu haben. Stimmt doch, oder, Sin?«

»Warum fragst du mich? Bin ich etwa eine Frau?«

»Nun …« Braden machte eine Pause.

Was auch immer er hatte sagen wollen, er sprach es nicht aus, sondern wandte sich stattdessen wieder an Lochlan. »Wie ich schon sagte, dein Titel und dein Gesicht sind alles, was du brauchst.«

»Aye, aber keines von beidem hat Maggie genug beeindruckt. Sie hat mich ohne viel Federlesens eiskalt abblitzen lassen. Ich habe keine Ahnung, was ich noch tun kann. Wenn sie nicht bis morgen Mittag nachgeben, dann führe ich selbst die Männer in die Kirche und hole sie gewaltsam heraus.«

Braden ließ ihn los. »Das willst du doch gar nicht tun. Es sind Frauen, Lochlan, *unsere* Frauen.«

»Denkst du, das habe ich vergessen? Unsere Mutter ist auch unter ihnen. Aber welche Wahl habe ich denn?«

Bradens Miene wurde nachdenklich. Lochlan konnte fast sehen, wie sein Verstand arbeitete. Gut, Braden war ein Meister, wenn es um Frauen ging.

»Mir fällt da etwas ein«, erklärte Braden nach einem Moment. »Was hältst du davon, wenn ich mit dem Mädel rede und es zur Vernunft bringe, sodass die Frauen dorthin zurückkehren, wo sie hingehören: in die Küche und in unsere Betten?«

Lochlan überlegte kurz. Wenn Braden die Sache friedlich beenden konnte, dann war es immerhin einen Versuch wert. Der Gedanke, einer der Frauen wehzutun, gefiel ihm genauso wenig wie Braden.

Vielleicht war seinem Bruder Erfolg vergönnt, wo er ihm selbst versagt geblieben war. Braden hatte immer schon Geschick darin besessen, hitzige Auseinandersetzungen und Streit friedlich beizulegen.

Nur ein einziges Mal war es ihm nicht gelungen. Lochlan wand sich innerlich bei der Erinnerung daran.

In ihrer Familie hatte es genug Tragödien gegeben. Das Letzte, was er wollte, war, noch eine weitere hinzuzufügen. Er würde Braden eine Chance geben, den Frauen ihre unsinnige Forderung auszureden.

Aber nur eine. Mehr konnte er sich nicht leisten.

»Nun gut. Aber vergiss nicht: Wenn Maggie so weitermacht, werden meine Männer entweder auf eigene Faust die Kirche stürmen, oder sie setzen mich ab und wählen sich einen neuen Laird.«

»Frauen«, stieß Sin aus. »Ich kann nicht glauben, dass sie sich diesen Aufstand ausgedacht haben, während du mit einer Fehde beschäftigt bist. Das Letzte, was du brauchst, ist, dass deine Männer durch solchen Unsinn abgelenkt sind, während sie gleichzeitig ihr Land schützen müssen.«

»Aye«, pflichtete ihm Braden bei. »Es überrascht mich, dass MacDouglas das nicht schon längst ausgenutzt hat.«

Lochlan schaute aus dem Fenster zur Kirche. Trotz seiner Verärgerung gönnte er sich einen Augenblick der Schadenfreude über das, was er vor ein paar Tagen erfahren hatte. »Ich bin sicher, dass er das gemacht hätte, wenn er nicht in derselben Lage wäre wie wir.«

»Was?«, keuchte Braden.

»Es stimmt«, fuhr Lochlan fort. »Seine eigene Frau ist dabei. Vor drei Tagen wurde mir das zugetragen. Lady MacDouglas hat ihren Mann zum Hanswurst gemacht.«

»Will er Friedensverhandlungen führen?«, erkundigte sich Sin.

»Nein. Selbst wenn wir uns auf bestimmte Bedingungen einigen könnten, wäre es nicht sinnvoll. Wenn wir dem Verlangen der Frauen nachgeben, dann meinen sie am Ende, sie hätten Macht über uns. Jedes Mal, wenn etwas nicht so läuft, wie sie es sich vorstellen, versuchen sie dann wieder, uns zu erpressen. Ich schaudere, wenn ich mir die Folgen ausmale. Du nicht?«

»Aye«, sagte Braden grinsend. »Das kann lustig werden.«

Lochlan schaute ihn finster an.

»Ja, das könnte es«, sagte Braden, Lochlans Zorn einfach ignorierend.

Er musterte seine Brüder zuversichtlich. »Jahrelang habt ihr mich gnadenlos damit aufgezogen, dass mir keine Frau widerstehen kann. Nun, meine lieben Brüder, solltet ihr dankbar sein, dass ich diese Gabe besitze.«

Braden hätte nicht mehr Selbstvertrauen ausstrahlen können. »Kommt und schaut zu, wie schnell ich die Sache beilege. Ich wette, ich brauche weniger als eine Viertelstunde, bis Maggie mir aus der Hand frisst.«

»Die Wette nehme ich an«, erwiderte Ewan. »Besonders nachdem ich gesehen habe, wie Maggie Lochlan seiner Wege geschickt hat. Es wird dir gut tun, an deine Grenzen zu stoßen.«

»Ich und Grenzen?«, fragte Braden ungläubig. »Ha! Es gibt keine Frau auf der Welt, die mir gegenüber unempfänglich ist.«

»Dieses eine Mal will ich hoffen, dass du Recht hast«, erklärte Lochlan. »Ich kann es mir nicht leisten, dass du die Wette verlierst.«

»Dann komm und werde Zeuge meines Triumphes.«

Ewan schlug Lochlan freundschaftlich auf die Schulter. »Ich weiß nicht, wie es dir geht, aber ich kann es kaum erwarten.«

Kapitel 3

Die Ankunft von Braden MacAllister konnte das Ende all ihrer großartigen Pläne bedeuten.

Als sie durch das Kirchenfenster die kleine Gruppe Männer auf das Gotteshaus zukommen sah, erstarrte Maggie ingen Blar. Wenn die vier apokalyptischen Reiter je beschlössen, in Fleisch und Blut zu erscheinen, dann in Gestalt dieser vier Männer, die mit ausholenden Schritten siegessicher auf die Kirche zumarschierten, wo sie und die anderen Frauen Zuflucht gesucht hatten.

Es wäre der Traum jeder anderen Frau, vier so sündhaft gut aussehende Männer auf sich zukommen zu sehen, und zu wissen, dass sie diejenige war, der sie sich so entschlossen näherten.

Für Maggie hingegen war es ein Albtraum.

Den attraktiven Lochlan schon bald wiederzusehen, damit hatte sie gerechnet. Mit seiner Größe von mehr als sechs Fuß und vier Zoll war er einer der größten Männer des Clans. Sein blondes Haar schimmerte, als wäre es aus gesponnenem Gold. Und was sein Gesicht anbetraf, so war es gut möglich, dass selbst die Engel im Himmel nicht mit so fein gemeißelten Zügen oder einem derartig unwiderstehlichen Grübchen beim Lächeln aufwarten konnten.

Aber heute war von einem Lächeln keine Spur zu erkennen. Nur der finstere Ausdruck grimmiger Entschlossenheit.

Lochlans jüngerer Bruder Ewan war noch zwei Zoll größer, besaß breitere Schultern und bewegte sich mit derart tödlicher Anmut, dass selbst die Männer des Clans ihm möglichst aus dem Weg gingen. Sein dunkles, gut geschnittenes Gesicht hatte schon viele Frauen sprachlos gemacht. Doch seine stets düster zusammengezogenen Brauen hielten sie davon ab, sich ihm zu nähern.

Die meisten Frauen hatten vor ihm ebenso viel Angst wie die Männer.

Der dritte Mann, in der Größe zwischen den beiden, war wie ein Engländer gekleidet. Sie kannte ihn nicht; doch er besaß dieselbe bedrohliche Ausstrahlung wie alle MacAllister-Brüder. Sein selbstsicherer Gang hatte etwas Fesselndes, Verführerisches. Er erinnerte sie an ein gefährliches Raubtier auf Beutezug.

Der vierte …

Er war der unter ihnen, an dem sich ihre Augen weideten, Braden MacAllister kannte sie gut. Als Freund ihrer älteren Brüder war er oft bei ihnen zu Hause gewesen, als sie noch ein Kind war.

Wie ein liebeskrankes Mondkalb hatte Maggie ihn immer angehimmelt.

Würde sie es je erleben, dass ihr Atem bei seinem Anblick nicht unwillkürlich schneller ging und ihr Herzschlag sich unkontrollierbar beschleunigte?

Alle MacAllister-Brüder sahen gut aus, aber Braden hatte etwas, das den anderen fehlte. Etwas, das ihn unwiderstehlich machte.

Die Spitzen seines gewellten schwarzen Haares berührten gerade seine muskulösen Schultern, und Maggie konnte sich mit Leichtigkeit den Holunderduft ins Gedächtnis rufen, der den seidenen Strähnen anhaftete. Sie wusste leider nicht aus erster Hand, dass sich sein Haar wie Seide anfühlte. Es schimmerte nur so, dass diese Vermutung nahe lag. Es musste herrlich sein, mit den Fingern durch die langen dunklen Locken zu fahren.

Er hatte eine hohe Stirn mit fein geschwungenen schwarzen Augenbrauen, die sich hoben, wenn er lachte. Und das tat er oft. Es war ein tiefes, kehliges Lachen, das die Luft mit Musik und Wärme erfüllte.

Und seine Lippen …

Voll und herrlich geschnitten gehörten sie zu der Sorte Lippen, die zu küssen jede junge Frau sich erträumte. Oder besser noch zu der Sorte, mit der man eine Frau um den Verstand küssen konnte.

Wenigstens hatte man ihr das versichert.

Unheilvollerweise hatte Maggie nie selbst diese Lippen kosten können. Braden hatte sie stets nur als lästiges Kind betrachtet, obwohl er nur drei Jahre älter war als sie.

Seit ihrem zwölften Geburtstag hatte sie verzweifelt versucht, seine Aufmerksamkeit zu erringen, und ihn schließlich sogar einmal in die Hand gebissen, als er sie einfach nicht anschauen wollte. Sie schien die einzige Frau auf der Welt zu sein, an der er einfach kein Interesse hatte.

Ihr Bruder Anghus hatte behauptet, es läge nur an seiner Loyalität und Freundschaft ihren Brüdern gegenüber, dass er sie keines zweiten Blickes würdigte, aber insgeheim vermutete sie, dass es mehr als das war. Maggie war keine Närrin.

Sie hatte nie zu den Frauen gehört, denen Männer wegen etwas anderem nachliefen als einer warmen Mahlzeit oder einem Ratschlag, wie sie eine andere Frau für sich gewinnen konnten.

Wie ihr Zwillingsbruder Ian immer erklärte, war sie einfach eine gute, verlässliche Freundin; die Sorte Frau, an die sich ein Mann Rat suchend wenden konnte, ohne eine vorschnelle Verurteilung befürchten zu müssen.

Ihr Äußeres konnte man als passabel beschreiben, aber beim besten Willen konnte sie nicht als Schönheit gelten.

Was würde sie nicht dafür geben, das Aussehen oder den Mut zu besitzen, dass Braden sie wenigstens einen Augenblick lang wahrnahm. Die Frau zu sein, die den Wind einfangen und zähmen konnte.

Wie auch immer, heute war jedenfalls nicht der Tag, das zu versuchen. Genau genommen war heute der schlechteste Tag, ihn überhaupt zu sehen. Denn in ihrem Herzen wusste sie, dass er der eine Mann war, der ihre Verteidigungslinien durchbrechen konnte.

Und heute konnte sie es sich nicht leisten zu verlieren. Noch nicht einmal gegen ihn.

Nein, sie durfte den gut aussehenden Krieger nicht auf Armeslänge an sich heranlassen. Das heißt, wenn eine Frau einen Mann wie ihn überhaupt auf Abstand halten konnte.

Während Maggie Braden näher kommen sah, trat Pegeen hinter sie und fragte nach Decken.

Obwohl sie die Frage ihrer Freundin hörte, konnte Maggie nicht antworten. Ihr ganzes Sein war auf den bestaussehenden Highlander fixiert, der je auf Erden gewandelt war.

Braden näherte sich ihrem Zufluchtsort mit siegesgewissen, männlich ausholenden Schritten, die jedem weiblichen Wesen den Kopf verdrehen mussten. Der Wind fuhr in seine ebenholzschwarzen Locken, sodass ihm ein paar Strähnen in die Stirn fielen. Während er ging, ruhte seine Linke auf dem Schwertgriff, die Schultern hatte er stolz gereckt.

Der Saum seines schwarzgrünen Plaids schlug gegen seine gebräunten kräftigen Schenkel. Schenkel, die ihn mit jedem Schritt näher zu ihr brachten.

Mon chreach!, was für einen atemberaubenden Anblick er bot.

Rohe, ungezähmte Männlichkeit strömte aus jeder Pore seines Körpers.

Braden war ein Mann, der mit sich im Reinen war und sich seines Platzes in der Welt sicher. Er hatte nie zu denen gehört, die Befehle anderer befolgten, sondern war seinen eigenen Weg gegangen, zum Teufel mit den Folgen.

Heute schien er noch zuversichtlicher und siegessicherer als bei ihrem letzten Zusammentreffen.

Er führte etwas im Schilde, begriff sie mit einem Mal. Das konnte sie an seinen zusammengepressten Lippen und seinem scharfen Blick ablesen. Entschlossenheit umgab ihn wie ein Mantel. Er hatte ein Ziel.

Und einen Augenblick später wusste sie auch, was er plante.

»*Och, balgaire le sùilibh mear!*«, sagte sie leise.

»Was für ein Hund mit lüsternen Augen?«, fragte Pegeen, die zu ihrer Rechten stand.

»Der da auf uns zukommt«, erwiderte Maggie scharf, wütend über seine Wirkung auf sie.

Und zu allem Überfluss hielt sie ihn so gewiss nicht auf Armeslänge von sich.

Pegeen stellte sich auf Zehenspitzen und schaute aus dem Fenster. »Ach du liebe Güte«, flüsterte sie. »Das sind ja vier. Und alle so schön.«

Maggie betrachtete die näher kommenden Männer finster. »Man sagt auch, der Teufel selbst sei ein schöner Mann, und den würde ich lieber treffen als Braden MacAllister.«

»Der Teufel wird keinen Tag erleben, an dem er sich in Bezug auf Schönheit mit einem MacAllister messen kann«, flüsterte Pegeen. »Himmel, dieser Braden ist aber wirklich ein Leckerbissen.«

Dabei spielte ein verträumtes Lächeln um ihre Lippen.

Nur einen Tag älter als Maggie hatte die rothaarige Pegeen schon vor vier Wintern geheiratet, machte aber immer noch gut aussehenden Männern schöne Augen. Und die hatte sie gerade jetzt weit aufgerissen und auf Braden gerichtet.

»Oh, wenn mein Mann so aussähe wie der da«, erklärte sie träumerisch. »Dann könntest du dich darauf verlassen, dass ich mich nicht hier mit dir verkriechen würde. Sondern ich wäre in meinem Haus und würde ihm …«

»Pegeen!«, schalt Maggie. »Vergiss nicht, du befindest dich in einem Gotteshaus.«

Pegeen winkte ab. »Der liebe Gott weiß, dass ich es nicht böse meine. Ich spreche nur die Wahrheit, und das weiß Er.«

Maggie hörte Pegeens Worte kaum, denn nun galt ihre Aufmerksamkeit den anderen Frauen, die von überall her aus den Kirchenteilen kamen, um über die Mauern zu den Männern zu spähen. Selbst aus der Entfernung konnte sie die atemlosen Seufzer und das Gekicher hören, während sie die verschiedenen Vorzüge der Männer bewunderten, die auf sie zukamen.

»Braden ist heimgekehrt!«, riefen einige.

»Mary, wie sieht meine Frisur aus? Denkst du, Braden wird sie auffallen?«

»Bei allen Heiligen, der Mann sieht mit jedem Jahr besser aus!«

»Das Mannsbild hat den feinsten Hintern, den der Herrgott je einem Mann gegeben hat. Jetzt fehlt nur noch ein kräftiger Windstoß, dann würden wir was zu sehen bekommen!«

Maggie biss die Zähne zusammen, um sich zu beherrschen, während sie diese und andere Bemerkungen vernahm.

Mit unheilvollem Geschick hatte der Laird ausgerechnet den Mann heimgeholt, der als Einziger alles zunichte machen konnte. Sie hätte damit rechnen müssen. Besser noch, sie hätte sich für diesen Fall etwas ausdenken müssen. Aber die Idee war ihr so abwegig erschienen, sie war davon ausgegangen, dass er in England weilte.

Jetzt sah das anders aus.

Mit gerunzelter Stirn raffte Maggie ihre Röcke und eilte aus der Kirche, um sich dem Teufel zu stellen, ehe er zu nahe kam.

Sie erreichte das Tor etwa zur selben Zeit wie Braden. Sie zog es auf und sah ihn direkt davor stehen, den Arm gehoben, als wollte er anklopfen.

»Maggie, meine Liebe«, sagte er und verzog sein Gesicht dabei zu eben dem charmanten Lächeln, bei dem zwei Grübchen in seinen Wangen erschienen, sodass jede Frau in den Knien schwach wurde.

Oder am Ende gar schwach im Kopf.

Aus seinen Augen leuchtete Zuversicht. Aye, der Mann wusste sehr gut, dass er unwiderstehlich war.

Und sie wusste es leider auch.

»Genau dich habe ich gesucht.«

»Das glaube ich gerne«, erwiderte sie frostig, obwohl ein Teil von ihr ehrlich entzückt über seine Worte war.

Sein Blick wurde herausfordernd, prüfend, während er sie vom Kopf bis zum Saum ihrer Röcke musterte.

»Lochlan«, sagte er vorwurfsvoll zu seinem Bruder, »du hast mir ganz verschwiegen, wie hübsch sie im letzten Jahr geworden ist. Ich bezweifle, dass es in ganz Kilgarion eine Frau gibt, die ihr an Schönheit gleichkommt.«

Darauf erwiderte Lochlan nichts.

Trotz bester Absichten und größter Vorsicht schlug Maggie das Herz unwillkürlich höher. Ihr ganzes Leben lang hatte sie sich danach gesehnt, so etwas von einem Mann zu hören, ganz besonders von Braden.

Unglücklicherweise wusste sie genau, dass es nur leere Schmeichelei war. Es enthielt kein Körnchen Wahrheit.

Sie hob ihr Kinn und erwiderte seinen kühnen Blick gleichmütig. »Du musst mich für nicht ganz richtig im Kopf halten, wenn du meinst, dass ich weich werde, wenn du mir Honig um den Mund schmierst, Braden MacAllister.«

»Ah«, ließ sich Ewan von hinter seinem Rücken vernehmen. »Du hast dich geirrt, was ihre Reißzähne angeht, Braden. Ihre Zunge ist es, die scharf ist.«

Mit einem finsteren Blick über seine Schulter zu seinem älteren Bruder versetzte ihm Braden mit dem Ellbogen einen Stoß in die Magengegend.

»Reißzähne?«, wiederholte sie empört. Das war vermutlich die einzige Beleidigung, mit der ihre Brüder sie noch nicht belegt hatten. Und warum auch. Ihre Zähne waren so ebenmäßig, wie sie nur sein konnten.

Bradens Blick wurde weicher, als er ihr eines seiner Hols-der-Teufel-Lächeln zuwarf. »Ich habe nie behauptet, du hättest Reißzähne.«

»Doch, das hast du. Ich habe es selbst gehört«, widersprach der Engländer.

»Nein«, beharrte Braden durch zusammengebissene Zähne, während er nun den Engländer drohend anschaute. »Das habe ich nicht.«

Dann machte er einen Schritt auf sie zu und nahm ihre Hand.

Maggie straffte sich innerlich, als ihr bei der Berührung

ein Schauer über den Arm lief. Sie konnte die rauen Schwielen auf seiner Hand spüren, die rohe Kraft des Mannes, der mindestens ebenso ein grimmiger Krieger war wie der Untergang einer jeden Frau.

Sie beobachtete gebannt, wie er ihre Hand an die Lippen hob und einen Kuss auf ihre Fingerknöchel hauchte. Sein Mund war federleicht auf ihrer Haut. Und als er dann mit seinen Lippen einen feurigen Kreis auf ihrem Handrücken beschrieb, schaute er sie mit solchen Schlafzimmeraugen an, dass sie sich einen Moment lang in dem Gefühlswirrwarr verlor, das er in ihr anrichtete.

In dem Augenblick wünschte sich der verräterische Teil ihrer Seele, eben diese Lippen auf ihren eigenen zu spüren. Sie wollte spüren, wie er seine starken Arme um sie schlang und sie näher an seine köstliche Hitze zog.

Himmel, sie war für seinen Charme genauso empfänglich wie die anderen Frauen alle.

Braden berührte mit seiner Zungenspitze ihre Haut in einer zärtlichen Liebkosung, die sie zugleich erschreckte und entzückte, ehe er dem ein sanftes Knabbern folgen ließ und sich dann ihre Hand auf die Brust legte, genau an die Stelle, unter der sein Herz schlug.

Nur mit Mühe konnte sie sich davon abhalten, genüsslich die Augen zu schließen und leise zu stöhnen, als er mit dem Daumen ihre Handinnenfläche streichelte und eine Hitzewelle nach der anderen durch ihren Körper sandte.

»Sie haben sich verhört, Liebes.« Er schnurrte die Worte praktisch.

Beinahe wäre sie dahingeschmolzen, während sie ihm in die Augen starrte, die so warm und einladend blickten. Sie waren von einem selten satten Braungrün und konnten eine Frau die Welt um sich vergessen lassen.

Genug, Maggie! Beherrsch dich. Der Teufel wird die letz-

ten Menschen holen, die du liebst, wenn du seinem Charme erliegst.

Obwohl es zu dem Schwersten gehörte, was sie je getan hatte, blickte sie ihn aus zusammengekniffenen Augen an und bezwang ihre begehrlichen Gedanken.

Sie musste die Lage unter Kontrolle bringen, oder alles wäre verloren.

»Lass mich raten«, sagte sie kühl und entzog ihm ihre Hand, ehe er ihr die Sinne noch mehr mit seiner meisterhaften Berührung verwirren konnte. »Hast du vielleicht in Wahrheit gesagt, ich hätte schneeweiße Zähne? Oder perlengleiche?« Maggie entging der verblüffte Ausdruck in seinen Augen nicht, auch wenn er ihn gleich verbarg. Sie war ihm auf die Schliche gekommen, und er wusste es.

Sie gönnte sich einen Augenblick, ihren Triumph auszukosten.

Aber ein Augenblick war alles, was sie hatte, denn in der nächsten Minute zerriss ein Schrei die Luft.

»Maggie, komm schnell!«

Sie ließ das Tor offen stehen und lief über den Kirchhof zu der Hinterpforte, wo der Schrei ertönt war. Sie erreichte den schmalen Hof gerade rechtzeitig, um zu sehen, wie Bridget, eine der Frauen, von ihrem hünenhaften Mann gepackt wurde. Der Mann erschien neben seiner zierlichen blonden Ehefrau wie ein Bär, während sie sich nach Kräften dagegen sträubte, zum Tor herausgezogen zu werden.

Mehrere Frauen standen um sie herum, aber keine rührte sich, um ihr zu helfen. Maggie konnte einfach nicht begreifen, wie sie dastehen und zusehen konnten, ohne etwas zu unternehmen.

»Ich habe genug von diesem Unfug, Frau«, stieß Fergus aus, während er seinen Griff um Bridgets Arm festigte.

»Nein, Fergus, ich werde nicht mit dir nach Hause gehen.« Bridget versuchte, sich ihm zu entwinden, aber er hielt sie fest.

»Ich werde deinen Ungehorsam nicht länger dulden«, erklärte er mit schneidender Stimme und gab ihr eine schallende Ohrfeige.

Bridget ging in die Knie und schluchzte, aber sein Griff um ihren Arm verhinderte, dass sie auf die Erde fiel. Fergus zerrte sie auf die Füße und weiter zum Tor.

Maggie schrie wütend auf. Ohne einen Gedanken an ihre eigene Sicherheit zu verschwenden, stürzte sie sich auf den Mann und schob ihn von Bridget fort.

Er ließ seine Frau los, die zusammenbrach, und stolperte ein paar Schritte nach hinten. Maggie stieß mit seiner massigen Brust zusammen, strauchelte rückwärts und fiel hin, als sei sie gegen eine Wand geprallt.

Rasch erhob sie sich wieder und stellte sich vor den Mann, der sie um ein gewaltiges Stück überragte. Ihre Schulter schmerzte, und ihr Herz klopfte angstvoll. Der Mann war wirklich groß. Viel, viel größer als sie. Und ungefähr doppelt so breit.

Dennoch würde Maggie nie einfach dastehen und mit ansehen, wie einem anderen wehgetan wurde. Nicht, wenn auch nur eine noch so winzige Chance bestand, dass sie es verhindern konnte. »Du lässt sie in Ruhe«, warnte sie den Hünen.

Fergus holte aus, um sie zu schlagen.

Maggie versteifte sich in Erwartung des Schlages, aber ehe seine Hand ihr Gesicht berühren konnte, wurde er am Arm gefasst und herumgewirbelt.

Braden packte Fergus am Hemd, und seine wütende Miene hätte sogar einem Ungeheuer Angst eingejagt. »Wenn du dich mit den Frauen anlegen möchtest, Fergus, dann wirst du das über mich tun müssen. Solange noch

Leben in mir ist, werde ich nicht zulassen, dass du eine Frau misshandelst, verstanden?«

Fergus verzog verächtlich seine Lippen und schob Braden weg. »Bridget ist meine Frau. Ich tue mit ihr, was mir gefällt.« Er streckte die Hand nach Bridget aus, die nun am Boden lag und krampfhaft schluchzte, während Pegeen und zwei andere Frauen sie zu trösten versuchten.

Braden und der Engländer stellten sich vor sie. Ihre Haltung verriet deutlich, dass sie bereit waren, mit Fergus zu kämpfen, wenn er auch nur eine Bewegung auf seine Frau zu machte.

»Du solltest dich liebevoller um deine Frau kümmern«, sagte Braden. »Wenn du sie besser behandelt hättest, hätte sie sich vielleicht nicht mit den anderen hier eingesperrt.«

Fergus schnaubte abfällig. »Was weißt du denn schon davon?«

Bradens Blick wurde unnachgiebig, und Maggie rann ein Kälteschauer über den Rücken. »Ich kenne dich gut genug, um dir mit dem Prügel eins überzuziehen, wenn du nicht auf mich hörst. Jetzt schau, dass du nach Hause kommst, ehe ich der Versuchung erliege.«

Fergus' Nasenflügel bebten. Er erwiderte Bradens tödlichen Blick hitzig.

Einen Augenblick lang fürchtete Maggie, dass er sich auf Braden stürzen würde, aber er musste Vernunft angenommen haben, denn er schaute von Braden zu den drei anderen Männern.

Er ließ die Schultern hängen und seufzte. »Na gut, ich gehe jetzt nach Hause, aber sie sollte schauen, dass sie auch bald dahin zurückkehrt.«

Damit drehte er sich um und machte einen Schritt zum Tor.

»Hast du nicht etwas vergessen?«, erkundigte sich Braden.

Fergus fuhr herum und runzelte die Stirn. »Was denn?«

»Du schuldest deiner Frau eine Entschuldigung«, erklärte der Engländer, ehe Braden antworten konnte.

Mit zusammengebissenen Zähnen starrte Fergus die Männer an. Während sein finsterer Blick über Ewan, Braden, Lochlan und den Engländer glitt, begriff er, dass er sich mit ihnen allen anlegen würde, wenn er sich nicht fügte. Sein Hemd glatt streichend stellte er sich vor Bridget und blickte sie an.

Maggie sah seine Zerrissenheit. Dann jedoch schaute Bridget zu ihm auf, den hässlichen Abdruck seiner Hand in ihrem tränenverschmierten Gesicht.

Aller Ärger wich aus Fergus' Zügen, als er sich neben sie kniete. »Es tut mir Leid, Frau. Ich wollte dir nicht wehtun. Aber du hättest mich auch nicht so reizen dürfen.«

Braden brüllte vor Wut auf. »Lass sie in Ruhe, Fergus. Sofort!«

Maggie schluckte unwillkürlich, so Furcht einflößend war sein Ton. Sie spürte, dass Braden kurz davor stand, Fergus ernsthaft etwas anzutun. Nicht, dass es sie gestört hätte. Männer wie Fergus verdienten eine Tracht Prügel. Für Tyrannen seines Schlages hatte sie immer schon nur Verachtung empfunden.

Tatsächlich sahen auch die anderen drei Männer so aus, als beherrschten sie sich nur mit Mühe. Ewan trat vor, fasste Fergus am Arm und verließ mit ihm den Hof.

Maggie wartete, bis das Tor sich fest hinter den beiden geschlossen hatte, ehe sie sich wieder zu Braden umdrehte.

»Danke«, sagte sie, und ihrer Stimme war die Dankbarkeit deutlich anzuhören.

Braden nickte und trat dann zu Lochlan, der sich um Bridget kümmerte. Braden kniete sich neben die Frau und berührte sachte ihre geschwollene, rote Wange. In seine Augen trat ein harter Ausdruck, als er zu Maggie aufblickte. »Wie viele solcher Übergriffe hat es gegeben, seit du das hier angezettelt hast?«

»Fünf«, antwortete Lochlan an ihrer Stelle.

Maggie schnürte es die Kehle ab, als sie daran dachte, wie viele Frauen verletzt worden waren. »Aye. Die Schläge waren es, die uns dazu gebracht haben, bei Pater Bede Zuflucht zu suchen. Wir hatten gehofft, wenn wir uns auf geweihtem Boden befinden, würden die Männer zweimal nachdenken, bevor sie eine von uns erneut angreifen.«

Der Engländer gab einen abfälligen Laut von sich. »Als ob das solche Schweine je von irgendetwas abgehalten hätte.«

Braden schenkte seinen Worten weiter keine Beachtung, sondern bedachte Maggie mit einem kühlen Blick. »Hast du je innegehalten und auch nur einmal über die Folgen deines Tuns nachgedacht?«, wollte er von ihr mit wutverzerrter Stimme wissen. »Wie viele Frauen müssen noch wegen deiner Dickköpfigkeit leiden?«

Diese ungerechte Beschuldigung entflammte Maggies Zorn. Sie war kein Kind, das ermahnt werden musste. Sie kannte die Folgen ihres Handelns. Das taten sie alle.

Jede Einzelne von den Frauen, die sie nun umringten, begriff die Tragweite ihrer Entscheidung.

Sie waren nur Frauen, den Launen der Männer ausgeliefert, aber trotzdem waren sie darin übereingekommen, dass es zum Wohle aller notwendig war, diesen Weg einzuschlagen.

Maggie drückte ihr Rückgrat durch und wandte sich an die vier Männer: »Nicht annähernd so viele, wie Männer sterben werden, wenn die Fehde weitergeführt wird. Besser, wir werden geschlagen, als dass unsere Söhne, Brüder, Väter und Gatten ihr Leben lassen.«

»Aye«, pflichteten die Frauen ihr bei.

Agnes trat aus der Menge und sagte zu Braden und Lochlan: »Meine blauen Flecken waren nach nur vier Tagen verheilt.« Sie strich sich mit der Hand über die glatte Wange. »Doch mein Herz blutet noch immer für meinen Jüngsten, der vor drei Jahren von dem Schwert eines MacDouglas starb. In mir wird immer ein gähnender Abgrund sein, der sich nach ihm verzehrt.«

Lochlan schaute sie der Reihe nach an. »Hiermit ändert ihr nichts«, erklärte er fest.

»Nein?«, fragte Maggie. »Ihr Männer könnt nicht die MacDouglas überfallen und umbringen, während ihr hierher kommt und mit uns verhandelt. Mit leerem Magen lässt sich nicht gut Krieg führen.«

Wieder stimmten die Frauen ihr zu.

Braden öffnete den Mund zum Sprechen, aber ehe er etwas sagen konnte, ertönte wieder ein lauter Schrei, diesmal aber aus Freude.

»Braden, mein Kleiner! Du bist wieder zu Hause.«

Die Gruppe teilte sich und bildete eine Gasse für Bradens Mutter Aisleen, die auf ihn zugelaufen kam.

Maggie bemerkte den hasserfüllten Blick, mit dem der Engländer die kleine brünette Frau bedachte.

Nie in ihrem Leben hatte sie solch bodenlose Feindschaft und Verachtung auf eine einzige Person konzentriert gesehen. Stirnrunzelnd beobachtete sie, wie der Engländer zurück in die Menge wich, wo Aisleen ihn nicht so leicht sehen konnte.

Braden zog seine Mutter in eine feste Umarmung. »Ach, Mutter, es tut so gut, dich zu sehen.«

»Und mir geht es genauso mit dir«, hauchte sie und nahm sein Gesicht zwischen ihre Hände, ehe sie ihm die Arme um den Hals legte und ihn auf die Wange küsste. »Du hast keine Ahnung, wie sehr ich mich um dich gesorgt habe. Gerade eben erst war ich in der Kapelle und habe gebetet, dass es dir gut geht.«

»Ich bin sicher, dass er alle Gebete braucht, die er kriegen kann«, murmelte Maggie vor sich hin.

»Jetzt sei doch nicht so streng, Maggie«, schalt Aisleen sie. »Es ist mein Junge, von dem du da sprichst, und er ist ein feiner, schöner Mann.«

Schön, das konnte Maggie nicht leugnen, aber fein …

Nun, das konnte sie ehrlich gesagt ebenso wenig. Er könnte natürlich ein bisschen beständiger und nicht so ein Frauenheld sein. Da würde ihr jeder beipflichten.

»Gut«, gab Maggie nach, »es war nett von ihm, der armen Bridget zu Hilfe zu kommen. Aber wie alle sehen können, wird er nicht länger gebraucht, weswegen er …«

»Mutter«, unterbrach Braden Maggie rücksichtslos, »ich habe eben darüber nachgedacht, und ich finde, dass ihr Frauen einen Wächter braucht.«

Maggie blieb der Mund offen stehen. Sicherlich wollte er nicht vorschlagen, was sie vermutete.

»Einen Wächter?«, fragte seine Mutter mit unschuldig aufgerissenen Augen.

»Aye«, bekräftigte er und schaute bedeutungsvoll zu Maggie. »Lochlan hat mir erzählt, dass Bridget die sechste Frau ist, die angegriffen wurde. Ich habe mir überlegt, dass ich vielleicht hier bleiben könnte und helfen sicherzustellen, dass keine Frau mehr zu Schaden kommt, bis die Sache beigelegt ist.«

Wie aufopferungsvoll! Maggie konnte nicht fassen, für wie blöd er sie offensichtlich hielt!

»Darauf könnte ich wetten«, fuhr ihn Maggie an. »Sag mal, bin ich die Einzige hier, für die sich das anhört, als schlügest du vor, den Bock zum Gärtner zu machen?«

»Nein«, widersprach Aisleen. »Es hört sich nach einer ausgezeichneten Idee an. Wir brauchen einen Mann auf unserer Seite, und wenn Ewan ebenfalls einwilligt, uns zu helfen … was soll Lochlan dann noch für Einwände erheben?«

Alle blickten Lochlan an.

»Es gibt unzählige Einwände«, erklärte er, »aber so wie es aussieht, würde ich nur meinen Atem verschwenden. Wenn Braden zum Verräter werden will, bitte. Wenigstens muss ich mir dann nicht seine Beschwerden über mein Essen und die mangelnde weibliche Gesellschaft anhören.«

»Nein«, meldete sich Maggie zu Wort. »Wir können ihnen nicht erlauben, hier zu bleiben. Was würde Pater Bede sagen?«

»Ich halte das für einen sehr edelmütigen Vorschlag«, ließ sich der Priester vernehmen, der zu ihnen trat. »Ich kann sie nicht beschützen, aber wenn Braden hier ist, werden es sich alle zweimal überlegen, ehe sie mit Gewalt in die Kirche eindringen. In meinen Augen hat uns der Herrgott selbst ihn geschickt.«

Das war wohl eher der Teufel, um Unruhe zu stiften, aber Maggie wagte es nicht, dem Priester zu widersprechen.

»Siehst du?«, sagte Braden zu ihr. »Ich habe sogar göttlichen Segen.«

»Das bezweifle ich«, erwiderte Maggie, bevor sie es verhindern konnte. »Aber da ich die Einzige zu sein scheine, die dich durchschaut, bleibt mir nichts anderes übrig, als nachzugeben.«

Maggie machte einen Schritt auf ihn zu und senkte die Stimme. »Wisse dies, Braden MacAllister. Ich erkenne dich als das, was du bist, und wenn du irgendetwas unternimmst, den Eid zu brechen, den wir einander geschworen haben, nämlich dass wir keinem Mann zu Diensten sind, bis Frieden herrscht, dann, das schwöre ich …«

»Was dann?«, spottete Braden und zeigte seine Grübchen. »Wirst du mich in siedendes Öl tauchen?«

Er war ein Teufel, das stand fest. Ein gut aussehender Teufel mit strahlenden Augen, der gesandt worden war, ihr das Leben zur Hölle zu machen. »Ich bin nicht so hilflos, wie du meinst.«

»Dessen bin ich mir sicher.«

Maggie verdrehte aufgebracht die Augen. Sie schaute an Braden vorbei zu der Stelle, wo seine Mutter stand. »Um unser aller willen, Aisleen, pass auf deinen Sohn auf, während ich Bridget versorge. Und vergiss nicht, er bekommt kein Essen, das wir zubereitet haben. Soll er genauso wie die anderen selbst sehen, wie er zurechtkommt.«

»Wie du möchtest, Maggie, aber ist es wirklich richtig, ihn leiden zu lassen, wenn er doch hier ist, uns zu helfen?«

Maggie entging der schuldbewusste Ausdruck auf Bradens Gesicht nicht. Das verscheuchte jeden Zweifel, den sie noch bezüglich seiner Beweggründe gehegt haben mochte. Seine Mutter war vielleicht einfach hinters Licht zu führen, aber für sie galt das nicht.

»Richtig oder nicht, er bekommt von uns kein Essen.« Maggie schaute der Reihe nach die Frauen an, die Braden mit den Augen verschlangen. »Noch sonst etwas«, verkündete sie bestimmt.

Die Frauen zogen sich eilig zurück.

Als Maggie fortging, schaute Braden ihr mit hoch gezogenen Augenbrauen nach. Sie war … was genau sie war, konnte er nicht laut aussprechen, aber jedenfalls hatte er noch nie eine Frau wie sie getroffen.

Sie besaß nicht die atemberaubende Schönheit, die Männer anbeteten. Sie hatte etwas Elfenhaftes an sich. Ihr rotgoldenes Haar hatte sich ihren Bemühungen widersetzt, es zu einem ordentlichen Zopf zu flechten, sodass sich feine Strähnen kleidsam um ihr Gesicht lockten. Tausend Sommersprossen überzogen ihre helle Haut, wie mit Muskatnuss gesprenkelte Sahne, und ihre Augen …

In dem dunklen Bernsteinton leuchtete ihr lebhafter Geist. Er konnte es fast vor sich sehen, wie sie sich mit ihrem zierlichen Körper auf diesen hünenhaften Fergus stürzte. Sie hatte vielleicht nicht geahnt, dass ein Schlag von ihm ihr mit Leichtigkeit das zarte Genick hätte brechen können.

Aus irgendeinem Grund, über den er lieber nicht länger nachdenken wollte, missfiel Braden die Vorstellung außerordentlich, dass jemand ihr wehtat.

»Ich werde euch etwas Essen besorgen«, wisperte ihm seine Mutter zu, ehe sie den anderen Frauen folgte.

Nachdem alle sich entfernt hatten, formte Lochlan mit den Lippen *»Zwei Tage«*, ehe er ebenfalls ging.

Sin kam zu Braden und flüsterte ihm ins Ohr: »Deine Viertelstunde ist um, statt dass die Frauen herauskommen, sieht es so aus, als bliebest du drinnen.«

Braden grinste. »Sie ist eine größere Herausforderung, als ich dachte.«

»Eine größere Herausforderung?« Sin schnaubte abfällig. »Sieh den Tatsachen ins Auge, Braden. Die Kleine hat dich eiskalt abblitzen lassen.«

Braden lachte, denn es stimmte. Sie hatte gewusst, dass er mit ihr spielte und sie aufs Glatteis führen wollte, und sie hatte es ihm vorgehalten. Das hatte keine Frau je zuvor getan. Selbst wenn sie wussten, dass er mit ihnen spielte, gingen sie darauf ein.

Aber nicht Maggie.

Nicht, dass es ihn störte. Er liebte es zu jagen. Das machte den Sieg umso süßer.

Am Ende würde er gewinnen, daran hatte er keinen Zweifel.

»Übrigens«, sagte Ewan, als er zu ihnen trat, »wolltest du vorhin nicht das Frauenzimmer mit deinem Charme einwickeln? Ich denke nicht, dass es sonderlich charmant war, sie vor allen anderen anzuschreien.«

»Ich habe sie nicht angeschrien.«

»Doch«, mischte sich Sin ein. »Du hast ihr beinahe den Kopf abgerissen.«

Da er merkte, wie sinnlos es war, sich mit den beiden anzulegen, seufzte Braden. »Nun gut, dann werde ich mich bemühen, das nächste Mal netter zu sein.«

»Ja«, entgegnete Sin mit bedeutungsvollem Blick. »Tu das.«

In diesem Augenblick fühlte sich Braden wie ein Mann, der in einem Gestrüpp aus Dornenzweigen gefangen war, die ihn von allen Seiten stachen. »Es reicht«, presste er zwischen zusammengebissenen Zähnen hervor.

Aye, er würde sie viel freundlicher behandeln. Und wenn sie ihm erst einmal aus der Hand fraß, dann stünden die anderen alle tief in seiner Schuld. Jawohl.

»Hast du gesehen, wie Braden dich angesehen hat?«, fragte Pegeen kurze Zeit später, als sie und Maggie den Schlafsaal verließen, wo sie Bridget untergebracht hatten.

»Aye«, sagte Maggie. »Wie eine Katze die Maus, mit der sie spielen will, ehe sie sie verschlingt.«

Pegeen schnaubte undamenhaft. »Wohl kaum. Der Mann ist völlig hingerissen von dir.«

»Der Mann ist von allem, was weiblich ist, hingerissen.«

Das heißt, von allem außer von mir.

»Maggie«, schalt Pegeen, »was ist nur mit dir los? Es passt gar nicht zu dir, so streng mit einem anderen zu sein.«

Maggie blieb auf dem engen Flur stehen. Ihre Freundin hatte Recht. Ihr ganzes Leben lang war Maggie zu jedermann freundlich gewesen. Selbst ihre Brüder waren von ihrer Fähigkeit, Frieden zu stiften, beeindruckt gewesen.

Aber Braden hatte sie schon immer völlig durcheinander gebracht. Jedes Mal, wenn er in ihre Nähe kam, klopfte ihr Herz laut, zitterten ihre Hände, und ihre Sinne gerieten durcheinander. Er allein brachte sie aus dem Gleichgewicht.

Dabei behandelte er sie die ganze Zeit höflich und freundlich, hielt sie aber auf Abstand. Nie hatte er sie angeschaut und als Frau gesehen.

All die Jahre hatte sie sich danach gesehnt, von ihm wirklich wahrgenommen zu werden. Auf irgendein Zeichen dafür gewartet, dass sie nicht unsichtbar war.

Aber das hatte es nicht gegeben. Nie.

Mit einem Seufzen sagte Maggie: »Pegeen, hast du dir je etwas so sehr gewünscht, dass es dir fast in der Seele wehgetan hat?«

Pegeen dachte nach und legte dabei ihre Stirn in Falten. »Ich bin nicht sicher, dass ich weiß, was du meinst.«

Maggie ließ sich gegen die Wand sinken; in ihrem Inneren herrschte Aufruhr. Vor langem schon hatte sie ihr Herz einem Mann geschenkt, der gar nicht wusste, dass es sie gab. Sie hatte mit angesehen, wie er von einem ungelenken Jungen zu einem Schurken von Mann herangewachsen war, den man besser nicht unterschätzte. Jedes Mal, wenn sie Geschichten von seinen amourösen Heldentaten gehört hatte, hatte es ihr das Herz ein wenig weiter gebrochen. Denn mit jeder Eroberung, das wusste sie, entfernte er sich ein Stück weiter von ihr.

Nach einer Weile hatte sie schließlich begriffen, dass sie mit nichts, was sie unternahm, Bradens Aufmerksamkeit erringen würde. Weder die Pasteten oder Törtchen, die sie eigens für ihn gebacken hatte, wenn sie wusste, dass er zu ihnen nach Hause kommen würde, noch das betörende Parfum, das Anghus ihr vor ein paar Jahren von seiner einzigen Reise nach Irland mitgebracht hatte. Süß duftendes Parfum, das sie extra aufgetragen hatte, damit Braden sie bemerkte.

Bemerkt hatte er sie, das auf jeden Fall. Er musste so oft niesen, bis seine Augen tränten.

Schließlich musste sie sich eingestehen, dass ihre Liebe voll und ganz unerwidert war.

Für sie war Braden alles. Er war der Mond, die Sonne und die Luft, die sie atmete. Und jetzt war er zurück, sagte ihr süße Worte und fasste sie mit seinen wundervollen Händen an. Küsste ihr die Hand auf eine Art und Weise, die eine tugendhafte, unverheiratete Frau auf keinen Fall zulassen durfte. Trotzdem war sie unfähig gewesen, ihn davon abzuhalten.

Denn für sie war es wie ein Traum, der wahr geworden war.

Für ihn jedoch war sie Mittel zum Zweck.

So sehr sie sich auch wünschte, es wäre anders, kannte sie doch die Wahrheit. Für ihn war sie nicht mehr als eine weitere Eroberung in einer langen Reihe. Oder, schlimmer noch, ein Hindernis, das es zu überwinden galt, sodass seine Brüder die Fehde weiterführen konnten.

Er hatte sie heute nur gesehen, weil seine Brüder ihn gezwungen hatten, sie wahrzunehmen. In dem Punkt gab sie sich keinen Illusionen hin.

Wie auch immer, Maggie war niemand, den man so leicht wieder vergessen konnte. Sie war eine kluge, tüchtige Frau, die sich von keinem Mann benutzen lassen würde. Sie würde ihn nicht hinter ihre Verteidigungslinien lassen, und sie würde nicht versagen.

Mit einem Blick auf Pegeen versprach sie sich, dass sie nie den Wünschen ihres verräterischen Körpers nachgeben würde. Ihre Gefühle hatte sie unter Kontrolle. Das musste sie einfach.

»Ich habe Braden gekannt, seit ich kaum mehr als zwei Winter alt war«, erwiderte sie ruhig, »und niemals in all dieser Zeit hat er mir mehr als einen flüchtigen Blick gegönnt. Findest du es nicht merkwürdig, dass er sich jetzt auf einmal für mich interessiert?«

»Nein«, antwortete Pegeen. »Du bist sehr hübsch.«

Maggie verzog spöttisch die Lippen. »Machen mir deshalb die Männer nicht in Scharen den Hof?«

»Dir machen die Männer nicht in Scharen den Hof, weil du sechs Brüder hast. Sind dir nie die drohenden Blicke aufgefallen, mit denen sie jeden Mann ansehen, der sich in deine Nähe wagt?«

Maggie dachte darüber nach. Ihre Brüder waren ein wenig anmaßend. Sie war das jüngste von sieben Kindern, und ihre Brüder hatten immer über sie gewacht wie Drachen über einen Schatz.

Dennoch änderte sich dadurch nichts.

»Braden verfolgt nur ein Ziel«, beharrte Maggie.

Pegeen verschränkte die Arme vor ihrer Brust. »Und was soll das sein?«

»Uns nach Hause zurückzubringen.«

»Wollen wir das denn nicht auch?«, fragte Pegeen.

»Aye, schon. Aber wir wollen erst zurückgehen, *nachdem* sie die Fehde beendet haben. Wenn Braden seinen Willen bekommt, kehren wir unverrichteter Dinge heim und das Blutvergießen geht weiter.«

Pegeen schüttelte den Kopf. »So grausam kann er unmöglich sein.«

»Glaubst du das allen Ernstes?«

»Aber seine Mutter …«

»Sie sieht ihn mit den Augen einer liebenden Mutter. Für seine wahren Beweggründe ist sie blind.«

»Was sollen wir dann tun?«

Das wusste Maggie auch nicht so genau. Aber eines wusste sie: Eher würde die Erde untergehen, als dass sie Bradens honigsüßen Worten und seinen leidenschaftlichen Blicken erlag.

Ihr Herz mochte ihm gegenüber schwach sein, aber ihr Kopf war es nicht. Solange sie ihren Verstand besaß, würde sie sich von ihm nicht umstimmen lassen.

Maggie konnte seinem guten Aussehen widerstehen. Und wenn sie eines im Zusammenleben mit sechs Brüdern gelernt hatte, dann wie man mit Männern umging.

Aye, Braden hatte keine Ahnung, was ihm bevorstand.

»Was wir tun werden?«, wiederholte Maggie Pegeens Frage. »Das werde ich dir sagen. Wir werden dafür sorgen, dass der Teufel seinen verdienten Lohn erhält. Wenn Braden hier bleiben will, bitte. Aber eines verspreche ich dir: Er wird keinen Moment davon genießen.«

Kapitel 4

Braden verschlang Maggie mit den Augen, als sie den Schlafsaal verließ und auf den kleinen Alkoven zukam, in dessen Schatten er verborgen stand.

Nachdem Maggie gegangen war, sich um Bridget zu kümmern, war Lochlan in die Burg zurückgekehrt, während Ewan und Sin Pater Bede gefolgt waren, um ein Leck im Dach des Kirchenschiffes zu flicken.

Allein gelassen hatte Braden beschlossen, sich auf die Lauer zu legen und auf das Erscheinen seiner Beute zu warten.

Was für ein appetitlicher Happen sie war, so feurig und leidenschaftlich. Er verspürte den Drang, sich die Lippen in Vorfreude auf ihre Unterwerfung zu lecken.

Aye, sie würde süß schmecken. So ein Leckerbissen, gerade reif, gepflückt zu werden. Er konnte es kaum erwarten, sie zu kosten.

Eine leichte Brise wehte über den Hof und fuhr zärtlich in die ungebärdigen Locken ihres dicken rotgoldenen Haares. Es juckte ihn in den Fingern, die wilde Lockenpracht aus dem Zopf zu befreien und mit den Händen hindurchzufahren. Sie ihr über die bloßen weißen Schultern zu breiten und zu sehen, wie sie sich über ihren Rücken ergoss und ihre blassen Hüften liebkoste.

Schlimmer noch, er konnte fast das Sonnenlicht in ihrem Haar riechen, spüren, wie es ihn wärmend umhüllte, während ihr nackter Körper sich über seinem hob und wieder senkte und er seine Hand in die kurzen rotgoldenen Löckchen in ihrem Schritt schob. Dort befand sich der Teil ihres Körpers, den er unbedingt genauer erkunden wollte.

Seine Lenden wurden bei dem Gedanken daran schwer. Zweifellos würde sie ihm alles mit gleicher Münze heimzahlen. Dafür hatte er gewöhnlich ein untrügliches Gespür, und dieses Gespür verriet ihm, dass sie wirklich unglaublich sein würde.

Aye, sie würde ihn hart und schnell reiten und ihm schier endlose Lust schenken.

Er lächelte erwartungsvoll, während sie näher kam.

Ihr braunes Überkleid war schlicht und an den Rändern zerschlissen, und sie trug ein rotschwarzes Plaid darüber. Dennoch verriet ihr Schritt Selbstsicherheit, sodass nur ein Narr sie übersehen würde.

Seine Tage als Narr waren jetzt vorbei.

»Maggie«, sagte er, als sie an ihm vorüberging.

»Gütiger Himmel!«, keuchte sie auf und legte sich eine Hand auf die Brust. »Willst du mich zu Tode erschrecken?«

»Nein, ich dachte, du hättest mich gesehen.«

Argwohn verdunkelte ihre bernsteinfarbenen Augen, mit denen sie ihn musterte. »Gesehen, dass du wie ein böses Ungeheuer in den Schatten herumlungerst, auf der Jagd nach den Seelen anständiger Leute? Ha! Zweifellos hast du mir aufgelauert, Braden MacAllister, versuch gar nicht erst, mich von etwas anderem zu überzeugen.«

Braden lachte über ihren Scharfsinn. Wie schaffte sie das nur? Wie konnte sie ihn so mühelos durchschauen?

Er lächelte das Grübchenlächeln, dem keine Frau je hatte widerstehen können. »Da du mich so gut zu kennen scheinst, sag mir doch, was ich gedacht habe.«

Sie kniff die Augen leicht zusammen und überrumpelte ihn einmal mehr. »Keine Ahnung, aber ich bin sicher, dass eine Frau darin eine Rolle spielte, die in irgendeiner verfänglichen Position auf dem Rücken lag.«

Damit verblüffte sie ihn. Aber nur einen Augenblick lang. Er fand es erfrischend, eine Frau zu finden, die sich so offen äußerte.

»Nicht verfänglich und nicht auf dem Rücken liegend«, sagte er und senkte seine Stimme, lehnte sich vor, sodass er endlich den Duft von Wildblumen in ihrem Haar riechen konnte.

Er streckte eine Hand aus und nahm ihr Kinn sachte zwischen Daumen und Zeigefinger, eine zarte Liebkosung, die ihr Schauer durch den Körper jagen müsste. Von dem verhangenen Blick ihrer Bernsteinaugen zu schließen, würde er sagen, dass er damit einen schönen Erfolg errungen hatte, auch wenn sie sich größte Mühe gab, es ihn nicht wissen zu lassen. »Ich ziehe es vor, wenn meine Frauen eine aktivere Rolle übernehmen.«

Ihre Augen verdunkelten sich, als sie ihre Lippen einladend einen kaum wahrnehmbaren Spaltbreit öffnete.

Aye, ein guter Kuss war das, was sie brauchte. Seine Küsse hatten Frauen in seinen Armen ohnmächtig werden lassen oder sie sogar zum Höhepunkt gebracht. Ein guter Kuss, und alles wäre vorüber. Die Frauen könnten zu Männern und Kindern heimkehren, und Maggie …

Nun, er hatte eigene Pläne für den kleinen Plagegeist. Er würde ihr den Biss von vor ein paar Jahren heimzahlen, und zwar mit gleicher Münze. Nur mit dem Unterschied, dass er jetzt die Vorstellung genoss, wie sie ihre weißen Zähne in seine Haut grub.

Er beugte sich weiter vor und öffnete den Mund, um ihren Atem zu kosten.

Gerade, als er dachte, sie würde seinen Kuss begrüßen,

machte sie einen Schritt nach hinten, riss die Augen weit auf und durchbohrte ihn mit einem eisigen Blick.

»Und wie viele Frauen waren das?«, fragte sie aus heiterem Himmel.

Braden blinzelte, verstand ihre Frage nicht ganz, während ihm von ihrem raschen Rückzug noch schwindelte. »Wie bitte?«

»Wie viele Frauen magst du lieber aktiver?«, fragte sie. »Wenn es stimmt, was Meg mir erzählt, hattest du sie und ihre Schwester gleichzeitig, als du letztes Mal zu Hause warst.«

Sie schüttelte missbilligend den Kopf wie eine alte Jungfer, die mit einem ungezogenen Kind schimpft. »Schämst du dich eigentlich nicht?«

Der verletzte Ausdruck in ihren Augen war nicht zu übersehen. Braden runzelte die Stirn, unfähig die Quelle ihres Schmerzes zu erkennen. »Warum sollte sie dir das erzählen?«

»Aus demselben Grund, aus dem du es deinen Brüdern erzählst, denke ich. Aus irgendeinem unseligen Grund scheint sie darauf stolz zu sein. So stolz, dass sie damit erst gestern wieder angegeben hat.«

Maggie raffte ihre Röcke und drängte sich an ihm vorbei. »Wenn du mich jetzt bitte entschuldigen willst, auf mich warten Pflichten, die mir keine Zeit lassen, mich von Männern wie dir begrapschen zu lassen.«

Braden fiel bei diesen Worten fast vor Schreck die Kinnlade herunter. Dann sagte er den Satz, den er, solange er denken konnte, schon zu ihr gesagt hatte. »Himmel, Mädchen, wo hast du dich nur herumgetrieben, dass du so eine Ausdrucksweise hast? Was würde Anghus sagen, wenn er dich hören könnte?«

Jäh blieb sie stehen, ballte ihre Hände im Schutz ihrer

Röcke zu Fäusten und drehte sich noch einmal zu ihm herum. Entsetzliche Traurigkeit verdunkelte ihren Blick. Er sah die Tränen einen Moment, ehe sie schwer schluckte und sie fortblinzelte.

»Er hat nicht mehr viel dazu zu sagen«, erklärte sie mit belegter Stimme, »da ihn ein Schwert der MacDouglas vor zwei Monaten für immer zum Schweigen gebracht hat.«

Diese unerwartete Nachricht schnitt ihm durchs Herz und sammelte sich als eisiger Klumpen in seinem Magen. Einen Augenblick lang konnte er kaum atmen, so schrecklich war das Gefühl.

»Anghus ist tot?«, fragte er.

Sie nickte mit tränenumflortem Blick.

»Nein«, hauchte Braden, und sein Tonfall verriet die Tiefe seiner Trauer. »Wie kann das sein? Wie kann ein so feiner Krieger und Mann einfach sterben?«

Eine einzelne Träne rann ihr über die rechte Wange. Sich die Lippen mit der Zunge befeuchtend wischte sie sie rasch weg. »Genauso wie die anderen gestorben sind. In einer sinnlosen Fehde, die am besten nie begonnen hätte.«

Mit schwerem Herzen versuchte Braden die Nachricht zu verdauen.

Nach dem Tod ihres Vaters, als Anghus gerade sechzehn war, war er die einzige Stütze für Maggie und seine jüngeren Brüder gewesen. Alle Mitglieder des Clans hatten der Familie nach Kräften geholfen, aber der stets stolze Anghus hatte alle Hilfsangebote abgelehnt: *Es ist meine Familie, und ich werde mich um sie kümmern. Es ist meine Pflicht und mein Vergnügen, auf sie zu achten.*

Sein alter Freund war einer der besten Krieger gewesen, die er gekannt hatte. Sie hatten häufiger gemeinsam trainiert, als er zählen konnte. Und noch häufiger hatten sie zusammen getrunken und waren Frauen nachgestiegen.

Solange Braden sich erinnern konnte, war Anghus MacBlar wie ein weiterer Bruder für ihn gewesen.

»Wie?«, fragte Braden.

Sie antwortete mit brüchiger Stimme: »Er ist gefallen, als er Ian den Rücken deckte.«

Braden holte tief Luft, um den Schmerz zu verdrängen. Ian war Maggies Zwillingsbruder. Die beiden waren als kleine Kinder schlimme Quälgeister gewesen.

Er erinnerte sich daran, wie Anghus sich Ian einmal über die Schulter geworfen hatte, als der eine schreiende Maggie gejagt hatte.

Bursche, wenn du nicht bald lernst, deine Schwester anständiger zu behandeln, gerbe ich dir das Fell, verstanden? Wie oft hatte er Anghus seinem kleinen Bruder so drohen gehört? Und wie oft hatte er gesehen, wie Anghus Ian und Maggie in den Arm nahm, um ihnen die Liebe zu geben, die sie brauchten?

Ich werde immer für dich da sein, Maggie-Kleines. Ich werde nicht zulassen, dass dir jemand etwas antut. Solange noch Leben in mir ist, werde ich auf dich aufpassen. Das waren die einzigen Worte, die er Anghus noch häufiger hatte sagen hören als die Drohung an Ian.

»Was ist mit Kate?«, erkundigte sich Braden, der an Anghus' Frau und seine beiden kleinen Kinder denken musste.

»Sie hat es überlebt, aber nur gerade so. Ihre Mutter hat sie bei sich aufgenommen, dass sie eine Weile bei ihr leben kann. Und jetzt schwankt sie hin und her zwischen Anghus verfluchen und Gott anflehen, dass das alles nur ein böser Traum ist.«

Braden schüttelte den Kopf, der Schmerz in ihrer Stimme war ungeheuer groß. Himmel, welche Qual Maggie empfinden musste. Anghus war ihr Beschützer gewesen, der Mensch, auf den sich Maggie immer verlassen hatte.

Was würde nun aus ihr werden?

Die meisten Frauen wären unter der Bürde solcher Trauer zusammengebrochen. Und die meisten Männer auch. Er wunderte sich, wie sie das nur schaffte. Wo sie die Kraft hernahm, einen so abgefeimten Plan auszuhecken, um die Fehde zu beenden, die ihren Bruder das Leben gekostet hatte?

Er sah sie in neuem Licht und empfand aufrichtigen Respekt für sie. »Und Ian?«

»Er hat überlebt, wenn auch nur knapp.« Die Trauer wich aus ihrem Blick, und an ihrer Stelle loderte dort Zorn. »Jetzt will der Narr ausziehen und unseren Bruder rächen!«

Das konnte Braden gut verstehen. Nichts würde ihm größere Freude bereiten, als den MacDouglas zu töten, der das Leben seines Freundes auf dem Gewissen hatte.

Und da begriff er Maggies Beweggründe. »Das also ist der Grund für das hier. Du tust das, um Ian zu retten.«

»Ich tue es, um *alle* Männer zu retten, die noch am Leben sind. Wenn man euch Männern euren Willen ließe, würde es uns wie den MacNachtans ergehen, von denen niemand mehr übrig ist als Knaben und alte Männer.«

Er streckte die Hand nach ihr aus. »Maggie …«

»Fass mich nicht an«, fuhr sie ihn an und wich seinem Griff aus. »Ich werde nicht zulassen, dass du mich umstimmst, damit dein Bruder noch mehr Männer in den Tod führt. Ich habe all dieses Töten satt. Ich besitze noch vier Brüder, und bei den Heiligen im Himmel oben, ich werde dafür sorgen, dass sie sicher sind.«

Das weckte seinen Ärger. Himmel, sie tat fast so, als wäre das alles Lochlans Schuld.

»Wenn du dich freundlich erinnern willst«, sagte er, »wir haben mit dieser Fehde nicht angefangen. MacDouglas war es mit seinem Raubzug auf Ken Hollow. Hast du die erschlagenen Frauen und Kinder vergessen?«

»Natürlich nicht. Wenn *du* dich freundlich erinnern willst, war mein Bruder Aidan einer der Getöteten in jener Nacht. Denkst du, ich könnte das je vergessen?«

»Nein, selbstverständlich nicht.«

Braden nahm tröstend ihr Gesicht zwischen die Hände. Halb rechnete er damit, dass sie erneut zurückwich oder sich versteifte. Stattdessen schaute sie mit großen bernsteinfarbenen Augen zu ihm auf.

In dem Augenblick erkannte er ihre Verletzlichkeit. Ihre Unsicherheit. Und er sehnte sich danach, sie irgendwie zu trösten. Nicht nur mit körperlicher Nähe. Nein, er wollte, dass sie sich von Grund auf besser fühlte.

»Es tut mir Leid wegen Anghus und Aidan, Maggie, wirklich.«

Sie bedeckte seine Hände mit ihren und sah ihn mit Tränen in den Augen an. »Dann hilf uns, Braden, und tu das, was richtig ist. Du weißt, dass die Fehde nicht weitergehen darf. Hilf uns, sie zu beenden.«

Ihr Mut und ihre Hartnäckigkeit erstaunten ihn. Wie entschlossen und findig sie hatte sein müssen, um so weit zu kommen. Die Frau war wahrhaft außergewöhnlich.

»Sag mir, wie hast du es geschafft?«, fragte er. »Wie hast du die Lairdess der MacDouglas dazu gebracht, deinem Plan zu folgen?«

Ihr rechter Mundwinkel hob sich zu einem bezaubernden halben Lächeln. »Ich habe mich fortgeschlichen und bin zu ihnen gegangen. Da ich nur eine Frau allein war, ist kein Mann auf die Idee gekommen, mich aufzuhalten. Als ich bei der Burg der MacDouglas ankam, habe ich mich als Dienerin ausgegeben, bin in die Kemenate der Burgherrin gegangen und habe auf sie gewartet. Nachdem sie mich angehört hatte, war sie sofort einverstanden, uns zu helfen, die Fehde zu einem Ende zu bringen.«

Er überlegte eine Weile, doch was ihm durch den Kopf ging, gefiel ihm nicht. Maggies Geschichte roch nach geplantem Verrat. »Und woher weißt du, dass sie nicht lügt? Sie könnten in diesem Moment einen Überfall auf uns planen, während Lochlan sich deinetwegen den Kopf zerbricht.«

»Nein«, sagte sie. »Ich glaube ihr. Sie ist eine gute Frau. Alles, was sie will, ist, dass ihr Ehemann Vernunft annimmt. Sie wünscht sich Frieden ebenso sehr wie ich.«

Wie schön, wenn es so einfach wäre. Aber Braden wusste, dass mehr als ein paar Tage ohne Essen und Geschlechtsverkehr nötig waren, um Robby MacDouglas zum Aufgeben zu bringen. Der Mann war auf Blut aus. Und nicht auf das Blut von irgendwem.

In Wahrheit würde nichts außer dem Unmöglichen den Mann in die Knie zwingen. »Unglückseligerweise, meine Kleine, wird das nie geschehen.«

Maggie betrachtete ihn mit gerunzelter Stirn.

Braden ließ seine Hand fallen. Es wurde Zeit, dass jemand ihr den Grund für die Fehde erläuterte. Aber er wollte auch nicht, dass sie niedergeschlagen wurde. Ihr Lebensmut gefiel ihm, und er hasste die Vorstellung, sie könnte ihn verlieren. Dennoch hatte er keine andere Wahl.

Außerdem drohte seine Frist zu verstreichen, ohne dass er Erfolg hatte.

»Du hast selbst gesagt, dass MacDouglas Ken Hollow überfallen hat.«

Braden nickte. »Und weißt du auch, warum er das getan hat?«

Sie schüttelte den Kopf.

»Erinnerst du dich noch an Isobail, die Tochter des alten MacRae?«

Ihr Stirnrunzeln vertiefte sich, während sie nachdachte. »Die Frau, um die sich deine Brüder gestritten haben?«

Braden verzog bei der Erinnerung gequält das Gesicht. Wenn der Teufel die Züge eines Engels annähme, dann käme er in Gestalt von Isobail ingen Kaid. Sie war schöner, als mit Worten zu beschreiben war, und hatte doch das Leben eines jeden Mannes zerstört, den sie getroffen hat.

»Aye«, gelang es ihm trotz seiner angesichts der schrecklichen Erinnerungen zugeschnürten Kehle zu sagen. »Eigentlich war sie Robby MacDouglas versprochen, aber sie konnte den Mann nicht leiden und drohte sich selbst zu töten, wenn ihr Vater sie zur Ehe zwänge. Mein Bruder Kieran brachte sie her, um sie vor dem Zorn ihres Vaters zu schützen.«

Bradens Magen zog sich zusammen, als er sich jenen Tag wieder ins Gedächtnis rief. Isobail hatte die Halle betreten, einen Blick auf Ewan geworfen und sogleich entschieden, dass er sie besser würde beschützen können als Kieran.

»Ist Isobail nicht mit Ewan fortgelaufen?«, fragte Maggie.

»Aye, das ist sie«, erwiderte er mit belegter Stimme.

Am Tag, nachdem Ewan und Isobail zusammen Kilgarion verlassen hatten, hatte Kieran sich das Leben genommen.

Weniger als sechs Monate später war Ewan mit der

Nachricht heimgekehrt, dass Isobail ihn mitten in der Nacht wegen eines reichen Engländers verlassen hatte.

Die Neuigkeit von Kieran war ein vernichtender Schlag für Ewan gewesen.

Bis zu diesem Tag wünschte sich Braden nichts lieber, als Isobail noch einmal zu treffen und ihre herzlose Seele in die Hölle zu schicken, wo sie hingehörte.

Aber jetzt war nicht die Zeit, darüber nachzudenken, was Isobail getan hatte. Jetzt musste er den Schaden wieder gutmachen, den ihre Taten bis heute anrichteten.

Er wappnete sich für Maggies Reaktion, als er es ihr erklärte. »Und das ist der Grund, weswegen uns der MacDouglas weiter angreift. Er fordert, dass Lochlan ihm Ewan ausliefert. Er wird nicht Vernunft annehmen, ehe er Ewans Blut vergossen hat, weil der ihm Isobail gestohlen hat, obwohl der Bastard ihm eigentlich dankbar sein müsste, denn Ewan hat ihm ein übles Schicksal erspart.«

Statt von seinen Worten entmutigt zu sein, schien Maggie ihm viel eher getröstet. Sie nickte grimmig. »Dann ist es doch gut, dass ich es in die Hand genommen habe. Anders würde die Sache nie enden.«

Braden starrte sie ungläubig an und bekämpfte den Drang, zu überprüfen, ob mit seinem Hörvermögen vielleicht irgendetwas nicht stimmte. Sicher hatte er sich verhört.

»Es wird nicht enden, Maggie. Früher oder später wird einer seine Frau wieder nach Hause an den Herd und ins Bett zerren. Verstehst du nicht, dass dein Plan gar nicht aufgehen kann?«

Sie schob dickköpfig ihr Kinn vor. Entschlossenheit leuchtete aus ihren Augen. »Es muss einfach klappen. Früher oder später wird einer der Lairds auf die Stimme der Vernunft hören.«

»Früher oder später wird einer der Lairds angreifen.«

»Sie würden es nicht wagen, ihre Mütter, Frauen oder Töchter anzugreifen.«

»Was ist mit Bridget?«

»Das ist etwas anderes.«

Braden holte tief Luft, um sich zu beruhigen, ehe er etwas sagte, das ihm später Leid tat. Wie konnte eine so kluge Frau nur so dumm und verbohrt sein?

Das hier würden zwei lange Tage werden, wenn sie auf diesem Unsinn beharrte. Es geschähe ihr recht, wenn er sie sich selbst überließe. Tatsächlich könnte er schon bei dem Gedanken herzlich lachen, dass sie sich mit Fergus anlegte.

Aber das konnte er nicht tun. Ebenso wenig konnte er zulassen, dass sie sich allein Lochlans Zorn stellte.

»Dann ist es ja gut, dass ich hier bin, um dich zu beschützen«, sagte er schließlich, »da du anderenfalls wegen deiner Uneinsichtigkeit gehängt würdest.«

Sie musterte ihn argwöhnisch. »Spiel dich bloß nicht als mein Beschützer auf. Ich weiß, weswegen du hier bist. Du bist da, um eine von uns zu verführen, sodass die Frauen nicht länger auf mich hören und nach Hause gehen.«

Braden lächelte, um zu verbergen, dass sie damit ins Schwarze getroffen hatte. »Nun, warum solltest du so etwas glauben?«

»Weil ich dich gut genug kenne.«

»Du hast immer schon das Schlimmste von mir angenommen, nicht wahr, Kleines?«

Ein seltsamer Ausdruck trat in ihre Augen, als sie ihn anschaute. Wenn Braden es nicht besser gewusst hätte, würde er schwören, dass es Enttäuschung war.

»Es gab einmal eine Zeit, als ich nur das Beste von dir angenommen habe.« Die Wehmut in ihrem Ton zerrte an

Bradens Herz. Und als Maggie weitersprach, fühlte es sich an, als würde sie ihm einen Dolch hineinstoßen. »Leider bist du zu einem Mann herangewachsen.«

»Wie meinst du das?«

Sie schüttelte den Kopf. »Egal. Sag mir lieber, wie lange du diese Farce noch fortführen möchtest, dass du unser Beschützer bist.«

Braden entschied, aufrichtig mit ihr zu sein. Sie hatte das Recht zu erfahren, was genau geschehen würde, wenn sie auf ihrem Standpunkt beharrte. »Lochlan hat mir zwei Tage Zeit gegeben. Wenn ich euch bis dahin nicht aus eurem Zufluchtsort locken kann, wird er die Mauern einreißen und die Männer auf euch loslassen.«

»Das würde er nicht wagen!«

Braden nickte ernst. »Aye, das würde er. Du musst verstehen, in welche Lage du ihn gebracht hast. Jetzt beginnen die Männer an seiner Fähigkeit zu zweifeln, sie anzuführen. Wenn er die Frauen nicht bald zur Räson bringt, ist er gezwungen, drastische Maßnahmen zu ergreifen.«

Maggie sank bei seinen Worten das Herz. Was sollte sie tun, wenn man sie so in die Ecke drängte? Sie hatte sich darauf verlassen, dass die Männer zögern würden, ihnen etwas anzutun, aber mit jedem Übergriff war diese Überzeugung weiter ins Wanken geraten.

Vielleicht sollte sie einfach die Tore aufstoßen und nach Hause gehen.

Es war einfach zu viel für eine junge Frau von zweiundzwanzig Jahren – und auch für eine Frau von achtzig.

Sie rieb sich die Augen und versuchte sich eine Alternative zu überlegen. Irgendeinen Weg, dies hier zu beenden.

Was sollte sie nur tun?

Du bist ein gutes Mädchen, Maggie-Kleines, mit einem gu-

ten Herz, hörte sie Anghus' Stimme in ihrem Kopf. *Ich weiß, ich kann mich darauf verlassen, dass du das Richtige tust.*

Wenn sie nur die Kraft besäße, es zu Ende zu führen. Müde und zermürbt von dem Kampf, von den ständigen Klagen der Frauen und ihrer eigenen Unsicherheit, ob sie das Richtige tat, schaute sie zu Braden auf.

Das Sonnenlicht zauberte rötliche Lichter in sein schwarzes Haar, und in seinen Augen glomm die verführerische Wärme, die sie früher beruhigt hatte, als sie noch ein kleines Mädchen und er ein Junge gewesen war. Selbst jetzt noch erinnerte sie sich an das Gefühl inneren Friedens, das seine Umarmungen ihr als Kind geschenkt hatten.

Wie sie sich wünschte, ihm trauen zu können. Denn irgendjemandem musste sie trauen. Selbst wenn es ein Schurke war, der nur Frauen im Kopf hatte.

»Sag mir«, wandte sie sich an ihn, »warum bist du hier und nicht bei Lochlan, um ihm bei der Planung seines Angriffes auf uns zu helfen?«

Ein unbekanntes Gefühl stand in seinen Augen, eines, das sie nicht bezeichnen konnte. »Ich bin hier, um dafür zu sorgen, dass niemand dich aus Rache für das umbringt, was du angestellt hast.«

Bei seinen Worten stockte ihr der Atem, Worte, auf die sie ihr Leben lang gewartet hatte. Konnte es sein, nach all den Jahren, dass er etwas für sie empfand?

Durfte sie das hoffen?

»Und warum solltest du das tun?«, wollte sie wissen.

»Du warst immer Anghus' ganzer Stolz. Ich könnte nicht mit mir selbst weiterleben, wenn ich es zuließe, dass dir etwas zustößt. Das ist das Mindeste, was ich ihm schulde.«

Damit traf er sie mitten ins Herz, und es tat schlimmer weh, als sie es für möglich gehalten hatte.

Womit hast du gerechnet? Einem Schwur ewiger Liebe? Du weißt es doch besser, Maggie. Du bist viel zu unscheinbar und schlicht, um ihm den Kopf zu verdrehen.

Mit erneut von ihm gebrochenem Herzen nickte sie nur.

Zwei Tage. Ihr blieben noch zwei Tage, sich etwas einfallen zu lassen.

Und das würde sie.

Irgendwie.

Oder du musst einen hohen Preis zahlen.

»Danke«, flüsterte sie und tätschelte ihm begütigend den Arm. »Ich bin mir sicher, dass ich in zwei Tagen einen Leibwächter gut gebrauchen kann.«

»Dann hast du also vor, das hier bis zum Ablauf von Lochlans Frist durchzuziehen?«

Sie nickte, wünschte sich, sie wüsste etwas Besseres. Aber das gab es nicht. Gleichgültig, wie hart es war, sie musste es zu Ende bringen.

»Ich habe keine Wahl. Wenn ich die Türen aufstoße und alle gehen lasse, werde ich für den Rest meines Lebens der Lächerlichkeit preisgegeben sein. Seht mal, da geht die verrückte Maggie ingen Blar, die sich eingebildet hat, sie sei eine große Anführerin und könnte die Frauen aufwiegeln. Dabei hat sie sie sogar geführt, und zwar wieder zurück in ihre Häuser, wo sie mitten in der Nacht von MacDouglas und seinen Männern überfallen, erschlagen oder geschändet werden konnten.«

Er streckte die Hand nach ihr aus. »Maggie …«

»Nein, Braden«, sagte sie und machte einen Schritt von ihm fort. »Wir beide haben dasselbe Ziel – das Leben unserer Brüder zu retten.«

Sie blickte zu ihm auf und gestattete ihm zu sehen, wie durcheinander und verunsichert sie war. »Aber sag mir eines. Wenn ich nachgebe und dir und Lochlan erlaube, die Frauen nach Hause zu bringen, wer sagt dann, dass es beim nächsten Überfall nicht du bist oder Ewan, der sein Leben verliert? Wird sich Lochlan dann als Sieger fühlen? Oder du, falls es Ewan und er sind, die sterben? Wie weit ist es mit deiner kostbaren Männlichkeit her, wenn du an den Gräbern deiner Brüder stehst?«

Bevor er sie aufhalten konnte, drehte sie sich um und ließ ihn auf dem Hof stehen, damit er über ihre Worte nachdenken konnte.

Braden beobachtete, wie sie das Refektorium betrat.

Verflucht, die Frau hatte Recht. Er kannte den Schmerz, einen Bruder zu verlieren, bereits zur Genüge, er wollte ganz gewiss nicht noch einen Bruder zu Grabe tragen.

Es musste eine andere Lösung für diesen Irrsinn geben. Etwas, bei dem weder Maggie noch Lochlan ihr Gesicht verlieren würden.

Mit zusammengebissenen Zähnen überquerte Braden den Hof, um sich durch die Hinterpforte aus der Kirche zu stehlen und in die Burg zurückzukehren. Er würde mit Lochlan reden. Sicherlich würde sich sein Bruder als vernünftiger erweisen als Maggie.

Wenn nicht, konnte er versuchen, Lochlan so lange zuzusetzen, bis er nachgab.

Schließlich war er Braden MacAllister, der beispiellose Friedensstifter in der Familie. Er hatte sich sein Leben lang mit seinen dickköpfigen Brüdern auseinander gesetzt. Wenn er zwischen *denen* Frieden stiften konnte, dann konnte er sicherlich auch diesen belanglosen Streit beilegen.

Ich meine, wie schwer kann es schon sein, zwischen Leuten Frieden zu stiften, die ihn wollen?

Was ist mit Kieran?

Sein Innerstes verkrampfte sich bei der Erinnerung. Weder Kieran noch Ewan hatten den Streit gewollt, der wegen Isobail entbrannt war. Sie hatten versucht, die Sache friedlich zu lösen, doch dann hatte sie ihnen ihr Ultimatum gestellt.

Braden schloss die Augen und versuchte das Bild des grünschwarzen Plaids zu vertreiben, das einsam und verloren auf der Erde über den Klippen lag, durchbohrt von Kierans Schwert, dort, von wo aus sein Bruder sich ins Meer gestürzt hatte.

Er hatte sich so bemüht, seine Brüder vom Kämpfen abzuhalten. Kieran davon zu überzeugen versucht, dass es eines Tages eine andere für ihn geben würde, eine, die er mindestens ebenso lieben würde.

Davon verstehst du nichts, Braden. Herzen hören nicht einfach mit dem Lieben auf, und wenn ein Mann genau die Frau findet, die er braucht, dann wird er alles tun, um sie zu behalten. Alles!

Aye, das war etwas, das er später immer wieder hatte beobachten können. Liebe schwächte einen Mann. Sie brachte ihn dazu, unverzeihliche Dinge zu tun, und in Kierans Fall hatte sie ihn sogar sein Seelenheil gekostet.

Das war der Grund, warum Braden es sich nie gestatten würde, eine Frau zu lieben. Er wäre nie so ein Narr.

Nie.

Sein Leben gehörte ihm allein, und er würde dafür sorgen, dass keine Frau je Macht über ihn gewann.

Außerdem genoss er sein sorgenfreies Leben viel zu sehr und verspürte nicht den Wunsch, auch nur das Geringste daran zu ändern.

Im Augenblick war das Einzige, was er ändern wollte, diese vertrackte Situation, in die die zwei Dickköpfe sich verrannt hatten.

Irgendwie würde er morgen die Frauen zu ihren Familien zurückbringen. Dann würde unter Lochlans Männern wieder Zucht und Ordnung einkehren, und Maggie …

Nun, für die hatte er besondere Pläne. Aber würde er sie in die Tat umsetzen können?

Kapitel 5

Erschöpft und erbittert über die Ausweglosigkeit seiner Lage stieß Lochlan die schweren Eichentüren zum Rittersaal der Burg auf und erwartete, eine leere Halle vorzufinden, in der er in Ruhe sitzen und ein wenig über die Ereignisse des Tages brüten konnte.

Stattdessen standen da etwa zwei Dutzend Männer, die ihn feindselig anstarrten, als wäre er der Grund ihres Elends.

»Das sieht nicht gut aus«, sagte er leise zu sich selbst.

Stirnrunzelnd blieb er stehen. Nie in seinem Leben hatte er eine schlechter gelaunte Gruppe von Männern gesehen. Sie erinnerten ihn an eine Gänseherde, die bereit war, es mit dem Axt schwingenden Bauern aufzunehmen. Das einzige Problem dabei war, dass Lochlan keine Axt hatte.

Die Gänse wurden unruhig. Sie drängten sich um ihn, erhoben ihre Stimmen, sodass es von den Steinwänden widerhallte, als sie alle auf einmal zu sprechen begannen.

Lochlan hob seine Arme, um für Ruhe zu sorgen. Doch es wurde nur lauter.

Fergus trat vor und schrie die anderen an, sie sollten ruhig sein. Zu Lochlans Verwunderung gehorchten sie, er wusste nun, wer der Anführer der aufgebrachten Schar war.

»Was, zum Teufel, hat das hier zu bedeuten?«, fragte Lochlan. »Was habt ihr hier zu suchen?«

»Wir sind gekommen, um ein paar Antworten zu bekommen«, sagte Fergus über das Stimmengewirr hinweg. »Ich habe gesehen, dass du und deine Brüder es sich bei den Frauen gemütlich machen, und jetzt denke ich, dass ihr, du und deine feinen Brüder, in Wirklichkeit unsere Frauen für euch behalten wollt.«

Lochlan starrte ihn ungläubig an. »Das kann nicht dein Ernst sein.«

»Was sonst sollen wir denken?«, erkundigte sich Davis aufgebracht.

Dreißig Jahre alt, mit einem dicken Schopf brauner Haare und von eher schmächtiger Gestalt, gehörte Davis eigentlich zu den vernünftigeren und verlässlicheren Männern des Clans. An seiner wütenden Miene konnte Lochlan jedoch erkennen, dass Fergus in seiner Abwesenheit ganze Arbeit geleistet haben musste.

»Wir alle hier wissen, dass Braden MacAllister niemals allein schläft«, fuhr Davis fort, »und jetzt hast du ihn in der Kirche zusammen mit unseren Frauen zurückgelassen. Wahrscheinlich liegt er gerade jetzt, da wir reden, in einer dunklen Ecke und hat eine von ihnen im Arm. Möge Gott uns beiden helfen, wenn es meine Frau ist, mit der er herumtändelt.«

Davis bedachte Lochlan mit einem angewiderten Blick. »Wo hattest du nur deinen Kopf, als du ihn dort gelassen hast? Ich denke, es ist Zeit, dass wir uns einen neuen Laird suchen! Einen mit etwas gesundem Menschenverstand.«

»Aye!«, riefen die anderen einstimmig.

Lochlan spürte, wie sein Blut zu kochen begann. Sicher, Braden war ein wenig zügellos, wenn es um Frauen ging, aber selbst sein übermütiger Bruder wusste, wie weit er gehen durfte.

Meistens wenigstens.

Jedenfalls stand es weder Fergus noch Davis zu, Braden zu ermahnen. Dafür war Lochlan allein zuständig.

»Ich habe Braden da gelassen, damit er die Frauen herausholt«, erklärte Lochlan.

Etwa die Hälfte der Männer schnaubte abfällig.

Dermot trat vor. Der ältere Mann war knapp einen Zoll kleiner als Lochlan, und in seinen hellgrauen Augen loderte Zorn. »Ich habe jetzt fast ein Jahrzehnt lang meine Töchter vor diesem wollüstigen Bruder von dir beschützt, und nun soll ich dir glauben, dass er nicht gerade dabei ist, die Frauen in einer Reihe aufzustellen, damit er sich eine oder sogar mehrere aussuchen kann, die sein Lager teilen? Wessen hirnrissige Idee war das überhaupt?«

Die Antwort »Meine« kam Lochlan nicht über die Zunge. Es war nicht nötig, die Sache schlimmer zu machen, als sie ohnehin schon war. Keiner seiner Männer war bereit, Vernunft anzunehmen.

Im Stillen verfluchte Lochlan die Schwäche seines Bruders für Frauen und sein gutes Aussehen. Er wäre besser dran, wenn er einen Bruder hätte, der einem warzenübersäten Troll ähnlich sah.

Die Männer begannen wieder durcheinander zu schreien.

Lochlan hielt die Hände hoch, um sie zum Schweigen zu bringen.

In dem Versuch, ihre Ängste zu beschwichtigen, erklärte er Bradens Plan, so gut er konnte, und hoffte, dass sie ihm zuhören würden.

»Braden ist in die Kirche gegangen, um Maggie da rauszuholen. Sie ist die einzige Frau, hinter der er her ist; die anderen sind vor ihm sicher.«

Bitteres, hässliches Gelächter erschallte.

»Für was für Narren hältst du uns eigentlich?«, fragte

Davis. »Keiner von uns würde Maggie haben wollen, selbst an ihrem besten Tag nicht. Warum also sollte dein Bruder hinter ihr her sein, wenn er die hübschesten Frauen haben könnte?«

Diese grobe Bemerkung ließ alle jäh verstummen, und unheilschwangere Stille senkte sich über die Versammlung.

Langsam drehten sich die Männer zu der Ecke um, wo Maggies vier Brüder standen, die mit in die Halle gekommen waren. Stephen, Ian, Duncan und Jamie schienen kurz davor zu stehen, auf alle Männer im Saal loszugehen.

»Was genau möchtest du damit sagen, Davis MacDowd?«, erkundigte sich Jamie mit tödlich ruhiger Stimme.

Davis begann zu stammeln, während er die vier wütenden Brüder beobachtete, geeint in der Verteidigung ihrer kleinen Schwester. »Ich … das habe ich nicht so gemeint. Es ist nur so … ihr wisst doch selber, dass ihr noch nie ein Mann den Hof gemacht hat.«

Diese Antwort diente nur dazu, dass sich die Mienen der Brüder weiter verfinsterten, ihre Körperhaltung noch angriffslustiger wurde, während sie die Umstehenden musterten.

»Und was ist mit meiner kleinen Schwester nicht in Ordnung?«, erkundigte sich Duncan drohend.

»Zuerst einmal«, sagte Fergus, »ist sie nicht sonderlich hübsch. Und zweitens ist sie nicht ganz richtig im Kopf. Seht euch doch nur mal an, was sie mit unseren Frauen angestellt hat! Gar nicht zu erwähnen, dass sie auf mich losgegangen ist, als ich in die Kirche kam, um meine Frau zu sehen.«

Nach dieser Erklärung brach in der Halle die Hölle los.

Maggies vier Brüder knurrten wutentbrannt, ehe sie sich auf die anderen stürzten.

Lochlan beteiligte sich nach Kräften an dem Getümmel, indem er versuchte, es zu beenden und seine Männer zur Vernunft zu bringen. Flüche und Schreie hallten durch den Saal, durchsetzt von dem Geräusch von Fäusten, die auf Fleisch trafen, und dem zerberstenden Holz von Bänken, Tischen und Stühlen.

Lochlan hatte noch nie in seinem Leben so ein Handgemenge gesehen.

Der Drang, den Raum zu durchqueren und sich sein Schwert von seinem Platz über dem Kamin zu nehmen, war schier überwältigend, aber er wollte niemanden ernsthaft verletzen. Dennoch konnte er doch wohl ein wenig Beherrschung von den Männern erwarten.

Während Lochlan sich bemühte, Maggies Brüder zu bändigen, stürzten sich fünf andere zugleich auf ihn. Ehe Lochlan sich losreißen konnte, hatten sie ihn gepackt und auf einen Stuhl vor dem Kamin gesetzt.

»He! Was soll das?«, wollte Lochlan wissen, als zwei Männer ihn festhielten, während zwei andere Seile holten.

Die Antwort war offensichtlich.

Nach wenigen Minuten saßen Maggies vier Brüder auf Stühlen neben ihm, und sie alle waren gefesselt, verschnürt wie Vögel zum Schlachten.

Laut fluchend wehrte sich Lochlan gegen die Seile, die ihn an den Stuhl banden. Wenn er hier je wieder herauskäme, würde es sie alle teuer zu stehen kommen.

Fergus und die anderen betrachteten die Gefesselten hinterhältig lächelnd. »Und jetzt suchen wir uns einen Laird, der damit fertig wird, wenn …«

»Was, zum Teufel, ist denn hier los?«

Fergus erblasste beim Klang der tiefen Stimme.

Lochlan atmete erleichtert auf, als Braden erschien.

Aber seine Erleichterung währte nicht lange.

Der Zorn der Meute wandte sich nun gegen Braden. Die wütenden Stimmen waren beinahe ohrenbetäubend.

Bis ein scharfer Pfiff ertönte.

Die Männer beruhigten sich und wichen zurück, sodass sich eine Gasse von Braden zu Lochlan und Maggies Brüdern auftat.

Mit wutverzerrten Zügen machte Braden einen Schritt nach vorne und betrachtete die Männer. »Würde sich jemand die Mühe machen, mir zu erklären, warum mein Bruder, euer Laird, auf einen Stuhl gefesselt ist?«

Die meisten zeigten betretene Gesichter, nicht so Fergus. Er trat vor und stellte sich vor Braden. »Wir wollen, dass diese Angelegenheit mit den Frauen beigelegt wird.«

»Und du hältst, Lochlan an einen Stuhl zu fesseln, für den besten Weg, das zu erreichen?«

Lochlan lächelte. Jetzt, da Braden da war, konnte er die Absurdität der Situation würdigen.

Fergus wirkte beschämt.

Den Kopf schüttelnd ging Braden zu Lochlans Stuhl. Aber der hünenhafte Enos verstellte ihm den Weg. »Dein Bruder geht nirgendwo hin, ehe nicht meine Frau wieder bei mir zu Hause ist, sich um unsere Kinder kümmert, mir das Bett wärmt und etwas Essbares kocht.«

»Aye«, rief Fergus. »Ich sage, wir bringen den Laird um und holen uns unsere Frauen!«

Die Männer nahmen den Ruf auf. »Bringt den Laird um!«, schallte es von überall her.

Lochlan hielt den Atem an, voller Sorge, wozu die aufgepeitschte Menge in der Lage wäre. Verdammt, er hätte sich doch sein Schwert nehmen sollen, solange er noch die Gelegenheit hatte.

»Ruhe!«, brüllte Braden, bis sie schließlich verstummten. »Habt ihr alle den Verstand verloren? Ihr sprecht da von eurem Laird, eurem Anführer. Dem Mann, dem ihr alle zu folgen und den ihr mit eurem Leben zu schützen geschworen habt.«

»Aber er steht zwischen uns und unseren Frauen!«

Braden holte tief Luft, während er das Meer aufgebrachter Männer betrachtete. Das hier geriet viel zu schnell außer Kontrolle. Wenn er ihnen nicht bald Einhalt gebieten konnte, dann war schwer zu sagen, wozu sie im Stande waren.

Heilige Maria, was hatte Maggie da nur ausgelöst?

»Jetzt lasst uns einen Augenblick vernünftig sein, Männer«, versuchte Braden es noch einmal. »Lochlans Tod bringt euch keine eurer Frauen zurück. Sie haben sich gegenseitig einen Eid geschworen, der nichts mit Lochlans Leben zu tun hat.«

»Na gut«, erklärte Fergus. »Dann bringen wir ihn um, senden Ewan zu den MacDouglas und haben unsere Frauen bis zum Ende der Woche wieder.«

»Aye!«

»Zum Teufel mit euerm Aye!«, brüllte Braden. »Bringt meinen Bruder um, und ihr bekommt es mit mir zu tun.«

Fergus schnaubte abfällig, während er Braden von Kopf bis Fuß musterte. »Soll das eine Drohung sein? Du bist nur einer gegen uns alle.«

Braden erwiderte den verächtlichen Blick ebenso. »Aye. Ich bin ein einzelner Mann mit einer ganzen Garnison voller Truppen, die hübsch ordentlich auf meinen englischen Ländereien sitzen. Trainierte Ritter und erfahrene Soldaten, bereit, auf meinen Befehl loszuziehen. Wenn ihr Lochlan auch nur ein Haar krümmt, verspreche ich euch, dass ich jeden Einzelnen von euch dem Erdboden gleichmache.«

Das ließ sie innehalten. Wenigstens hatte Braden einen Weg gefunden, durch ihre dicken Schädel zu ihrem Verstand vorzudringen.

»Weißt du, Fergus«, sagte schließlich Davis, »es stimmt. Er hat Ländereien in England, und der englische König sähe es vielleicht wirklich nicht gerne, wenn wir ihm etwas antun, besonders jetzt, da die MacAllister mit König Henry Frieden geschlossen haben.«

»Was willst du dann machen?«, fragten ihn Fergus und die anderen. »Wir lassen den Laird gehen und warten einfach? Ich habe das Warten gründlich satt. Und meine Kinder weinen nach ihrer Mutter.«

»Er hat Recht«, sagte Enos. »Ich habe die Bälger selbst gehört.«

»Seht«, schaltete sich Braden ein. »Ich war gerade dabei, eine Art Waffenruhe mit Maggie auszuhandeln.«

Enos spuckte auf den Boden. »Ich sage, verbrennt die Hexe!«

»Aye«, riefen die Männer wie aus einer Kehle. »Verbrennt die Hexe. Verbrennt die Hexe!«

»Verbrennt die Hexe und ihre hässlichen Schuh' auch noch dazu!«, schrie Enos.

Braden musterte ihn finster.

»Aber sie sind doch hässlich«, verteidigte Enos sich.

»Hörst du jetzt auf?!«, fuhr ihn Braden an. »Erst willst du meinen Bruder umbringen, und jetzt hast du es auf Maggie abgesehen. Und ihre Schuhe. Gibt es irgendetwas außer Blutvergießen, das dich zufrieden stellen würde?«

Die Männer schienen tatsächlich nachzudenken. Und an ihren Gesichtern konnte Braden erkennen, dass ihnen das wahrlich nicht leicht fiel.

»Ich schwöre bei allen Heiligen«, stieß Braden leise aus. »Und wenn es das Letzte ist, was ich tue, ich werde Maggie heimzahlen, was sie uns allen mit ihrer Schnapsidee angetan hat.«

Was sollte er jetzt tun? Er war hergekommen, um mit Lochlan ein Abkommen auszuhandeln, nicht mit dem gesamten Clan.

»Nun«, meldete sich Fergus schließlich zu Wort. »Was, meinst du, sollen wir tun?«

Braden hatte nicht die geringste Ahnung, da aber einer der Männer sein Schwert ein wenig zu dicht vor Lochlans Kehle hielt, hielt er es für keine gute Idee, das laut zu sagen.

»Ich werde zurückgehen und noch einmal mit Maggie reden.« Was genauso viel nützen würde, wie gegen eine Wand zu reden.

Oder mit den Männern hier.

Natürlich hatte er nicht die geringste Ahnung, was er zu ihr sagen sollte, da er inzwischen ja schon wusste, was ihr Standpunkt war.

Braden knirschte mit den Zähnen angesichts der Ausweglosigkeit seiner Lage. Wie um Himmels willen sollte er das schaffen?

Und außerdem war er es mittlerweile leid, immer wieder zwischen Burg und Kirche hin und her zu rennen. Genug war genug.

Mit einem angewiderten Seufzer machte er sich auf den Rückweg.

»Du solltest besser nicht versuchen, dich an unsere Schwester ranzumachen!«, zischte ihm Duncan nach. »Oder du bekommst es mit uns zu tun, Braden MacAllister.«

Braden blieb stehen, drehte sich um und bedachte

Maggies Brüder mit einem übertrieben flehentlichen Blick. »Könntet ihr damit nicht warten? Es wäre schön, wenn ich es immer nur mit einer Drohung gegen mein Leben auf einmal zu tun hätte, ja?«

Duncan biss die Zähne zusammen und kämpfte gegen die Stricke, die ihn banden. Aber er schwieg klugerweise.

Braden betrachtete die fünf am Kamin. Er konnte nicht gehen und sie so gefesselt dalassen.

Er wandte sich an Fergus. »Lass sie frei, und ich werde …«

»Wir werden nichts dergleichen tun«, erwiderte Fergus und unterbrach ihn. »Woher wissen wir, dass du wirklich zu der Hexe gehst und unsere Frauen da rausholst?«

»Ihr habt mein Wort darauf.«

Fergus schnaubte abfällig. »Wenn es nicht um Frauen ginge, würde ich darauf eingehen. Aber so werden wir deinen Bruder hier gefesselt behalten, bis du mit den Frauen zurückkommst.«

Warum beruhigte ihn das nur nicht im Mindesten?

»Und wenn Maggie sich weigert?«, fragte Braden.

Fergus verschränkte die Arme vor der Brust. »Wir geben dir vier Tage, sie umzustimmen. Wenn nach Ablauf dieser Zeit die Frauen nicht zurück sind …« Er verstummte unheilschwanger.

Fergus betrachtete die Männer um sich herum. »Nun, du könntest natürlich deine englische Armee erreichen. Wenn wir dich hier an Ort und Stelle erledigen, können sie nicht herkommen, ein Geist kann sie nicht befehligen.«

Das war die einzige Schwäche in seiner Logik, die Braden zuvor nicht bedacht hatte. Natürlich musste Fergus ausgerechnet jetzt sein Gehirn finden und benutzen.

»Vier Tage?«, wiederholte Braden.

»Aye. Vier Tage.«

Nun, das war etwas mehr Zeit als die von Lochlan gesetzte Frist. Kurz überlegte er, was er tun konnte, um noch zwei Tage mehr herauszuschinden. Wenn sein Glück anhielt, bekäme er am Ende wirklich genug Zeit, allen aus der Patsche zu helfen.

»Gut«, sagte er. »Ich bringe euch in vier Tagen eure Frauen wieder.«

Sicher wirst du das. Warum versprichst du ihnen nicht auch noch gleich, dass du übers Wasser gehen kannst, wo du gerade dabei bist? Oder Fische in Brot verwandeln?

Sei jetzt endlich ruhig, innere Stimme, ich mache mir auch ohne deine Hilfe schon genug Sorgen.

Sorgen machte er sich allerdings. Im Augenblick hingen Lochlans, Ewans und Maggies Leben von ihm allein ab. Zum ersten Mal in seinem Leben wuchsen ihm Zweifel an seiner Fähigkeit, mit einer Lage fertig zu werden, und sei sie noch so verzwickt.

»Mir reicht's!«, rief Pegeen, stand vom Tisch auf und ging zur Tür. »Ich habe genug. Ich gehe nach Hause, und niemand wird mich dieses Mal daran hindern.«

Maggie fasste sie am Arm, als sie an ihr vorbeieilen wollte, und hielt sie fest. »Was ist denn los?«

Pegeen deutete zu dem Tisch, an dem sie gesessen und gegessen hatte, und auf die alte Frau neben ihrem Platz. »Ich habe die Nase voll von der alten Edna. Sie schmatzt und schlürft die ganze Zeit. Es ist widerlich, und ich habe es satt.«

»Und ich habe es satt, meine Kinder nicht mehr zu sehen«, fiel Merry von links ein. »Ich habe meine Söhne schon so lange nicht mehr gesehen, dass ich fürchte, sie vergessen mich am Ende. Weiß ich denn, ob Davis ihnen die Gesichter oder die Kleider wäscht? Ich könnte wetten, dass mein Zuhause inzwischen dreckiger als ein Schweinestall ist.«

Danach fielen alle anderen ein und jammerten und beklagten sich, bis Maggie die Ohren wehtaten.

Plötzlich hatte sie das Gefühl, als rückten die bunt bemalten Wände des riesigen Speisesaals näher.

Sie verspürte den nahezu unwiderstehlichen Drang, sich die Hände über die Ohren zu legen und zu schreien.

Himmel, nun fing sogar Aisleen an, sich zu beschweren. Und dabei war die Mutter des Lairds bis dahin Maggies zuverlässigste Befürworterin gewesen.

»Der arme Lochlan ist bestimmt mit seiner Weisheit am Ende, wie soll er in der Burg zurechtkommen«, klagte Aisleen. »Er hat sich nie ums Kochen oder so etwas kümmern müssen. Schließlich ist er unser Laird und sollte sich damit nicht befassen müssen.«

»Ruhe!«, schrie Maggie.

Zu ihrer Verwunderung verstummten alle und schauten sie an, als hätte sie den Verstand verloren. Und in diesem Moment fragte sich Maggie das sogar selbst. Sicherlich war sie verrückt gewesen, zu glauben, ihr Plan würde aufgehen.

»Aisleen«, sagte sie zu Lochlans Mutter. »Ich bin mir sicher, unserem Laird geht es gut. Er ist ein erwachsener Mann und für unser aller Wohl verantwortlich. Ich denke, ausgerechnet *er* von allen Männern unseres Clans sollte nicht davon überfordert sein, sich eine einfache Schüssel Haferschleim zuzubereiten.«

Aisleen wirkte nicht wirklich überzeugt, erwiderte aber nichts, sondern setzte sich wieder.

Maggie holte tief Luft und schaute der Reihe nach die anderen Frauen an. »Was den Rest von euch angeht, ihr solltet euch schämen. Wie oft müssen wir das hier jeden Tag durchkauen? Ich dachte, wir wären uns alle einig?«

»Wir waren uns einig«, erklärte Merry eigensinnig, während sie ihr gebratenes Hähnchen auf dem Holzbrettchen vor sich hin und her schob. »Aber du hast uns doch gesagt, dass die Männer nicht länger als eine Woche ohne uns auskommen würden. Und jetzt dauert es schon viel länger als eine Woche, und ein Ende ist nicht in Sicht.«

»Aye! Unsere Männer brauchen uns«, riefen die anderen.

»Ich brauche meinen Mann!«

Alle lachten.

Maggie hob bei dieser Bemerkung eine Augenbraue, sie hatte die Stimme nicht erkennen können.

Trotz allem seufzte sie dankbar für die auflockernde Unterbrechung. »Ich weiß, dass ihr alle müde seid. Das geht mir auch so.«

»Dann lass uns nach Hause gehen«, bat Pegeen.

Maggie erhob sich. »Willst du allen Ernstes nach Hause zurückkehren und deinem Mann und deinen Söhnen die Schwerter reichen, damit sie in den Kampf ziehen, um zu sterben?«

Die Frauen schwiegen.

Maggie nickte. »Das habe ich mir gedacht.«

»Aber Maggie«, sagte Edna. »Was, wenn sie sich weigern, die Fehde zu beenden? Wie lange sollen wir noch warten? Ich habe einen Garten, um den ich mich kümmern sollte, und Beeren, die für den Winter haltbar gemacht werden müssen. Bald haben wir hier schon einen ganzen Monat zugebracht, während unsere Arbeit liegen bliebt und wir unsere Familien vernachlässigen. Wann geben wir auf?«

»Aye!«, pflichtete ihr Merry bei. »Wir alle wissen schließlich, wie dickköpfig Männer sein können. Sie zünden eher die Kirche an, statt zuzugeben, dass sie sich geirrt haben.«

»Was, wenn sie uns holen kommen?«, fragte eine andere Frau. »Wie lange werden sie warten, ehe sie uns hierfür bestrafen?«

Maggie schloss frustriert die Augen, als die Frauen wieder begannen, ihre Befürchtungen und Fragen vorzubringen. Fragen, auf die sie keine Antwort hatte.

Als sie das hier begonnen hatte, hatte sie nicht mit den täglichen Kämpfen gerechnet, in denen sie die Frauen immer wieder neu überzeugen musste weiterzumachen.

Wieso konnten sie nicht sehen, was sie sah?

»Es wird in Kürze vorbei sein«, versicherte Maggie ihnen. Ihr Magen zog sich zusammen, als ihr wieder Bradens Frist einfiel. Möge der Himmel ihr beistehen, denn sie war sich ziemlich sicher, dass die anderen Frauen verhältnismäßig ungeschoren davonkommen würden, aber sie wagte sich nicht auszumalen, was die Männer wohl mit ihr anstellen würden.

»Wann?«, fragte Edna.

»Bald. Ich bitte euch nur, mir noch ein paar Tage lang euer Vertrauen zu schenken.«

Edna durchbohrte sie mit einem Blick. »Mein Vertrauen ist fast aufgebraucht, Mädchen.«

Maggie konnte das verstehen, denn ihr eigener Geduldsfaden war bis zum Zerreißen gespannt. »Gib mir ein paar Tage mehr.«

»Nun gut«, sagte Pegeen und kehrte auf ihren Platz neben Edna zurück. »Aber dann reicht es. Ich habe ein Heim, um das ich mich kümmern muss.«

Maggie nickte schweren Herzens. Bei allen Heiligen,

sie hatte keine Ahnung, wie sie das hier zu Ende führen sollte.

Sie brauchte eindeutig Hilfe.

Sie zerbrach sich den Kopf, aber ihr fiel nur eine einzige Möglichkeit ein.

So ungern sie es auch zugab, sie brauchte Braden. Er war der Einzige, den sie kannte, der vielleicht eine Lösung dafür finden konnte. Wenn *ein* Mann der geborene Unterhändler war, dann Braden MacAllister.

Aber es gefiel ihr überhaupt nicht, dass sie zu ihm gehen und ihn um Hilfe bitten müsste. Wenn sie die Augen schloss, sah sie ihn wieder vor sich, seine arrogante Haltung, seinen selbstsicheren Gang.

Er hielt sich selbst für unfehlbar, und jetzt musste sie ihn in dieser Ansicht auch noch bestärken.

Trotzdem blieb ihr keine andere Wahl. Die Verantwortung für das Leben ihrer Brüder und der anderen Männer lastete schwer auf ihren Schultern.

In ihrem Entschluss bekräftigt, machte sie sich auf die Suche nach dem Schuft.

Kapitel 6

Braden folgte dem ausgetretenen Weg zurück zur Kirche, während er darüber nachdachte, was geschehen war und was er tun musste. Die Nachmittagssonne schickte sich gerade an, am Horizont zu versinken, und wenn er nicht so aufgebracht wäre, wäre ihm aufgefallen, wie friedlich und wohltuend kühl der Abend zu werden versprach. Ein Abend, der sich bestens dazu eignete, sich ein williges Mädchen zu suchen und sich die Stunden bis zum Einbruch der Nacht auf angenehmste Weise zu vertreiben.

Aber heute Nacht würde es kein williges Frauenzimmer für ihn geben, das ihm süße Anzüglichkeiten ins Ohr flüsterte.

Heute Nacht würde er mit Maggie fertig werden müssen. Mit Maggies Sturheit, er hatte kaum Zweifel an ihrer Antwort, wenn er sie noch einmal fragte, ob sie und ihre Frauen vielleicht nicht doch aufgeben und zu Fergus und seinen Gesinnungsgenossen zurückkehren würden.

Es wäre genauso fruchtlos, die Sonne zu bitten, nicht aufzugehen. Oder die steinernen Mauern, dass sie zu atmen anfingen.

Mit zusammengebissenen Zähnen überlegte Braden, wie gerne er ein paar Köpfe gegeneinander schlagen würde. Alles war so aussichtslos.

Warum konnte niemand außer ihm vernünftig sein?

Was hatte Fergus sich nur dabei gedacht, als er beschlossen hatte, sich gegen Lochlan zu wenden?

Als Braden die kleine Kapelle betrat und seine beiden anderen Brüder suchte, hätte er schwören können, dass er fühlte, wie sein Blut zu kochen begann. Mit bis zum Zerreißen gespannten Nerven bedurfte es seiner ganzen Selbstbeherrschung, nicht die Tür hinter sich zuknallen zu lassen, dass sie in den Angeln bebte.

Die tiefer stehende Sonne schickte ihre Strahlen durch zwei riesige Buntglasfenster, die die Geburt und den Tod Christi zeigten, in den Raum. Unzählige Farben mischten sich auf dem Steinboden, den er auf dem Weg in den hinteren Teil der Kirche überquerte.

Es gab da einen eisernen Kerzenständer auf der linken Seite des Kirchenschiffes, wo seine Brüder arbeiteten. Sin hielt die Leiter, während Ewan auf der obersten Sprosse stand und das Dach reparierte. Braden ging zu ihnen und berichtete ihnen von der jüngsten *wunderbaren* Entwicklung.

»Ist das dein Ernst?«, fragte Sin, sobald Braden geendet hatte.

Ewan stieg die Leiter herab. »Was meinst du damit, sie haben Lochlan gefangen genommen?«

»Du hast doch gehört, was ich gesagt habe«, antwortete Braden. »Sobald Fergus von hier fort war, hat er die Runde durch alle Häuser gemacht, die Männer aufgehetzt und ist mit ihnen in die Burg gezogen. Als Lochlan zurückkam, haben sie ihm aufgelauert und ihn überwältigt.«

»Diese Bastarde!«, brüllte Ewan. »Gebt mir ein Schwert, und ich werde …«

»Und wirst was?«, fragte Sin und unterbrach ihn. »Ein Blutbad unter ihnen anrichten? Mir ist klar, dass du etwas größer bist als ein gewöhnlicher Mann, aber wir sind nur drei gegen wie viele?«

»Etwa vierzig sind im Augenblick in der Halle.«

Sin schüttelte den Kopf. »Das sind zu viele, um gegen sie zu kämpfen.«

»*Sassenach!*«, spie Ewan verächtlich aus.

Bevor Braden auch nur mit der Wimper zucken konnte, hatte Sin Ewan am Kragen gepackt und zu sich herumgezerrt, bis sie einander in die Augen sahen. Der finstere Ausdruck in Sins Gesicht hätte jedem anderen Todesangst eingejagt.

»Beleidige mich nie wieder, *Bruder*«, erklärte Sin, und seine leise Stimme war Furcht erregend. »Du vergisst, wer von uns beiden aus Schottland verstoßen und an unsere Feinde ausgeliefert wurde. Ich habe um mein Leben gekämpft, während du samt deines lilienzarten Hinterns von einem vernarrten Vater und einer liebevollen Mutter verhätschelt wurdest. Wenn du das Verlangen hast, aus erster Hand zu lernen, was ich gelehrt wurde, dann schnapp dir dein kostbares Schwert und komm mit mir nach draußen.«

Zum ersten Mal in seinem Leben sah Braden Verunsicherung in Ewans Augen.

Außerdem reichte es Braden jetzt. Mit einem erbitterten Knurren trennte er die beiden Streithähne und stellte sich zwischen sie.

»Jesus, Maria und Joseph, gibt es denn in dieser ganzen verdammten Burg niemanden, der es mehr als ein paar Augenblicke aushält, ohne dass die Gefühle mit ihm durchgehen? Lass ihn in Ruhe, Sin, oder ich schwöre, in der Stimmung, in der ich bin, reiße ich dir den Kopf ab und benutze ihn als Fußschemel.«

Sin warf Braden einen ungläubigen Blick zu, schwieg aber.

Nur wenige hatten Sin je herausgefordert aus Angst vor seinem Kampfgeschick und seinem Jähzorn. Wenn

Braden nicht so wütend gewesen wäre, hätte er über Sins verwunderte Miene vielleicht sogar gelacht.

Wie auch immer, in diesem Augenblick fand Braden nichts sonderlich lustig.

Mit wieder gewonnener Ruhe sagte Sin nur scharf: »Glaubt mir, ich täte nichts lieber, als mein Schwert mit schottischem Blut zu tränken, aber sollten wir die Burg stürmen, dann wäre Lochlan das erste Opfer, das wir zu beklagen hätten.«

Braden nickte. »Das haben sie noch gesagt, ehe ich gegangen bin.«

Während Sin nachdachte, begann ein Muskel in seinem Mundwinkel zu zucken.

Als er schließlich sprach, klang sein Ton Unheil verkündend. »Lasst uns nicht vergessen, dass wir es mit Männern zu tun haben. Männer, die geil und hungrig sind. In ihrem Zustand sind sie zu allem fähig.«

»Was also sollen wir tun?«, wollte Braden wissen.

Sin rieb sich nachdenklich das Kinn. »Wie viel Zeit haben wir?«

»Vier Tage. Wenn die Frauen bis dahin nicht zurück sind, bringen sie Lochlan um und stürmen die Kirche.«

»Vier Tage«, wiederholte Ewan. »Gut, das gibt uns immerhin genug Zeit, sie alle zu vergiften.«

Sin lachte auf. »Erinnere mich bitte daran, dich das nächste Mal mitzunehmen, wenn ich eine Burg belagere, kleiner Bruder. Mir gefällt, wie du denkst. Wie auch immer, wenn wir die Männer vergiften, dann kommen die Frauen von allein heraus, um uns dafür umzubringen.«

»Da hat er Recht«, räumte Braden ein. »Schließlich verstecken sie sich hier, um ihre Männer zu beschützen.«

Sie schwiegen, während ein jeder über einen Weg aus der Klemme nachdachte.

»Ich befürchte, uns bleibt nichts anderes übrig«, erklärte Sin schließlich. Er sah Braden an. »Mach weiter, was du begonnen hast, und verführe Maggie.«

Wie einfach das klang. Wenn es irgendjemand anders wäre als ausgerechnet sie, würde Braden nicht an seinem Erfolg zweifeln. Aber im Augenblick stand es beinahe außer Frage, dass ihm das gelang. »Es ist nicht so leicht.«

»Warum?«

Braden seufzte. »Ihr wisst schon, wenn ich ihr weiter nachstelle, nachdem sie mir gesagt hat, dass sie das alles nur tut, um ihre Brüder zu schützen, wird sie mich für einen rücksichtslosen Mistkerl halten.«

Sin musterte ihn mit hochgezogenen Augenbrauen. »Willst du uns damit sagen, dass du nie eine Frau verführt hast, die dich für einen rücksichtslosen Mistkerl gehalten hat?«

»Nein«, erwiderte Braden, entsetzt von der bloßen Vorstellung. »Frauen lieben mich.«

»Du Glückspilz«, sagte Sin trocken. »Die meisten von uns müssen sich richtig anstrengen, eine Frau ins Bett zu bekommen.«

Braden betrachtete ihn in komischer Verwunderung. »Ich bin nicht wie die meisten Männer, und du bist nicht lustig.«

»Genau genommen bin ich das schon, aber darum geht es hier nicht. Im Moment müssen wir uns konzentrieren. Du arbeitest weiter daran, Maggie zu verführen, und ich werde sehen, ob es einen Weg gibt, Lochlan da lebend herauszuholen.«

»Lass mich helfen«, bat Ewan.

Sin schüttelte den Kopf. »Du bist zu groß, um dich irgendwo unbemerkt hineinzuschleichen. Dich entdecken sie sofort.«

Braden nickte bestätigend. »Da hat er Recht. Am Ende stößt du dir den Kopf an etwas, oder wenn du dich plötzlich verstecken musst, passt dein Körper bestimmt nicht in die nächste Nische oder etwas in der Art.«

»Ich bin gerade mal einen Zoll größer als Sin.«

»Aye!«, stimmte Sin zu. »Aber ich habe mehr Erfahrung im Spionieren als du.«

»Na gut«, erklärte Ewan schicksalsergeben. Er sah Sin an. »Du gehst schleichen, ich werde das Dach flicken, und Braden geht sich amüsieren.«

»Erinnert dich das nicht an früher?«, fragte Sin spöttisch.

Braden schnaubte abfällig. »Alles bis auf die Tatsache, dass Lochlan gefesselt ist.«

Sin hob die Augenbrauen.

»Allerdings, jetzt, wo ich darüber nachdenke«, fügte Braden hinzu, »meine ich, dass wir das auch ein oder zwei Mal mit ihm getan haben, was?«

»Höchstens ein oder zwei Mal.« Sin entfernte sich.

Als er die Kirchentür erreichte, blieb er auf der Schwelle stehen und warf Braden einen bedeutungsvollen Blick zu. »Enttäusch mich nicht, Braden!«

»Braden, ich bin ja *so* enttäuscht von dir!«, erklärte Maggie mit wütend blitzenden Augen.

Von Bradens lüsternem Vorschlag klangen ihr noch die Ohren. Bestimmt war der Mann übergeschnappt.

Aber schlimmer noch als seine beiläufige Einladung, die Nacht in seinem Bett zu verbringen, war die Tatsache, dass sie sich in ihrem Herzen wirklich wünschte sie anzunehmen, was natürlich völlig außer Frage stand.

Wie konnte sich ihr Herz nur etwas wünschen, was ihr Verstand als falsch und unmöglich erkannte?

Verwirrt und enttäuscht von sich selbst wegen ihres inneren Zwiespalts richtete sie ihre Verbitterung auf die Quelle allen Übels: Braden.

Warum um Himmels willen hatte sie auch nur einen Augenblick geglaubt, dass er ihr helfen würde?

Er würde ihr helfen, das schon, aber nur wenn das beinhaltete, dass sie ihm Freiheiten gestattete. Zum Teufel damit. Es kümmerte sie nicht, dass er der bestaussehende Mann der Welt war, oder auch dass sie, wenn sie ehrlich war, sich zu ihm hingezogen fühlte. Wenigstens körperlich.

Der Mann war ein Teufel!

Zorn und Schmerz vermischten sich in ihr. Und dabei hatte sie tatsächlich angefangen, ihn wieder zu mögen.

Er war so ein netter Junge gewesen. Ihr Held. Wie oft war er damals zu ihrer Rettung gekommen?

Öfter als sie zählen konnte.

In jenen Tagen hatte er sie hochgehoben und denjenigen ihrer Brüder verjagt, der sie ärgern wollte. Sie hatte ihn als ihren Beschützer angehimmelt.

Warum musste dieser nette, liebe Junge zu einem so abscheulichen Mann heranwachsen? Einem Mann, der keine Seele besaß?

»Wie kannst du nur zurückkommen und das hier bei mir versuchen, nachdem ich dir erklärt habe, warum wir hier sind?«, fragte sie. »Hast du gar keinen Anstand?«

Braden seufzte innerlich und wünschte sich, er wäre an den Stuhl gefesselt und Lochlan müsste an seiner Stelle vor Maggie stehen.

Ich bin ein rücksichtsloser Mistkerl.

Das habe ich davon, wenn ich auf Sin höre. Ich hätte es besser wissen müssen. Der einzig gute Rat, den Sin geben kann, betrifft den Krieg, nicht die Frauen.

Der ganze Tag begann an ihm zu zehren. Würde er nie enden?

Tief Luft holend versuchte er es erneut. »Maggie, Liebste, verstehst du nicht, dass Lochlan nicht einfach nachgeben kann? Wenn er das tut, lässt ihn das vor seinen Männern schwach erscheinen, und welcher Mann folgt schon einem Laird, der sich von einem Mädchen an der Nase herumführen lässt?«

Maggie musterte ihn finster. Wie konnte er nur ebenso schwerfällig wie alle anderen sein?

»Verdammt sollt ihr Männer sein für euren Stolz«, stieß sie zwischen zusammengebissenen Zähnen hervor. »Es war dieser Stolz, der zwei meiner Brüder ins Grab gebracht hat. Kann denn keiner von euch auch einmal zugeben, dass er sich irrt?«

Charmant lächelnd streckte Braden die Hand aus und berührte sie sacht an der Wange, worauf sie ein wohliger Schauer durchlief. »Wir sind komplizierte Ungeheuer, so viel steht fest, aber nicht schlimmer als ihr Frauen.«

Mehr noch als seine Berührung hatte das amüsierte Glitzern in seinen grünbraunen Augen eine verheerende Wirkung auf sie und weckte Sehnsucht auf eine Zeit, da sie nicht auf verschiedenen Seiten stünden.

Es wäre so leicht, ihm nachzugeben.

Aber das konnte sie nicht. Nicht, wenn sie ein so wichtiges Ziel verfolgte. Nicht, wenn ihre Fügsamkeit ihr am Ende das Herz brechen würde.

»Das ist nichts, worüber man scherzen sollte, Braden«, erwiderte sie strenger, als sie eigentlich beabsichtigt hatte. In Wahrheit war sie weniger böse auf Braden als vielmehr auf sich selbst, dass sie für ihn so empfänglich war. »Menschenleben stehen auf dem Spiel.«

»Aye, und mehr als du ahnst.«

Sie runzelte die Stirn angesichts seines Tonfalls. Ein Schatten fiel über sein Gesicht, und da wusste sie, dass er etwas vor ihr verbarg. »Was meinst du damit?«

Seine Hand sinken lassend zögerte er, ehe er antwortete. »Der Clan ist bereit, Blutvergießen in Kauf zu nehmen, um euch Frauen zurückzubekommen.«

Maggie biss erbittert die Zähne zusammen. Männer! Sie waren einfach unerträglich, alle miteinander. Es schien einfach das Los aller Frauen zu sein, sich auf ewig zu den hirnlosen Trotteln hingezogen zu fühlen.

»Muss bei euch Männern eigentlich immer alles in Blutvergießen ausarten? Kann denn keiner von euch sich einfach hinsetzen und ein ganz normales Gespräch führen?«

Er legte den Kopf schief, und seine Grübchen erschienen. »Wenn wir das täten, dann wären wir weibisch, und ihr würdet uns nicht so sehr lieben.«

»Aye, aber wir würden euch vielleicht lieber *mögen*.«

Er hob fragend eine Augenbraue.

Maggie verdrehte die Augen. Es war ihr unbegreiflich, wie er so gelassen darüber reden konnte.

»Wie kannst du das nur so leicht nehmen?«, wollte sie wissen. »Hast du keine Angst, im Kampf zu sterben?«

»Nein, Liebes«, erwiderte er ruhig. »Keiner von uns hat die. Wir sind Highlander. Für den Kampf und die Liebe geboren. Ich persönlich ziehe die Liebe vor, wie du sicher weißt, aber ich bin nie vor einem Kampf zurückgeschreckt.«

Von seinen Worten verärgert, versuchte Maggie eine Lösung für das Problem zu finden. Wie konnte sie Lochlan dazu bekommen, die Fehde zu beenden? »Was soll ich dann tun?«

»Aufgeben«, erwiderte er schlicht.

»Dann wird sich nichts ändern.«

»Doch. Lochlan kann mit den MacDouglas Friedensverhandlungen aufnehmen.«

»Wird er das auch tun?«

Sie sah die Unsicherheit in seinen Augen. Und den Widerstreit in ihm. Sie konnte fast sehen, wie sein Verstand arbeitete und überlegte, welche Lüge er ihr wohl als Nächstes auftischen wollte.

Schließlich sprach er: »Nein, selbst ich bin nicht so schlecht, dass ich dich anlüge. Nicht, wenn es dir wichtig ist. Lochlan kann die Fehde nicht beenden, ehe nicht MacDouglas aufhört, Ewan nach dem Leben zu trachten.«

Genau das hatte sie erwartet.

Trotzdem rechnete sie es Braden hoch an, dass er ehrlich zu ihr war. Der Mann mochte ein Schurke und ein Frauenheld sein, aber er log nicht. Es war gut zu wissen, dass wenigstens etwas an ihm moralisch intakt war.

Wie auch immer, diese Erkenntnis half ihr im Moment nicht weiter.

Wie sollte sie das hier beenden, wenn …

Maggie hielt inne, als ihr eine Idee kam. Es war Irrsinn, sicher, aber nicht mehr als die Frauen dazu anzustiften, sich ihren Männern zu verweigern. Nachdem es ihr gelungen war, Lady MacDouglas von ihrem Plan zu überzeugen, konnte sie dann nicht auch Robby MacDouglas dazu bringen, sie anzuhören?

Schließlich hatte die ganze Fehde wegen einer Frau begonnen, und jetzt war er mit einer anderen verheiratet. Wie konnte er da wegen Isobail weiterkämpfen?

Vielleicht suchte er sogar schon nach einem Weg aus dem Schlamassel, ohne sein Gesicht zu verlieren.

Aye, das war nicht völlig ausgeschlossen.

Maggie erwog ihre Idee im Geiste von allen Seiten. Je länger sie darüber nachdachte, desto vernünftiger erschien sie ihr.

Es war möglich. Wenn es stimmte und sie zu MacDouglas vordringen konnte, bestand die Möglichkeit, dass er die Sinnlosigkeit einsah, die Fehde weiterzuführen.

Richtig?

Wenigstens konnte sie es versuchen.

Diesen Entschluss fassend erwiderte sie Bradens Blick. »Wenn ich Lochlan nicht dazu bringen kann, die Sache zu beenden, dann werde ich zu MacDouglas gehen müssen und ihn zur Vernunft bringen.«

Braden lachte laut auf. »Bist du verrückt?«

»Nein, das ist mein Ernst. Wenn ich es ihm erkläre, wird er …«

»Dir ins Gesicht lachen, dann deinen Kopf von deinen Schultern trennen und ihn auf die Zinnen seiner Burg stecken.«

»Ich werde dafür sorgen, dass er Vernunft annimmt.«

Braden schaute sie in ungläubigem Schweigen an. Nie zuvor im Leben hatte er jemanden wie sie getroffen.

Sie war erstaunlich – ohne Zweifel. Unglücklicherweise schloss »erstaunlich« nicht auch »geistig gesund« ein.

Und von ihrem trotzig gereckten Kinn her zu schließen, würde er sagen, sie war genauso in ihre Idee verrannt wie Fergus. Es war einfach nicht möglich, es ihr auszureden.

Dennoch verspürte er die Notwendigkeit, es wenigstens zu versuchen. »Gibt es irgendetwas, das ich sagen kann, das dich von diesem Irrsinn abbringen könnte?«

»Nichts.«

»Noch nicht einmal ein Hinweis darauf, dass MacDouglas dir höchstwahrscheinlich eher das Herz aus der Brust schneiden und es seinen Hunden zum Fraß vorwerfen wird, als dich anzuhören?«

»Das ändert nichts daran. Ich muss es einfach versuchen.«

»Ich habe mir schon gedacht, dass du so etwas sagen würdest.« Braden seufzte. »Darf ich dann deinem Brombeerzweig einen weiteren Dorn hinzufügen?«

Maggie erstarrte bei seinen Worten, entsetzt, was er sagen würde. Jedes Mal, wenn dieser Ausdruck in seine Augen trat, warf er ihr einen neuen Felsbrocken in den Weg. Sie war es für heute leid, sie fortzuwälzen. »Was?«

»Wenn ihr Frauen nicht bis zum Ende der Woche aufgebt, bringen die Männer Lochlan um und stürmen die Kirche.«

Ihr blieb der Mund offen stehen. Das war sicher nur ein Scherz, aber seine ernste Miene verriet ihr, dass er die Wahrheit sprach. »Was?«

»Es stimmt. Lochlan ist jetzt im Moment in der Burg auf einen Stuhl gefesselt.«

Wenn die Lage nicht so schlimm gewesen wäre, hätte sie über das Bild, das sie vor ihrem geistigen Auge sah, laut aufgelacht. Aber das hier war nicht komisch. Nicht im Mindesten.

»Oh, ihr Männer!«, entfuhr es ihr empört.

»Hasse uns, wenn es sein muss, aber ich kann meinen Bruder genauso wenig sterben lassen wie du deine.«

»Nein, und ich könnte auch nicht damit leben, wenn sie deinen umbrächten«, erwiderte sie leise.

Den Kopf in den Nacken legend schloss Maggie die Augen und schüttelte den Kopf. Sie war müde und erschöpft und mit ihrer Weisheit am Ende.

Wie hatte die Lage nur so kompliziert werden können?

Nun, es änderte nichts an den Tatsachen. Es blieb ihr

nur noch weniger Zeit, ein Wunder zu bewirken. Wenn Gott ihr half, würde sie ihr Wunder bekommen. Oder bei dem Versuch sterben.

Wenigstens ließen ihr vier Tage gerade genug Zeit, die MacDouglas zu erreichen.

Hoffte sie.

»Hier, nimm das.« Sie zog sich den Ring von ihrem kleinen Finger, den ihr Vater ihr an ihrem zehnten Geburtstag gegeben hatte. Es war ein dünner Goldreif, in den kleine Wildblumen graviert waren. Alle Frauen im Clan kannten ihn und würden wissen, dass Braden mit ihm in ihrem Namen sprach, wenn sie selbst nicht da war.

»Gib am Ende der Woche den Ring Pegeen und sag ihr, sie soll die Frauen nach Hause führen.«

Braden hielt den Goldreif zwischen Daumen und Zeigefinger. Ihre Wärme war noch an dem Metall zu spüren. Es war ein so zierliches Schmuckstück, so zerbrechlich und fein, und doch gleichzeitig stark und unnachgiebig. Es erinnerte ihn an seine Trägerin.

Er musste an die Zeit denken, vor langen Jahren, als er und Maggie Freunde gewesen waren. Als sie ihn vor einer Gruppe junger Mädchen im Clan gerettet hatte, die ihm auf seinem Weg zu ihrem Haus aufgelauert hatten.

Ehrlich gesagt konnte er sich an keine Zeit in seinem Leben entsinnen, da er sie und ihre Sturheit nicht gekannt hatte.

Nie zuvor war ihm klar geworden, wie sehr sie Teil seiner Vergangenheit war. Nicht bevor er sich vorstellte, wie sie zu den MacDouglas marschierte und sich umbringen ließ.

Aus irgendeinem Grund traf ihn der Gedanke an ihren Tod viel heftiger, als er sollte.

Braden reichte ihr den Ring zurück. »Denkst du ernsthaft, dass ich hier bleibe und zulasse, dass du dich allein den MacDouglas stellst?«

»Natürlich. Ein unbekannter Mann würde Verdacht erwecken, eine Frau dagegen …«

»Fällt noch viel mehr auf, da all ihre Frauen sich ja ebenfalls verbarrikadiert haben. Oder etwa nicht?«

Maggie öffnete den Mund, um darauf zu antworten, schloss ihn aber wieder. Das hatte sie ganz vergessen. Ihre Reise zu den MacDouglas würde dieses Mal nicht so leicht vonstatten gehen. Sie wären jedem Fremden gegenüber misstrauisch, und ein einzelnes weibliches Wesen in ihrer Mitte, während die eigenen Frauen sie mieden …

Daran wollte sie lieber nicht denken.

»Ich darf dich auch noch darauf hinweisen«, fuhr Braden fort, »dass, wenn sie herausfinden, wer du bist, dein Leben keinen Heller mehr wert sein wird. Bestimmt kennen sie inzwischen alle deinen Namen und verfluchen ihn mit jedem Atemzug.«

»Das stimmt allerdings«, räumte sie ein und suchte fieberhaft nach anderen Möglichkeiten.

Doch es gab keine.

Sie würde einfach ihren Plan etwas verändern. »Dann werde ich mich eben als Junge verkleiden.«

»Ein Junge würde nie alleine reisen«, sagte er. »Du bräuchtest jemanden, der dich begleitet.«

Wie wünschte sie sich, sie könnte eine Eskorte haben, aber sollte jemand Bradens Identität erfahren … Nun, sie wollte sich lieber nicht vorstellen, was der MacDouglas-Clan mit dem Bruder ihres Erzfeindes anstellen würde.

Sie hatte das hier allein angefangen, und sie würde es auch allein zu Ende bringen. »Braden …«

»Nein«, widersprach er entschieden. »Ich bezweifle,

dass MacDouglas auf dich hören wird, und wenn er deinen Kopf fordert, dann brauchst du jemanden, der dich da heraushoIt.«

»Du kannst es nicht mit ihnen allen aufnehmen.«

»Du würdest dich wundern, was ich zuwege bringe, wenn mein Leben auf dem Spiel steht.«

Das würde sie vermutlich nicht, denn sie hatte ihm oft genug bei den Waffenübungen zugesehen, um einen guten Eindruck von seinen Fähigkeiten zu bekommen, sich selbst und andere zu verteidigen.

Die Tatsache bedeutete ihr viel, dass er bereit war, sein Leben für sie zu wagen. Braden mochte vielleicht ein arroganter Mann sein, aber er war nicht dumm.

»Warum solltest du dein Leben für mich riskieren?«, fragte sie ihn.

»Keine Ahnung. Aber komm jetzt, wir müssen für dich Kleidung finden und Ewan deinen Ring und ein paar Anweisungen geben.«

»Bist du verrückt?«, wollte Ewan wissen, nachdem sie ihn hinter der Kirche dabei gefunden hatten, wie er die Leiter in einem schmalen Schuppen verstaute.

»Wer ist verrückt«, erkundigte sich Sin, als er sich zu ihnen gesellte.

Ewan drehte sich mit angewiderter Miene zu ihm um. »Braden hat vor, Maggie zu den MacDouglas zu bringen, damit sie mit dem Laird reden und ihn davon überzeugen kann, die Fehde zu beenden.«

Sin fuhr zu Braden herum. »Bist du verrückt?«, fragte er ungläubig. »Er wird dich mit seinem Schwert durchbohren, ehe du einen Schritt in seine Burg gesetzt hast.«

»Nein, das wird er nicht«, widersprach Maggie und erklärte ihnen ihren Plan.

Als sie fertig war, schüttelte Sin den Kopf. »Das wird nicht gehen.«

»Verzeihung«, erwiderte Maggie ruhig, »ich möchte nicht unhöflich sein, Sir, aber ich weiß noch nicht einmal, wer Ihr seid. Und ich habe keine Ahnung, inwieweit Euch die Angelegenheit betrifft.«

»Er ist mein Bruder Sin«, flüsterte ihr Braden ins Ohr.

Maggies Augen weiteten sich, und sie formte mit ihrem Mund ein »O«. Jeder im Clan kannte die schreckliche Geschichte, wie Sin gewaltsam aus der Burg verschleppt worden war.

Und schlimmer noch, auch die Geschichte, wie sein Vater, als die Männer des Königs den sich wehrenden Jungen auf ein Pferd gezwungen hatten, sich von ihm abgewandt, die Tür zugemacht und seinen Sohn seinen Feinden überlassen hatte.

In dem Augenblick, da die Tür sich geschlossen hatte, hatte Sin aufgehört, sich zu wehren, hatte die Schultern stolz gereckt und war mit dem bitteren Schwur auf den Lippen davongeritten, nie wiederzukehren.

Anghus war dabei gewesen, als es geschehen war, und seine Erzählung hatte sie nie ganz vergessen können. Wie konnte ein Vater sich so von seinem eigenen Fleisch und Blut abwenden und ihn ziehen lassen?

Jetzt bereute sie ihre harschen Worte. Zweifellos hatte Sin schon Schlimmeres zu hören bekommen, aber sie wollte niemandem noch mehr aufbürden, der schon so viel gelitten hatte.

»Verzeiht«, sagte sie zu Sin, »aber es ist viel Zeit vergangen, seit wir uns zuletzt gesehen haben.«

Sin nickte kaum merklich, erwiderte aber nichts.

Jetzt, da sie wusste, wer er war, fragte sie: »Woher wollt Ihr wissen, dass mein Plan nicht aufgehen wird?«

Ein verächtliches, fast böses Lächeln kräuselte Sins Lippen. »Weil, wenn es um Strategien für Überfälle geht, es niemanden gibt, der sich mit mir messen kann. Wenn ich sage, es wird nicht gehen, dann könnt Ihr Euer Leben darauf verwetten, dass es stimmt. Ich habe mich noch nie geirrt.«

Ein kalter Schauer lief ihr über den Rücken.

Da war eine versteckte Bedeutung in diesen Worten. Etwas, das ihr Angst machte.

»Da wir von Plänen reden«, schaltete sich Braden ein, »was hast du über Lochlans Lage herausfinden können?«

Sin schüttelte den Kopf.

»Es ist hoffnungslos. Sie haben ihn und vier andere in der Mitte der Halle auf Stühle gefesselt, wo sie sie im Auge behalten können. Selbst wenn wir über die Empore kommen, sehen sie uns rechtzeitig genug, um die fünf umzubringen.«

»Welche vier anderen?«, wollte Maggie wissen.

Bei ihrer Frage wurde Braden jäh ganz kalt. Oh nein! In seiner Sorge um Lochlan hatte er daran gar nicht mehr gedacht.

Er drehte sich mit verlegener Miene zu Maggie um. »Habe ich etwa zu erwähnen vergessen, dass Fergus deine vier Brüder zusammen mit ihm gefesselt hat?«

Sie musterte ihn aus zusammengekniffenen Augen. »Was?«, fuhr sie ihn an. »Was meinst du damit …«

»Es wird alles gut werden, Maggie«, versuchte Braden sie zu beschwichtigen. »Ihnen wird nichts geschehen.«

»Warum hast du es mir nicht gleich gesagt?«

»Ich dachte nicht, dass es etwas ändern würde.«

»Nun, das tut es aber! Ich werde nirgendwohin gehen, ehe sie nicht in Sicherheit sind.«

Sobald die Worte ihren Mund verlassen hatten, erkannte Maggie, dass sie gefangen war. Wieder. »Ich habe keine Chance, sie herauszuholen, oder?«

Braden schüttelte den Kopf. »Außer du reißt die Kirchentür auf und führst die Frauen nach Hause.«

Sie seufzte. »Dann folgen wir besser meinem ursprünglichen Plan.«

»Ich werde mitkommen«, erklärte Ewan.

»Oh ja, dann läuft alles wie am Schnürchen«, erwiderte Sin vor Hohn triefend. »Wenn es einen Menschen gibt, den die MacDouglas noch lieber in ihre Hände bekämen als Maggie, so bist du es. Ein ausgezeichneter Plan, wirklich.«

»Könntest du dir bitte deinen Sarkasmus verkneifen?«, erkundigte sich Ewan scharf.

»Und könntet ihr beide euch vielleicht das Streiten verkneifen?«, mischte sich Maggie ein. »Es ist ein Wunder, dass auch nur einer von euch die Kindheit überlebt hat.« Sie bedachte erst Sin, dann Ewan mit einem tadelnden Blick.

»Ich wusste, ich hätte in England bleiben sollen«, bemerkte Sin. »Aber nein, ich musste ja mit Braden herkommen und meine verdammte Nase dort hineinstecken, wo sie nicht hingehört. Wenn ich auch nur einen Funken Verstand besäße, würde ich auf der Stelle kehrtmachen, nach Hause reiten und euch alle eurer Dummheit überlassen.«

Braden schenkte ihm keinerlei Beachtung. »Ewan, du behältst Maggies Ring und gibst ihn Ende der Woche Pegeen, um Lochlan und die anderen zu retten. Das sollte die Männer davon abhalten, etwas gegen die MacDouglas zu unternehmen, ehe wir dort angekommen sind. Wenn du Lochlan befreist, sag ihm, was wir vorhaben, und sorg dafür, dass er keinen Überfall auf die MacDouglas unternimmt, es sei denn, er hat stichhaltige Beweise dafür, dass wir tot sind.«

Ewan nickte langsam, beinahe widerwillig.

Braden schlug ihm auf den Rücken. »Maggie und ich werden bei Anbruch der Dunkelheit aufbrechen.«

»Was soll ich tun, wenn die Frauen sie in den nächsten Tagen vermissen?«, wollte Ewan wissen.

»Erzähl Mutter morgen früh, was wir vorhaben. Sie wird sich darum kümmern, dass die Frauen keinen Verdacht schöpfen.«

»Aber denk daran«, warnte Maggie, »du musst uns die ganzen vier Tage Zeit lassen, um zu den MacDouglas zu gelangen. Wenn du die Frauen eher ziehen lässt, könnte einer der Männer die MacDouglas angreifen, sodass wir sterben, bevor wir die Burg erreichen.«

Ewans Miene verriet seine Sorge um sie, aber schließlich willigte er ein.

Sin knurrte leise. »Ich vermute, das ist der Zeitpunkt, da ich mich diesem Himmelfahrtskommando anschließe.«

Braden hob fragend eine Augenbraue. »Das soll heißen?«

»Ich kann dich schließlich nicht einfach alleine gehen lassen, Brüderchen. In dem übrigens hochwahrscheinlichen Fall, dass MacDouglas beschließt, euch beide auf der Stelle umzubringen, kannst du ein weiteres Schwert gut gebrauchen.«

»Oh, jetzt muss ich leider wieder sarkastisch werden«, erklärte Ewan. »Darf ich dich darauf hinweisen, wie sehr du auffallen wirst, wenn du in englischer Kleidung über das Land der MacDouglas stolzierst?«

Braden nickte. »Er hat Recht, Sin.«

Sins finstere Miene hätte selbst Goliath Furcht eingejagt. »Eher trage ich einen Weiberrock, als ein Plaid anzulegen.«

»Nun, dann wirst du hier bleiben müssen«, sagte Braden.

»Ich werde in meinen eigenen Kleidern bestens zurechtkommen.«

»Nein«, entgegnete Braden fest. »Das Risiko gehe ich nicht ein. Ich konnte Kierans Tod nicht verhindern und auch nichts unternehmen, als unser Vater dich zu den Engländern fortgeschickt hat. Aber ich kann dies hier unterbinden, und das werde ich. Ich werde keinen weiteren Bruder verlieren. Nicht so lange ich lebe.«

Sins Miene wurde noch finsterer, dann schlug er sich mit der Faust auf den Oberschenkel. »Du weißt schon, dass da diese Stimme in meinem Kopf ist, die mir die ganze Zeit rät, nach England zurückzukehren. Ganz sicher werde ich es noch bereuen, dass ich nicht auf sie gehört habe.«

Mit verächtlich verzogenen Lippen drehte sich Sin zu Ewan um. »Besorg mir ein verdammtes Plaid, und ich trage es.«

Braden unterdrückte angesichts Sins angewiderter Miene nur mit Mühe ein Lachen.

»Jetzt, da wir das geklärt haben«, verkündete er dann, »lautet die nächste Frage, wie wir unseren Weg durch Feindesland zur Burg der MacDouglas finden.«

Maggie lächelte. »Ich bin so froh, dass du das ansprichst.«

Kapitel 7

Stunden später, nachdem die Sonne langsam über den saftig grünen Hügeln des Hochlandes untergegangen war und Dunkelheit sich über das Land senkte, stand Maggie auf dem kleinen Hof hinter der Kirche. Den Platz säumten auf allen Seiten Büsche und Rosen, mit deren liebevoller Pflege Pater Bede den größten Teil seiner Zeit verbrachte. Diese Rosen dufteten herrlich in der milden Abendluft.

Eine einsame Bank stand vor der Mauer am anderen Ende, und wenn sie sich sehr anstrengte, konnte sie die Stimmen der Frauen im nahen Schlafsaal hören. Der Wind trug schwaches Lachen zu ihr, das ihr ein Lächeln entlockte.

Es war wunderschön hier draußen. Sie liebte ihre herrlichen Highlands. Obwohl die Sonne hinter den Hügeln versunken war, tauchte sie die Ränder der dunkelblauen Wolken noch in leuchtendes Lila und Purpurrot, während die ersten Sterne der Nacht am Firmament erschienen und zu funkeln begannen. Angenehme Kühle breitete sich aus, und die Tiere der Nacht hoben zu ihrem leisen Konzert an.

Maggie hatte den Anbruch der Nacht schon viele tausend Mal miterlebt, aber nie zuvor hatte es sie so berührt wie heute. Sie begann zu beten, dass, wenn alles vorüber war, sie zurückkehren könnte, um auf MacAllister-Land einen weiteren wunderschönen Sonnenuntergang zu sehen.

Vor ein paar Wochen, als sie ihren Plan gefasst hatte,

hätte sie nie mit solchen Komplikationen gerechnet. Auch nicht damit, dass Braden MacAllister vortreten und sie verteidigen würde.

Er war ein guter Mann, immerhin wagte er sein Leben für sie. Und obwohl er ihr gesagt hatte, dass er es nur für Anghus tat, wollte sie doch glauben, dass vielleicht mehr dahinter steckte.

Vielleicht wäre er sogar ein bisschen traurig, sollte ihr etwas zustoßen.

Was für eine Närrin du doch bist, dass du solch hoffnungslosen Träumereien nachhängst. Der Mann hat Besseres zu tun, als sich über eine so unscheinbare junge Frau wie dich Sorgen zu machen.

Dennoch gestattete sich Maggie, weiterzuträumen. Träumte von unmöglichen Dingen mit dem Mann, der ihr das Herz gestohlen hatte.

Sie musste wieder an eine längst vergangene Zeit denken, als sie vielleicht sieben Jahre alt war und ihr Herz an ihren Helden verloren hatte …

»*Hilfe, rettet mich!*«, hatte sie geschrien, während sie durch die große Halle in der Burg rannte, so schnell ihre kurzen Beine sie trugen. Das laute Klipp-Klapp ihrer Schuhe wurde nur von ihrem furchtsamen Rufen übertönt.

Sie musste weglaufen. Sie musste entkommen, ehe das wilde Ungeheuer hinter ihr sie schnappte.

»Er will mich umbringen«, rief sie und schaute sich verzweifelt nach jemandem um, der sie vor ihrem Verfolger erlösen könnte. »Bitte, bitte, ich will noch nicht sterben. Ich bin noch viel zu jung.«

»Niemand wird dich vor mir retten können«, fauchte das Monster. »Du kannst genauso gut stehen bleiben, damit ich dich auf der Stelle erschlage.«

Maggie keuchte angsterfüllt auf und rannte noch schneller. Wo waren nur all die Erwachsenen?

Wo war ihr Vater?

Entsetzt schaute sie über ihre Schulter und sah, dass ihr Zwillingsbruder Ian aufholte.

»Hilfe …«

Maggie erhielt nicht die Chance, mehr zu sagen. Aus dem Nichts tauchten zwei Arme auf und packten sie. Sie glaubte, ihr Vater wäre endlich zu ihrer Rettung erschienen, bis sie merkte, dass ihr Retter nur ein bisschen größer war als sie selbst und ihr Schwung ihn aus dem Gleichgewicht gebracht hatte.

Sie stolperten auf die Wand zu, verhedderten sich in den Falten des Wandbehangs und landeten schließlich mit einem lauten Krach zusammen auf dem Boden. Der schwere Stoff löste sich unaufhaltsam aus seiner Halterung und rauschte auf sie herab.

Das dicke rote Gewebe bedeckte sie völlig. Maggie versuchte, darunter hervorzukrabbeln, aber sie war hoffnungslos darin gefangen. Schlimmer noch, ihre Bewegungen wirbelten Staub auf, sodass sie heftig und wiederholt niesen musste.

Das war nicht gut, gar nicht gut! Sie konnte deutlich Ians Atem hören. Wenn er sie in die Hände bekam, dann war ihr junges Leben keinen Heller mehr wert.

»Mach, dass du da rauskommst, du Fischweib«, verlangte Ian und begann, an dem Stoff zu zerren.

»Ich bin kein Fischweib«, rief sie. »Ich bin viel zu jung, um verheiratet zu sein, und ich mag keinen Fisch.«

Aus den Tiefen der Teppichfalten erklang melodisches Lachen. »Ich glaube nicht, dass einer von euch beiden weiß, was ein Fischweib ist«, erklärte eine angenehme Stimme.

Augenblicklich wusste sie, wer ihr Retter war. Ihr stockte das Herz, und sie riss die Augen weit auf, als sie die Stimme des jüngsten Sohnes des Lairds erkannte.

Gütiger Himmel, sie saß auf Braden MacAllister!

Wieder.

In ihrem verzweifelten Versuch, sich aufzurichten, stieß sie ihm aus Versehen den Ellbogen in den Magen und rammte ihm das Knie in die Seite. Er stöhnte auf und hielt sie fest.

»Ruhig, Kleine«, sagte er leise. »Lass mich das machen, ehe du mir schlimmere Verletzungen zufügst.«

»Verzeiht mir, Mylord«, erklärte sie eilig. »Ich wollte Euch nicht umbringen.«

»Ich bin ja noch nicht tot«, erwiderte er lachend. »Obwohl ich langsam den Eindruck gewinne, dass es höchst ungesund sein kann, sich in deiner Nähe aufzuhalten.«

Maggie biss sich auf die Lippen, als sie sich an ihr letztes Zusammentreffen erinnerte, das erst eine Woche zurücklag. Sie war auf einen Baum geklettert, um Äpfel zu pflücken, als Braden und ihr Bruder Jamie vorbeigekommen waren. Sie hatte das Gleichgewicht verloren und war von dem Ast gefallen, auf dem sie gesessen hatte, geradewegs auf den armen Braden.

Jamie hatte sie eine lästige Kröte geschimpft und ihr aufgetragen, sich von dem Sohn des Lairds fern zu halten, bevor sie ihn umbrachte.

Sie hatte versucht zu tun, was Jamie verlangte, denn sie mochte Braden sehr gerne. Er kam oft und brachte ihr eine Kleinigkeit mit, wenn er ihre Brüder Jamie und Anghus besuchte. Anders als ihre Brüder versuchte er nie, sie zu fesseln, oder wollte, dass sie Würmer aß oder sonst etwas Widerwärtiges tat.

Mit einem kräftigen Ruck gelang es Braden, den Teppich zurückzuschlagen.

Das Erste, was Maggie sah, nachdem sie von dem Stoff befreit war, war Ians wütendes Gesicht, als er sich auf sie stürzen wollte.

Kreischend versuchte sie erneut wegzulaufen, aber Braden bekam sie zu fassen und zog sie an seine Seite, während er mit der anderen Hand Ian zurückhielt.

»Ruhig, ihr beiden«, sagte er. »Was ist denn los?«

Ian hielt sein Holzpferd in die Höhe, das nur noch drei Beine hatte. »Sie hat mein Pferd zerbrochen, und dafür werde ich ihr alle Knochen brechen.«

»Das habe ich nicht absichtlich getan«, verteidigte Maggie sich rasch. »Ich habe dir gesagt, es war ein Unfall. Ich bin gefallen, weil du mich schlagen wolltest.«

»Ich hätte nicht versucht, dich zu schlagen, hättest du nicht damit gespielt, du mottenzerfressener, stinkender Pantoffelheld!«

Braden warf den Kopf in den Nacken und lachte. »Pantoffelheld?«, fragte er Ian. »Junge, weißt du überhaupt, was das ist?«

Ian schob die Unterlippe vor. »Aye. Mein Vater benutzt es die ganze Zeit.«

»Und was bedeutet es?«

»Schwächling.«

Braden schüttelte den Kopf. »Wie alt bist du, Ian?«

»Sieben, genauso wie *sie*!« Er sprach das letzte Wort so verächtlich aus, als wäre Maggie eine Art Untermensch.

»Nun, dann lass dir für zukünftige Beleidigungen sagen, dass Pantoffelheld die Bezeichnung für einen Mann ist, der immer tut, was seine Frau verlangt, und somit keine geeignete Beschimpfung für deine kleine Schwester darstellt.«

»Ach Mann«, sagte er eingeschnappt. »Aber mottenzerfressen ist sie doch.«

»Bin ich nicht«, widersprach Maggie. »Du Krötenschniedel!«

Braden verschluckte sich fast vor Schreck. »Wo, um Himmels willen, habt ihr beide euch herumgetrieben, dass ihr solche Wörter aufgeschnappt habt?«

»Bei unseren älteren Brüdern meistens«, antwortete Maggie.

»Jemand sollte mal mit Jamie und Anghus ein Wörtchen reden«, sagte Braden, während er Ian sein hölzernes Pferd wiedergab. »Ich sag dir was, Ian MacBlar, ich habe ein bemaltes Pferd in meiner Kammer. Wenn ich dir das gebe, versprichst du dann, deine kleine Schwester in Ruhe zu lassen?«

»Nur, wenn sie verspricht, es nicht anzufassen.« Er blickte sie drohend an. »Niemals.«

Maggie schürzte die Lippen und spürte, wie ihr Tränen in die Augen traten. Sie war doch nicht böse, und sie wollte sein Spielzeug ganz bestimmt nicht kaputtmachen. »Es ist nicht meine Schuld. Ich wollte es nur einmal halten.«

Sie schaute zu Braden auf. »Sie lassen mich nie mit ihren Sachen spielen. Und seit unsere Mutter letzten Winter gestorben ist, habe ich kein neues Spielzeug mehr bekommen.«

»Weil du ein Mädchen bist!«, erklärte Ian verächtlich. »Mädchen spielen nicht mit Pferden. Die verdienen sie nicht.«

Maggie holte aus, um ihn zu schlagen, aber Braden fing ihren Arm ab.

»Weißt du, Ian«, sagte er zu ihrem Bruder, »du solltest dir mehr Mühe geben, zu Maggie nett zu sein. Schwestern sind etwas ganz Besonderes.«

»Wie willst du das wissen? Du hast ja nur Brüder.«

»Daher weiß ich es ja eben. Wenn ich eine so zarte Blüte als Schwester hätte, würde ich gut auf sie Acht geben. Pass auf sie auf!«

Ian schnaubte abfällig. »Dann kannst du sie gerne haben. Gib mir das Pferd, und sie gehört dir.«

Maggie blickte zu Braden auf, und eine Träne rann ihr über die Wange. »Ich möchte nicht lästig sein«, verriet sie ihm. »Ich will nur mitspielen, aber sie denken, mit mir macht es keinen Spaß. Sie sagen, ich darf nicht dabei sein, weil ich ein Mädchen bin.« Mehr Tränen liefen. »Ich hasse es, ein Mädchen zu sein. Ich hasse es, hasse es, hasse es!«

Braden zog sie an sich. »Nun, nun, Kleines. Es ist nichts Schlechtes daran, ein Mädchen zu sein. Der liebe Gott hat dich zu dem gemacht, was du bist, eines Tages werden auch deine Brüder begreifen, was für ein besonderes Geschenk Er ihnen mit dir gemacht hat.«

Zum ersten Mal in den sieben Jahren ihres Lebens bedauerte sie nicht, ein Mädchen zu sein. Wenn Braden sie mochte, konnte sie nicht durch und durch schlecht sein, oder?

Ihre Brüder waren einfach nur gemein.

»Was tut ihr beide hier drinnen?«, zerschnitt eine verärgerte Stimme die Luft.

Maggie löste sich von Braden und blickte in das wütende Gesicht ihres Vaters.

Er kam auf sie zu und packte sie an der Hand, dann griff er nach Ian. »Ich dachte, ich hätte euch beiden befohlen, auf dem Wagen sitzen zu bleiben, bis ich meine Geschäfte mit dem Laird erledigt habe.«

Maggie schluckte. Hierfür würde es Schläge geben, so viel stand fest. Und alles nur, weil sie lieber ein paar Minuten hatte spielen wollen, statt auf dem stinkenden Karren zu sitzen.

Das Leben war manchmal so furchtbar ungerecht!

Ihr Vater entschuldigte sich bei Braden und zog sie und Ian mit sich nach draußen auf den Hof zu dem wartenden Wagen.

Maggie kletterte hinten auf die leere Ladefläche und setzte sich auf die Heureste, während Ian vorne auf dem Kutschbock Platz nahm. Mit einer eindringlichen Ermahnung, sich ja nicht vom Fleck zu rühren, entfernte sich ihr Vater wieder.

Schweren Herzens steckte sie ihre Füße unter ihren schmutzigen Kittel und beobachtete, wie ihr Vater im Stall verschwand.

Was für ein entsetzlicher Tag! Warum konnte sie nur nie auf das hören, was ihr Vater ihr sagte? Vielleicht hatte Anghus doch Recht, und sie war wirklich vom Teufel besessen.

Seufzend hielt sie ihren Kopf gesenkt, betrachtete ihre sittsam gefalteten Hände und hoffte, dass ihr Vater nicht allzu fest zuschlagen würde.

Ein paar Minuten später, sie saß immer noch so da, erschien aus dem Nichts ein bemaltes Holzpferd vor ihrem tränenverschwommenen Blick.

Sie keuchte auf, hob den Kopf und schaute geradewegs in das wundervolle, lächelnde Gesicht des zehnjährigen Braden.

»Ich habe ihn Connor getauft«, sagte er ihr, »aber er will jetzt eine Zeit lang mit einem kleinen Mädchen spielen. Er denkt, das macht mehr Spaß als immer nur mit einem ruppigen Jungen.«

»Danke, Mylord«, flüsterte sie und barg das Pferd an ihrer Brust. Es war dunkelbraun angemalt und hatte große schwarze Augen. Nie hatte sie etwas Schöneres gesehen. »Ich werde für Euch gut auf ihn aufpassen.«

Braden nickte und reichte Ian ein weißes Holzpferd. »Vergiss nicht, was du versprochen hast, Ian. Du kannst deine Schwester nicht umbringen.«

»Darf ich sie schlagen?«

»Wenn du das tust, nehme ich dir das Pferd wieder weg.«

»Na gut«, erwiderte Ian unwillig.

Maggie sah zu, wie Braden zurück in die Burg ging, und begriff in diesem Augenblick, dass sie den jungen Lord liebte.

Er war ihr Held.

Das Pferd umklammernd schwor sie sich, dass sie eines Tages kein Fischweib sein wollte, sondern …

Eines Tages wäre sie Braden MacAllisters Weib.

Maggie lächelte, als sie wieder an jenen Tag denken musste. Seitdem waren fünfzehn Jahre vergangen, aber es schien ihr fast, als sei es erst gestern gewesen.

So viel war geschehen, Braden und sie hatten sich verändert. So viel stand zwischen ihnen und ihrem Schwur, ihn zu heiraten.

Allerdings waren die meisten *Dinge*, die zwischen ihnen standen, andere Frauen. Frauen wie die schöne, hoch gewachsene Nera, die Bradens Interesse erregt hatte, als er fünfzehn war.

Wie sehr vermisste sie jene Kindertage, an denen sie mit Braden oder ihren Brüdern fischen oder schwimmen gegangen war.

Wie sehr wünschte sie sich, sie könnte für einen Augenblick in eine Zeit zurückkehren, als ihr Leben einfach und unbeschwert war.

»Bist du fertig?«

Maggie zuckte unwillkürlich zusammen, als plötzlich Bradens Stimme hinter ihr erklang. Sie war so in ihre Gedanken versunken gewesen, dass sie ihn gar nicht näher kommen gehört hatte.

Sie verbannte ihre Erinnerungen in die hinterste Ecke ihres Kopfes und drehte sich zu ihm um. »Ich habe schon auf dich gewartet.«

Wie er so neben der dunklen Kirche stand, sein Bündel über die Schulter geworfen, sah er unglaublich gut aus. Das spärliche Licht ließ seine Wangenknochen stärker hervortreten und betonte so die Vollkommenheit seiner Züge.

In diesem Moment wünschte sie sich, dass sie ihm gleich wäre. Dass sie auch so ebenmäßige Gesichtszüge besäße, lange schwarze Flechten und zarte, blasse Haut ohne Sommersprossen.

Dann vielleicht …

Maggie schob den Gedanken beiseite. Sie war, wie sie war, daran ließ sich nichts ändern.

Sich weiteres Wunschdenken energisch verbietend, bückte sie sich und hob ihr eigenes Bündel auf, ehe sie zu ihm trat.

Braden musterte sie, als sie näher kam. Wegen seiner Freundschaft mit Anghus hatte er ihr früher nie viel Beachtung geschenkt. Aber heute Abend sah er sie, wie er sie nie zuvor gesehen hatte. Als Frau.

Mit flach gebundenem Busen, damit ihre Figur männlicher wirkte, erinnerte sie ihn an eine Elfe, gefangen zwischen Kind und Frau. Sie trug sogar einen Schwertgürtel.

Dennoch konnte er die üppigen Kurven ihres Körpers noch vor sich sehen.

Ihre Brüste hatten gerade die richtige Größe, um die Hand eines Mannes zu füllen, und obwohl ihre Taille nicht so schmal war, wie es derzeit Mode war, war sie doch schmal genug, um ihm zu gefallen, und ausreichend gerundet, um fraulich zu sein.

Ein kleines Lächeln spielte um ihre Mundwinkel, als sein Blick auf das rotschwarze Plaid fiel, das sie über ihre Schulter drapiert hatte. Wie seines endete es gerade über ihren Knien und betonte ihre Beine ganz reizend.

Was für hübsche Beine sie besaß. Stark und schön geschwungen. Er konnte sich fast vorstellen, wie es wäre, mit seiner Hand über die zarte Haut zu fahren, sie mit Lippen und Zunge zu erkunden, über ihre Schenkel nach oben bis zu …

Er verbot sich, den Gedanken weiterzuführen.

Mit einem Fluch wurde Braden klar, dass niemand *diese* Beine je für Männerbeine halten würde.

»Was ist?«, fragte sie.

Braden deutete auf sie. »Deine Beine.«

Sie kniff ihre Augen warnend zusammen, ehe sie ebenfalls fluchte. »Ich bin kein Hühnchen!«, fuhr sie ihn so erbost an, dass er unwillkürlich zurückwich.

»Wie bitte?«

Sie ließ ihr Bündel fallen, beugte sich vor, sodass sie ihre Knie sehen konnte, und begann dann, den Saum des Plaids nach unten zu ziehen.

»Weißt du, ich hatte sechs Brüder, das heißt, dass ich jemanden wie dich nicht brauche, um mir sagen zu lassen, was alles mit meinem Körper nicht in Ordnung ist. Und obwohl Ian, Jamie und Duncan das immer behauptet haben, während wir aufwuchsen, habe ich nicht die Beine eines mageren, halb verhungerten Hühnchens.«

Braden gab sich Mühe, nicht zu lachen, aber er konnte es sich nicht ganz verkneifen. Das Bild, wie sie sich vorgebeugt hatte, um das Plaid nach unten zu ziehen, erinnerte tatsächlich irgendwie an Federvieh. Und auch wie sie sprach, wenn sie wütend war, hatte etwas von dem zornigen Gegacker einer Henne.

Ihr hitziger Blick, den sie ihm zuwarf, als sie sich aufrichtete, dämpfte seine Belustigung allerdings ausreichend.

Wenigstens bis er den fatalen Fehler beging, auf ihre Stiefel zu schauen. Enos' Worte klangen ihm wieder in den Ohren, als er sich bemühte, nicht zu bemerken, dass die ausgetretenen braunen Schuhe wirklich hässlich waren.

Verbrennt die Hexe und ihre hässlichen Schuh' dazu.

Braden hielt die Luft an, aber das Gelächter wollte einfach nicht aufhören, es blieb ihm nichts anderes übrig, als es herauszulassen oder zu ersticken. Den Kopf in den Nacken legend gab er nach und lachte aus vollem Halse.

Maggie ballte die Fäuste und starrte ihn finster an. »Du solltest froh sein, dass ich eine Frau bin, Braden MacAllister, sonst würde ich mit dem Schwert auf dich losgehen.«

Und sie würde ihn sogar besiegen, besonders in diesen Schuhen da.

Der Gedanke ließ ihn nur noch lauter lachen.

»Du Untier!«, rief sie einen Augenblick, bevor ihn etwas Nasses am Kopf traf.

»Was, zum …?« Braden zog es sich vom Kopf, um es zu betrachten. Es war ein nasser Lappen.

»Du solltest dich glücklich schätzen, dass ich nichts Härteres zur Hand hatte, denn sonst hättest du das abbekommen.«

»Solange es nicht deine Schuhe sind«, erklärte er und schluckte mannhaft eine neue Welle von Gelächter hinunter. »Alles könnte ich überleben, aber das nicht.«

»Meine Schuhe?«, fragte sie und ihr Ärger löste sich in Verwirrung auf.

Braden räusperte sich, während er um Fassung rang. »Ich habe nicht über deine Beine gelacht, Kleines. Sondern über etwas, das Enos vorhin gesagt hat.«

In ihren Augen stand Argwohn. »Schwörst du das?«

»Bei meiner unverbesserlichen Seele, und wenn ich mir nicht sicher wäre, dass du etwas Härteres findest, um mich zu schlagen, als das Tuch da, dann würde ich dir zeigen, wie wenig mich deine Beine an ein Hühnchen erinnern.«

Ihre Wangen röteten sich bei seinem Kompliment, und sie blickte verlegen zur Seite. »Was wolltest du denn über meine Beine sagen?«

»Dass sie viel zu weiblich aussehen, um sie unbedeckt zu lassen. Wir müssen dein Plaid noch weiter nach unten ziehen und Polster in deine …« Er konnte sein Lachen nicht unterdrücken. »Stiefel stecken.«

»Oh«, erwiderte Maggie. »Dann tut mir das mit dem nassen Lappen Leid. Ich hoffe, es hat nicht wehgetan.« Sie trat vor, um ihm das Tuch abzunehmen.

»War nicht schlimm«, sagte er und überließ es ihr.

Dabei strich ihre Hand leicht über seine, und einen Augenblick konnte er an nichts anderes denken als die Zartheit ihrer hellen Haut. Unwillkürlich kehrte sein Blick zu ihren bloßen Beinen zurück, und im Geiste ging er verschiedene interessante Szenarien durch, die er liebend gerne mit ihr ausprobieren wollte.

Aye, so heißblütig wie sie war, konnte er sich ihr leises, heiseres Stöhnen lebhaft vorstellen, wenn er sie die wahre Bedeutung von Lust lehrte.

Er betrachtete ihre flach gebundene Brust und die Bänder, die ihr safrangelbes Hemd zusammenhielten. In Gedanken konnte er sich schon sehen, wie er die Hand ausstreckte und eben diese Bänder lockerte, die einengenden Stoffstreifen bloßlegte und sie für seine Berührung befreite.

Sein Körper wurde hart und heiß, und sein Mund hungerte nach dem Geschmack ihrer Haut.

»Weißt du, Maggie ...«, begann er, brach aber dann ab, ehe er ihr erneut einen anrüchigen Vorschlag unterbreitete. Jede andere läge bereits in seinen Armen, aber um diese Frau zu bekommen, würde er langsamer vorgehen müssen. Geschickter.

Sie gehörte nicht zu der Sorte Frau, die ihm in die Arme sank und einen Kuss forderte.

»Was?«, erkundigte sie sich, faltete das Tuch zusammen und steckte es in den Beutel aus Tierhäuten zurück.

Wechsle das Thema, warnte ihn sein Verstand. *Jetzt!*

»Warum nimmst du das mit?«, fragte er, um sich abzulenken.

»Für den Fall, dass ich es brauche. Ich habe immer ein feuchtes Tuch dabei zum Waschen oder so.«

Braden verstand das zwar nicht, aber es gab ja viele Angewohnheiten von Frauen, die ihm ein Rätsel waren. Besonders Maggie unternahm eine Menge Sachen, die sein Begriffsvermögen bei weitem überstiegen.

Die Sache auf sich beruhen lassend, wagte er einen erneuten Blick auf die hässlichen Schuhe. »Du musst etwas finden, um deine Stiefel auszustopfen. Hast du ...?« Er verstummte jäh, als er ihren Kopf genauer ansah und ihm ihr Haar auffiel.

Das Mondlicht fiel auf die Strähnen, von denen er angenommen hatte, sie hätte sie geflochten und festgesteckt. Erst jetzt, da er dicht vor ihr stand, konnte er erkennen, was sie mit ihrem herrlichen Haar angestellt hatte.

»Gütiger Himmel, Frau, was hast du getan?«, fragte er ungläubig, während er die geschorenen Locken berührte. Die weichen Löckchen ringelten sich sanft um seine Finger, als Braden sachte mit der Hand darüber fuhr.

»Ich wollte nicht, dass mein Haar uns verrät.«

Braden hatte das Gefühl, als hätte ihn etwas viel Härteres im Gesicht getroffen als ihr Lappen. Das Haar reichte ihr nur knapp bis zu den schmalen Schultern. Dann entdeckte er die Tränen in ihren Augen. Er umfing ihre Wange mit einer Hand und zog sie mit der anderen tröstend an sich. »Maggie.«

»Es ist nur Haar«, flüsterte sie. »Es wächst nach.«

»Aber es war wunderschön. Haar, von dem ein Mann träumt, mit seinen Händen hindurchzufahren und sein Gesicht darin zu vergraben.«

Ihre Augen strahlten im Mondschein, als sie zu ihm aufschaute. »Hast du davon geträumt?«

Beide Hände auf ihre Wangen legend, beantwortete Braden ihre Frage mit einem Kuss.

Maggie stöhnte auf, so leidenschaftlich und zugleich zärtlich war seine Umarmung. Noch nie in ihrem Leben hatte sie jemand geküsst, und der Gedanke, dass es wirklich Braden war, der es als Erster tat, freute sie mehr als alles andere.

Mo creach, es war herrlich. Das Gefühl, diese starken, wunderschönen Lippen auf ihren eigenen zu spüren, während er seine Arme um sie schlang und sie fester an seine starke Brust zog. Es war noch besser als in ihren süßesten Träumen. Ihr ganzer Körper summte vor Erregung.

Er roch nach süßlich herben Holunderbeeren und schmeckte nach Honig und Ale. Nach wilden, ungezügelten Gelüsten, jetzt begriff sie, warum die Frauen sich beschwert hatten, so lange von ihren Ehemännern getrennt zu sein.

Wer wollte das hier auch nur einen Moment aufgeben? Sie wünschte, sie könnte jetzt auf der Stelle sterben. Genau in diesem Moment reinen himmlischen Genusses.

Wenn sie tausend Jahre alt würde, sie vergäße nie den Geschmack seines Mundes, das Gefühl seiner Arme, die sie hielten, während ihre Sinne von seinem männlichen Geruch in Aufruhr gerieten.

Einen winzig kurzen Augenblick lang gehörte er ihr. Und sie genoss das in vollen Zügen.

Braden war fast schwindelig von dem Gefühlschaos, das ihre Lippen in ihm anrichteten. Ihr Atem mischte sich mit seinem, während sie mit ihrer Zunge scheu seinen Mund erkundete. Er merkte an ihrem Zögern, dass er der Erste war, der sie küsste, und dieses Wissen steigerte seine Lust nur noch.

Aye, sie war eine lebhafte und kühne junge Frau, die ihn auf eine Art und Weise bezauberte, die ihm völlig neu war.

»Maggie«, wisperte Braden an ihren Lippen, liebte es, wie sich die beiden Silben auf seiner Zunge anfühlten, und verzehrte sich danach, noch viel intimere Teile ihres Körpers zu genießen. Langsam und in vollen Zügen.

Aye, er wollte sie auf den Boden legen und den Rest der Nacht lieben.

MacDouglas würde er am liebsten umbringen für den Verlust ihrer langen Haare. Wie er sich wünschte, er hätte sie rechtzeitig aufhalten können. Nie hatte eine Frau so etwas für ihn getan, weil sie ihn nicht in Gefahr bringen wollte.

Es war ein viel größeres Opfer, als ein Schuft wie er es verdiente.

Braden glitt mit seinen Lippen von ihrem Mund zu ihrem Kinn, dann zu ihrem Hals. Er sog den süßen Duft ihrer Haut tief ein und trank das Mondlicht von ihrem warmen Fleisch.

Mit den Händen fuhr sie ihm über den Rücken, und

ihm entwich ein Stöhnen, als er den Saum ihres Plaids im Rücken anhob und entdeckte, was sie darunter trug.

Nichts.

Der Gedanke daran brachte ihn an den Rand des Wahnsinns.

Aye, er würde sie nehmen.

Jetzt. Sofort.

Er raffte den Stoff in seiner Faust, während er die kleine Kuhle an ihrem Halsansatz mit der Zunge liebkoste. Er hörte und spürte sie stöhnen, ehe sie den Kopf nach hinten bog und um mehr flehte.

»Störe ich?«, zerriss Sins Stimme den Nebel der Lust, in dem Braden gefangen war.

Ausgerechnet jetzt. Verfluchter Mann!

Zögernd, widerstrebend hob Braden den Kopf und sah Sin im Schatten stehen. Braden kniff die Augen zusammen und wünschte sich, der Mann hätte in seinen Jahren auf dem Schlachtfeld ein besseres Gefühl für den richtigen Zeitpunkt entwickelt.

Unbeeindruckt erwiderte Sin seinen Blick mit der Andeutung eines Lächelns um die Lippen. »Wenn du willst, kann ich noch einen kleinen Spaziergang um die Kirche machen und etwas später wiederkommen. Das sollte dir doch genug Zeit geben, fertig zu werden, oder?«

Nachdem er das Plaid losgelassen hatte, sodass es ihr wieder über die Hüften fiel, bedachte er Sin mit einem empörten Blick angesichts dieser Beleidigung seines Durchhaltevermögens. »Dir reicht das vielleicht, ich aber ziehe es vor, meine Frauen zu befriedigen.«

Braden spürte, wie Maggie sich in seinen Armen versteifte. Sie löste sich von ihm, und er bereute seine unbedachten Worte. »Es ist dunkel. Lasst uns aufbrechen.«

Braden biss die Zähne zusammen, aber als Sin aus den

Schatten in das helle Mondlicht trat, vergaß er seinen Ärger augenblicklich und musste lachen.

Maggie betrachtete ihn stirnrunzelnd.

Braden konnte vor Lachen nicht sprechen, sondern nur auf Sins Beine zeigen, die unter dem Plaid fast weiß schimmerten.

»Hast du Todessehnsucht?«, erkundigte sich Sin gespielt beiläufig.

»Nein«, keuchte Braden. »Aber hast du deine Beine gesehen, Mann?«

Sin knurrte und verlagerte das Bündel über seiner Schulter. »Aye, und ich bin mir der Tatsache bewusst, dass sie blütenweiß sind. Mit ein bisschen Glück wird die Sonne sie morgen röten. Wenn wir dann in eine Gegend kommen, wo es jemanden interessieren könnte, sollten sie einigermaßen normal aussehen.«

Sin deutete mit dem Kopf zu Maggie. »Bedenkt man, wie ihre aussehen, wird ohnehin niemand einen Gedanken an meine verschwenden.«

Das ernüchterte Braden augenblicklich. »Aye, das habe ich auch schon gedacht. Wir müssen ein größeres Paar Stiefel für sie finden und etwas zum Ausstopfen.«

Sin warf ihm ein paar braune Stiefel zusammen mit zwei abgetragenen Plaids zu. »Ich denke immer voraus.«

»Guter Junge«, lobte Braden, während er Stiefel und Plaids an Maggie weiterreichte. »Du musst bei diesen Belagerungen, die ihr Engländer so liebt, echt nützlich sein.«

»Es geht so.« Sin schaute sich suchend auf dem schmalen Kirchhof um. »So, wo sind unsere Pferde?«

»Wir gehen zu Fuß«, bemerkte Maggie, als sie sich hinsetzte, um die neuen Stiefel gegen ihre alten abgetragenen auszutauschen. »Dann erwecken wir weniger Verdacht.«

Die verblüffte, fast entsetzte Miene auf Sins Gesicht war unglaublich komisch.

»Zu Fuß?«, keuchte er. »Wer von euch beiden will mich umbringen?«, fügte er mit schwerem schottischen Akzent hinzu.

Braden lachte. »Tu dir einen Gefallen, Bruder, und halt den Mund, wenn wir irgendjemandem begegnen. Dein Schottisch wird dich viel eher verraten als deine weißen Beine.«

Sin schaute Braden finster an. »Ich will kein Wort mehr über meine Beine hören. Morgen Abend sollten sie selbst deinen gehobenen Ansprüchen genügen.«

»Das wollen wir hoffen. Denn wie es jetzt steht, könnt ihr beide wetten, wer von euch uns zuerst an den Galgen bringt.«

Sin gönnte Maggies Beinen einen interessierten Blick. »Unter uns gesagt, ich für meinen Teil ziehe ihre vor.«

Braden lächelte lüstern, während er sie bewundernd betrachtete und sich überlegte, wie lange er wohl warten müsste, bis er sie ausgiebig kosten konnte.

»Ich ebenso.«

Während sie aufstand, wurde Maggie rot. »Würdet ihr beide bitte endlich aufhören? Gibt es eine Minute am Tag, in der ein Mann nicht an Frauen denkt?«

»Aye«, antwortete Braden lächelnd. »Meist sind es die eineinhalb Minuten, die wir fürs Essen brauchen.«

Sie schüttelte den Kopf. »Und Lochlan wundert sich, warum ich gerade diesen Weg gewählt habe, zu seinen Kriegern vorzudringen.«

Ehe Braden darauf etwas erwidern konnte, öffnete sich eine Tür vom Schlafsaal auf der anderen Seite des Hofes.

Mit einem Aufkeuchen duckte sich Maggie gefolgt von den Männern in eine schattige Ecke.

Pegeen bemerkte sie nicht, als sie zur Kapelle ging und darin verschwand.

»Das war knapp«, flüsterte Maggie. »Wir sollten am besten gehen, ehe uns jemand sieht.«

Braden nickte und führte sie nach draußen zu dem kleinen Hintertor, das Fergus vorhin benutzt hatte.

Sie bewegten sich rasch über das von Heidekraut überwucherte Moor hinter der Kirche und erreichten bald schon den Saum der ausgedehnten Wälder, die das Land der MacAllister von dem der MacDouglas trennten. Keiner von ihnen sprach, während sie so viel Weg wie möglich zwischen sich und jeden legten, der versuchen könnte, sie aufzuhalten.

Es war fast zwei Stunden später und lange nachdem die hohen, dicht stehenden Bäume sie vor neugierigen Blicken verborgen hatten, als Maggie sich zu sprechen traute. »Denkt ihr, wir haben eine Chance, Robby MacDouglas wegen der Fehde umzustimmen?«, fragte sie die Männer.

»Nicht die geringste«, antworteten beide beinahe einstimmig.

Eine tiefe Falte erschien zwischen Maggies Brauen. »Warum seid ihr dann bereit mitzukommen?«

Braden schaute sie grimmig an. Diese Frage hatte er gefürchtet, und obwohl er wusste, dass er besser lügen sollte, konnte er sich nicht dazu durchringen, ihr gegenüber unehrlich zu sein. Maggie war vermutlich die einzige Frau, die er nie angelogen hatte, und aus irgendeinem Grund wollte er, dass das so blieb.

»Weil«, erwiderte er also, »wenn dein Vorhaben fehlschlägt, ich einen Weg kenne, die Fehde ein für alle Mal zu beenden.«

»Und wie?«

»Indem ich Robby MacDouglas töte.«

Als sie das hörte, stolperte sie und blieb dann jäh mit offenem Mund stehen. »Nein, das kann nicht dein Ernst sein.«

»Natürlich ist es das«, erklärte Braden ungerührt. »Du willst, dass diese Fehde aufhört, und das ist der einzige Weg, das mit Sicherheit zu erreichen.«

Maggie spürte, wie ihr Tränen in die Augen traten. Wie konnte er nur?

Und die ganze Zeit hatte sie geglaubt, er käme mit, um sie zu beschützen.

Dummes Ding, schalt sie sich im Geiste. *Du hättest wissen müssen, dass er das nicht für dich getan hat. Glaubst du ernsthaft, es würde ihn kümmern, ob du lebst oder stirbst?*

Aber das konnte sie nicht laut aussprechen. Stattdessen flüsterte sie: »Ich dachte, du wärst ritterlich. Du hast doch gesagt, du könntest mich nicht alleine gehen lassen.«

»Jetzt hör mir mal gut zu, Maggie. Der einzige Grund, weswegen ich dir erlaube mitzukommen, ist, dass ich dich gut genug kenne, um zu wissen, dass du dich anderenfalls auf eigene Faust auf den Weg machen würdest. So kann ich dich wenigstens im Auge behalten. Glaub mir, ich habe dich ganz gut kennen gelernt, während wir aufgewachsen sind.«

»Und ich habe auch ein paar Sachen über dich gelernt, Braden MacAllister, wobei mir das meiste die Tränen in die Augen treibt. Aber bei all den Lektionen im Herzenbrechen, die du mir erteilt hast, hätte ich doch nie gedacht, du könntest einfach losziehen, um jemanden umzubringen.«

Ihre Worte weckten sein schlechtes Gewissen. Braden hatte nicht die Absicht, MacDouglas umzubringen. Es würde einen fairen Kampf geben. Aber wenn er das

Land der MacDouglas wieder verließ, wäre die Fehde zu Ende.

Auf die eine oder die andere Weise.

»Wenn du zu zimperlich bist, zu tun, was notwendig ist, dann schlage ich vor, du begibst dich wieder nach Hause, wo du in Sicherheit bist.«

Erbittert wandte sie sich an Sin. »Könntest du ihn nicht zur Vernunft bringen?«

»Warum?«, fragte Sin. »Zum einen bin ich mit ihm einer Meinung. Ich dachte, das Leben von MacDouglas wäre dir weniger wert als das der Männer in deiner Familie.«

Maggie war ehrlich entsetzt. »Ihr würdet beide einfach zu ihm gehen und ihm die Kehle durchschneiden?«

Sins Blick wurde leer und stumpf. »Ich habe schon Schlimmeres in meinem Leben getan.«

Braden zuckte bei seinem Tonfall zusammen, denn er wusste nur zu gut, zu welchen Abscheulichkeiten sein Bruder gezwungen worden war. Er klopfte Sin freundschaftlich auf die Schulter.

»Maggie«, sagte Braden ruhig, »ich bin bereit, etwas zu tun, von dem ich weiß, dass es närrisch ist. Ich gebe dir Zeit, mit Robby MacDouglas zu reden. Wenn du Erfolg hast, dann wird es kein Blutvergießen mehr geben. Wenn du aber versagst ...«

Ärger verdunkelte ihren Blick. »Danke, dass du das noch eigens hinzufügst.« Ihr Sarkasmus ließ Sins normalen Tonfall im Vergleich milde erscheinen. »Mal sehen, ob ich jetzt alles richtig verstanden habe. Im Augenblick lastet also auf meinen Schultern das Leben unseres Laird, eures Bruders Ewan und meiner vier überlebenden Brüder sowie die Hoffnungen aller Frauen sowohl unseres eigenen Clans als auch der der MacDouglas und jetzt auch

len lassen, bis er sich direkt hinter der ahnungslosen Maggie befand.

Gerade als sie an der Höhle ankamen, die ihr Ziel gewesen war, war Braden auf sie zugesprungen und hatte laut gebrüllt.

Erschreckt hatte sie wie am Spieß geschrien, ihn mit einem gezielten Tritt in den Schritt außer Gefecht gesetzt und war dann laut kreischend und wild mit den Armen rudernd nach Hause gelaufen.

Er könnte schwören, dass er heute noch den Schmerz jenes Trittes spüren konnte. Aber sie hatte wirklich urkomisch ausgesehen, wie sie durch den Wald gerannt war und dabei geschrien hatte, als wäre ein leibhaftiger Drache hinter ihr her.

Er fragte sich, ob sie sich auch noch an den Vorfall erinnerte. Wenn sie es tat, so ließ sie es sich heute Nacht nicht anmerken. Sie wirkte einfach nur müde und erschöpft.

Leise ließen sie sich auf einer kleinen grasbewachsenen Lichtung am Ufer eines schmalen Flusses nieder. Braden reichte Maggie ihr Bündel, während Sin sich auf die Suche nach Feuerholz begab.

Maggie packte Trockenfleisch, Käse sowie Schläuche mit Ale aus und bereitete eine kleine Mahlzeit zu.

Nachdem Sin genug Holz zusammengetragen hatte, machte Braden Feuer, während Sin sich hinsetzte und mit einem Stock trockene Blätter und Lehm von den Sohlen seiner schwarzen Lederstiefel kratzte. »Wie weit, denkst du, sind wir gekommen?«, fragte Maggie, ehe sie sich ein Stückchen Käse in den Mund steckte.

Sin schnaubte abfällig. »Da wir ja zu Fuß unterwegs sind, wette ich, kaum mehr als anderthalb Meilen.«

Braden warf mit einer Hand voll trockener Blätter

nach seinem Bruder. »Könntest du vielleicht alles noch schwärzer sehen?«

»Schon, aber ich halte mich wegen der Dame im Zaum.«

Leider wusste Braden, dass das Sins Ernst war. Mochte der Himmel ihnen beistehen, wenn Sin seinem beißenden Sarkasmus die Zügel schießen ließ. Der Mann konnte selbst Hiob dazu bringen, sich von einer Klippe zu stürzen.

Entschlossen, seinen Bruder zu ignorieren, beantwortete Braden Maggies Frage. »Ich bin mir sicher, wir haben heute Abend mehrere Meilen zurückgelegt. Wie lange hast du das letzte Mal zu den MacDouglas gebraucht?«

Sie zögerte, als ränge sie innerlich mit sich. »Vier Tage«, antwortete sie schließlich.

»Vier Tage?« Sin fluchte. »Warum hast du das nicht gesagt, bevor wir aufgebrochen sind? Noch nie von Pferden gehört?«

Braden schüttelte den Kopf angesichts Sins Ausbruch. Er legte ein Stück Holz nach, erhob sich und ging, um sich neben Maggie zu setzen. »Er zieht dich nur auf und meint es nicht ernst.«

»Beim Teufel, das tue ich wohl. Wenn Gott gewollt hätte, dass wir gehen, hätte er die Pferde kleiner gemacht.«

Braden warf Sin einen finsteren Blick zu. »Das ist doch Unsinn.«

»Nun, wenn ich nicht so *müde* vom Laufen wäre, würde mir vielleicht etwas Klügeres einfallen«, versetzte Sin.

»Verzeihung«, unterbrach Maggie sie. »Aber geht das zwischen euch beiden die ganze Zeit so?«

»Meistens«, antwortete Sin, ehe Braden zu einer Erwiderung ansetzen konnte.

»Nun, dann bitte ich euch, damit aufzuhören. Heute Nacht kann ich mehr davon einfach nicht ertragen.«

Daraufhin schwiegen sie, während sie ihr bescheidenes Mahl einnahmen.

Maggie war dankbar für die Stille, auch wenn sie die Wortgefechte der Brüder nicht wirklich störten.

Manchmal waren sie tatsächlich witzig.

Sie fürchtete allerdings, dass einer der beiden über eine Neckerei wütend werden und sich auf den anderen stürzen könnte, so wie ihre Brüder es oft taten. Sie konnte gar nicht zählen, wie viele Abendessen, die mit gutmütigen Spötteleien begonnen hatten, auf einmal in eine Schlägerei ausgeartet waren, wenn einer ihrer Brüder wütend geworden war und den anderen angegriffen hatte.

Sin und Braden waren beide groß und gefährlich genug, um dem bemitleidenswerten Geschöpf ernsthaft Schaden zuzufügen, das sie erzürnte. Sie bezweifelte, dass ein Guss kalten Wassers sie wie ihre Brüder bei ähnlichen Gelegenheiten zur Vernunft bringen könnte.

Höchstwahrscheinlich würden sie sich auf sie stürzen, wenn sie es versuchte. Und das war eine wahrhaft erschreckende Vorstellung.

Nachdem sie aufgegessen hatten, löschte Braden das Feuer, während Sin seinen Wachposten am Rand der Lichtung bezog. Maggie holte aus ihrem Bündel ein großes grüngelbes Plaid und machte es sich darin neben der Glut bequem.

Zu ihrem Verdruss legte sich Braden hinter sie.

Dicht hinter sie.

»Was tust du da?«, fragte sie und rollte sich herum, um ihn anzusehen.

»Unsere Körperwärme nutzen«, erklärte er gelassen und schmiegte sich an ihren Rücken.

»Mir ist warm genug«, entgegnete sie rasch. Und tatsächlich, mit ihm so nahe bei sich war ihr, als stünde ihr Körper in Flammen.

»Was?«, fragte Braden mit einem belustigten Unterton in der Stimme. »Hast du etwa Angst vor mir?«

»Nein«, erwiderte sie aufrichtig. Sie selbst war es, vor der sie Angst hatte. Ebenso wie vor den merkwürdigen Gefühlen, die seine Nähe in ihr weckte.

»Ich werde dir nicht wehtun, Kleines«, sagte er und strich ihr eine kurz geschnittene Locke aus der Stirn.

Mo chreach, seine Hand fühlte sich gut an ihrem Haar an. Seine starken Finger auf ihrer Kopfhaut lösten wundervolle Empfindungen in ihr aus.

Er rollte sie sanft auf ihre rechte Seite zurück, sodass sie ihr Gesicht dem Feuer zuwandte, legte sich dicht hinter sie, ohne sie zu berühren, doch so nah, dass sie die Wärme spüren konnte, die er ausstrahlte.

»Mach einfach die Augen zu und schlaf«, sagte er, und ihre Löckchen wehten in seinem Atem.

Als könnte sie das, solange ihr Körper so pulsierte! Sie hatte sich noch nie so lebendig und wach gefühlt.

In jedem Teil von sich konnte sie Braden *spüren*. Auf der Haut in ihrem Nacken, über die sein Atem nun rhythmisch strich. Auf ihrem Rücken, wo die Hitze seines Körpers sie wärmte.

Aber am schlimmsten war, dass sie ihn in ihrem Herzen spürte. Denn da erzeugte er ein Gefühl der Sicherheit. Dort erwachte ein sehnsüchtiger Traum zum Leben, der nie wahr werden würde.

Bei dem Gedanken schnürte es ihr die Kehle zu.

Und dieser Schmerz war es, der in ihr den Wunsch weckte, diese Nacht zu genießen. Einen Augenblick lang so zu tun, als gehörte er ihr und sie lägen als Liebespaar hier.

Nur an diesen Traum denkend, versuchte sie sich zu entspannen. Aber das war mindestens ebenso unmöglich wie schlafen.

Erbost über sich selbst und ihre närrische Phantasie bettete sie ihren Kopf auf ihren Arm und zwang sich, die Augen zu schließen.

Ein paar Minuten später schlief ihr der Arm ein. Ihr restlicher Körper blieb jedoch hellwach. Nicht willens, Braden wissen zu lassen, wie sehr seine Nähe sie beunruhigte, versuchte sie den Zipfel ihres Plaids zu einem kleinen Kissen zu falten.

Ihre Schulter begann zu schmerzen.

Wieder und wieder legte sich Maggie auf der Suche nach einer bequemen Stellung anders hin.

Vergeblich.

Gerade als sie sich mit einer schlaflosen Nacht abgefunden hatte, streckte Braden die Hand aus und berührte sie am Arm.

»Hier«, flüsterte er und zog sie mit dem Rücken an sich. »Lehn dich an mich.«

Sie wollte ablehnen. Nein, sie musste es sogar ablehnen, aber sie konnte es nicht. Es fühlte sich so gut an.

Zögernd erlaubte sie ihm, sie an seine Brust zu ziehen.

Es war himmlisch bequem!

Sie lag mit dem Kopf auf seinem muskulösen Oberarm, der sie vor dem harten Boden schützte. Obwohl sich sein Körper stahlhart anfühlte, gab seine Brust ein herrliches Kissen ab.

Mit geschlossenen Augen genoss Maggie das sündhafte Gefühl, sie genoss Braden, der sie mit seinem Körper und seinem männlichen Duft einhüllte. Er umfing sie mit seiner Nähe, und die senkte sich in ihre Seele.

Aber sie konnte immer noch nicht einschlafen.

Noch schlimmer fand sie, dass Braden jetzt ganz genau wusste, wie steif sie in seinen Armen lag. Sie konnte seinen nachdenklichen Blick auf sich fast spüren, dennoch hielt sie die Augen trotzig geschlossen.

Eine dreistere Frau würde nie so passiv daliegen, während der Mann ihrer Träume sie derart intim hielt. Aber sie wusste nicht, was sie sonst tun sollte.

Was musste sie tun, damit er sie als Frau sah? Oder, besser noch, dass er sie als einzige Frau sah? Sie wollte nicht eine von vielen, sondern seine einzige Frau sein.

Aye, sie wollte den Wind einfangen und zähmen. Sein Herz berühren, dort, wo ihn noch keine andere berührt hatte.

Aber das war unmöglich.

Sie traute es sich nicht, und sie hatte auch Angst, dass er ihren Annäherungsversuch zurückweisen könnte. Wie sollte sie ihm je wieder in die Augen schauen, wenn er sie fortstieß, oder – schlimmer noch – sie gar auslachte.

Ach was soll's, Maggie? Du weißt doch, was das letzte Mal geschehen ist, als du ihn beeindrucken wolltest.

In Gedanken begab sie sich zurück zu dem Tag, an dem sie vierzehn geworden war. An jenem Morgen hatte sie sich beim Ankleiden für die Kirche besondere Mühe gegeben, denn an diesem Tag hatte sie sich zum ersten Mal als Frau gefühlt.

Sie glaubte natürlich, dass Braden in der Kirche wäre.

Immer wieder und wieder hatte sie sich während des Ankleidens versichert, dass dies der Tag wäre, an dem Braden sie wahrnahm. Er würde sie so herausgeputzt sehen und begreifen, dass sie nun endlich erwachsen war und die einzige Frau, die er wollte. Die Frau, die er immer lieben würde.

Im Geiste hatte sie sich sogar schon ausgemalt, wie er

vor ihr auf die Knie fallen würde, während der ganze Clan zuschaute, und ihr seine ewige, unsterbliche Liebe schwor, all die Mädchen, die immer so gemein zu ihr gewesen waren, würden es neiderfüllt mit ansehen müssen. Dann würden sie beide zusammen in den Sonnenuntergang davonreiten und bis an ihr Ende glücklich sein.

Sich ihres Erfolges gewiss hatte Maggie sich sorgfältig ihr Haar geflochten und um den Kopf geschlungen, den besten Rock und das schönste Plaid ihrer Mutter angezogen. Es stimmte schon, der gelbe Rock war ihr etwas zu groß, zu weit und zu lang, aber in ihren Augen hatte er wundervoll ausgesehen, sodass sie sich schön vorgekommen war. Sie hatte sogar ein Paar besonderer Schuhe mit erhöhten Absätzen getragen, für die sie dem Schuster zwei Dutzend Eier gezahlt hatte.

Als sie zu ihren Brüdern gegangen war, um mit dem Wagen zur Kirche zu fahren, hatten sie ihre Aufmachung mit Stirnrunzeln zur Kenntnis genommen, aber keiner hatte ein Wort darüber verloren.

Das mussten sie auch nicht. Die anderen Jungen des Clans hatten mehr als genug gesagt.

»Seht mal«, hatte Davis gerufen, als sie an der Kirche ankamen und abstiegen. »Da ist ja ein dürres kleines Hühnchen mit gesprenkeltem Gefieder und einem dünnen Hühnerhals, das einen Sack trägt, in den es dreimal hineinpassen würde.« Die anderen waren in sein Gegacker eingefallen, und selbst heute noch schmerzte sie die Erinnerung an den Spott von damals.

Sie hatten sie zurück zum Wagen gejagt, wo ihre Brüder eingeschritten waren und ihre Verfolger verscheucht hatten, aber der Schaden war bereits angerichtet. Ihre wunderschöne Frisur hatte sich gelöst, das Haar fiel ihr auf die Schultern, und einer ihrer Absätze war abgebrochen. Das Kleid ihrer Mutter war schmutzig geworden, und das Plaid hatte einen Riss.

In dem Augenblick hatte sie Hass empfunden. Hass auf ihr Aussehen und auf die Tatsache, dass ihre Mutter nicht da war, um ihr zu helfen, hübscher auszusehen. Damenhafter.

Das einzig Gute an dem Tag war Bradens Abwesenheit gewesen. So war er wenigstens nicht Zeuge ihrer Erniedrigung geworden.

Nein, Braden wäre nie an ihr interessiert. Besonders jetzt, da das einzig Schöne an ihr, ihr Haar, kurz geschnitten war. Mit einem Seufzer des Bedauerns kämpfte sie gegen die Tränen, die ihr in den Augen brannten.

Braden beobachtete Maggie genau. Etwas bekümmerte sie, und sein Herz zog sich zusammen, wenn er daran dachte, was sie in ihrem jungen Leben schon alles erlitten hatte.

Maggie war immer stark gewesen. Selbst jetzt konnte er sich noch an den Tag erinnern, an dem ihr Vater beerdigt worden war.

Es war der kälteste Tag des Winters gewesen, und sie hatte dagestanden, mit den Tränen gerungen, während der eiskalte Wind um sie und die anderen Trauergäste pfiff, aber sie hatte nicht geweint. Anghus war so erschüttert, dass er kaum gehen konnte. Es war Maggie gewesen, die ihren Brüdern nach Hause geholfen hatte. Maggie, die sich um sie kümmerte.

Braden war später zu ihnen gegangen, um sein Beileid auszusprechen, und als er um die Ecke des kleines Hauses bog, hatte er sie gefunden, wie sie vor Schmerz gekrümmt und zusammengekauert an der Mauer hockte und schluchzte. Doch sobald sie ihn bemerkt hatte, hatte sie sich aufgerichtet, die Tränen getrocknet und sich mit einer Willenskraft wieder gefasst, die ihm bis heute Bewunderung abnötigte.

Himmel, was für ein hartes Leben sie geführt hatte. Ihre Brüder und die meisten anderen Jungs des Clans hatten sie mitleidlos geneckt. Ihr Vater hatte an allem, was sie tat, um ihm zu gefallen, etwas auszusetzen gehabt.

Trotzdem war sie zu der großzügigsten und freundlichsten Frau herangewachsen, die er je kennen gelernt hatte.

Ohne es geplant zu haben, streckte er eine Hand aus und strich ihr übers Haar. Die rotgoldenen Löckchen fühlten sich unter seinen Fingern seidenweich an und weckten sein Verlangen nach ihr.

Begehrst du sie oder nur irgendeine Frau, fragte er sich.

Zum ersten Mal in seinem Leben hielt Braden in einer solchen Situation inne, um sich Rechenschaft abzulegen.

Nie zuvor hatte er daran auch nur einen Gedanken verschwendet, aber das war auch nicht nötig gewesen. Die Frauen waren immer von sich aus zu ihm gekommen. Hatten ihn ausgesucht und ihm ihre Körper angeboten.

Aber Maggie war anders. Sie war ihm nie nachgelaufen, sondern hatte sich viel mehr zurückgehalten, fast so, als fürchtete sie ihn.

Heute Nacht störte ihn das.

Er beugte sich vor und sog den blumigen Duft ihres Haares ein, genoss, was er mit seinen Sinnen anstellte. Sie war zugleich erregend und besänftigend, wie eine warme Sommerbrise.

Seinem Wunsch nachgebend ließ er seine Hand von ihrem Kopf über ihren Arm gleiten und schmiegte sich fester an ihren warmen Körper.

Maggie schlug die Augen auf.

Streichelte er sie etwa …?

Aye, allerdings. Braden fuhr mit seiner Hand zu ihrer Hüfte, während er an ihrem Haar roch.

Sollte sie ihm das gestatten?

Nein, Frau, du weißt es besser. Zuerst muss man einen Mann heiraten, ehe man ihm erlaubt, dass er an einem riecht oder einen am ganzen Körper berührt.

Aye, aber seine Hände fühlten sich gut an. Wunderbar sogar.

Maggie!

Zwischen dem Wunsch, ihn gewähren zu lassen, und dem Wissen, dass es falsch wäre, hin und her gerissen, räusperte sich Maggie. »Braden, benimm dich, ja?«

»Das tue ich doch«, schnurrte er dicht an ihrem Ohr.

Siehst du, triumphierte ein Teil von ihr. *Er sagt, er benähme sich.*

Aber sie glaubte weder ihm noch sich selbst. Nicht einen Moment lang.

»Nein«, widersprach sie und bemerkte den seltsamen Klang ihrer Stimme. »Du begrapschst mich.«

»Aber ich grapsche doch nur ein klein wenig.«

Der Mann war völlig schamlos. Nur ein klein wenig Gegrapsche, also wirklich!

Wenn sie ihn jetzt nicht aufhielt, ließ sich nicht sagen, wozu das noch führen würde.

Genau genommen wusste sie natürlich sehr wohl, wohin es führen würde. Aber selbst wenn ihr Herz sich danach sehnte, kannte sie doch die entsetzlichen Folgen einer solchen Tat. Sie würde keine seiner Eroberungen werden. Gleichgültig, was sie für ihn empfand, sie würde nicht zulassen, dass er sie ausnutzte.

Einzig daran denkend, sich zu retten, umfasste sie seine Hand und legte sie sich auf den Bauch, gerade unterhalb ihres Busens, und hielt sie dort fest.

»So«, flüsterte Braden ihr ins Ohr, und seine Stimme war tief und heiser. »Du willst mich hier haben, nicht wahr?«

Er bewegte seine Finger ein kleines Stück nach oben und umfing ihre flach gebundene Brust in seiner Hand.

Maggie rang um Luft, als eine heiße Welle des Verlangens sie durchfuhr.

Ein merkwürdiger Schmerz breitete sich vom Mittelpunkt ihres Körpers aus, und es kostete sie ihre ganze Selbstbeherrschung, nicht aufzustöhnen.

»Braden!«, sagte sie mit erstickter Stimme. »Das solltest du nicht tun.«

»Nein?«, fragte er völlig unbeeindruckt und rieb sein Gesicht an ihrem Haar.

Sie schloss die Augen, als sein Atem sie am Nacken kitzelte.

Er fühlte sich so gut an, und sie sehnte sich so sehr nach einem Kuss von ihm, dass sie sich nur mit Mühe davon abhalten konnte, sich zu ihm herumzudrehen und ihre Lippen auf seine zu pressen.

»Braden«, versuchte sie es erneut. »Wenn du mich nicht loslässt, dann, das schwöre ich, gehe ich zu Sin und schlafe mit ihm.«

Bei diesen Worten erstarrte er. Dann lachte er.

»Was ist daran so komisch?«, erkundigte sie sich stirnrunzelnd.

»Mein Bruder würde sich eher selbst entmannen, als mit einer Schottin zu schlafen.«

»Ach du«, schalt sie und rollte sich auf den Rücken, um ihm einen tadelnden Blick zuzuwerfen. »Das habe ich nicht gemeint, und das weißt du genau. Du bist schrecklich. Völlig verdorben. Unverbesserlich!«

Sein Lächeln wurde breiter, und ihr entging der hungrige Ausdruck in seinen Augen nicht. »Um ganz ehrlich zu sein, man hat mir gesagt, ich sei sogar richtig gut. Besonders, wenn es um …«

Maggie hielt ihm rasch mit der Hand den Mund zu, damit er den Satz nicht beendete. »Ich habe genug gehört, danke. Und ich lasse nicht zu, dass du dich hier draußen im Wald mit mir vergnügst wie mit einer Schlampe. Ich bin ein gutes, anständiges Mädchen und habe auch vor, es zu bleiben.«

Dann jedoch geschah etwas Furchtbares. Ihr fiel auf, wie weich seine Lippen sich unter ihren Fingern anfühlten. Sie erinnerte sich daran, wie weich sich vorhin diese Lippen auf ihren angefühlt hatten, als er sie auf den Mund geküsst hatte.

Himmel. Sein Kuss war der Himmel gewesen.

Von dem Gedanken erstaunt und der Tatsache, dass ihr Entschluss ins Wanken geriet, zog sie ihre Hand zurück und ballte sie zur Faust.

In seiner Wange begann ein Muskel zu zucken, während er sie betrachtete. Sein Blick glitt zu ihren Lippen, und sie sah auf seinen Zügen, wie er mit sich rang.

Schließlich seufzte er und wich zurück.

Maggie atmete erleichtert auf, während er es sich ein paar Zoll von ihr entfernt bequem machte.

»Sag mal«, begann er leise. »Wie hast du die Reise eigentlich beim ersten Mal geschafft, so ganz alleine?«

Was für eine seltsame Frage. Wie kam er ausgerechnet jetzt …

Sie hielt inne, als sie bemerkte, dass ein Teil von ihm größer war als vorhin noch. Ihr Gesicht wurde flammend rot. Er versuchte sich abzulenken, und wenn sie es nicht schlimmer machen wollte, sollte sie ihm besser dabei helfen.

»Ich bin geritten«, erwiderte sie ebenso leise, damit Sin sie nicht hören konnte.

Braden lachte gedämpft.

»Ich bin am Tage geritten und habe bei meinem Cousin übernachtet. Nachdem ich auf MacDouglas-Land angekommen war, bin ich auf der Straße geblieben und habe für meine Unterkunft gezahlt.«

»Und du hast vier Tage dafür gebraucht?«, fragte er.

Maggie wurde rot, als ihr wieder einfiel, was sie vorhin über die Reisedauer gesagt hatte. »Nein, ich war nur zwei Tage unterwegs. Ich schätze aber, wir werden zu Fuß fast doppelt so lange brauchen.«

Maggie warf einen ängstlichen Blick zu Sin. »Ich wollte Sin nicht verraten, wie ich das erste Mal gereist bin, damit er nicht noch ärgerlicher wird, dass wir jetzt zu Fuß unterwegs sind.«

»Du bist über dein Alter hinaus weise.«

Braden beugte sich vor und strich ihr erneut mit den Fingern durchs Haar. »Weißt du, dass dein Haar so weich wie Seide ist?«

Nicht schon wieder. Wenn er so weitermachte, wäre sie binnen kürzester Zeit hoffnungslos verloren.

Maggie biss sich auf die Lippe und freute sich trotz allem über sein Kompliment. »Nein«, erwiderte sie. »Ich habe noch nie Seide gefühlt.«

Seine Augen verdunkelten sich, dann neigte er den Kopf dichter zu ihr. »Ich würde dich liebend gern darin einhüllen«, vertraute er ihr an und sandte ihr damit tausend kleine Schauer über den Rücken. »Aye, in dunkelgrünes Seidentuch, das deine sahnige Haut und dein glänzendes Haar betont. Glaub mir, es gibt nichts Sinnlicheres als Seide auf deinem nackten Körper.«

»Braden!«

Sein Lächeln war völlig reuelos.

Maggie schüttelte den Kopf. »Du kannst es einfach nicht lassen, nicht wahr?«

»Was lassen?«

»Mit jeder Frau zu schäkern, die du triffst.«

»Wer sagt denn, dass ich schäkere?«

»Ich, denn ich weiß genau, wenn Nera oder Adena in diesem Augenblick hier wären, wärest du bei ihnen und würdest keinen Gedanken an mich verschwenden.«

Er hob seinen Kopf und wich zurück, als hätte sie ihm eine Ohrfeige gegeben.

»Ach, Maggie, ich weiß nicht, wen von uns beiden du mit dieser Bemerkung mehr beleidigst. Denkst du wirklich, ich würde ...?«

Braden hielt inne und dachte ernsthaft über ihre Worte nach. In diesem Moment erfuhr er etwas über sich selbst, das ihm nicht gefiel.

Sie hatte nämlich Recht. Er konnte gar nicht sagen, wie oft er mit einer Frau zusammen gewesen war, und plötzlich war eine Schönere des Wegs gekommen, die ihn abgelenkt hatte.

»Was wolltest du sagen?«, fragte Maggie.

»Nichts«, antwortete er und blickte in den dunklen Wald. Zum ersten Mal in seinem Leben regte sich sein Gewissen wegen etwas, das er in der Vergangenheit getan hatte.

Maggie legte sich wieder auf den harten Boden, und er beobachtete, wie sie eine bequeme Stellung suchte.

Trotz allem überlegte Braden, was er tun würde, wenn eine hübschere Frau hier wäre. Würde er ihr bei der ersten Gelegenheit nachsteigen und nicht mehr an Maggie denken?

Konnte er wirklich so oberflächlich sein?

Am allerschlimmsten war, dass er es nicht sicher wusste.

Er *war* ein rücksichtsloser Mistkerl und ein Schuft. Zum ersten Mal in seinem Leben wünschte er sich, es wäre anders.

Warum konnte er nicht mehr wie Lochlan sein, standhaft und treu? Oder wie Ewan?

Nein, verbesserte er sich rasch. Nicht wie Ewan. Ewan lebte für seinen Geschmack zu sehr wie ein Mönch. Aber wie Sin konnte er vielleicht werden. Sin war Frauen gegenüber ehrerbietig und diskret, und die Frauen warfen sich ihm fast ebenso an den Hals wie Braden.

Unwillkürlich kehrte sein Blick zu Maggie zurück, die reglos neben ihm lag. Sie verdiente etwas viel Besseres als einen Schuft wie ihn. Sie verdiente einen Mann, der sie lieben konnte, und zwar sie allein. Nein, so einen Mann verdiente sie nicht nur, sie brauchte ihn.

Tief in seinem Herzen wusste Braden, dass er nie dieser Mann sein konnte. Er war nicht dazu fähig, sich an eine einzige Frau zu binden. Nie. Dazu liebte er seine Freiheit zu sehr. Und die Frauen.

Aus diesem Grund würde er sich von ihr fern halten. Weil er ihr am Ende nicht mehr zu bieten hatte als ein gebrochenes Herz. Und er wollte ganz bestimmt nicht mehr Leid in ihr Leben bringen.

Dennoch musste er immerzu an Maggie denken. An ihren Kuss von vorhin. Die Zartheit ihrer hellen Haut unter seiner Hand. Das Geräusch ihres Atems.

Aber schlimmer noch war, dass er sich unwillkürlich vorstellte, wie sie aussehen würde, wenn sie nackt unter ihm lag, in den bernsteinfarbenen Augen sinnlicher Hunger, während sie ihm die Hüften verlangend entgegenhob, ihn tiefer in sich zog und er sich in ihr verlor.

Sein Verlangen nach ihr reichte aus, ihn in den Wahnsinn zu treiben. Nie hatte er so heftig den Wunsch verspürt, genau herauszufinden, wie leidenschaftlich eine Frau war. Aber von Maggie wollte er das unbedingt wissen. Nein, es war fast schon lebensnotwendig für ihn, zu erfahren, ob sie ohne ihre Kleider noch so heiß und leidenschaftlich wäre, wie sie es in ihnen war.

Sich wieder ein wenig vorbeugend schloss Braden die Augen und sog den süßen, fraulichen Duft von Maggies Haar ein und sehnte sich verzweifelt danach, mit den Fingern die zarte Haut ihrer Wangen zu erkunden.

Zu gut erinnerte er sich noch an ihre Leidenschaft. Den Geschmack ihres Atems, der sich mit seinem mischte, während er ihren Mund plünderte und ihre jungfräulichen Lippen für sich forderte.

In dem Moment wollte er nichts mehr, als auch den Rest von ihr in Besitz zu nehmen.

Bei der Vorstellung regte sich in seinem Körper machtvolles Verlangen.

Aye, sie war eine Frau, die man genießen musste. Ein lebendiger Schatz, den er am liebsten wochenlang erforschen wollte.

Sein Blick glitt über ihren in das Plaid gehüllten Körper. Nur wenige Lagen Stoff trennten sie. Trennten ihn von dem Teil an ihr, nach dem ihn am meisten dürstete.

Es wäre so leicht, den Saum ihres Plaids anzuheben und sich tief in ihr zu versenken. Ihrem leisen Stöhnen zu lauschen, wenn er sie den ältesten und intimsten Tanz lehrte, den ein Mann und eine Frau zusammen tanzen konnten.

Warum war sie ihm in all den Jahren nie aufgefallen? Warum war er so blind gewesen?

Es gab keine Worte, ihre Überzeugungen, ihren unbeugsamen Geist und ihre Lebhaftigkeit angemessen zu beschreiben. Nie hatte er eine solche Frau kennen gelernt, und doch hatte es in seinem Leben keine Zeit gegeben, da er *sie* nicht gekannt hatte.

»Kleines, du weißt schon, dass du jetzt in diesem Moment gemütlich und sicher in deinem Bett zu Hause liegen könntest, nicht wahr?«

»Aye«, flüsterte sie, während sie in das Feuer vor sich starrte. »Ich könnte. Aber es würde überhaupt nichts dazu beitragen, dass das Sterben aufhört. Ich würde alles dafür geben, diese Fehde zu beenden.«

»Außer mich Robby MacDouglas töten zu lassen.«

Sie wurde still, während sie darüber nachdachte.

»Vielleicht habe ich dich vorschnell verurteilt«, wisperte sie schließlich. »Vielleicht sollte ich ihn für den Tod meiner Brüder hassen. Wären er und seine Blutrünstigkeit nicht, wären sie noch am Leben. Aber irgendwo tief im Innern muss er sich doch ebenso sehr nach einem Ende sehnen wie wir. Nach fünf Jahren Kampf muss er es doch müde sein, oder? Geht es dir nicht so?«

Er antwortete nicht.

»Braden?«

»Ich denke darüber nach.«

Sie wandte sich um, um ihn mit ungläubiger Miene anzusehen. »Du möchtest immer noch kämpfen?«

»Nun ja, es hat auch seine Vorteile.«

Ihre Augen funkelten erbittert, und sie gab einen Laut von sich, der fast wie ein Knurren klang. Dann versetzte sie ihm einen Stoß gegen die Schulter.

Braden lachte und begann mit ihr eine spielerische Balgerei.

»Muss ich spazieren gehen?«, unterbrach Sins Stimme ihr Treiben.

»Nein«, entgegnete Maggie rasch und rückte ein Stück von Braden ab. »Ich will deinen Bruder nur umbringen.«

»Mann, dein Charme muss ja wirklich unwiderstehlich sein, was, Braden?«

»Halt den Mund, Sin.«

»Das würde ich gerne, aber das ist so unbequem. Und außerdem versteht man dann nur noch ganz schlecht, was ich sage.«

Braden verdrehte die Augen und wünschte sich, er hätte etwas Geeignetes zur Hand, um es Sin an den Kopf zu werfen, sagte aber nur: »Eben.«

Maggie lachte leise.

»Gute Nacht, Braden«, murmelte sie und nahm wieder ihre ursprüngliche Schlafstellung ein.

»Gute Nacht, Kleines«, flüsterte Braden. Dabei wusste er genau, eine Nacht ohne Küsse von ihr konnte einfach nicht gut genannt werden.

Ein paar Stunden später erwachte Maggie jäh und entdeckte, dass Braden seinen einen Arm schützend um sie geschlungen hatte. Irgendwann in der Nacht waren sie näher aneinander gerutscht, und sie lag nun dicht an ihn geschmiegt vor dem Feuer.

Ein seltsames, fremdes Verlangen begann in ihr zu pochen, während sie das Gefühl seines kräftigen Schenkels zwischen ihren genoss. Es war ein herrliches, aber auch überaus sündhaftes Gefühl. Ein Gefühl, das keine Frau bei einem Mann empfinden sollte, der nicht ihr Ehemann war.

Zuerst konnte sie gar nicht sagen, was sie aufgeweckt hatte, bis sie merkte, dass Sin hinter ihnen stand.

Er bückte sich und rüttelte Braden sachte an der Schulter, um ihn zu wecken.

Maggie schloss leise die Augen und tat so, als schliefe sie.

»Du bist dran, Wache zu halten, Brüderchen«, sagte Sin mit gedämpfter Stimme.

Sie spürte, wie Bradens Körper sich spannte, als er wach wurde, und überlegte, ob ihre Stellung ihn wohl ebenso erschreckte wie sie selbst.

Vorsichtig löste er sich von ihr. Zu ihrer Verwunderung schob er ihr ein zusammengefaltetes Plaid unter den Kopf, um den harten Boden für sie zu polstern. Die Fürsorglichkeit dieser Geste berührte sie tief.

Die beiden Männer standen über ihr, und sie fühlte ihre Blicke auf sich. Da ihr diese Aufmerksamkeit unangenehm war, setzte sie an, etwas zu sagen, konnte sich aber aus irgendeinem Grund nicht überwinden zu verraten, dass sie nicht länger schlief.

»Ich kann einfach nicht glauben, dass sie sich ihr Haar abgeschnitten hat«, erklärte Braden flüsternd.

»Auf jeden Fall ist sie außergewöhnlich.«

»Aye. Ich habe noch nie eine Frau wie sie kennen gelernt.«

»Einige Leute würden sie ein Mannweib nennen.«

Braden schnaubte abfällig. »Diese Leute würde ich dumm nennen. An ihr ist nichts Mannhaftes.«

Sin erwiderte darauf nichts, aber Maggie konnte hören, wie er sich auf der anderen Seite des Feuers ein Lager machte.

Ein paar Minuten später breitete jemand eine zweite Decke über sie. Maggie öffnete ihre Augen einen schmalen Spaltbreit und sah Braden, der sich gerade neben ihr aufrichtete. Er beugte sich noch einmal über sie und strich ihr mit der Hand sachte über das Haar, dann zog er das Plaid bis zu ihrem Kinn nach oben.

Die Zärtlichkeit, mit der er das tat, raubte ihr einen Moment lang den Atem.

»Gehst du jetzt irgendwann auf deinen Posten, Braden, oder willst du sie noch weiter verhätscheln?«

Braden drehte sich zu seinem Bruder um. »Ein bisschen Verhätscheln könnte sie gut gebrauchen, denke ich.«

Und damit ging er.

Als sie allein waren und Braden seinen Posten ein Stück abseits des Feuers bezogen hatte, sagte Sin leise: »Ich weiß, dass du wach bist.«

Langsam öffnete Maggie die Augen und erwiderte seinen Blick über das Feuer hinweg. »Braden vermutlich auch.«

»Nein, sonst hätte er nicht so offen über dich gesprochen.«

Sie runzelte die Stirn. »Woher weißt du es?«

»Eine Ahnung gepaart mit guter Beobachtungsgabe«, erklärte Sin mit gedämpfter Stimme. »Dinge, die zu nutzen ich lernen musste, um zu überleben. Braden ist nicht annähernd so misstrauisch wie ich.«

Seine Worte verwirrten sie. Warum sagte er das?

»Und mir misstraust du?«

Sein harter Blick ließ sie bis in die Zehenspitzen erstarren. »Frau, ich misstraue jedem, der uneigennützig handelt. Ich habe nur eine Hand voll Menschen in meinem ganzen Leben kennen gelernt, die wirklich gut waren. Die meisten Leute helfen anderen doch nur, wenn sie wissen, dass ihnen das irgendeinen Vorteil bringt.«

Noch verwirrter als zuvor hob sie den Kopf und starrte ihn an. »Denkst du, ich will etwas von Braden?«

»Ich weiß, dass das so ist.«

»Und was?«

»Du willst ihn.«

Entsetzt öffnete Maggie ihren Mund, um ihm zu widersprechen.

»Streite es nicht ab«, schnitt er ihr das Wort ab, ehe sie überhaupt etwas sagen konnte. »Ich kann es in deinen Augen sehen, jedes Mal, wenn du ihn anschaust.«

Maggie blickte dorthin, wo Braden am Rand der Lichtung saß, und fragte sich, ob ihre Gefühle auch für ihn so offensichtlich waren. Innerlich hoffte sie, dass Braden nicht so scharfsinnig wie Sin war. Denn wenn er wüsste, was sie für ihn empfand, dann hieße das, dass er ihre Gefühle für ihn all die Jahre lang absichtlich ignoriert hatte. Die Vorstellung war zu schmerzlich.

»Ich gebe zu, ich schwärme insgeheim für ihn«, gestand sie zögernd, »aber das heißt nicht, dass ich ihn haben will. Man kann auch für Schlangen schwärmen und sie schön finden, aber nur ein Narr würde eine für sich haben wollen.«

Sin hob spöttisch eine Augenbraue. »So ist das also.«

Allmählich bekam sie von Sins rätselhaften Bemerkungen und Andeutungen Kopfschmerzen. »Was?«

»Du hast Angst vor Braden.«

»Aye«, räumte sie ein. »Ich bin keine Närrin. Braden ist kein Mann, der bei einer Frau bleibt. Er würde mich nehmen, aber wäre dann gleich darauf mit dem nächstbesten Mädchen auf und davon, das ihm den Kopf verdreht. Ich verspüre nicht den Wunsch, das Schicksal meiner Mutter zu teilen: allein in meinem Bett zu liegen und mir die Augen aus dem Kopf zu weinen, während der Mann, den ich liebe, die Nacht mit einer anderen verbringt.«

Sin stützte seinen Kopf auf seinen Arm. »Du stellst aber ganz schön Ansprüche, Mylady. Die meisten Frauen finden sich damit ab, dass die Männer untreu sind und immer auf der Jagd.«

»Ich bin aber nicht wie die meisten Frauen.«

Er lächelte und nickte. »Das bist du allerdings nicht. Jetzt solltest du aber wieder einschlafen.«

Maggie schloss die Augen. Doch was sie nun sah, beunruhigte und verstörte sie. Sie hatte zwei deutliche Erinnerungen an ihre Mutter. Die eine, wie ihre Mutter sie an ihre Brust drückte und ihr etwas vorsang. Die andere stammte aus einer ruhigen Sommernacht, als ihre Mutter schon sehr krank war.

Auch damals hatte Maggie versucht einzuschlafen, aber das leise Weinen ihrer Mutter hatte sie immer wieder geweckt. Verängstigt war sie zu der Stoffbahn gekrochen, die ihr Bett von dem ihrer Eltern abtrennte. Ihre Mutter hatte in den Armen von Maggies Tante geweint.

»Wie kann er nur mit ihr zusammen sein, während ich hier im Sterben liege?«, hatte sie schluchzend gefragt, und in ihrer Stimme hatte ein solcher Schmerz gelegen, dass er Maggie bis zum heutigen Tag verfolgte. »Das Mindeste, was er tun könnte, wäre zu warten, bis ich unter der Erde bin.«

»Ich weiß«, hatte ihre Tante sie beschwichtigt. »Männer werden immer Männer bleiben. Das weißt du doch.«

Ihre Mutter war nur wenige Stunden später gestorben. Alleine in ihrem Bett, während sie darauf wartete, dass ihr Ehemann zu ihr heimkehrte.

Fast noch schlimmer war, dass ihr Vater die Frau, mit der er sich in jener Nacht getroffen hatte, später nicht geheiratet hatte.

»Aber Blar, du weißt, dass ich dich liebe. Ich werde mich um deine Kleinen kümmern, wenn du mich nur lässt«, hatte Sila ihn eines Nachts etwa drei Monate nach dem Tod von Maggies Mutter vor der Haustür angefleht.

»Sila, du bist eine gute Frau, aber ich kann dich jetzt

nicht heiraten. Nicht nach dem, was geschehen ist. Jedes Mal, wenn ich dich sehe, muss ich daran denken, dass es die Nacht war, in der sie gestorben ist. Ich hätte hier sein müssen, bei ihr anstatt bei dir. Die Schuld ist fast mehr, als ich ertragen kann.«

»Aye«, hatte Sila geweint. »Du hättest nicht bei mir sein dürfen. Ich hätte nie auf dich hören dürfen, als du mir sagtest, ich würde dir etwas bedeuten.«

Damit hatte die Frau sich umgedreht und war in der Dunkelheit verschwunden. Ihr Vater war ins Haus getreten.

Er hatte Maggie angesehen, die in den Schatten stand, und sie konnte an seiner Miene erkennen, er wusste, dass sie alles mit angehört hatte. Er hatte nichts gesagt, war wortlos an ihr vorbeigegangen und hatte sich in sein Bett gelegt.

Wie Braden war auch ihr Vater ein guter Mann gewesen, aber eben ein Mann. Maggie würde lieber als alte Jungfer sterben, als in derselben Lage wie ihre Mutter oder Sila zu landen.

Nein, sie träumte schon beinahe ihr ganzes Leben von Braden, doch nun war es an der Zeit, sich von solch närrischen Träumen zu verabschieden. Braden gehörte der Welt, und sie …

Sie gehörte sich selbst.

Maggie schaute wehmütig dorthin, wo Braden mehrere Yards entfernt saß.

»Gute Nacht, Geliebter«, flüsterte sie. »Und leb wohl.«

In dieser Nacht quälten Maggie Träume von Braden. Träume von seinen süßen Küssen. Von seinen Armen, die sie fest umschlungen hielten.

Ich werde dich nie im Stich lassen, Kleines. Die Aufrichtigkeit in seinem Ton ließ ihr das Herz vor Glück überquellen.

Sie träumte davon, mit ihm ein Heim zu haben, in dem ihre Kinder fröhlich tobten.

Dann wurden ihre Träume sinnlicher, drehten sich um Sachen, über die Maggie ihre Brüder hatte sprechen hören, wenn sie dachten, sie schliefe.

Aye, sie sah, wie Braden ihr ihre Kleider abstreifte, mit seinen Händen ihren Körper streichelte, während er sie küsste, bis sie den Verstand verlor. Sie konnte seine Hände auf ihrer bloßen Haut spüren, mit denen er ihren Körper erkundete, während er die empfindsame Stelle an ihrem Halsansatz mit den Lippen neckte.

»Braden«, flüsterte sie, und ihr Körper brannte von einem Verlangen, das sie nicht begriff.

Sie wollte ihn.

Und dann, wie aus einiger Entfernung, vernahm sie wieder das grausame Gelächter der anderen Jungen aus ihrem Dorf, mit dem sie vor Jahren den Einzigen von ihnen verhöhnt hatten, der ihr je Aufmerksamkeit geschenkt hatte.

Ich hätte nicht gedacht, dass du so verzweifelt bist, hatte einer von ihnen zu David gesagt.

Maggie schreckte aus dem Schlaf hoch, als sie im Geiste wieder das Hohngelächter hörte.

Völlig durcheinander schaute sie sich um. Sin und Braden standen ein paar Fuß entfernt und unterhielten sich leise. Der Geruch von über dem Feuer gebratenem Hasen begrüßte sie.

Mit zitternden Händen versuchte Maggie die Erinnerung an den Traum zu vertreiben, den Klang des Lachens der Jungen an jenem Tag, als David ihr geholfen hatte, einen Auftrag für Anghus zu erledigen, aus ihrem Kopf zu verbannen.

Gerade mal siebzehn Jahre alt war sie damals gewesen, und Davids Freundlichkeit hatte sie tief beeindruckt, als er für sie den schweren Korb zu Pater Bede getragen hatte. Doch die anderen Jungen hatten sich deswegen über ihn lustig gemacht.

Weißt du, David, wenn Kneifzangen nach deinem Geschmack sind, dann wüsste ich eine für dich.

Maggie hielt sich die Ohren zu, um die Erinnerung endlich loszuwerden. In Augenblicken wie diesem fragte sie sich, warum es sie eigentlich kümmerte, ob ihre Plagegeister von früher unter dem Schwertstreich eines MacDouglas ihr Leben ließen oder nicht. Die meisten Männer in ihrem Alter hätten dieses Schicksal wirklich verdient, bedachte man, wie unglücklich sie sie jahrelang gemacht hatten.

Aber sobald ihr der Gedanke kam, schämte sie sich dafür. Sie verdienten nicht, für ihre Bosheit zu sterben, aber ehrlich gesagt, es würde ihr nichts ausmachen, wenn sie mit ansehen könnte, wie sie eine gehörige Tracht Prügel bekamen.

Da wurde ihr mit einem Mal klar, warum sie Braden immer schon geliebt hatte. Er war der Einzige unter all den jüngeren Männern des Clans, der sie nie ausgelacht oder verspottet hatte.

Nicht ein einziges Mal.

»Geht es dir gut?«, erkundigte sich Braden, als er an Sin vorbeisah und entdeckte, dass sie sich aufgesetzt hatte.

Maggie nickte und nahm die Hände von den Ohren.

»Warum habt ihr mich so lange schlafen lassen?«, fragte sie, als ihr auffiel, dass es schon Vormittag war.

»Wir fanden, dass du die Ruhe gebrauchen könntest«,

erklärte Braden und reichte ihr einen Lederschlauch mit verwässertem Ale.

»Aber wir müssen so schnell wie möglich zu den MacDouglas gelangen.«

»Das werden wir auch«, versicherte ihr Braden mit seinem unwiderstehlichen Lächeln. »Ein paar Stunden werden kaum einen Unterschied machen.«

Eine Minute lang dachte sie schuldbewusst an Lochlans wenig angenehme Lage, bis ihr wieder einfiel, dass sich seine Mutter um ihn kümmern würde.

Dennoch, wenn die Frauen erst einmal die Kirche verlassen hatten, blieb ihnen nur noch wenig Zeit, die MacDouglas zum Frieden zu bewegen.

Jetzt wünschte sie sich, sie könnten reiten. Aber drei unbekannte Männer, die zu Pferd auf dem Land der MacDouglas unterwegs waren, würden geradezu nach der Aufmerksamkeit schreien, die sie unbedingt vermeiden wollten. Besonders, da Sin und Braden mit von der Partie waren.

Sie wollte gar nicht daran denken, was mit ihnen geschehen würde, wenn man sie erwischte.

Braden reichte ihr ein Stück gebratenes Fleisch. »Iss und wasch dich, dann können wir aufbrechen. Es ist noch genug vom Tag übrig, um ein gutes Stück zurückzulegen.«

Maggie nickte. Sie aß rasch, zog sich dann kurz in den Schutz des Waldes zurück, ehe sie sich wieder zu ihnen gesellte.

Sie hatten bereits das Feuer gelöscht und alles wieder in ihren Bündeln verstaut. Maggie streckte die Hand nach ihrem aus, aber Braden schwang es sich über die Schulter.

Sie lächelte. »Das ist nett gemeint, Braden, aber sollte uns jemand zufällig begegnen, würde derjenige sich gewiss wundern, dass du mein Bündel trägst.«

»Sie hat Recht«, pflichtete ihr Sin bei. »Das macht die ganze Verkleidung überflüssig.«

»Na gut.« Braden nahm das Bündel wieder ab, aber bevor er es ihr gab, packte er etwa die Hälfte ihrer Sachen zu seinen. »Es ist ja nicht erforderlich, dass du dich unnötig verausgabst.«

Seine Fürsorglichkeit wärmte Maggie das Herz. Aye, Braden zu lieben, war leicht. Er war freundlich und umsichtig. Wenn nur Treue ebenfalls zu seinen Tugenden zählen würde!

»Alles in Ordnung mit dir?«, fragte Braden, als er ihr ihr Bündel reichte. »Du siehst beunruhigt aus.«

Aye, beunruhigt wegen eines attraktiven Mannes, dem ich mein Herz geschenkt habe und der mich bis in meine Träume hinein verfolgt.

»Mir geht es gut«, behauptete sie und lächelte. »Ich denke nur gerade an das, was vor uns liegt.« Und an die Tatsache, dass sie allein in ihr Zuhause zurückkehren würde, wenn das hier alles vorüber war, während er …

Den Gedanken dachte sie nicht zu Ende. Sie konnte es nicht.

Sin warf ihr einen wissenden, mitleidigen Blick zu, dann führte er sie durch den Wald in Richtung des Lands der MacDouglas.

Sie marschierten den Rest des Vormittags bis in die frühen Nachmittagsstunden. Statt für eine Mahlzeit Rast einzulegen, aßen sie unterwegs Brot. Sie sprachen nur wenig und hielten sich vorwiegend im Inneren des Waldes.

Es war mitten am Nachmittag, als Maggie im Nacken ein seltsames Prickeln verspürte, das sich bis auf ihre Kopfhaut ausbreitete. Unwillkürlich lief ihr ein Schauer über den Rücken.

Fast fühlte es sich so an, als beobachtete sie jemand.

Sie drehte den Kopf, um die dunklen Bäume und das Gebüsch mit den Augen abzusuchen, sah aber nichts. Sie hörte auch nichts.

Und doch …

Zuerst schien es ihr, als bemerkten die Männer neben ihr nichts Außergewöhnliches. Bis ihr auffiel, wie angespannt ihre ganze Haltung war. Beide gingen mit einer Hand am Schwertgriff.

Aye, sie spürten es auch.

»Braden …«

»Ja, Stephen?«, unterbrach er sie rasch, und das mehr als alles andere bestärkte sie in ihrem Verdacht. Sie wurden beobachtet, und sowohl er als auch Sin wussten das.

»Ach nichts«, erwiderte sie mit tieferer Stimme.

Obwohl sie sich große Mühe gab, konnte sie nichts entdecken.

Das ging so lange, dass sie schon fast glaubte, ihre Phantasie spielte ihr einen Streich. Dann jedoch erklommen sie eine kleine Anhöhe im Wald. Gerade, als sie sich einer riesigen Eibe näherten, trat lässig jemand dahinter hervor.

Es war ein großer, stämmiger Mann, aber nicht so groß wie ihre Begleiter. Sein dunkles Haar hing ihm strähnig und stumpf bis auf die mächtigen Schultern, und sein schmutziger Bart verbarg fast sein ganzes Gesicht. Er hob eine buschige schwarze Augenbraue, betrachtete Maggie und die MacAllisters aus zusammengekniffenen Augen und richtete sein Schwert auf Sin.

»Nun, nun«, bemerkte er hämisch. »Was haben wir denn hier?«

»Sieht aus wie ein paar fette Täubchen, reif zum Rupfen«, antwortete ein anderer Mann, der plötzlich hinter ihnen stand.

Entsetzt drehte Maggie sich um. Etwa zehn Männer umringten sie. Sie waren Wegelagerer, wenigstens sahen sie so aus, und würden weiß der Himmel was mit ihnen anstellen, wenn sie herausfanden, dass keiner von ihnen größere Geldbeträge oder andere Wertgegenstände bei sich trug.

Sin und Braden sahen sich an. In ihren Blicken stand eine Besorgnis erregende Mischung aus Belustigung und Vorfreude, die Maggie innerlich zittern ließ.

Das hier war nicht gut, gar nicht gut.

Kapitel 9

Nun, nun«, wandte sich Sin an Braden und äffte dabei Worte und Tonfall des Anführers nach. »Was haben wir denn hier?«

»Sieht aus wie ein Haufen Narren, die Todessehnsucht haben«, erwiderte Braden, und ein kaltes, tödliches Lächeln spielte um seine Lippen.

Maggie bekreuzigte sich rasch, als sie begriff, dass sich das zu etwas entwickelte, das sie bestimmt nicht miterleben wollte.

Sie hoffte nur, dass sie es alle *über*leben würden.

Spannung lag so greifbar in der Luft, dass sie einen beißenden Geruch wahrzunehmen meinte. Alle Männer standen steif und argwöhnisch da, ihre Blicke glitten über ihre Gegner, während sie das Kampfgeschick ihrer Gegenüber einzuschätzen versuchten.

Ihr Magen zog sich vor Furcht zusammen. Der Anführer der Gesetzlosen erwiderte Bradens kaltes Lächeln. »Nun, *mein Freund*, wir wollen nicht unbedingt dein Blut vergießen oder deine Eingeweide hier verteilen. Gebt uns euer Geld, und wir lassen euch friedlich weiterziehen.«

»Da gibt es nur ein winziges Problem«, antwortete Braden. Seine Stimme war Unheil verkündend ausdruckslos, sein Ton Besorgnis erregend geduldig und seine grünbraunen Augen ungewohnt drohend. »Du bist nicht mein Freund, und ich mag mein Gold mehr als dich. Warum also sollte ich dir mein Gold in die dicken Wurstfinger drücken?«

Maggies Sorge wuchs.

Die Miene des Anführers verfinsterte sich gefährlich. »Wenn das so ist …«

Der Angriff erfolgte so rasch, dass Maggie kaum Zeit hatte, sich zu ducken und in die Büsche zu schlagen, als ein muskelbepackter Räuber sie ergreifen wollte.

Braden und Sin zückten ihre Schwerter gleichzeitig und drängten die Angreifer zurück.

Der hünenhafte Wegelagerer, dem sie entwischt war, machte einen Schritt auf sie zu, um sie zu fassen zu bekommen, schaffte es aber nicht, da Braden ihn am Hemdkragen festhielt und in die entgegengesetzte Richtung gegen einen ziemlich dicken Eichenstamm schleuderte, an den er mit voller Wucht prallte, ehe er zu Boden sank.

Maggie seufzte erleichtert auf und hoffte, niemand sonst würde ihr Beachtung schenken.

Aber schon einen Augenblick später sah sie einen anderen Räuber, der sich mit erhobenem Schwert von hinten an Bradens ungeschützten Rücken anschlich.

Namenlose Angst erfasste sie. Braden war so mit dem Mann vor sich beschäftigt, dass er den in seinem Rücken gar nicht bemerkte.

Einzig daran denkend, Braden zu retten, kroch Maggie wieder aus dem Gebüsch hervor. Sie packte sich einen dicken Ast, der mit kleinen Zweigen und Blättern am Boden lag, und schlug damit von hinten auf den Räuber ein.

Sie traf ihn zwar an Rücken, Nacken und Hinterkopf, bewirkte damit aber nichts, als den großen Mann wütend zu machen. Mit einem hässlichen Fluch fuhr er zu ihr herum.

Zu spät erkannte sie, dass ihr Angriff weder gut geplant noch gut ausgeführt war.

Unbeholfen hielt sie den Ast schützend vor sich, doch

der Räuber lachte nur grausam, während er die Zweige und Blätter fast spielerisch mit seinem Schwert abhackte.

»Mutter aller Heiligen, steh mir bei!«, flüsterte sie und schlug ihm dann den Ast an den Kopf.

Er stolperte einen Schritt nach hinten, dann stürzte er sich mit zornrotem Gesicht auf sie. »Das wirst du mit deinem Leben bezahlen.«

»Was du nicht sagst«, knurrte Braden, packte den Räuber von hinten und wirbelte ihn zu sich herum.

Dann sandte er ihn mit einem gezielten Faustschlag zu Boden. Maggie hatte kaum Zeit, ihm zu danken, als auch schon der Nächste angriff.

Ehrfürchtig sah Maggie zu, wie Braden und Sin mit den Männern der Reihe nach kurzen Prozess machten, ohne jemanden zu töten. Aber es gab natürlich jede Menge Wunden und Verletzungen, geschwollene Nasen und aufgeplatzte Lippen. Die Wegelagerer fielen wie überreife Äpfel auf die Erde, wo sie stöhnend liegen blieben und sich die verletzten Glieder und schmerzenden Köpfe hielten.

Maggie umklammerte immer noch ihren nunmehr kahlen Ast, nicht bereit ihn loszulassen, ehe die Räuber nicht wieder verschwunden waren.

Braden drängte den Anführer der Bande gegen den Stamm der Eibe und hielt ihm sein Schwert an die Kehle. Bradens finsterer Gesichtsausdruck hätte den Teufel selbst eingeschüchtert und ließ Maggie erschauern.

»Nun, mein *Freund*«, sagte Braden, »muss ich dich umbringen, oder wirst du dich trollen und uns in Ruhe lassen?«

Sin schnalzte bedauernd mit der Zunge, während er sehnsüchtig die Männer auf der Erde musterte. »Ach, komm schon, kann ich nicht wenigstens einen von ihnen umbringen? Wie wäre es zum Beispiel mit dem Dicken da, der nur drei Zähne hat, oder den da, den mit dem stinkenden Atem?«

Braden lachte leise über Sins flehentlichen Ton, nahm seine Augen aber nicht von dem Räuber vor sich. »Soll ich ihm seinen Spaß mit euch lassen?«

Der Anführer schüttelte den Kopf. »Nein. Wenn's recht ist, gehen wir gleich.«

Braden machte einen Schritt nach hinten und senkte sein Schwert.

Mit einer Geschwindigkeit, die sie erstaunte, rappelten die Wegelagerer sich auf und verschwanden zwischen den Bäumen.

Maggie konnte kaum stehen, so heftig zitterte sie. Das war für ihren Geschmack ein wenig zu knapp gewesen. Nie zuvor hatte sie so etwas erlebt.

Mo chreach, was hätte sie nur getan, wenn Braden und Sin nicht bei ihr gewesen wären?

Ehrlich gesagt wollte sie darüber lieber nicht nachdenken.

Schlimmer noch war die Vorstellung, was geschehen wäre, wenn die Wegelagerer ihr aufgelauert hätten, als sie die Reise das erste Mal allein und in Frauenkleidern unternommen hatte.

Ihr Magen zog sich zusammen, und eine Welle der Panik erfasste sie.

Selbst wenn sie hundert Jahre alt würde, würde sie nie das schreckliche Gefühl beim Anblick des Räuberhauptmanns vergessen oder seine gefühllose Miene, als er hinter dem Baum vortrat.

Sie hätten sie alle getötet, ohne mit der Wimper zu zucken.

Maggie hielt eine Minute inne, um dem lieben Gott und seinen Heiligen für die ihr erwiesene Gnade zu danken und darum zu beten, dass sie so etwas nie wieder erleben müsste.

»Bist du in Ordnung?«, erkundigte sich Braden, als er ihr vorsichtig den Ast entwand und ihn dann zur Seite warf.

»Danke«, hauchte sie schwach. »Danke.«

»War mir ein Vergnügen«, erwiderte er und umfing ihre bebenden Hände in seiner.

Himmel, sah der Mann gut aus. Und in seinen haselnussbraunen Augen las sie eine Sorge und ein Mitgefühl, das sie innerlich wärmte.

Aber sie entdeckte auch ein Funkeln, das nur Belustigung bedeuten konnte.

Sicher konnte Braden an dem Überfall nichts Komisches finden, oder?

Nein, sie musste sich irren.

Braden umfing ihre Wange mit einer Hand und strich ihr leicht mit dem Daumen über die Wangenknochen. Es kostete sie große Mühe, nicht einfach die Augen zu schließen und befriedigt aufzuseufzen. Seine besänftigende, zarte Berührung war himmlisch und sandte eine Welle des Verlangens durch sie, die ihre Furcht und ihre Sorgen vertrieb.

Braden hatte sie beschützt. Wieder einmal. Sie fragte sich, ob er eigentlich wusste, wie oft er ihr in ihrem Leben schon zu Hilfe gekommen war.

»Danke, dass du meinen Rücken geschützt hast«, sagte Braden leise.

Maggie runzelte die Stirn. In seinem Ton schwang etwas mit, das sie erst nicht deuten konnte, ihr aber verdächtig nach Erheiterung klang. Schließlich erriet sie, was ihn so belustigte.

»Du wusstest, dass der Mann, den ich geschlagen habe, von hinten kam, nicht wahr?«

»Ja«, antwortete er mit einem Lachen. »Aber ich bin

froh, dass ich dir wichtig genug war, ihn abzulenken. Und noch mehr, dass du dabei sogar dein eigenes Leben aufs Spiel gesetzt hast.«

Ein weiterer Schauer überlief sie, der aber nichts mit Furcht zu tun hatte, sondern einzig mit dem Krieger vor ihr.

Meine Güte, der Mann war unglaublich, wenn er lächelte.

Wie, um Himmels willen, konnte ihm eine Frau etwas abschlagen, wenn er sie mit seinen Grübchen so ansah, mit seinem glühenden Blick?

Er unterbrach sein zärtliches Streicheln und schaute ihr tief in die Augen. »Was du getan hast, war sehr mutig, und das, obwohl ich angeblich so ein Schuft bin.«

»Du bist ein Schuft«, erklärte sie. Sie wusste es, aber im Moment war das ihrem Herzen egal.

»Aye«, pflichtete er ihr mit einem teuflischen Lächeln bei und neigte den Kopf zu ihr. »Von der allerschlimmsten Sorte.«

Unwillkürlich öffnete sie den Mund, verzehrte sich nach einem weiteren Kuss.

Braden schloss die Augen und begann den Kopf zu senken, um ihre Einladung anzunehmen, wurde aber von Sins Räuspern unterbrochen.

»Muss ich euch beide schon wieder auseinander treiben?«, fragte er. »Langsam wird es ermüdend.«

Maggie zuckte in Bradens Armen zusammen.

Braden wich sogleich zurück und seufzte voller Bedauern. »Erinnere mich daran, dir nachher ausführlich zu danken«, flüsterte er ihr zu.

Maggie war zu verblüfft, um darauf etwas zu erwidern. Ihre Sinne waren in einem derartigen Durcheinander, dass sie nur nicken konnte.

Gütiger Himmel! Was hätte sie beinahe getan?

Du hättest ihn beinahe geküsst.

Wieder.

Oh, Mädel, wo hast du nur deinen Kopf, dass du einem Mann wie ihm nachgibst?

Sich auf die Unterlippe beißend beobachtete sie Braden und Sin.

Warum, Braden, warum musst du nur von einer Frau zur nächsten flattern? Und warum konnte sie ihn dafür nicht einfach hassen?

Weil das so wäre, als wollte man den Wind dafür hassen, dass er wehte, oder die Sonne, dass sie schien. Es war seine Natur. Würde man das ändern, änderte man damit den ganzen Mann, und mit Ausnahme dieses einen Wesenszuges mochte sie alles an Braden sehr, sehr gerne.

Nein, sie wollte nicht, dass er sich änderte. Es war seine Unbekümmertheit, die sie so anziehend fand. Sie müsste einfach besser auf sich aufpassen, damit er sie nicht noch weiter verletzen konnte.

»Denkt ihr, sie kommen wieder?«, fragte Maggie, als sie zu Sin und Braden trat.

»Aye«, antwortete Sin im selben Augenblick, als Braden »Nein« sagte.

Sin warf seinem Bruder einen verblüfften Blick zu, ehe er sein Schwert in die Scheide zurücksteckte. »Glaubst du ernsthaft, sie würden einfach weiter ihrer Wege ziehen, ohne sich irgendwie zu rächen?«

»Aye, wir haben sie besiegt. Warum sollten sie wiederkommen?«

In Sins Augen glühte ein machtvolles Gefühl auf, sodass Maggie unwillkürlich einen Schritt nach hinten machte.

»Rache ist ein starker Beweggrund, kleiner Bruder«, erklärte er ausdruckslos.

Da wusste sie, dass Sin einen tiefen Hass in sich trug. Gegen wen, konnte sie nur raten. Aber die arme Seele, die sich jemanden wie Sin zum Feind gemacht hatte, besaß ihr aufrichtiges Mitgefühl. Im Hinterkopf fragte sie sich, was für ein schreckliches Schicksal Sin wohl diesem Menschen zugedacht hatte.

Keine Minute glaubte sie, dass derjenige noch lebte. Denn nach allem, was sie von Sin bisher gesehen hatte, hatte er bestimmt das Leben seines Feindes mit einem gezielten Streich beendet. Und das voller Genugtuung.

Braden erwiderte den Blick seines Bruders mit einem kaum wahrnehmbaren Nicken, ein tiefes Verständnis war zwischen ihnen zu spüren. »Das wirst du besser wissen als ich.«

Sin schaute zur Seite. Er legte seine Hand auf den Knauf seines Schwertes und ging an ihr vorbei.

»Ich will mein Pferd«, hörte sie ihn vor sich hin murmeln, ehe er zwischen den dicht stehenden Bäumen verschwand.

Mit einem Seufzen sah Braden seinem Bruder hinterher. Er nahm sein Bündel vom Boden und folgte ihm.

Maggie schloss sich ihm an, schaute dabei aber immer wieder zwischen den Brüdern hin und her.

Braden konnte genauso gefährlich sein wie Sin, aber ihn umgab eine Aura von Sorglosigkeit und Fröhlichkeit, die sie unwiderstehlich zu ihm hinzog. Er nahm nichts von anderen, sondern gab ihnen so viel. Der ganze Clan mochte den Krieger gerne, wenn sie ihn nicht gerade wegen einer seiner Affären umbringen wollten.

In Wahrheit hatte sie noch kein böses Wort gegen ihn gehört, es sei denn wegen seiner Weibergeschichten.

Wenn sie nur verstehen könnte, was es mit Männern im Allgemeinen und mit Braden im Besonderen auf sich hatte, dass es sie von Bett zu Bett trieb. War es denn überhaupt möglich, dass eine Frau ihrem Mann genügte? Selbst Anghus hatte, obwohl er seine Frau aufrichtig liebte, bei einer anderen gelegen, während er in Irland war.

Sie zerbrach sich den Kopf, aber zu ihrer Bestürzung wollte ihr einfach kein Mann einfallen, der seine Frau nie betrogen hatte.

Irgendwo musste es doch einen geben, oder?

Während sie darüber nachdachte, gingen sie schweigend durch den Wald. Nach einer Weile begann Sin lautlos vor sich hin zu murmeln.

»Was war das?«, fragte Braden.

»Was denn?«, erkundigte sich Sin und drehte sich zu seinem Bruder um.

»Was hast du gerade gesagt?«

»Ach, ich habe nur deine vermaledeiten Schotten zum Teufel und mich nach Hause gewünscht.«

Braden schüttelte den Kopf. »Ich schwöre, du bist mürrischer als eine alte Frau. Sag mal, beklagst du dich bei Henry auch die ganze Zeit?«

»Nein, das ist nicht nötig. Niemand in England ist so dumm, mich zu reizen.«

Braden lachte leise und wandte sich an Maggie. »Ich frage mich, wie viele Engländer wohl tot in ihren Gräbern liegen, nur weil sie es gewagt haben, ihn schief anzusehen.«

Maggie stimmte ihm zu. »Dein Bruder ist seltsam.«

Braden lachte lauter.

»Was ist denn?«, fragte sie, denn sie wusste nicht, was daran so komisch war.

»Ich muss nur daran denken, dass jeder von uns eine bestimmte Rolle übernimmt. Lochlan ist der Vernünftige, Ewan der Ernsthafte, Kieran war der Hitzkopf, Sin ist der

Gefährliche und ich … ich bin der Übermütige von uns Brüdern.«

Das stimmte. »Und du genießt deine Rolle, nicht wahr?«

Seine grünbraunen Augen funkelten. »Zweifellos werde ich eines Tages dafür in der Hölle schmoren, aber ja. Das Leben ist zu kurz, um es mit Trübsal blasen zu vertrödeln. Sieh dir nur Sin an.«

Das tat sie. Mit seiner gefurchten Stirn und den schmalen Augen wirkte er, als wäre er bereit, den Nächsten umzubringen, der ihn ärgerte.

Braden sprach weiter. »Sin ist einer der reichsten Männer in England, seine Ländereien reichen von Canterbury bis nach Schottland, selbst bis ins Heilige Land. Er gehört zu den wenigen Männern, die den König mit Namen anreden dürfen, und doch ist er an seinen besten Tagen grüblerisch und zornig an seinen schlechtesten. Er lebt allein und völlig von allen anderen abgesondert.«

Braden schüttelte den Kopf. »Das könnte ich nicht aushalten. Genauso wenig könnte ich Ewan in die Berge folgen und wie ein Einsiedler leben.«

Maggie begriff, warum Ewan so zurückgezogen lebte, nach dem, was mit Isobail geschehen war. Außerdem war er immer schon ein schüchterner junger Mann gewesen, der die Einsamkeit in der Wildnis der Gesellschaft anderer Menschen vorzog.

An Sin konnte sie sich so gut wie gar nicht erinnern, denn sie war noch sehr klein gewesen, als er von den Engländern verschleppt worden war. Einzig, dass er einmal Davis verscheucht hatte, als der sie auslachte, wusste sie noch.

»Sag mir«, bat sie leise. »Wenn man bedenkt, dass Sin gegen seinen Willen von den Engländern mitgenommen worden ist, wie kommt es dann, dass er es heute vorzieht, sich nach englischer Sitte zu kleiden und zu benehmen?«

Braden holte tief Luft. Er drehte den Kopf zu ihr um, und sie konnte die Sorge in seinen Augen sehen. Und den Schmerz.

»Als Sin vierzehn war, wurde Henry zum König von England gekrönt, und als Teil der Krönungsfeierlichkeiten wurde den schottischen Geiseln, die König Stephen genommen hatte, gestattet, zu ihren Familien zurückzukehren.«

Maggie runzelte die Stirn. Davon hatte sie nie etwas gehört. Noch ergab es einen Sinn. Wenn Sin doch hatte heimkehren können, warum hatte er es nicht getan? »Wieso wollte Sin nicht nach Hause kommen?«

Ein Muskel begann an Bradens Kinn zu zucken. »Er wollte schon, aber mein Vater hat es ihm untersagt. Er hat König Henry eine Nachricht gesandt, dass er Sin behalten könne, da er keine Verwendung für seinen Sassenach-Sohn habe.«

Maggie stockte der Atem. Solche Grausamkeit konnte sie nicht begreifen. Bei allen Heiligen, wie sehr hatte das Sin schmerzen müssen, von der Antwort seines Vaters zu erfahren.

Plötzlich erschien ihr das ständige Herummäkeln ihres Vaters an ihr selbst gar nicht mehr so schlimm.

»Warum hat dein Vater das getan?«, fragte sie. »Was hatte denn deine Mutter dazu zu sagen?«

Braden blickte fort, aber sie sah trotzdem die Qual in seinen Augen. Und ein merkwürdiges Schuldbewusstsein, das sie sich nicht erklären konnte.

»Meine Mutter war der Grund, warum Sin nicht heimgekehrt ist«, sagte er schließlich mit gepresster Stimme. »Sie hat sich geweigert, mit ihm im selben Haus zu leben.«

»Warum?«, wollte Maggie wissen.

Warum wollte Aisleen nicht, dass ihr Sohn zu ihr zurückkehrte?

Braden seufzte. »Sins Mutter war eine englische Adelige, die mein Vater bei seinem ersten und einzigen Aufenthalt in London verführt hatte. Sin wurde nur wenige Monate vor Lochlan gezeugt.«

Maggie verzog bei diesen Worten das Gesicht. Das also war der Grund.

Die Zähne zusammenbeißend schüttelte sie ungläubig den Kopf. Männer und ihre Untreue. Wie konnte Braden nur so mit Frauen umgehen, wenn er doch die Folgen solcher Unverantwortlichkeit aus nächster Nähe hatte miterleben können?

Armer Sin, ausgestoßen zu werden, weil Aisleen es nicht ertrug, den sichtbaren Beweis für die Untreue ihres Mannes vor Augen zu haben.

Das Herz wurde ihr schwer, und sie verspürte für beide Mitleid.

»Was ist mit Sins Mutter?«, erkundigte sie sich.

Angewidert presste Braden die Lippen zusammen. »Sie wollte nichts mit Sin zu schaffen haben. Darum hat sie ihn zu meinem Vater geschickt, dass er bei ihm lebt. Schon vor Jahren hat sie entschieden, dass Sins Existenz ihr peinlich ist.«

»Also wurde er von beiden Elternteilen verstoßen?«

»Aye. Er ist ein bitterer Mann, aber das ist nur verständlich.«

Dem stimmte Maggie zu. Sie verstand nun den feindseligen Blick, mit dem Sin Aisleen betrachtet hatte, als sie auf dem Kirchhof erschien.

Er musste sie aus tiefstem Herzen hassen.

Maggie konnte sich nicht vorstellen, wie er sich gefühlt

haben musste, von seinen beiden Elternteilen im Stich gelassen zu werden. Das war mehr, als jemand erleiden sollte.

Sie sah Braden an, bemerkte den Schmerz in seinen Augen und fragte sich, was er wohl von dem Verhalten seiner Eltern hielt. In ihrem Herzen wusste sie, dass es auch ihm wehtun musste.

Braden ging schweigend weiter, während ungebeten die Erinnerung an jenen Tag in ihm aufstieg, als Sin gezwungen worden war, sein Zuhause zu verlassen.

Bis heute konnte Braden seiner Mutter nicht verzeihen, was sie getan hatte. Wie eine Frau ein Kind, selbst wenn es nicht ihr eigenes war, dem Todfeind ausliefern konnte, überstieg sein Begriffsvermögen.

Es war an genau jenem Tag gewesen, dass er beschlossen hatte, nie zu heiraten.

Sollte je ein Kind zu ihm kommen, das behauptete, seines zu sein, würde Braden es mit offenen Armen willkommen heißen. Er würde keine Frau haben, die es hassen könnte. Keine Frau, die ihm so lange zusetzte, bis er etwas Unverzeihliches tat.

Noch schlimmer aber war das niemals ganz vergehende Schuldgefühl, dass Sin es damals gewesen war, den sein Vater nach England gesandt hatte. Denn Braden wusste, dass er als der jüngste Sohn die Geisel des Königs hätte sein sollen, während Sin als der Älteste in Schottland hätte bleiben müssen.

Aber Bradens Mutter hatte das verhindert.

In all den Jahren hatte Braden immer wieder darüber nachgedacht, ob alle Frauen wohl so wie seine Mutter gehandelt hätten oder ob es nur ihr Charakterfehler war.

»Sag mal«, sagte Braden zu Maggie, ehe er es sich anders überlegen konnte. »Wärest du meine Mutter gewesen, was hättest du getan?«

Ihre Miene wurde zweifelnd, während sie darüber nachsann. »Ich weiß es nicht.«

»Du hättest ihn also auch fortgeschickt?«

Sie sah ihn an, und in ihren bernsteinfarbenen Augen stand ein nachdenklicher Ausdruck. »Ich weiß es ehrlich nicht. Auf der einen Seite würde ich nur ungern sagen, dass ich ein Kind einfach wegschicken könnte, es wäre aber auch sicher schwer, jeden Tag den Beweis für die Untreue meines Ehemannes vor Augen zu haben. Ich will mir nicht vorstellen, was deine arme Mutter jedes Mal empfunden haben muss, wenn Sin in ihre Nähe kam. Trotzdem sind Kinder immer unschuldig an so etwas, denn niemand von uns hat um das Geschenk des Lebens gebeten.« Sie seufzte. »Vermutlich steht es mir nicht an, sie zu verurteilen oder im Brustton der Überzeugung zu behaupten, ich wüsste, was ich getan hätte, ehe ich mich nicht vor dieselbe Wahl gestellt sehe.«

Braden spürte, wie bei ihren Worten ein Muskel in seinem Kinn zuckte. Und wenn er bis in alle Ewigkeit lebte, er würde nie verstehen, wie seine Mutter so hatte handeln können. Obwohl er sie sehr liebte, konnte er nicht anders, als ihr Verhalten selbstsüchtig und grausam zu finden.

Maggie rückte das Bündel auf ihrer Schulter zurecht. »Du und Sin, ihr steht euch sehr nahe, nicht wahr?«

Braden nickte. »Ja, trotz der Zeit, die wir getrennt gelebt haben. In den letzten acht Jahren bin ich immer wieder nach England gereist, um ihn zu besuchen.«

»Bist du so zu deinen englischen Ländereien gekommen?«

Braden grinste. »Teilweise. Henry wollte sich auch die Loyalität der Highlander sichern, für den Fall, dass er sie braucht. Mich Treue für englische Besitzungen schwören zu lassen schien ihm ein guter Weg, um einen mächtigen Clan zum Verbündeten zu gewinnen.«

Sie lächelte milde. Das Sonnenlicht fiel auf ihr sommersprossiges Gesicht, und ihre Augen leuchteten sanft. »Du bist ein guter Mann, Braden MacAllister.«

»Ach ja?«, fragte er, verwundert, dass sie so etwas sagte. Irgendwie hatte er bisher immer den Eindruck gehabt, dass sie ihn häufiger zum Teufel wünschte, als dass sie etwas an ihm lobenswert fand.

Sie schaute ihn schief an. »Jetzt bilde dir aber bloß nichts darauf ein.«

Er lachte über ihren entrüsteten Tonfall. Es war offensichtlich, dass sie glaubte, er versuchte ihr Lob dazu auszunutzen, sie zu verführen, was sie alles andere als schätzen würde. »Du hast keine sehr hohe Meinung von mir, nicht wahr?«

Sie runzelte nachdenklich die Stirn. »Ja und nein.«

»Was soll das denn heißen?«

Sie blieb stehen und drehte sich zu ihm um. »Ich weiß, dass es Gutes in dir gibt, aber ein ebenso großer Teil deines Wesens wird vom Teufel beherrscht. Wenn du nicht so wankelmütig wärst, würdest du einen ausgezeichneten Ehemann abgeben.«

Ihre Wortwahl belustigte ihn. Die Leute hatten ihn über die Jahre als vieles bezeichnet, aber niemand hatte je das Wort »wankelmütig« benutzt. »Wankelmütig?«

»Aye, wankelmütig. Denkst du, ich wüsste nicht, mit wie vielen Frauen du zusammen gewesen bist? Himmel, ich glaube fast, es dürfte kaum mehr als drei Frauen in ganz Kilgarion im Alter zwischen fünfzehn und zwanzig Jahren geben, die du noch nicht hattest.«

»Ach, Maggie, damit triffst du mich tief.« Und das entsprach der Wahrheit. Er war gar nicht mit so vielen Frauen zusammen gewesen, schließlich war er kein geiler Gockel, der jede Henne bespringen musste, die seinen Weg kreuzte. Genau genommen hatte er mehr Einladungen abgelehnt als angenommen.

»Die Wahrheit tut oft weh«, erwiderte sie mit ernstem Blick und ernster Stimme.

Seine Belustigung erstarb, als sie ihn anklagend musterte. Ein Umstand, der ihn mehr als nur ein bisschen ärgerte.

Jetzt lief die Sache hier aus dem Ruder. Er war nicht der einzig Schuldige. Sicher, er war mit vielen Frauen zusammen gewesen, aber nie hatte er eine dazu gezwungen. Tatsächlich war er meist gar nicht derjenige, der angefangen hatte.

»Sag mal, Maggie, hast du dich je gefragt, was der Grund dafür sein könnte, dass ich so bin?«

Sie antwortete ohne Zögern. »Weil du ein Mann bist.«

Er schnaubte abfällig. Bei ihr klang das so, als wäre das eine befriedigende Antwort auf alle Fragen auf der Welt. »Zum Teil, aber ist dir nicht aufgefallen, wie sich mir die Frauen an den Hals werfen?«

Ihr blieb der Mund offen stehen, und sie bedachte ihn mit einem verächtlichen Blick. »Und das soll deine Entschuldigung sein? Sie werfen sich dir an den Hals, also hast du ein reines Gewissen, denn schließlich nimmst du dir nur, was dir aus freien Stücken angeboten wird? Mit den Folgen zum Teufel? Du bist ja widerwärtig.«

»Nein, bin ich nicht«, widersprach er eilig. »Du sagst, ich wäre wankelmütig. Nun, und was ist mit deinen Geschlechtsgenossinnen? Ich bin ja wohl nicht der Einzige, der wankelmütig ist.«

»Was willst du damit sagen?«

»Nur, dass ich nicht der einzig Schuldige daran bin.

Wie du selbst schon gesagt hast, ich bin ein Mann, und es ist schwer, einer Frau zu widerstehen, wenn sie nackt zu dir ins Bett kriecht, um deine Gunst bettelt oder ihren Körper an dich presst, während sie dir ins Ohr flüstert, was sie alles mit dir anstellen möchte.«

Sie sah ihn entsetzt an. »Willst du etwa behaupten, alle Frauen verführten dich? Dass du nur ein armer kleiner Edelmann bist, der seiner Wege geht und sich um seine Angelegenheiten kümmert, bis sich plötzlich irgendeine böse Frau an dich heranmacht und dich zwingt, sie zu nehmen?«

»Du glaubst mir nicht?«

»Natürlich glaube ich dir nicht. Ich war es nicht, die gestern Abend die Verführung begonnen hat, Braden MacAllister. *Dein* Atem war es, der über meine Haut gestrichen ist, und *deine* Hände haben sich an meinem Körper zu schaffen gemacht.«

»Das war etwas anderes.«

»Inwiefern?«

Darüber wollte er nicht ernsthaft nachdenken. Aber in seinem Herzen wusste er, dass es etwas anderes war.

Von dem Wunsch beseelt, das Thema zu wechseln, ehe sie ihn dazu veranlasste, etwas zu sagen, das sie beide bereuen würden, erklärte er: »Ist es dir nie in den Sinn gekommen, wenn ich je eine Frau finden sollte, die mir wirklich treu und loyal zur Seite stünde, dass ich dann ihr gegenüber dieselbe Treue zeigen würde? Ich wäre überglücklich, die Frau auf der Welt zu finden, die sich um mich sorgt und nicht verlangt, dass ich unverzeihliche Dinge tue, um ihr zu gefallen. Eine Frau zu haben, die nicht von meinem Bett geradewegs in das des nächsten Mannes kriecht, der ihr den Kopf verdreht.«

Sie verzog spöttisch die Lippen. »Was für eine Ironie

des Schicksals.« Sie ließ einen ungläubigen Blick über ihn gleiten. »Wärest du wirklich in der Lage, dich an eine Frau zu binden?«

»Aye. Meinst du, ich hätte nicht gerne ein Haus voller Kinder? Ich würde fast alles dafür geben, aber ich werde mich von keinem süßen Gesicht zum Narren machen lassen. Mein Bruder Kieran hat sich wegen eines leichtfertigen Frauenzimmers das Leben genommen, einer Frau, die nicht damit zufrieden war, ihn zu haben, sondern auch noch Ewan wollte. Und die Frau, die sie beide geliebt haben, hat Ewan, nachdem sie unsere Familie gespalten und Kierans Tod verursacht hatte, bei der erstbesten Gelegenheit für einen reicheren Mann verlassen. Für den Fall, dass du die Sonntagspredigt in der Kirche verschlafen hast, sage ich es dir gerne noch einmal: Frauen sind die Wurzel allen Übels.«

An ihrem Gesichtsausdruck konnte er leicht erkennen, wie gerne sie ihn erwürgt hätte, aber er musste ihr zugute halten, dass sie sich auf einen wütenden Blick beschränkte. »Frauen wären niemals von Übel, gäbe es nicht Männer wie dich, die sie geradewegs in die Hölle führen.«

Jetzt hatte sie es geschafft. Er sah rot. Wie konnte sie es wagen, alle Schuld den Männern zuzuschieben? »Du kannst die Männer nicht allein dafür verantwortlich machen.«

»Ach nein?«, fragte sie mit zorniger Stimme. »Wie du eben selbst gesagt hast, gehören doch immer zwei zu einer Liebschaft. Und meistens ist es der Mann, der anfängt.«

Braden konnte nicht glauben, dass diese Worte aus ihrem Mund kamen, wo sie von allen Frauen auf der Welt es doch besser wissen müsste.

»Ist das so?«, erkundigte er sich. »Erinnerst du dich

nicht mehr daran, wie deine Freundinnen mir aufgelauert haben? Himmel, ich war gerade erst sechzehn und bin nur mit Müh und Not mit dem Leben davongekommen.«

Es war wirklich unheimlich gewesen. Er war einen Weg dicht am Waldessaum entlanggegangen, als sich plötzlich zehn Mädchen auf ihn stürzten. Sie hatten ihn zu Boden geworfen und zu kreischen begonnen, dass sie ihn so sehr liebten und ihn heiraten wollten. Dabei hatten sie ihm sein Plaid zerrissen und an seinen Haaren gezerrt, bis er von blutigen Kratzern und Schrammen übersät war.

Irgendwie war es ihm gelungen, sich zu befreien, und Maggie hatte ihm geholfen, sich in einem hohlen Baumstamm zu verstecken, ehe sie die Mädchen in die entgegengesetzte Richtung fortgeschickt hatte.

Das war das letzte Mal gewesen, dass er allein und ohne Begleitschutz zu ihrem Haus gegangen war.

Er sah, dass Maggie sich wieder an den Vorfall erinnerte. Ihre Miene wurde ein wenig verlegen.

»Und«, fuhr Braden fort, »wie war das, als du bei euch zu Hause so getan hast, als wärest du hingefallen, nur um mir, als ich dir helfen wollte aufzustehen, die Arme so fest um den Hals zu schlingen, dass du mich fast erwürgt hättest?«

Ihr Gesicht wurde knallrot, und er wusste in dem Augenblick, dass sie ebenso eine Falle gestellt hatte wie die anderen Mädchen.

»Das war etwas anderes«, versuchte sie sich zu verteidigen.

»Inwiefern?«

»Es war einfach so.«

Braden kniff siegessicher die Augen zusammen. »Die Wahrheit mag dir nicht zusagen, Maggie, aber die Wahrheit ist nun einmal, dass die meisten Frauen nichts Gutes im Schilde führen.«

Ihr Gesicht war Fleisch gewordene Ungläubigkeit. »Du eingebildeter, lächerlicher, ehrloser Lustmolch!«

Braden lachte über ihre Schimpfkanonade nur. Der Neid musste ihr lassen, dass sie sich, was Einfallsreichtum bei Schmähungen anging, durchaus mit seinen Brüdern messen konnte.

Wütend wirbelte sie herum und lief ihm voran in den Wald.

Braden beschleunigte seine Schritte, bis er direkt hinter ihr und Sin war.

Sin warf ihm über die Schulter einen neugierigen Blick zu, ehe er wieder zu Maggie schaute.

Ihre Augen sprühten bernsteinfarbene Funken. »Dein Bruder ist ein widerlicher, ungehobelter, vom Teufel besessener Mistkerl, und ich hoffe nur, dass er eines Tages die Tracht Prügel bekommt, die er verdient.«

Sin warf den Kopf in den Nacken und lachte.

»Das findest du lustig?«, fragte sie verblüfft.

»In der Tat«, erwiderte Sin breit grinsend. »Du bist die einzige Frau, die ich kenne, die ihn je beschimpft hat. Und du machst das wirklich gut.«

Braden fiel in Sins Gelächter ein.

Jetzt war sie auf sie beide wütend. *Wenn sie dabei nur nicht so verteufelt hübsch aussähe*, dachte Braden reuevoll. Aye, dunkelrote Wangen standen ihr gut.

»Männer«, fauchte sie, während sie wutschnaubend an ihnen vorbei in den Wald stürmte. »Wer braucht die schon?«

Kapitel 10

Braden, ich brauche dich. Hilfe!«, ertönte Maggies Stimme. »Hilf mir!«

Braden blieb verwundert stehen.

Es war beinahe eine Stunde vergangen, seit sie Maggie im Dunkel des Waldes aus den Augen verloren hatten. Dennoch hatten sie die ganze Zeit über gewusst, dass sie nicht weit war, denn ihre wütenden, oft sogar unverschämten Schmähreden gegen Männer im Allgemeinen und Braden im Besonderen hatten die ganze Zeit über zu ihrer beider Erheiterung beigetragen.

»Braden, bitte!«

Es musste ihr schwer fallen, diese Worte zu sagen, nachdem sie ihn derart mit Beleidigungen überhäuft hatte, ihn, seinen Körper, seine Seele und jedes menschliche Wesen, das je mit ihm zu tun hatte.

Gewöhnlich hätte so eine Bitte von einer Frau ihn eilends an ihre Seite gerufen. Maggies Ton verriet keine Furcht, sodass sie kaum in Lebensgefahr schwebte. Es klang viel mehr so, als wäre sie bloß verärgert.

Während sie über den torfigen Weg weitergingen, schaute Braden Sin an. »Haben wir sie nicht in der letzten Stunde bestimmt mehrere hundert Mal sagen hören: ›Männer, wer braucht die schon?‹«

»Doch, das haben wir.«

»Meinst du nicht, wir sollten ihren Ruf dann einfach ignorieren?«, erkundigte sich Braden.

Sins verblüffte Miene war unbezahlbar.

Braden stieß ihn mit dem Ellbogen an. »Ich mache nur Scherze. Du weißt doch, dass ich eine Frau niemals im Stich lassen würde.«

»Das dachte ich bislang auch, aber eben gerade hast du ein bisschen zu ernst ausgesehen.«

Den Bruchteil eines Moments lang *hatte* Braden in Erwägung gezogen, ihren Hilferuf nicht zu beachten. Besonders wegen einiger ihrer farbigeren Verwünschungen. Mochte der Himmel ihm beistehen, wenn eine davon je wahr wurde. Er wäre ein zweiköpfiger, dreizehiger, affennasiger, blinder Sohn eines Jauchegruben leckenden Schmarotzers, hatte sie lauthals vor sich hin geschimpft.

Aber trotz ihrer wenig schmeichelhaften Bemerkungen konnte er sie nicht in der Klemme sitzen lassen, in der sie sich offensichtlich gerade befand.

So wenig gerne er es sich auch eingestand, er mochte die kleine Unruhestifterin wirklich gerne.

»Braden!«

»Ich komme«, versicherte er ihr, umrundete einen breiten Busch und erblickte sie, wie sie …

Braden erstarrte. Nicht in seinen kühnsten Träumen hätte er gedacht, sie je *so* zu sehen.

Ihr Hinterteil ragte in die Luft, sie wackelte und schwenkte es provozierend hin und her, während sie vornübergebeugt auf dem Boden kniete. Möge der Himmel ihm beistehen, aber es sah wirklich so aus, als kämpfte sie mit dem Wald oder wenigstens mit dem hilflosen Dornengestrüpp vor sich.

Sin brach in schallendes Gelächter aus.

Braden hätte vermutlich darin eingestimmt, wäre nicht eine Böe gekommen, die den Saum ihres Plaids anhob und ihn mit einem Blick auf zwei wohlgerundete, sahnige Pobacken belohnte. Und mit anderen Dingen, die das Interesse und die Lenden eines Mannes weckten.

Verlangen durchströmte ihn und sandte ein schmerzliches Pochen geradewegs in sein Geschlecht.

Das Mädel hatte wirklich einen herrlichen Hintern. Einen verlockend geformten, der sich vermutlich vollkommen an seinen Körper schmiegen würde. Er spürte ihre weichen Schenkel förmlich unter seinen Händen, er hörte sie stöhnen, während er sich tief in sie stieß, immer wieder und wieder, bis sie beide in seliger Erlösung aufschrien.

Braden biss die Zähne zusammen, als sein Verlangen nach ihr so heiß in ihm aufflammte, dass er sich einen Moment lang nicht bewegen konnte.

»Das ist nicht komisch!«, entgegnete Maggie scharf und versuchte erneut, sich selbst aus dem Gewirr aus Dornenranken und Zweigen zu befreien. Alles, was sie damit jedoch erreichte, war mehr von ihrer Hinterseite zu entblößen.

Wenn sie so weitermachte, würde das Plaid sich demnächst um ihre Taille bauschen, sodass seinem hungrigen Blick ihr ganzer Po preisgegeben wäre.

Mit angehaltenem Atem sah Braden sich an ihrem Hinterteil satt. Und er merkte, wie ihm das Wasser im Mund zusammenlief.

»Braden!«, rief sie erneut. »Bitte hilf mir. Ich kann mich nicht bewegen. Jedes Mal, wenn ich mich zu befreien versuche, wird es schlimmer.«

Nein, Liebes, dachte er, *es wird immer besser.*

Viel besser sogar.

»Braden?«

Braden schloss kurz die Augen, und das Bild, wie sie sich in seinen Armen wand, schoss ihm durch den Kopf.

Zu leicht konnte er sich ihre Unterwerfung vorstellen, den Klang seines Namens von ihren von Leidenschaft trunkenen Lippen hören.

Als er die Augen öffnete, sah er wieder das Plaid, das nur noch knapp ihre natürlichen Reize verhüllte.

Braden war vollauf damit beschäftigt, seinen Blick von ihren wackelnden Hüften loszureißen, dann jedoch stellte er sich vor sie, sodass er ihr gerötetes Gesicht sehen konnte.

Er hätte wirklich gerne ein paar Minuten mehr Zeit, um sie nach Belieben …

»Warum brauchst du so lange? Würdest du mir jetzt *bitte* helfen?«

Aye, er würde ihr helfen, richtig, aber wobei er ihr in Wahrheit am liebsten helfen würde, dafür würde sie ihn bis in alle Ewigkeit ohrfeigen, wüsste sie es.

Konzentrier dich, Mann, schließlich ist es ja wirklich nicht so, als hättest du noch nie das Hinterteil einer Frau gesehen.

Das stimmte zwar, aber er konnte sich nicht erinnern, dass ihn der Körper einer Frau je *so* in Versuchung geführt hatte.

Sein Bündel zu Boden fallen lassend beäugte Braden stirnrunzelnd das Gewirr aus Zweigen, das sie gefangen hielt. Maggie lag auf einem Bett aus Blättern, Zweige und Blätter waren auf sie herabgefallen und fesselten sie mit dem Gesicht zur Erde an Ort und Stelle.

»Wie hast du denn das geschafft?«

Sie bäumte sich auf, um ihm einen finsteren Blick zuzuwerfen. »Das weiß ich auch nicht. Es sah mir nur nach einer guten Stelle aus, um eine kleine Rast einzulegen.«

Sin lachte wieder, als Braden bei ihrer sarkastischen Bemerkung die Augen verdrehte.

»Nun, meine liebe Dame mit der spitzen Zunge, dann

sollte ich Euch vielleicht einfach Eurem Schicksal überlassen.«

Entsetzen flog kurz über ihre Züge, ehe sie hastig hervorstieß: »Ich bin über etwas gestolpert, als plötzlich das hier alles auf mich herabregnete. Würdest du mir also jetzt bitte helfen, aufzustehen?«

Braden tastete mit den Augen ihren Körper ab. Sie befand sich ganz genau in der richtigen Stellung für …

»Braden!«, fuhr sie ihn an, als könnte sie seine Gedanken lesen.

Er konnte es sich nicht verkneifen, sie zu necken. »Denkst du, wir sollten sie hier lassen?«, fragte er Sin.

»Nun, sie hat wirklich gesagt: ›Männer! Wer braucht die schon?‹ Vielleicht sollten wir ihr eine Lektion erteilen.«

»Du würdest es nicht wagen, mich hier so zurückzulassen«, erklärte sie. Dann fügte sie aber doch leicht unsicher hinzu: »Oder?«

Braden schenkte ihr ein teuflisches Lächeln. »Du kannst uns ja wieder einholen, wenn du dich befreit hast.«

Maggie stöhnte auf, verfluchte ihn tonlos und sank auf das Bett aus Blättern zurück. »Wenn du ritterlich wärest, würdest du nicht einen Augenblick in Erwägung ziehen, mich im Stich zu lassen.«

»Nun«, neckte er sie weiter. »Wenn man dir glaubt, bin ich ja ohnehin kein ritterlicher Edelmann, sondern ein lüsternes, warzenübersätes Schwein, das zu nichts taugt, als zu essen, zu rülpsen und den Frauen anderer Männer nachzusteigen.«

Ihr Gesicht wurde noch röter. »Das hast du gehört?«

»Aye, und es würde mich nicht wundern, wenn der König von England das auch noch auf seinem Thron in London gehört hätte.«

Maggie hätte am liebsten beschämt den Kopf in den

Blättern vergraben. Sie hatte nicht gewollt, dass er sie hörte, und sie hatte es auch nicht wirklich so gemeint. Vielmehr hatte sie sich damit in ihrem Entschluss bestärken und sich immer wieder seine Charaktermängel ins Gedächtnis rufen wollen.

Ihr einziges wirkliches Problem mit ihm war, dass sie den Schuft einfach zu sehr liebte.

Nun, außer gerade jetzt. Denn da würde sie nichts lieber tun, als ihn zu erwürgen, wenn er sie mit seinen grünbraunen Augen, die vor Erheiterung tanzten, so ansah.

Seufzend versuchte sie es erneut. »Nun gut, es tut mir Leid, was ich gesagt habe. Männer sind durchaus für das eine oder andere zu gebrauchen. Und jetzt hilf mir bitte.«

Braden warf Sin einen zweifelnden Blick zu. »Ich habe nicht das Gefühl, dass das eine aufrichtig gemeinte Entschuldigung war. Was meinst du?«

Maggie atmete schwer und wand sich heftig. »Bitte«, sagte sie, das Wort lang ziehend.

Die Lippen zu einer festen Linie zusammenpressend, schüttelte Braden den Kopf. »Klingt immer noch nicht überzeugend.«

Sie erstarrte und schaute ihn drohend an.

Braden verkniff sich ein Lachen, während er sie musterte. Wenn die Blicke ihrer bernsteinfarbenen Augen töten könnten, läge er jetzt schon leblos auf dem Boden, in der Luft zerrissen von ihrem Groll.

»Wenn du mir nicht gleich hier heraushilfst, Braden MacAllister, dann verfolge ich dich bis in alle Ewigkeit, das schwöre ich.«

»Nun, *das* würde mir Angst machen«, bemerkte Sin.

Oder eine Menge Spaß.

Bradens Blick kehrte wieder zu ihrem Hinterteil zurück. Eine Menge Spaß, wirklich.

Den Gedanken im Keim erstickend schob Braden sein Bündel mit dem Fuß zur Seite, dann beugte er sich vor und versuchte einen Ast von ihrem Rücken zu heben.

Aber er bewegte sich nicht.

Braden runzelte die Stirn und besah sich die Zweige genauer. »Das hier war eine Falle«, erklärte er, als ihm auffiel, dass der Ast so bearbeitet worden war, dass er von hinten auf Maggie fallen musste.

»Vermutlich eine Art Spiel unter Kindern. Man kann sehen, dass es nicht ausgelegt war, jemandem wehzutun, sondern ihn nur eine Weile außer Gefecht zu setzen«, sagte Sin, nachdem er es ebenfalls untersucht hatte. »Fast so wie die, die wir mit Kieran und Lochlan gebaut haben.«

Braden lachte bei der Erinnerung daran.

»Während ihr beide euch in Bewunderung für die Kunstfertigkeit der Ausführung ergeht, würde einer von euch bitte einen Weg finden, mich zu befreien?«

»Ich arbeite ja daran«, erwiderte Braden.

Er trat hinter sie, sodass er den Ast in die Richtung ziehen konnte, aus der er auf Maggie gefallen war.

Plötzlich erkannte er, was er tun müsste, um sie zu befreien. Und er wusste, dass es ihr nicht gefallen würde.

Er auf der anderen Seite …

Braden leckte sich unwillkürlich in Vorfreude die Lippen.

»Maggie, Liebes, ich werde dir jetzt wirklich nahe treten müssen, um dich da herauszubekommen.«

»Es ist mir völlig gleich, was du tun musst«, entgegnete sie scharf. »Tu es nur bitte schnell.«

Braden senkte seinen Blick auf ihre Hüften, während sein Hunger nach ihr wuchs, so wie auch ein bestimmtes Körperteil von ihm lang und schwer wurde, sich nach ihrer Weichheit verzehrte.

Nun, wenn es das ist, was sie will …

Er stellte sich direkt hinter sie, lehnte sich nach vorne über ihren Rücken und zog an dem Ast. Dabei presste sich sein schmerzhaft erregtes Glied gegen ihren Po.

Sie keuchte auf, ruckte unwillkürlich mit den Hüften, was aber die intime Berührung nur verstärkte. Er quittierte ihre Tat mit einem heiseren Stöhnen.

»Das ist ein wahrlich unbezahlbarer Anblick«, verkündete Sin von irgendwo hinter ihnen. »Soll ich euch beide alleine lassen?«

»Sei ruhig, Sin«, ertönte es einstimmig.

Braden rang um Atem, so peinvoll war sein Verlangen nach ihr. Nie hatte er etwas so sehr gewollt wie sie in diesem Moment.

Sich zum Handeln zwingend, zerrte Braden den Ast von ihrem Rücken. Maggie schoss blitzschnell unter ihm hervor. Als sie sich gehetzt umsah, wobei sie es allerdings vermied, ihn anzusehen, hatte ihr Gesicht dieselbe Farbe wie ihr Haar.

»Danke«, sagte sie.

»War mir ein Vergnügen«, sagte Braden, ehe er sich eines Besseren besinnen konnte.

Ihre Bernsteinaugen blitzten zornig, als sie seinen Blick erwiderte. »Nur jemand wie du würde so die Notlage einer Frau ausnützen.«

Da irrte sie, und wenn er der Dämon wäre, für den sie ihn hielt, dann hätte er etwas ganz anderes getan, als ihr aus der Falle zu helfen.

»Ich habe nicht versucht, die Situation auszunutzen. Ich habe ganz einfach versucht, dich so schnell wie möglich zu befreien.«

»Oh, das glaube ich sofort.« Ihr sarkastischer Ton klang wie ein Hohnlachen auf Bradens betont vernünftige

Stimme. Sie begann an ihrem Plaid zu zupfen, damit es bis zu ihren Knien reichte.

»Nun«, unterbrach Sin sie, »während ihr beide Schmähungen austauscht, geh ich schon einmal und suche nach einem Lagerplatz.«

Damit verschwand er rasch zwischen den Bäumen.

Maggie betrachtete ihn finster, während Braden gegen das Lächeln kämpfte, das – wie er wusste – sie nur noch weiter aufbringen würde.

Die Luft zwischen ihren war schwer von Unbehagen. Ein Unbehagen, das ihm nicht gefiel.

Solange er zurückdenken konnte, war ihr Verhältnis von unbeschwerter Freundschaft geprägt gewesen. Dass sich das plötzlich ändern sollte, mochte er gar nicht.

»Bist du verletzt?«, fragte er.

Ihr Ärger verblasste, als sie verneinend den Kopf schüttelte. »Ich weiß gar nicht, wie ich hinfallen konnte. Gewöhnlich bin ich sehr sicher zu Fuß.«

»Selbst die Besten geraten manchmal in eine Falle.«

Sie schaute nach unten, als weckten seine Worte eine Erinnerung, dann lächelte sie unerwartet.

Die Veränderung, die das an ihr bewirkte, entzückte ihn. Ihre Augen strahlten, und ihr ganzes Gesicht leuchtete auf. Das Mädchen war wirklich wunderschön, wenn es lächelte.

»Was denn?«, erkundigte sich Braden und wunderte sich über den plötzlichen Sinneswandel.

»Ich musste nur gerade an eine andere Falle denken.«

»Damals, als ich dir vor der Höhle einen Schrecken eingejagt habe?«, riet er.

Sie runzelte eine Sekunde lang die Stirn, bis sie sich wieder an den Vorfall erinnerte, dann lachte sie kurz auf. »Nein, ich dachte eher an die Falle, von der du vorhin gesprochen hast, als Nera, Mairi und die anderen dir auf dem Weg zu uns nach Hause aufgelauert haben.«

Braden zuckte bei der Erinnerung zusammen. »Weißt du, ich trage immer noch Narben davon auf meinem Körper.«

Bis zum heutigen Tag hatte er eine kleine kahle Stelle auf seinem Kopf, wo ihm eines der Mädchen ein Büschel Haare ausgerissen hatte. »Als ich dir an dem Tag kurz darauf begegnete, fürchtete ich, du gehörtest zu ihnen.«

»Ich weiß«, erwiderte sie lächelnd. »Ich werde nie den entsetzten Ausdruck auf deinem Gesicht vergessen, als du mich fast umgerannt hast. Das ist das einzige Mal, dass ich dich außer dir vor Furcht gesehen habe.«

»Das war ich wirklich. Ich hatte keine Ahnung, wie ich ihnen entkommen sollte, ohne ihnen wehzutun.«

Dann fiel Braden wieder ein, wie er den übergeschnappten Mädchen entronnen war.

Er lächelte Maggie an. »Ich werde es dir nie vergessen, dass du mich in die Höhle in der alten Eiche geschubst und die Mädchen in die entgegengesetzte Richtung geschickt hast.«

»Ich habe am ganzen Körper gezittert«, gestand sie, »und hatte riesige Angst, die anderen könnten erfahren, dass ich sie angelogen hatte, ihre Rache wäre sicher übel ausgefallen.«

Seine Erinnerung unterschied sich darin von ihrer Schilderung. Sie konnte kaum dreizehn Jahre alt gewesen sein, als sie wie aus dem Nichts plötzlich vor ihm aufgetaucht war und ihn gerettet hatte. Er erinnerte sich nicht daran, dass sie ängstlich gewirkt hätte. »Auf mich hast du einen sehr gefassten, ruhigen Eindruck gemacht.«

Während Braden sie anschaute, fielen ihm immer mehr Einzelheiten jenes Tages ein. Wie Maggie ihm geholfen hatte, aus der Baumhöhle zu klettern, und wie sie beide buchstäblich auf allen vieren durch die Büsche gekrochen waren, um unbemerkt nach Hause zu gelangen.

Später hatte Maggie seine Schrammen und Kratzer verarztet, die die Mädchen ihm zugefügt hatten. Sie hatte sogar leise vor sich hin gesummt, als sie die Salbe auf seine Haut auftrug. Ihre Berührung war ganz zart und sanft gewesen, lindernd. Und ihre Stimme weich.

Er konnte sich nicht daran erinnern, ob er ihr an jenem Tag eigentlich gedankt hatte. Aber jetzt, da die Sonne ihr ins Gesicht schien und in ihren Augen Flammen entzündete, sehnte er sich nach nichts mehr, als sie zu küssen, bis die Ewigkeit anbrach und wieder verging.

Dem Drang gehorchend streckte Braden die Hand aus und fuhr ihr mit dem Finger über die Sommersprossen auf ihrer Wange. »Ich habe mich immer gefragt, warum du mir damals geholfen hast.«

Sie wich nicht zurück, sondern hob den Blick und schaute ihn an. In ihren Augen stand ein merkwürdiger Ausdruck, den er nicht deuten konnte. »Ich habe nur einen Gefallen erwidert.«

»Was für einen Gefallen denn?«

Sie zog die Brauen zusammen. »Erinnerst du dich nicht mehr daran?«

»Nein, ich denke nicht.«

Die Furche zwischen Maggies Brauen vertiefte sich. »Du erinnerst dich wirklich nicht mehr daran, wie du mir das Leben gerettet hast?«

Während er seine Finger geistesabwesend über ihre weiche, glatte Haut gleiten ließ, durchforstete Braden sein Gedächtnis, aber er konnte sich wirklich nicht daran entsinnen, sie je vor jemand anderem als ihren Brüdern gerettet zu haben, und von denen wollte ihr keiner ernsthaft wehtun. »Nein.«

»Ich war erst sieben, als du zu meiner Rettung gekommen bist.«

»Dann muss ich etwa zehn gewesen sein.«

»Aye. Mein Vater war zur Burg gefahren, um Wolle abzuladen. Ian und ich sollten eigentlich im Wagen sitzen bleiben und warten, aber ich habe mir sein Holzpferd stibitzt. Als er das bemerkt hat, hat er mich gejagt.«

Braden lächelte, als ihm der Vorfall plötzlich wieder einfiel. Die beiden hatten drollig ausgesehen. »Du bist durch die Halle in der Burg gerannt und hast aus vollem Hals um Hilfe geschrien.«

»Aye. Ich dachte ehrlich, er wollte mich umbringen.«

»Du bist geradewegs in mich hineingerannt und hast uns beide mit deinem Schwung in Mutters schönsten Wandteppich stolpern lassen.«

Beide zuckten bei der Erinnerung daran zusammen.

Maggie biss sich auf die Lippe. »War sie sehr böse?«

Der Zorn seiner Mutter war maßlos gewesen, sie hatte ihm eine gehörige Tracht Prügel verpasst. Himmel, bis zum heutigen Tag brachte sie die alte Geschichte jedes Mal aufs Tapet, wenn sie sich über ihn ärgerte.

Braden lag schon eine spitze Bemerkung dazu auf der Zunge, dann aber sah er Maggies besorgte, schuldbewusste Miene. Und aus irgendeinem Grund, den er selbst nicht ganz verstand, wollte er sie besänftigen. »Nein, sie war nicht sehr böse.«

Erleichterung legte sich über ihre Züge. »Es tut mir immer noch Leid, dass ich dich getreten habe bei meinem Versuch, mich aufzurappeln. Weißt du eigentlich, was mir am lebhaftesten im Gedächtnis haften geblieben ist?«

Diesmal konnte er es sich nicht verkneifen, sie deswegen aufzuziehen. »Das Knie, das du mir in den Schritt gerammt hast, als du dich aufgesetzt hast?«

Sie wurde über und über rot und ließ den Kopf hängen.

Braden fuhr ihr mit der Hand durchs Haar, strich über die seidenen Locken.

»Nein«, entgegnete sie. »Nachdem mein Vater mit uns geschimpft und uns zum Wagen zurückgebracht hatte, da fühlte ich mich so schrecklich. Dann aber warst du plötzlich mit deinem bemalten Pferd da.«

»Connor«, sagte Braden, als ihm das Spielzeug wieder einfiel, das sein Onkel für ihn geschnitzt hatte. Die Holzpferde hatte er geliebt; der dunkelbraune Hengst, den er ihr gegeben hatte, war sein Lieblingsspielzeug gewesen. Bis heute konnte er sich nicht erklären, welcher Teufel ihn geritten hatte, es ihr zu überlassen.

Auch das hatte seine Mutter ihm über die Jahre immer wieder vorgehalten.

Dennoch konnte er immer noch die Freude auf ihrem tränenfeuchten Gesicht sehen, als sie das Pferd an ihre schmale Brust drückte. »Du hast mich angeschaut, als hätte ich dir einen großen Schatz gegeben.«

»Das hattest du auch«, erwiderte sie leise. In dem Augenblick wallte in Braden eine seltsame Zärtlichkeit für sie auf. Eine, die er sich nicht erklären konnte.

Nie zuvor hatte er so etwas empfunden.

Als ihre Mundwinkel sich hoben, war es, als träfe ihn ein Blitz.

»Ich habe es immer noch.«

Ihr Geständnis verwunderte ihn. Er hätte gedacht, sie hätte es schon vor Jahren weggegeben. »Wirklich?«

Sie nickte.

»Warum?«

Sie zuckte verlegen die Achseln. »Es war das Netteste, was je jemand für mich getan hat«, erklärte sie. »Ich konnte kaum glauben, dass du mir ein so wertvolles Geschenk gemacht hast.«

Es berührte ihn, dass sie selbst als kleines Kind schon den wahren Wert des Pferdes erkannt hatte. Allerdings war Maggie schon immer klüger und feinfühliger als die meisten Mädchen ihres Alters gewesen.

»Ich hatte ein schlechtes Gefühl, weil dein Vater dich so angeschrien hat. Es war nicht deine Schuld.«

»Nein«, sagte sie, und ihre Augen blitzten, während sie die Nase krauste. »Ian war der Schuldige, weil er mich umbringen wollte.«

Braden lachte, starrte sie gleich darauf aber voller Verwunderung an, als fremde Gefühle ihn erfassten. Sie war so anders als die meisten Frauen, die er kannte. So großzügig und freundlich, und dabei doch voller Feuer und so freiheitsliebend.

»Wir kennen uns schon sehr lange, was?«, bemerkte er halb zu sich.

»Aye.«

»Es ist schon seltsam, wo uns das Leben hinführt«, dachte er laut. »Ich erinnere mich noch gut an das erste Mal, als ich dich gesehen habe. Du hattest gerade erst Laufen gelernt. Dein Kopf war praktisch kahl, und du hattest die größten Augen, die ich je gesehen habe.«

»Kein sehr schmeichelhaftes Bild.«

»Stimmt«, sagte er und fuhr den Umriss ihrer Wange mit dem Zeigefinger nach. »Aber für ein Baby warst du ganz passabel.«

Er konnte sich ganz genau daran erinnern, wie sie sich an seinem Bein hochgezogen und dann auf wackeligen Beinen dagestanden hatte. Sie hatte zu ihm mit einem süßen, breiten Lächeln aufgesehen, bei dem ihm ganz warm ums Herz geworden war. Sie hatte gurrende Geräusche gemacht und den Kopf auf sein Knie gelegt. Zuerst war er fast ehrfürchtig wegen der Geste gewesen, bis sie ihn angelacht und dann ihre spitzen kleinen Zähne in seinen Schenkel gegraben hatte.

Er hatte aufgeschrien, worauf sie zu weinen begonnen hatte. Der blaue Fleck war noch tagelang auf seinem Bein zu sehen gewesen. Nach der Erfahrung hatte er sich Kleinkindern vorsichtiger genähert.

»Ist das alles, woran du dich erinnerst?«, fragte sie ihn.

»Nein«, erwiderte er und steckte ihr eine verirrte Strähne hinters Ohr. »Ich erinnere mich auch, wie du mich immer angelacht hast. Du hattest so ein fröhliches Lachen. Fast jedes Mal, wenn ich zu euch kam, hattest du ein Lächeln auf dem Gesicht. Bis deine Mutter starb.«

Maggie nickte, und ihre Augen wurden traurig, als sie daran dachte. »Mein Vater hat von mir erwartet, dass ich mich um die Jungs kümmere.«

Er hasste es, sie bedrückt zu sehen. Irgendwie wurde ihm dann selbst schwer ums Herz, weshalb er beschloss, das Gespräch in erfreulichere Bahnen zu lenken. »Aye, und von dem Tag an warst du ernst. Besonders an den Tagen, an denen du mich umzubringen versucht hast.«

Maggie blieb bei diesen Worten der Mund offen stehen, beleidigt, dass er so etwas von ihr dachte. »Das habe ich nie versucht.«

»Was ist mit der Nacht, in der du mein Bett angezündet hast?«

»Ich habe nie …« Maggie brach ab, als ihr einfiel, wovon er sprach. Es war die Nacht gewesen, in der sie in das Zimmer der Jungen geschlichen war, um Braden schlafen zu sehen.

Womit sie nicht gerechnet hatte, war, ihn auf dem Bett ausgestreckt zu finden – ohne Hemd. Die Laken waren bis zu seiner Hüfte nach unten gerutscht und bedeckten gerade noch die feinen Härchen unterhalb seines Bauchnabels. In einer Hand hielt er die Decke, während er den anderen Arm gekrümmt über seinen Kopf gelegt hatte.

Bis zum heutigen Tag erinnerte sie sich an den Anblick seiner gebräunten, makellosen Brust, die im Kerzenlicht schimmerte, während sie sich gleichmäßig hob und senkte.

Sie war so in die Bewunderung seiner männlichen Schönheit versunken gewesen, dass sie die Kerze in ihrer Hand völlig vergessen hatte. In dem einen Moment hatte sie ihn bewundert, und im nächsten entglitt ihr die Kerze und setzte seine Matratze in Brand.

Sie hatte versucht, die Flammen auszutreten, aber das Feuer hatte sich rasch ausgebreitet. Braden war aus dem Schlaf hochgeschreckt, gerade als sie den Wassereimer ergriffen hatte. Sie leerte ihn auf das brennende Stroh – und auf ihn.

Er hatte sich prustend aufgesetzt und sie finster angestarrt.

Bis zum heutigen Tag war ihr der ganze Vorfall unsäglich peinlich.

»Das war ein Unfall«, sagte sie zu ihm.

»Es ist tröstlich zu wissen, dass du nicht wirklich versucht hast, mich zu verbrennen.«

Maggie senkte den Blick auf ihre Füße. Himmel, was sie ihm alles angetan hatte. Alles in allem betrachtet war es ein Wunder, dass er überhaupt noch mit ihr sprach.

»Weißt du, Maggie, mir ist früher nie aufgefallen, wie schön du bist.«

Sie schaute zweifelnd zu ihm auf. »Das sagst du bloß, weil ich die einzige Frau bin, die du in den letzten beiden Tagen gesehen hast.«

»Ich sage das, weil es stimmt.«

Wie sehr wünschte sie sich, ihm glauben zu können. Aber sie kannte ihn zu gut. Sein Herz verschenkte er immer nur für einen Augenblick.

Dann werde doch die seine für einen Augenblick, flüsterte ihr Herz. *Das ist immer noch besser, als ihn nie zu haben.*

Wenn es nur so einfach wäre. So sehr es sie auch schmerzte, jetzt mit anzusehen, wie er anderen Frauen nachstieg, konnte sie sich kaum vorstellen, wie schlimm das erst werden würde, wenn sie sich ihm hingegeben hatte.

Das würde ihr Herz nicht verkraften.

Maggie streckte die Hand aus und berührte ihn an der Wange. »Ich wünschte, ich könnte dir glauben, aber du hast es selbst oft genug gesagt. Du bist auf der Erde, um Frauen zu lieben. Beachte: Frauen in der Mehrzahl, nicht eine allein.«

»Ist es das, was nötig wäre, dich zu gewinnen?«

»Aye. Ich will einen Mann, der mir stets treu ist.«

»Du verlangst viel.«

»Zu viel, haben mir meine Brüder versichert.«

»Und darum bist du nun zufrieden, alleine alt zu werden?«

Maggie beobachtete fasziniert, wie sich das Licht in seinen Augen spiegelte. »Ich werde wohl kaum alleine sein. Meine Brüder haben genug Kinder, um mich beschäftigt zu halten.«

Er runzelte die Stirn. »Willst du keine eigenen?«

»Mehr als alles auf der Welt. Aber dazu brauche ich keinen Ehemann, oder?«

»Ich habe mich wohl verhört!« Sein entsetzter Blick war so komisch, dass sie auflachte.

»Du hast mich falsch verstanden«, fügte sie rasch hinzu. »Es gibt genug Kinder, die niemand liebt. Dein Bruder war eines von ihnen. Wenn ich dazu bereit bin, dann, da bin ich mir sicher, werde ich ein Kind finden, das die Liebe einer Mutter braucht.«

Braden schüttelte den Kopf. »Brauchst du überhaupt jemanden für irgendetwas in deinem Leben?«

»Du etwa?«

»Das ist etwas anderes. Ich bin ein Mann. Ich wäre ein Nichtsnutz, wenn ich mich voll und ganz auf andere verließe.«

»Und für mich gälte dasselbe, bürdete ich anderen die Verantwortung für mein Wohlergehen auf. Ich habe immer für mich allein gestanden und werde das auch weiterhin tun.«

Braden musterte sie entgeistert. »Du bist seltsam, Maggie ingen Blar.«

»Du vergisst starrköpfig und unvernünftig.«

»Das muss von Anghus stammen.«

»Genau genommen hat mich dein Bruder Lochlan erst kürzlich so bezeichnet. Aber auch alle anderen, die je mit mir zu tun hatten, benutzen diese oder ähnliche Worte.«

Er lachte.

Ehe er etwas sagen konnte, trat Sin hinter den Bäumen hervor. »Da gibt es eine kleine Lichtung ein Stück vor euch, falls es euch interessiert. Ich kümmere mich jetzt ums Abendbrot.«

»Brauchst du Hilfe?«, erkundigte sich Braden.

Sin schüttelte den Kopf. »Du bleibst besser bei Maggie, für den Fall, dass einer unserer *Freunde* noch einmal wiederkommt.«

»Gute Idee.«

Braden hob ihre Bündel auf und reichte Maggie ihres, ehe er sich in die Richtung wandte, in die Sin gedeutet hatte. »Dann lass uns gehen.«

Maggie starrte auf seinen Rücken, während sie durch den Wald schritten, und wünschte sich das Unmögliche. Viel zu leicht konnte sie sich vorstellen, einen so freundlichen, wundervollen Mann zu haben. Wenn sie ihm nur ihr Herz anvertrauen dürfte.

Aber sie wusste es besser. Sie hatte genug Tränen seinetwegen vergossen. Sie würde sich mit seiner Freundschaft zufrieden geben und sich bemühen, ihr Herz so gut es ging zu hüten.

Als sie den Platz fanden, an dem Sin sein Bündel abgelegt hatte, machte Braden ein kleines Feuer.

Maggie setzte sich und ließ ihr Bündel neben sich fallen. Ihre Schultern schmerzten von dem ungewohnten Gewicht, und sie stöhnte leise auf.

»Warte«, sagte Braden und kniete sich hinter sie. »Lass dir helfen.« Ehe sie Einspruch erheben konnte, legte er seine warmen Hände auf die schmerzende Stelle und begann sie sanft zu massieren.

Das fühlte sich gut an. Wirklich, *wirklich* gut.

Mit geschlossenen Augen genoss Maggie das Gefühl seiner Hände, mit denen er gelegentlich ihr Schlüsselbein streifte, zu ihren Oberarmen glitt, um sie in beruhigendem Rhythmus abwechselnd zu reiben und zu kneten. Seine Berührung war sowohl leicht als auch fest, und als er mit seinen Daumen die Stelle unter ihren Schulterblättern rieb, stöhnte sie unwillkürlich auf.

Es war einfach himmlisch, vollkommen und ganz und gar himmlisch.

Er beugte sich so dicht vor, dass sie seinen erdigen Geruch einatmete, den Holunderduft seines Haares roch.

»Besser?«, erkundigte er sich mit belegter Stimme.

»Aye«, hauchte sie und hatte das Gefühl dahinzuschmelzen.

Braden umfing von hinten sanft ihr Gesicht und drehte ihren Kopf, bis sie ihn über ihre Schulter anschauen konnte. Maggie sah ihn stumm an. Seine wunderschönen haselnussbraunen Augen verdunkelten sich, während er sie erwartungsvoll musterte.

Dann küsste er sie.

Maggie stöhnte leise, als ihre Lippen sich berührten, sich glühende Hitze in ihrem Körper ausbreitete und im Mittelpunkt sammelte, wo sie pochte und sich in einer urtümlichen Sehnsucht nach ihm verzehrte, die sie kaum verstand. Braden war zugleich sanft und fordernd. Leidenschaftlich und doch zärtlich.

Maggie wollte ihn näher an sich ziehen. Brauchte ihn näher bei sich.

Sie drehte sich um, schlang die Arme um ihn, und Braden gehorchte willig ihrer stummen Forderung, zog sie so an sich, dass nur noch Stoff zwischen ihnen war.

Er verließ ihre Lippen, um eine Spur aus zarten, sengenden Küssen von ihrer Wange zu ihrem Hals zu ziehen, wo er sie erregend leckte. Maggie atmete zischend aus, während ein Schauer sie durchrann. Ihre Gefühle erschreckten sie, verschmolzen zu etwas Unbeschreiblichem. Es war Braden, ihr Braden, der ihr diese Empfindungen schenkte.

Ihr Busen schwoll und schmerzte, als das tiefe, peinvolle Pochen noch fordernder wurde als zuvor.

In dem Augenblick sehnte sie sich nach ihm, sehnte sich nach ihm, so wie sie es immer schon getan hatte.

Wie viele Nächte hatte sie wach gelegen, ihr Kissen an sich gedrückt und so getan, als wäre es Braden, den sie in den Armen hielt.

Aber noch nicht einmal ihr schönster Traum ließ sich mit der Wirklichkeit vergleichen. Sie war tatsächlich hier, und Braden umfing sie endlich wie seine Geliebte.

Er lockerte die Bänder ihres Hemdes, presste seine Lippen auf ihren Hals, während er sich an dem Leinenschal zu schaffen machte, mit dem sie ihre Brüste flach gebunden hatte.

Ihr Körper stand in Flammen. Maggie musste schlucken, als sie mit den Fingern durch seine seidigen Locken fuhr.

Braden schob den Stoff nach unten, und die kühle Luft strich liebkosend über ihre erhitzte Haut, sodass sie erschauerte.

»So süß«, hauchte er und ließ seine Hand weiter nach unten gleiten, bis er ihre feste Brust erreichte.

Sie schrie unwillkürlich auf, so herrlich war das Gefühl, als er die Spitze zu necken begann, ihr Gewand teilte, sodass er seine Hand durch seine feuchte Zunge ersetzen konnte.

Maggie wusste, dass sie ihn wegstoßen sollte, und doch konnte sie sich nicht dazu überwinden, es zu tun. Nicht nach all den Jahren, die sie davon geträumt hatte, ihn zu besitzen, ihn so zu halten wie jetzt.

In der Tat konnte sie überhaupt nichts sagen, nur fühlen. Fühlen, wie er sie mit seinem Atem versengte, fühlen, wie er ihren Körper mit Mund und Händen kühn liebkoste, während sein Gewicht köstlich auf ihr lastete.

Braden sog ihren süßen Blumenduft ein, während er die hart gewordene Spitze mit der Zunge umwarb. Ihm schwirrte der Kopf, und er konnte an nichts anderes denken als sie allein. Sie füllte all seine Sinne, und er empfand ein merkwürdiges Gefühl von Frieden, das er nicht näher benennen konnte.

Er wollte mehr von ihr kosten.

Das safrangelbe Hemd aufschlagend, leckte er seinen Weg zu ihrer anderen Brust und dachte an die Stellen, die er noch kosten musste, ehe er mit ihr fertig war.

Aye, sie würde in seine Sinne eingebrannt sein, ehe der Tag zu Ende ging, er würde sie für sich fordern, wie kein anderer sie zuvor zu der Seinen gemacht hatte.

Er würde sie auf jede erdenkliche Art und Weise lieben. Er würde nicht eher innehalten, bis sie nicht von der Lust, die er ihr geschenkt hatte, völlig ermattet und entkräftet war.

Erst dann würde er ihr gegenüber Mitleid zeigen. Und gegenüber sich selbst.

Maggie seufzte leise, als er mit seiner Hand von ihrer Brust weiter nach unten glitt. Die Gefühle, die auf sie einströmten, waren unbeschreiblich wundervoll.

Fast war es, als würde sie von einem Feuer verzehrt. Mit seiner Hand fuhr er über ihre Hüfte zu der Stelle zwischen ihren Schenkeln. Instinktiv bog sie sich seiner Hand entgegen und schwelgte in dem Gefühl seiner Haut an ihrer.

Sie wollte mehr. Brauchte mehr.

Seine Lippen kehrten zu ihrem Mund zurück, um sie zu küssen.

Maggie vergrub ihre Hände in seinem Haar, während seine Hand zur Innenseite ihres Schenkels glitt, emporwanderte, bis er an die köstlich schmerzende Stelle zwischen ihren Beinen kam.

Sie zuckte überrascht zusammen, als er sie dort berührte, wo noch niemand sie je berührt hatte.

Durfte er das?

Es fühlte sich einfach himmlisch an.

Seine Zunge spielte mit ihrem Mund im selben Rhythmus, wie seine Finger sie streichelten, sie neckten und liebkosten, bis sie am liebsten aufgeschrien hätte.

Dann spürte sie plötzlich, wie er mit einem Finger in sie drang. Sie stöhnte tief in ihrer Kehle, während sie unwillkürlich die Hüften hob.

Nie in ihrem Leben hatte sie Ähnliches verspürt. Die Zähne zusammenbeißend, stieß sie mit den Hüften gegen seine Hand, sehnte sich nach mehr. Verzehrte sich nach mehr.

Braden wollte triumphierend aufschreien. Er hatte sie genau dort, wo er sie haben wollte, sie war sein, wenn er wollte.

Den Kuss vertiefend, spielte er weiter gnadenlos mit der kleinen Knospe in ihrem Schritt und schwelgte in ihren leisen Seufzern der Lust.

Sie war so heiß, feucht und eng, sie schien nur darauf zu warten, dass er sie bis ins Letzte füllte. Und das würde er.

Aye, er würde sie tief und hart ausfüllen, dass sie vor Lust aufschrie, wenn sie den Höhepunkt erreichte, ihn um mehr anflehte, bis sie beide schweißgebadet und völlig verausgabt waren.

Sie küssend strich er einmal mit dem Daumen über das Zentrum ihrer Weiblichkeit, dann versenkte er ihn tief in sie.

»Bitte, Braden«, stöhnte sie.

In genau diesem unglückseligen Augenblick holte ihn die Wirklichkeit mit der Macht eines Keulenschlags ein und riss ihn aus dem Taumel der Lust, als er den Beweis ihrer Jungfräulichkeit ertastete.

Sie war noch Jungfrau. Bis er gekommen war, war sie unberührt gewesen.

Obwohl er das nicht wollte, sah er sich selbst zum ersten Mal mit ihren Augen. Er war ein rücksichtsloser Schuft, der an niemanden als sich selbst dachte.

Er hatte sie hierzu verführt. Morgen früh würde sie sich von ihm ausgenutzt fühlen.

Sie würde ihn hassen.

Sein schmerzlich erregter Körper flehte darum, Erlösung in ihr zu finden, aber er konnte sie nicht nehmen. Nicht so. Nicht hier draußen in den Wäldern wie ein wildes Tier ohne Rücksicht auf ihre Gefühle. Sie war noch Jungfrau und verdiente für ihr erstes Mal besseres als dies.

Sie verdiente …

Sie verdiente es, von einem Mann entjungfert zu werden, der sie liebte.

Verfluchte Hölle, brüllte er im Geiste.

Zur Hölle mit ihr dafür, dass sie sein Gewissen geweckt hatte.

Auf sie beide wütend zwang sich Braden, von ihr abzulassen.

Stirnrunzelnd schaute sie zu ihm auf.

»Es tut mir Leid, Maggie«, keuchte er. »Ich habe mich vergessen.«

Da sah er die Scham in ihrem Blick.

Schlimmer noch, Tränen traten ihr in die Augen, als sie sich aufrichtete. Wortlos stand sie auf und lief blindlings in den Wald.

Braden folgte ihr und holte sie ein, bevor sie sich zu weit entfernte.

»Was ist denn los?«, fragte er.

»Ich kann nicht glauben, dass ich dich das habe tun lassen«, sagte sie gepresst. »Ich bin keine Hure, die …«

Er legte ihr einen Finger über die Lippen, sodass sie nicht weitersprechen konnte. »Nein, du bist keine Hure. Wenn du das wärest, hätte ich nicht aufgehört.«

Die Furche zwischen ihren Brauen vertiefte sich.

»An dem, was wir getan haben, ist nichts schlecht«,

fuhr er ruhig fort. »Du bist eine erwachsene Frau. Es war falsch von mir, dich zu überrumpeln. Wenn du jemanden hassen willst wegen dem, was eben geschehen ist, dann hasse mich, aber nie dich.«

Verwirrung und Schmerz mischten sich auf ihren Zügen, als sie ihn musterte. »Warum hast du es dann getan?«

»Weil ich dich begehre«, erwiderte er, und seine Stimme war vor Verlangen und unterdrückten Gefühlen heiser. »Selbst jetzt noch verzehrt sich mein Körper fast schmerzhaft nach deinem.«

»Warum hast du dann aufgehört?«

Mit einer Hand umfing er ihr Gesicht. Es kostete ihn seine ganze Selbstbeherrschung, nicht den Kopf zu senken und sie zu küssen. Nicht zu Ende zu führen, was sie begonnen hatten.

»Weil ich nicht wollte, dass du mich dafür hasst«, antwortete er ihr. »Oder schlimmer noch, dich selbst hasst.«

»Das verstehe ich nicht.«

»Das weiß ich. Sag mal, Maggie, als du diesen Plan gefasst hast, ohne Mann alt zu werden, hast du da je einen Gedanken daran verschwendet, dass du etwas dabei verpassen könntest?«

»Natürlich.«

Braden hob eine Augenbraue. »Auch das, was du eben empfunden hast?«

Hitze stieg ihr ins Gesicht. »Davon habe ich nichts gewusst. Ich meine, ich wusste schon davon, aber nicht …«

»Wie es sich anfühlt.«

Sie nickte.

Er beugte sich vor, bis ihre Köpfe sich berührten, und schob seine Hände in ihre weichen rotgoldenen Locken. Es fiel ihm schwer, sie nicht intimer zu berühren, denn mit ihr intim zu werden, war sein sehnlichster Wunsch.

Er wünschte sich, er könnte in sie hineinkriechen und dort für immer bleiben.

»Was du gefühlt hast, Kleines, ist nichts im Vergleich zu der Lust, die dabei noch zu finden ist. Ich wünsche mir nichts mehr, als dass ich derjenige bin, sie dir zu zeigen.«

Maggie versteifte sich in seinen Armen. »Ist das ein Heiratsantrag?«

Braden wich zurück und sah die Unentschiedenheit in ihren Zügen. »Würdest du mich nehmen, wenn es einer wäre?«

»Nein. Ich kenne dich zu gut. Du bist kein Mann, dem eine Frau allein reicht.«

Das stimmte, er wusste das in seinem Herzen und mit jeder Faser seines Körpers. Er konnte sich einfach nicht vorstellen, jeden Abend zu derselben Frau nach Hause zu gehen. Er brauchte Abwechslung, Spontaneität.

Schlimmer, er konnte ihr sein Herz nicht schenken. Das war der eine Teil von sich, den er sich mit einem anderen Menschen zu teilen weigerte.

Maggie brauchte ... nein, verbesserte er sich, sie *verdiente* einen Mann, der ihr treu war. Einen Mann, der ihr nicht das Herz brach und sie zum Weinen brachte.

Doch sein Körper hörte nicht auf ihn. Er verzehrte sich so heiß nach ihr, dass er hätte schwören können, dass sein Geschlecht davon Brandblasen bekam.

»Wo stehen wir also?«, fragte er.

»In einer Lage, wo wir im Moment weder vor noch zurück können, fürchte ich.«

»Nein«, entgegnete er und legte ihr eine Hand auf die Schulter. »Nicht nur im Moment. Wir wissen beide, dass ich dich nicht haben kann.« *Weil ich nie der Mann sein kann, der ich für dich sein müsste, und ich lieber sterben würde, als dir wehzutun.*

»Ich weiß«, flüsterte sie.

Braden küsste sie sachte auf die Stirn, wich dann zurück und ging mit ihr zum Lager zurück. Ihrer beider Stimmung war gedrückt, während sie schweigend einander zu ignorieren versuchten. Aber das war schwer.

Genau genommen war es sogar unmöglich. Wie sie schmeckte und wie sie roch, das hatte sich in seine Sinne eingebrannt, wenn er die Augen schloss, sah er nur ihr lächelndes Gesicht. Er hörte sie seinen Namen stöhnen.

Der Himmel mochte ihm beistehen, er wollte mehr … aber Maggie war keine Frau, die ein Mann in sich verliebt machte und dann verließ. Sie war eine Frau zum Heiraten.

Du könntest doch …

Braden verbot es sich, diesen Gedanken zu Ende zu denken. Er konnte nie heiraten. Besonders keine Frau, die zu lieben er sich ausgesprochen gut vorstellen konnte.

Kapitel 11

Maggie gab sich den ganzen Abend lang Mühe, Braden so weit wie möglich aus dem Weg zu gehen. Aber wie sollte es einer Frau gelingen, jemandem aus dem Weg zu gehen, der ihr so viel bedeutete?

Selbst jetzt noch, als er ihr gegenüber am Lagerfeuer neben Sin saß, sie nicht einmal ansah, konnte sie seine Gegenwart so deutlich spüren, als befände er sich direkt neben ihr. Der Feuerschein malte Schatten auf sein Gesicht und ließ seine Augen genauso mitternachtsschwarz erscheinen wie Sins.

Seit ihrem Gespräch war er ernst, und sie vermisste seine unbekümmerten Neckereien.

Mehr als je zuvor wünschte sie, zu der Sorte Frau zu gehören, die einfach zu ihm gehen, ihn verführen und damit zufrieden sein könnte, obwohl er sie am Morgen danach verließ.

Vielleicht hatten ihre Brüder Recht, und sie verlangte zu viel.

Aber war es nicht ihr gutes Recht, dieselbe Hingabe und Treue von einem Mann zu verlangen, die alle Männer von ihren Frauen forderten?

Es erschien ihr einfach ungerecht.

Ohne etwas von ihren Überlegungen zu ahnen und nichts von ihren Seitenblicken bemerkend, leckte sich Braden Fett von den Lippen, womit er eine heiße Welle des Verlangens durch ihren Körper sandte.

Wie konnte ein Mann nur so köstlich aussehen? Und

warum, oh warum konnte sie ihn sich einfach nicht aus dem Kopf schlagen?

Sie wandte den Blick ab.

Aber was nützte das schon? Sie sah immer noch seine wunderbaren grünbraunen Augen vor sich, die so unwiderstehlich funkelten, wenn er sie aufzog. Hörte, wie er sie »Kleines« nannte, und fühlte seine kräftigen Hände an den intimsten Stellen ihres Körpers.

Der Mann war einfach verführerischer, als gut für sie war. Sie wünschte sich, sie hätte ihn nie kennen gelernt. Sie stellte sich vor, wie friedlich ihr Leben hätte verlaufen können, wäre sie nicht ständig damit beschäftigt, seine Aufmerksamkeit zu erringen.

Sin erhob sich, sobald er den letzten Bissen verzehrt hatte. »Ich übernehme wieder die erste Wache.«

Maggie vergaß ihr Essen und erhob sich, als die Erinnerungen an letzte Nacht sie überfielen. Das Letzte, was sie jetzt gebrauchen konnte, war, noch einmal in Bradens Armen aufzuwachen.

Sie musste etwas tun, um Abstand zwischen ihnen zu schaffen. »Soll ich nicht auch einmal Wache halten?«

Beide Männer starrten sie an, als hätte sie den Verstand verloren.

Das hatte sie zwar, aber darum ging es hier nicht. Um alles noch schlimmer zu machen, schenkte Braden ihr ein wissendes Lächeln.

»Fass es bitte nicht falsch auf«, erwiderte Sin trocken, »aber ich ziehe es vor, diese Nacht zu *überleben.*«

»Ich wollte nur hilfsbereit sein«, erklärte sie.

»Dann schau, dass du möglichst viel Schlaf findest«, erklärte Sin und kehrte ihr den Rücken.

Maggie wünschte sich, ein wenig von Sins Sarkasmus zu besitzen, um sich eine passend schneidende Erwiderung auszudenken, aber sie konnte sich nur hinsetzen und weiteressen.

Braden fuhr sich mit der Zunge über die Unterlippe, lehnte sich zur Seite und schaute sie über die Flammen hinweg an. Sie senkte den Blick auf ihre Knie und versuchte keine Notiz davon zu nehmen, wie herrlich lang und kräftig seine ausgestreckten Beine wirkten.

Er stützte das Kinn in die Hand und schaute sie einladend an. »Bereit fürs Bett, Liebes?«

Hat dir diese Neckerei tatsächlich gefehlt?

Was dachte sie sich nur?

Maggie bekämpfte das kindische Verlangen, nach ihm zu treten. Wie konnte er es wagen, sie so aufzuziehen, er musste doch wissen, wie sehr sie ihn begehrte, obwohl sie sich darüber im Klaren war, dass zwischen ihnen nichts sein durfte.

An dem spitzbübischen Funkeln in seinen Augen konnte sie sehen, dass er das absichtlich tat, einfach um sie zu reizen.

Da hatte sie plötzlich eine Idee. Was, wenn sie den Spieß umdrehte? Es war höchste Zeit, dass er einmal am eigenen Leib erfuhr, wie es war, das Opfer solcher Scherze zu sein.

»Aye«, erwiderte sie.

Dann strich sie sich mit einer verführerischen Geste das Haar hinter das Ohr und schenkte ihm ein einladendes, halb spöttisches Lächeln, wobei sie sich vorbeugte. »Und du?«

Er sagte nichts. Seine Augen traten ein wenig vor, und sein Blick heftete sich auf den schmalen Spalt an ihrem Hemdausschnitt, der sich beim Vorbeugen aufgetan hatte.

»Du hast keine Ahnung, womit du da spielst«, presste er mit belegter Stimme hervor.

»Oh doch.« Sie krauste die Nase und biss sich leicht in die Unterlippe, seine Geste von vorhin nachahmend. »Du würdest dich nie einer Frau aufzwingen, oder?«

»Natürlich nicht«, entgegnete er in leicht beleidigtem Ton.

Sie setzte sich auf ihre Fersen und fuhr mit einer Hand langsam über die Verschnürung ihres Hemdes. »Dann sieh dich satt, mein Lieber, denn das ist alles, was du von mir erhältst.«

Zu ihrer Verärgerung warf er seinen Kopf in den Nacken und lachte schallend.

»Oh, Maggie«, sagte er, nachdem er wieder ernst war. »Wenn ich es nicht besser wüsste, würde ich schwören, du wärest eine erfahrene kleine Hexe. Jetzt leg dich schlafen. Ich habe dir ja schon gesagt, dass ich kein Interesse daran habe, dich im Wald zu entjungfern. Wenn ich aber ein Bett finde …«

Dann würde sie so schnell laufen, wie ihre Beine sie trugen. Nach dem, was bereits geschehen war, wusste sie, dass sie ihm nicht lange würde widerstehen können, wenn er sie erst einmal berührte.

Und seine Küsse …

Die genügten, eine Frau alles vergessen zu lassen, so viel stand fest.

Die Ratsamkeit eines Rückzugs erkennend machte sie es sich vor dem Feuer bequem. Sie hatte sich gerade ein bisschen entspannt, als Braden sich zu ihr gesellte.

»Was soll das?«, wollte sie wissen, denn sie konnte sich noch zu gut daran erinnern, wie sich sein Körper angefühlt hatte, als er sie vor dem harten Boden geschützt hatte.

»Ich bringe dir ein zusätzliches Plaid«, erwiderte er und breitete es über sie.

»Danke«, flüsterte sie und gab sich größte Mühe, nicht darauf zu achten, dass dem Stoff noch sein Geruch anhaftete. Sie versuchte seine Hände auf ihrem Körper zu ignorieren, als er das Plaid über ihr glatt strich.

Als er sich entfernte, meinte sie zu spüren, wie ihre Körpertemperatur sank.

Innerlich fühlte sie sich wund und leer, als er sein Lager ihr gegenüber aufschlug. Der vernünftig denkende Teil ihres Verstandes war ihm dankbar, aber ihr Herz sehnte sich nach seiner tröstlichen Nähe.

Seufzend zwang sie sich, sich darauf zu konzentrieren, was sie MacDouglas sagen wollte, wenn sie ihm gegenüberstand. Das war ein verhältnismäßig sicheres Thema. Eines, das ihre Gedanken von Braden ablenkte.

Wenigstens ein bisschen.

In dieser Nacht schlief Maggie erschöpft ein.

Kurz nach Anbruch der Morgendämmerung wachte sie auf und erblickte Braden, der sie mit unergründlicher Miene betrachtete.

Verlegen fuhr sie sich mit den Händen angesichts seiner Musterung durchs Haar und überlegte, was er wohl gedacht hatte, während er ihr beim Schlafen zusah.

»Guten Morgen«, sagte er.

»Guten Morgen«, antwortete sie, schlug das Plaid zurück und stand auf. Sie schaute zu Sin, der ein paar Schritte weiter lag und schlief. »Soll ich Sin wecken?«

»Nicht, wenn du gerne deinen Kopf auf deinen Schultern behalten möchtest.«

Sie runzelte die Stirn.

Braden stellte sich zwischen sie und seinen Bruder. Statt die Hand auszustrecken und Sin an der Schulter zu rütteln oder seinen Namen zu rufen, zog er sein Schwert einen Zoll aus der Scheide, so vorsichtig, dass nur ein leises Schaben zu hören war.

Aber das reichte.

Blitzschnell und in einer einzigen fließenden Bewegung rollte sich Sin auf die Füße. Mit der Spitze seines Stiefels trat er sein Schwert, das auf dem Boden neben ihm lag, geradewegs in seine Hand, zog es aus der Scheide und ließ es dabei einen anmutigen Bogen durch die Luft beschreiben, ehe er zu ihnen herumfuhr.

Die Klinge verharrte einen knappen Zoll vor Bradens Kehle. Maggie war vor Schreck wie erstarrt und wagte nicht zu atmen.

Das Gesicht tödlich ernst und argwöhnisch entspannte Sin sich erst, als er merkte, dass es sie und Braden waren, die ihn gestört hatten.

Sin fluchte. »Ich hasse es, wenn du das tust«, sagte er zu seinem Bruder, während er sein Schwert zurück in die Scheide steckte.

Braden warf ihr einen warnenden Blick zu. »Fass ihn niemals an, wenn er schläft. Wenn doch, dann duck dich.«

»Ich werde dran denken.«

Als fände er an seinem Tun nichts Seltsames, reckte Sin sich lässig und gähnte. »Immer noch nichts Neues von unseren Wegelagerern?«

Braden schüttelte den Kopf. »Nein, bislang nicht.«

»Schade. Ich hätte jetzt gerade gute Lust, etwas umzubringen.« Damit verließ Sin das Lager, um den morgendlichen Bedürfnissen seines Körpers nachzugehen.

»Etwas umzubringen?«, wiederholte Maggie, als sie allein waren. »Macht er Scherze?«

»Höchstwahrscheinlich nicht«, erklärte Braden in sachlichem Ton.

Ein kalter Schauer lief ihr über den Rücken, während

sie zu ihrem Lager trat, ihr Plaid zusammenlegte und es in ihr Bündel tat. Sin war ein Furcht einflößender Mann. Aber das konnte Braden auch sein.

Die Brüder aus ihren Gedanken verbannend, beschloss sie, sich ab jetzt ganz auf die Aufgabe zu konzentrieren, die vor ihr lag.

Nachdem Sin zurückgekehrt war, ließen die Männer Maggie ein paar ungestörte Augenblicke, während Braden sich daranmachte, ein Frühstück zuzubereiten.

Immer wieder blickte er zu den Bäumen, zwischen denen Maggie verschwunden war. Er hatte die halbe Nacht wach gelegen und sie angeschaut. Ihr dabei zugesehen, wie ihre Brust sich im Rhythmus ihrer gleichmäßigen Atemzüge hob und senkte. Wie anmutig sie ihren Arm unter dem Kopf angewinkelt hatte, um ihn zu stützen.

Wie sie mitten in der Nacht eine Hand gehoben und sich sachte die Wange gekratzt und die Augen gerieben hatte, fast wie ein kleines Kind.

Im Schlaf verwandelte sie sich unglaublich. Ihr Gesicht entspannte sich und wurde ganz weich, sodass sie wie ein bezaubernder Kobold aussah, der Kobold, der ihm einmal Mehl in die Stiefel gefüllt hatte. Er lachte.

Wohin war nur die Zeit verflogen?

Neulich noch waren sie Kinder gewesen, waren zusammen durch die mit Heidekraut überwucherten Moore gestreift und hatten Schmetterlinge gefangen, und jetzt war sie erwachsen. Herangewachsen zu einer starken, faszinierenden Frau.

Er fühlte sich zu ihr hingezogen. Warum eigentlich? Woher kam diese starke Anziehung?

Es musste der Reiz der verbotenen Frucht sein, entschied er. Er konnte sie nicht haben, deswegen sehnte er sich nur umso mehr nach ihr. Aye, das war der Grund. Das ergab Sinn für ihn.

Wenn sie erst wieder unter Menschen waren und er andere Frauen finden konnte, wäre alles wieder in Ordnung. Maggie würde ihn nicht mehr im Wachen wie im Schlafen verfolgen und ihn mit unerfülltem Verlangen quälen. Er wäre wieder so wie früher, der Braden, bei dessen Nahen Väter von Furcht ergriffen wurden und Frauen erfreut kicherten.

Ganz war er nicht davon überzeugt. Irgendetwas sagte ihm, dass sie ihn verändert hatte. Dass er nicht derselbe Mann war, der er gewesen war, als sie die Reise begonnen hatten.

Braden hörte nicht darauf.

Das konnte er sich nicht leisten.

Maggie kehrte zurück und in weniger als einer Stunde waren sie wieder auf dem Weg. Sie sprachen wenig, während sie durch den Wald gingen und auf ein Anzeichen für die Rückkehr der Wegelagerer achteten.

Im Lauf des Tages färbte sich der Himmel über ihnen bedrohlich dunkel. Ein Sturm zog auf, sodass sie in der Nacht irgendwo würden Schutz suchen müssen.

Widerstrebend führte Braden sie aus dem Wald zu einem kleinen geschäftigen Dorf mit einem großen keltischen Kreuz in der Mitte des Angers. Die Hütten aus Lehm und Flechtwerk wirkten wenig einladend.

Während sie sich den fremden Dorfbewohnern näherten, schaute Braden rasch auf Sins Beine. Wie er es vorhergesagt hatte, waren sie wirklich dunkler geworden und damit nicht mehr so auffällig weiß.

Maggies Beine sahen für seinen Geschmack immer noch zu weiblich aus, aber mit ein bisschen Glück würde das niemandem auffallen, und wenn doch zufällig jemand hinsah, würde derjenige es sicher ihrer vermeintlichen Jugend zuschreiben.

Hoffte er.

Während er sie beobachtete, bemerkte er, wie ihre Miene ängstlich wurde, als sie die fremden Menschen betrachtete; unwillkürlich festigte sich ihr Griff. Er hasste es, sie verängstigt zu sehen. Sie hatte nichts zu befürchten, solange er da war. Er würde es nicht zulassen, dass ihr ein Leid geschah.

Er zerbrach sich den Kopf, um etwas zu finden, das sie aufheitern würde.

»Was meinst du, haben die hier irgendwo ein Bett für uns?«, erkundigte er sich mit leiser Stimme bei ihr.

Ihr Gesicht wurde tiefrot. »Ich bin sicher, dass es hier nichts Vielversprechenderes gibt als einen Stall oder eine Scheune«, entgegnete sie flüsternd.

Sin öffnete den Mund, um etwas zu sagen, aber Braden fasste ihn am Arm. »Kein Wort, Bruder. Wir sind nicht länger auf Land der MacAllister, in dieser Gegend wird deine englische Aussprache dafür sorgen, dass uns ohne viel Federlesens die Kehlen durchgeschnitten werden.«

Sin warf ihm einen arroganten Blick zu, der geradezu schrie: *Lass sie's versuchen.*

Doch Braden war nicht in der Stimmung zu kämpfen, und glücklicherweise schaute Sin ihn zwar finster an, hielt seine Lippen aber fest geschlossen.

Braden setzte sich an die Spitze ihrer Gruppe und trat zu einem Mann, der gerade Heu in seinen Wagen lud. Er mochte vielleicht vierzig Jahre alt sein, sein Gesicht war faltig, und ein grauer Vollbart mit nur noch wenig Braun darin bedeckte den Rest seiner Züge. Obwohl der Mann einen sauberen und ordentlichen Eindruck machte, war sein braungelbes Plaid am Saum ausgefranst.

»Guten Tag, Sir«, sprach Braden den Mann an.

Der unterbrach seine Arbeit und musterte sie argwöhnisch. »Wer seid Ihr?«

Ohne zu zögern, antwortete Braden: »Mein Name ist Sean.«

»Und wem folgt Ihr?«

»Ewan vom Clan der MacLucas.«

Die silbergrauen Augen wurden noch schmaler. »Von dem habe ich noch nie gehört.«

»Wir sind von den Inseln«, erklärte Braden. »Meine Brüder und ich sind auf dem Weg zu den MacDouglas, um unsere Schwester und ihr Neugeborenes zu sehen. Gibt es hier einen Ort, wo wir die Nacht verbringen können?«

Der alte Mann quittierte das mit einem Lachen. »Zu MacDouglas wollt Ihr, sagt Ihr? Da werdet Ihr keine schöne Zeit erleben, möchte ich wetten.«

»Wieso?«

Der Fremde kratzte sich den Bart. »Meine Schwester hat einen MacDouglas geheiratet, und von meinem Schwager habe ich gehört, dass sie und der Rest der Frauen aus dem Clan die Burg übernommen haben. Sie stehen auf den Wehrgängen wie ein Haufen Amazonen und bedrohen jeden Mann, der dumm genug ist, ihnen zu nahe zu kommen, solange MacDouglas nicht die Fehde mit den MacAllister beilegt.«

Braden heuchelte Ungläubigkeit. »Was Ihr nicht sagt.«

Die Züge des Mannes verfinsterten sich. »Aye. Es ist was Böses, Teuflisches, das von den Frauen Besitz ergriffen hat. Ich habe gehört, MacDouglas hat sich an den Bischof gewandt mit der Bitte um eine Teufelsaustreibung.«

»Sicher«, bemerkte Braden und wagte einen belustigten Blick auf Maggie, deren Wangen eine Schattierung dunkler geworden waren als noch ein paar Minuten zuvor. »Stell sich das einer vor, eine Frau, die sich ihrem Mann verweigert. Möge uns der Himmel mitsamt allen Heiligen beistehen.«

Der Mann nickte ernst, dann aber schien sich seine Stimmung zu heben. Er widmete sich wieder dem Aufladen des Heus. »Der alte Seamus vermietet an Fremde, der dumme Narr. Ihr findet seine Hütte dort hinten am Ende des Dorfes.«

»Danke«, sagte Braden, dann drehte er sich um und führte Maggie und Sin zum südlichen Rand der Siedlung, wo eine einfache Hütte und eine Scheune standen.

»Sean?«, flüsterte Maggie, als er zu ihr kam.

»Ich wollte ›Braden‹ nicht benutzen, falls der Name jemandem bekannt vorkäme.«

»Gute Idee«, lobte sie ihn.

Als sie sich der Hütte näherten, musste Braden sich beherrschen, nicht angewidert die Lippen zu verziehen. Das Heim des alten Seamus war so sauber wie ein Schweinestall.

Dennoch würde es ihnen Schutz vor dem Regen gewähren. Das Letzte, was sie gebrauchen konnten, war, sich den Tod zu holen, ehe MacDouglas eine Chance hatte, sie zu töten.

Er fand Seamus vor seinem Haus, wo er gerade Wasser aus dem Brunnen holte. Der alte Mann blieb stehen, als sie näher kamen, und musterte sie misstrauisch.

»Drei Betten für euch junge Kerle hab ich nicht«, erwiderte er, nachdem Braden ihn nach Unterkünften gefragt hatte. »Aber den Stall könnt ihr haben, wenn ihr wollt.«

Maggie warf ihm einen *Ich-habs-dir-ja-gesagt*-Blick zu.

»Es ist nichts Besonderes«, fuhr Seamus fort, »aber dazu gibt's was zu essen, und es ist trocken und geschützt.«

Es müsste genügen. Und wenn man nach dem eher

strengen Geruch des Mannes urteilte, war der Stall vermutlich ohnehin vorzuziehen.

»Wie viel?«, fragte Braden.

Der alte Mann strich sich nachdenklich übers Kinn, während er sie mit Blicken maß. »Nichts, wenn ihr mir ein wenig zur Hand geht.«

Braden bemerkte Sins gepeinigten Gesichtsausdruck. Er konnte sehen, dass sein Bruder sich lieber tagelang strömendem Regen aussetzen würde, als eine niedere Arbeit für einen Highlander zu erledigen. Er kannte Sin gut und wusste, dass es fast schon ein Wunder war, dass ihn nicht schon der Vorschlag allein zum Berserker machte und er das gesamte Dorf in Schutt und Asche legte.

Er würde es später wieder gutmachen. Jetzt mussten sie vor allem praktisch denken.

»Klingt gut«, erklärte Braden. »Was können wir für Euch tun?«

»Dahinten ist ein Stapel Holz, das gehackt, und ein Stück Zaun, das repariert werden muss.«

Braden schlug Sin auf die Schulter und ging in die angegebene Richtung.

»Wir fangen gleich an«, sagte er im Gehen zu Seamus.

»He! Noch was«, rief ihnen Seamus hinterher, sodass sie stehen blieben.

Braden drehte sich zu dem Alten um.

»Wie heißt ihr?«

»Ich bin Sean, das« – er deutete auf Maggie – »ist mein Bruder James und der da« – er zeigte auf Sin – »ist Durbhan.«

Seamus betrachtete sie misstrauisch. »Die reden aber nicht gerade viel, was?«

»Haben halt nicht viel zu sagen«, erwiderte Braden achselzuckend.

Das schien der Bauer zu schlucken. »Na gut, aber ich warne euch, Hände weg von meinen Töchtern. Ich mag zwar ein alter Mann sein, aber ich habe Pfeil und Bogen und eine Schaufel; niemanden würde es kümmern, was ich mit euch anstelle.«

»Ja, Sir«, antwortete Braden und gab sich größte Mühe, nicht über die Warnung zu lachen. Sin würde nie eine der Töchter anfassen, und Maggie …

Daran dachte er besser nicht, denn sonst würde er auf jeden Fall laut loslachen.

»Sollen wir erst Holz hacken?«, erkundigte sich Braden bei Maggie und Sin, als er sie zu dem schmalen Hof hinter dem Haus führte.

»Holz hacken, verdammter Mist«, fluchte Sin leise. »Ich würde eher …«

»Mir kommt gerade die gute Idee«, fiel ihm Braden ins Wort, »dass wir am besten einfach sagen, du seiest stumm.« Er schaute Maggie an. »Hast du schon einmal einen Stummen getroffen, der so gesprächig war?«

Maggie schien nicht im Mindesten amüsiert. Sie schwieg, während Braden sein Bündel fallen ließ und die Axt aus dem Stumpf zog, in den der Bauer sie getrieben hatte.

Mit wutverzerrten Zügen nahm sich Sin die andere Axt und warf Braden einen finsteren Blick zu, sodass der fast erwartete, sein Bruder wollte ihm damit den Kopf von den Schultern trennen.

Stattdessen fuhr Sin auf dem Absatz herum und hieb ein großes Stück Holz mit einem einzigen erbitterten Schlag entzwei.

Kopfschüttelnd nahm sich Braden ein anderes Stück Baumstamm vor und machte sich ebenfalls daran, es zu zerhacken.

Maggie stand daneben, als die Brüder die Baumstücke zu Feuerholz verarbeiteten. Ihr war das Herz schwer, denn sie musste immer wieder an die warnenden Worte des Bauern wegen seiner Töchter denken.

Warum, warum nur hatte der Mann keine Söhne?

Vielleicht sind sie ja hässlich.

Maggie hielt bei diesem Gedanken kurz inne. Aye, vielleicht waren sie so zahnlos wie der Bauer, große, grobknochige Frauen mit Warzen und Pockennarben, die für Braden keine Versuchung darstellen würden.

Sich an diese Hoffnung klammernd trat sie vor, um einen Holzscheit aufzuheben und wegzutragen, wurde aber von Braden daran gehindert. »Überlass uns die großen Stücke. Du kannst besser das Schürholz aufsammeln.«

Wortlos stellte sie den Scheit wieder ab und begann die klein gehackten Holzspäne und Reste aufzuklauben und zu dem Stapel neben dem Lehmhaus zu bringen.

Als sie sich umdrehte und wieder zu Braden und Sin zurückgehen wollte, blieb sie stehen und schaute den Männern zu, wie sie scheinbar mühelos die schweren Äxte schwangen und die Holzstücke in ordentliche Scheite spalteten. Ein feiner Schweißfilm hatte sich auf ihren Oberkörpern gebildet. Sie konnte nicht anders, als voller Bewunderung Braden anzustarren, dessen Hemd sich über seinen Muskeln spannte, jedes Mal, wenn er mit der Axt ausholte.

Wie gebannt hing ihr Blick an ihm, sie ballte die Hände zu Fäusten, um den Drang zu beherrschen, mit den Fingern über die sich wölbenden Muskeln seiner Oberarme zu fahren oder ihm das feuchte schwarze Haar aus der Stirn zu streichen. Himmel, der Mann sah einfach zum Anbeißen aus, und das war für ihr seelisches Gleichgewicht ausgesprochen störend.

Begehren durchströmte ihren Körper auf eine Art und Weise, wie sie es nie zuvor kennen gelernt hatte. Jetzt, da sie schon einen Vorgeschmack auf das gehabt hatte, was sie mit Braden erleben konnte, war sie wie ein Trunkenbold, der nach mehr Ale verlangte. Zum ersten Mal in ihrem Leben verstand sie die Bedeutung des Wortes Besessenheit, verstand, was *wahre* Leidenschaft für einen Mann war.

Der Himmel mochte ihr beistehen, aber sie wollte ihn mehr als je zuvor.

Gerade als sie sich sicher war, dass sie mehr nicht ertragen würde, spürte sie, wie sich die feinen Härchen in ihrem Nacken aufstellten. Ein Schauer düsterer Vorahnung lief ihr den Rücken hinunter.

Jemand beobachtete sie. Dessen war sie sich sicher.

Halb damit rechnend, die Wegelagerer zu entdecken, sah sich Maggie um, erblickte jedoch ein bildhübsches Mädchen von vielleicht zwanzig Jahren, das sie neugierig musterte.

Als sie sich darüber klar wurde, dass Maggie sie bemerkt hatte, lächelte die junge Frau breit und zeigte dabei eine *vollständige* Reihe strahlend weißer, gerader Zähne, während sie mit dem Ende ihres langen blonden Zopfes spielte und Maggie einen verführerischen Blick zuwarf, der die Brust eines jeden Mannes vor Stolz hätte schwellen lassen.

Verfluchtes Pech! Das Mädchen war nicht nur hübsch, sondern ausgesprochen schön.

Dann traten zu ihm vier weitere nicht minder hübsche junge Mädchen im Alter von vielleicht dreizehn bis knapp über zwanzig Jahren.

Maggie wurde es eiskalt.

Jetzt steckten sie in ernsthaften Schwierigkeiten, begriff sie. Den Ausdruck in den Augen der Mädchen kannte sie.

Männerhungrig.

Maggie schluckte furchtsam. Das Letzte, was sie gebrauchen konnte, war, dass eines der Mädchen zu ihr kam und sie zu begrapschen anfing, wobei ihm unweigerlich auffallen müsste, dass sie mehr gemein hatten, als es sich hätte träumen lassen.

Schlimmer noch, während Maggie die Mädchen ansah, wurde ihr mit einem Mal klar, wo Braden die Nacht verbringen würde. Heute Nacht wäre er ganz bestimmt nicht ihr Kissen.

Bei dem Gedanken sank ihre Stimmung weiter. Maggie nahm sich einen kleinen Stapel Schürholz und brachte ihn weg.

»Verzeihung«, sagte die älteste Schwester, als sie sich kühn zu ihnen stellte. Ihr helles blondes Haar schimmerte sogar noch in dem schwachen Tageslicht golden, und ihre Gestalt besaß Proportionen, von denen Maggies Brüder immer geschwärmt hatten. »Meine Schwestern und ich dachten, Ihr hättet vielleicht Durst.«

Kichernd traten drei Mädchen vor und reichten ihnen Ale. Maggie nahm ihren Becher und entfernte sich sogleich ein paar Schritt von dem Mädchen, das ihn ihr gegeben hatte.

Das Mädchen verzog die Lippen zu einem offensichtlich geübten Schmollmund, aber Maggie hätte das nicht gleichgültiger lassen können. Ihre ganze Aufmerksamkeit galt Braden.

Er nahm den Becher, den die Älteste ihm anbot. Die vollbusige junge Frau lehnte sich mit der Hüfte gegen den Holzstumpf, der Braden am nächsten stand, und begann mit dem Griff der Axt auf eine anzügliche Art und Weise zu spielen, während sie Braden mit ihren Blicken verschlang.

»Ich habe gerade zu meinen Schwestern gesagt, wie schön es ist, so starke …« – sie schaute auf Bradens Brust, an der sein schweißfeuchtes Hemd klebte – »… Männer dazuhaben, um so schwere Arbeiten zu erledigen.«

Bradens Blick verdunkelte sich nachdenklich, und zu allem Übel lächelte er dann auch noch. »Und wie heißt Ihr?«

»Tara«, erwiderte sie, und es klang fast wie ein Schnurren.

Maggie verspürte jäh den Wunsch, der jungen Frau jedes ihrer langen blonden Haare einzeln auszureißen.

»Ich koche heute Abend einen besonderen Eintopf«, sprach Tara weiter, »nur für Euch.« Sie streckte die Hand aus, um sie Braden auf die Brust zu legen.

Braden warf schnell einen Blick zu Maggie, die ihn mit eindeutiger Missbilligung ansah.

Sein Lächeln verblasste, und er nahm Taras Hand von seiner Brust. »Ich bin mir sicher, wir werden es genießen.«

Dennoch war Maggie das Herz schwer, während sie überlegte, ob er sich wohl die Mühe gemacht hätte, Taras Hand zu entfernen, wenn sie nicht hier stände und ihn beobachten würde.

Tara zog ihre Hand zurück und rieb sich damit langsam über ihr Schlüsselbein, während sie ihren Blick über Bradens Körper gleiten ließ und dabei kurz am oberen Ende seiner Schenkel verweilte.

»Ich bin mir sicher, Ihr werdet alles genießen«, sagte sie zweideutig.

Maggie kehrte ihnen den Rücken zu, da sie es nicht länger ertrug.

Sollte er sich doch mit der Schlampe vergnügen. Maggie hatte Wichtigeres zu tun, wie zum Beispiel dieses dumme Schürholz aufzusammeln, damit sie und Sin heute Nacht ein Dach über dem Kopf hatten, während sich Braden mit dem sittenlosen Weibsbild vergnügte.

Maggie ließ das Holz krachend fallen, drehte sich um und begann neues aufzusammeln.

Sie fing Bradens Blick auf. Spannung baute sich zwischen ihnen auf, bis die Luft davon flimmerte, während sie einander reglos anstarrten.

»He!«, rief Seamus, als er um die Hausecke kam und ihren wortlosen Austausch unterbrach. »Was habt ihr Mädchen denn hier zu suchen? Ich habe euch doch ausdrücklich gesagt, ihr solltet drinnen bleiben, während die jungen Männer hier arbeiten.«

»Aber Pa«, begehrte Tara auf und trat von Braden fort. »Wir dachten doch nur …«

»Ich weiß, was ihr gedacht habt, und daher geht ihr besser wieder ins Haus. Ihr mögt erwachsen sein, aber ihr seid doch noch meine Töchter. Ich habe einen feinen Lederstriemen, gerade recht für eure Hinterteile, wenn ihr nicht auf mich hört.«

Tara schob trotzig ihre Unterlippe vor, ehe sie zögerlich der Aufforderung ihres Vaters nachkam.

Seamus musterte sie mit einem finsteren Blick, dann jedoch entdeckte er den Holzstapel. »Damit sollte ich mühelos über den Winter kommen«, erklärte er erfreut. »Jetzt kümmert ihr euch um den Zaun und ich mich um euer Essen.«

Braden rührte sich nicht, solange Seamus nicht verschwunden war.

Wenigstens besaß er den Anstand, beschämt auszusehen, während er zu ihr kam. »Maggie …«

»Nicht«, sagte sie und schnitt ihm das Wort ab. Er musste ihr nichts erklären. Sie wusste es schon.

Ziegenbock im Weiberrock, hörte sie wieder den Spottnamen, den die Jungen aus dem Clan ihr immer hinterhergerufen hatten. Frauen mit ihrem Aussehen verdrehten Männern wie Braden nicht den Kopf.

Wenigstens nicht außerhalb ihrer Träume.

»Es gibt noch genug zu tun«, sagte sie und wich ihm geschickt aus. Er seufzte, dann begab er sich zu dem kaputten Zaun.

Sin betrachtete sie stirnrunzelnd, als sie an ihm vorüberging.

»Was ist los?«, fragte sie.

Sin wollte zu einer Antwort ansetzen, überlegte es sich aber anders, schob das Kinn vor und folgte Braden.

Maggie hätte am liebsten die Arme in die Luft geworfen. Sin hatte sie anklagend angesehen. Doch weswegen er sie anklagen wollte, konnte sie sich nicht vorstellen. Sie hatte doch nichts falsch gemacht.

Braden war derjenige, der getadelt werden müsste. Sein Verhalten war falsch gewesen.

Egal. Sie würden bald bei MacDouglas ankommen, und dann würde sie sich seinetwegen keine Sorgen mehr machen. Dann konnte sie wieder nach Hause zurückkehren, und Braden wäre frei, jedem hübschen Ding schöne Augen zu machen, das ihm gefiel.

Außerdem brauchte sie gar keinen Mann. Sie hatte in ihrem ganzen Leben noch keinen gebraucht. Alles, wozu Männer gut waren, war ohne auch nur ein Wort des Dankes ihr Essen herunterzuschlingen, zu rülpsen und die Nase hochzuziehen.

Mit einem Ferkel als Haustier wäre sie besser bedient.

Und doch, tief innerlich glaubte sie das selbst nicht.

Denn da kannte sie die Wahrheit. Noch nicht einmal die besten Vorsätze, hart zu bleiben, konnten verhindern, dass es ihr etwas ausmachte. Sie wollte Braden für sich allein, und die Vorstellung, dass er sie einfach beiseite schieben und sich einer anderen zuwenden könnte, schnitt ihr ins Herz.

Betrübt stellte sich Maggie zu den Männern, die schon stumm begonnen hatten, den Zaun in Ordnung zu bringen.

Nachdem die Arbeit erledigt war, brachte ihnen Seamus das Essen.

Sie erreichten gerade noch rechtzeitig den Stall, ehe der Sturm losbrach. Sin schloss die Stalltür, als der erste Donner grollte und große Regentropfen auf das Holz prasselten.

Maggie blieb stehen und sah sich in dem dämmerigen Innern um. Braden zündete zwei Lampen an.

Das alte Holz des Stalles war von innen zu Hellbraun verblichen, aber das Gebäude selbst machte einen soliden Eindruck. Zwei Kühe muhten in ihren Verschlägen, und eine alte Mähre kaute links von ihnen Heu. Vier bessere Pferde standen in einer größeren Box weiter hinten dicht beieinander.

Braden ging voraus in die Mitte des Gebäudes, wo sie sich auf Heuballen setzen konnten. Er ließ sich auf dem der Tür am nächsten stehenden nieder, während Sin den Ballen links neben ihm wählte. Maggie nahm den kleinsten, der am weitesten von der Tür entfernt lag, und stellte ihre Holzschüssel darauf.

Während sie schweigend aßen, prasselte der Regen auf das Dach, und Donner krachte.

»Es ist gut, dass wir hier Halt gemacht haben«, sagte Sin nach ein paar Minuten.

»Aye«, stimmte ihm Braden zu. »Es wäre sonst eine schreckliche Nacht geworden.«

Für Maggie war es das schon.

Als sie fertig waren, sammelte Braden die Schalen und Becher ein. »Ich bringe die hier zurück.«

Maggie kniff die Augen zusammen, empört über seine dreiste Lüge. Glaubte er ehrlich, dass sie zu dumm war, nicht zu erkennen, was er geplant hatte?

»Was?«, fragte Braden unschuldig, als er ihren Blick auffing.

Sie schaute weg und schwieg, während er kopfschüttelnd fortging. Wenn er wirklich so begriffsstutzig war, dann hatte sie ihm nichts zu sagen.

Dennoch kochte sie innerlich. Glaubte er allen Ernstes, sie wüsste nicht, was er vorhatte? Seamus die leeren Schalen bringen, das war lächerlich; Tara war es, auf die er es abgesehen hatte.

Zur Hölle mit ihm.

»Warum schlägst du ihm nicht einfach den Schädel ein, dann hast du es hinter dir?«, fragte Sin, sobald sie allein waren.

Maggie schaute auf. Sin lag ausgestreckt auf seinem Strohballen. »Wie bitte?«

Sin zog seine Stiefel aus und streckte die Beine von sich. »Wenn Blicke töten könnten, müsste ich Braden von der Wand dort kratzen.«

»So ist es recht«, entgegnete sie heftig, »stell dich ruhig auf die Seite deines Bruders. Schließlich ist es das gottgegebene Recht eures Geschlechtes, allem, was Röcke trägt, nachzusteigen.«

Eingeschnappt strafte Maggie Sin mit Nichtbeachtung, während sie das Schlafplaid aus ihrem Bündel zog und sich daraus ein Nachtlager machte. Dabei wuchs und wuchs ihr Schmerz über Braden, bis sich Tränen in ihren Augen sammelten und ihr über die Wangen rannen.

Verärgert wischte sie sie fort.

»Maggie«, erklärte Sin so besorgt und einfühlsam, wie sie es ihm gar nicht zugetraut hätte. »Warum sagst du Braden nicht einfach, was du fühlst?«

»Wozu?«, fragte sie, und ihre Stimme brach in einem Schluchzer. »Damit er mich auslachen kann? Oder schlimmer noch, dass ich ihn für ein oder vielleicht sogar zwei Nächte hätte, das könnte leider jede Frau haben. Verstehst du mich denn nicht?«

Sin ließ seine Stiefel auf den Boden fallen und lachte bitter. »Du fragst einen Mann, der nie Liebe oder Freundlichkeit kennen gelernt hat, ob er deinen Wunsch versteht, dich als etwas Besonderes zu fühlen? Natürlich kann ich das. Aber während du Braden für etwas verurteilst, was er unter Umständen tun könnte, lass dir die Frage stellen: Kennst du ihn eigentlich wirklich?«

Maggie schniefte und sah ihn an, als sei er unterbelichtet. »Natürlich. Ich kenne ihn mein ganzes Leben lang.«

Sin schnaubte abfällig. »Nein, das tust du nicht. Du hast ihn vielleicht dein Leben lang gesehen, aber sein wahres Ich, das kennst du nicht. Wenn das nämlich so wäre, wüsstest du, wie närrisch deine Befürchtungen sind.«

»Was meinst du damit?«

Sins Blick wurde eindringlich. »Wenn du ihn wirklich kennen würdest, dann wüsstest du, dass Braden sich eher selbst den Bauch aufschlitzen würde, als jemandem wehzutun, den er liebt.«

»Was hat das denn zu tun mit ...«

»Denk darüber nach, Maggie.«

Das tat sie, aber im Moment kam sie sich völlig dumm

vor, denn sie hatte keine Ahnung, worauf er hinauswollte.

»Als Jüngster von fünf dickköpfigen Jungen«, fuhr Sin fort, »hat Braden von klein auf gelernt, Streit zu schlichten. Wenn man einen von uns geschlagen hat, haben wir sofort zurückgeschlagen, ohne lange nachzudenken. Wenn du Braden mit Faust oder Schwert drohst, was tut er dann?«

Maggie antwortete sofort. »Er versucht, es dir auszureden.«

»Aye. Und ist er ein Feigling?«

»Nein«, entgegnete sie heftig. »Ich habe noch nie erlebt, dass er sich vor einem Kampf drückt.«

»Genau. Und weißt du auch, warum er so ist?«

Sie schüttelte den Kopf.

»Im Gegensatz zu mir tut Braden anderen nicht gerne weh.«

Sin hatte ihr noch nichts erzählt, was sie nicht bereits wusste, und nichts, was er gesagt hatte, hing mit dem zusammen, weswegen sie auf Braden wütend war. »Was hat das mit seinen Weibergeschichten zu tun?«

Sin seufzte, so als verlöre er bald die Geduld mit ihr. Warum das so sein sollte, konnte sie sich allerdings beim besten Willen nicht vorstellen. Schließlich war er derjenige, der sich in geheimnisvollen Andeutungen erging. Sie versuchte ja nur, seiner Logik zu folgen.

»Sag mir«, verlangte er, »was meinst du, mit wie vielen Frauen war er schon zusammen?«

»Soweit ich gehört habe, mit fast jeder Frau in Kilgarion, London und so ziemlich jedem anderen Ort, an dem er sich je aufgehalten hat.«

»Von wem gehört?«

»Die Frauen prahlen damit.«

»Ist dir nie der Gedanke gekommen, wie merkwürdig es ist, dass er angeblich mit all diesen Frauen zusammen gewesen sein soll, es aber keine Bastarde von ihm gibt?«

Maggie, die gerade ihr Plaid glatt strich, erstarrte. Darüber hatte sie noch nie nachgedacht. »Aber er hat nie irgendetwas abgestritten.«

»Natürlich nicht. Er ist ein Mann.«

Sie ging im Geiste all die Jahre durch, die sie ihn kannte. Die Zeit, als sie ihn vor den Mädchen aus dem Dorf gerettet hatte. Wie er reagiert hatte, als Tara sich vorhin an ihn herangemacht hatte.

Wenn sie länger darüber nachsann, musste sie zugeben, sie hatte es nie erlebt, dass er tatsächlich einer Frau nachstieg. Die meiste Zeit war er eher vor ihnen weggelaufen.

»Willst du mir weismachen, dass er keine Frauen hatte?«, erkundigte sie sich argwöhnisch.

Sin lachte. »Nein. Ich bin sicher, dass er eine Menge hatte, aber die meisten Erzählungen halte ich für reichlich übertrieben. Ich selbst weiß nur von drei Frauen, bei denen er erfolgreich war.«

»Erfolgreich?«

»Aye. Mir ist aufgefallen, dass wegen seines Rufes die meisten Väter, Brüder und Ehemänner auf ihn und die Frau an seiner Seite ein wachsames Auge haben. Seine meisten Bemühungen finden ein jähes Ende, ehe er die Sache zum Abschluss bringen kann.«

Nun, da sie darüber nachdachte, fiel ihr selbst eine Reihe solcher Vorfälle ein. Tatsächlich hatten ein paar der wirklich Aufsehen erregenden Situationen die Klatschmäuler im Dorf wochenlang mit Nahrung versorgt.

»Warum erzählst du mir das alles?«, wollte sie wissen.

Sin sah sie nicht an, da er damit beschäftigt war, sich das Schwert abzuschnallen und neben sich zu legen.

»Weil Braden dich mag. Mehr als mir bei jemand anderem aufgefallen ist; und ich kann es nicht leiden, dass er falsch beurteilt wird. Ich glaube, ich bin es euch beiden schuldig, dass er eine Chance erhält.«

Er erwiderte ihren Blick. »Weißt du, Maggie, Braden kann nichts daran ändern, wie er aussieht, noch kann er etwas dafür, dass ihm die Frauen nachlaufen. Aber er würde sich eher einen Arm abhacken, als jemandem wehzutun, den er liebt.«

Jetzt verstand sie wenigstens, was er vorhin gemeint hatte. »Willst du sagen, dass er nicht untreu werden würde?«

»Nicht, wenn er dich liebt. Glaub mir, ich kenne meinen Bruder gut genug, um zweifelsfrei zu sagen, dass er nie eine Frau, die er wirklich liebt, für eine andere verlassen würde.«

»Aber er liebt mich nicht«, wandte sie mit brechender Stimme ein.

»Bist du dir da so sicher?«

Maggie stockte der Atem. Wollte er etwa andeuten …

Sicher nicht. Warum auf der Welt sollte Braden zartere Gefühle für sie hegen?

»Willst du sagen, dass er mich liebt?«, fragte sie zweifelnd.

»Ich bin mir nicht sicher«, antwortete er ehrlich. »Aber ich weiß, dass er bei dir anders ist als bei anderen Frauen.«

»Wie anders?«

Sin zuckte die Achseln. »Es ist im Grunde genommen schwer zu erklären. Bei dir ist er irgendwie entspannter. Er neckt dich, wie ich ihn noch nie jemand anderen necken gesehen habe.«

»Woran soll ich erkennen, ob er mich liebt?«

Sin lachte wieder bitter.

Er schaute nach oben, als erwarte er eine Antwort vom lieben Gott im Himmel. »Wieder fragt sie jemanden, der so etwas wie Liebe nie kennen gelernt hat«, erklärte er leise. Dann fuhr er lauter und an sie gewandt fort: »Wie erkennt man, ob man wirklich geliebt wird? Man muss das Risiko eingehen und es einfach ausprobieren.«

Mit der Eindringlichkeit seines Blickes versengte er sie fast. »Aber ich kann dir eines verraten: Wenn jemand hinter etwas her wäre, das ich selbst gerne hätte, würde ich nicht hier sitzen und jammern. Ich würde gehen und etwas unternehmen.«

Er bedachte sie mit einem kalten Blick. »Ich dachte immer, du wärest eine Kämpferin. Willst du deine Träume einfach kampflos aufgeben?«

»Ich will kämpfen«, antwortete sie.

Und das stimmte.

Die Schultern durchdrückend stand sie auf und ging Braden und seine Schlampe suchen.

Denn wenn Sins Worte auch nur ein Fünkchen Wahrheit enthielten, dann könnte sie eine Chance haben, den Mann ihrer Träume für sich zu gewinnen. Und wenn das so war, dann würde sie nicht aufgeben, ehe sie ihn nicht vor dem Altar hatte.

Kapitel 12

»Was für ein großer, starker Mann Ihr doch seid«, schnurrte Tara, als sie Braden die Becher und Schüsseln abnahm und auf den Tisch im Inneren der Hütte stellte.

Braden lächelte sie an. Sie schloss die Tür hinter sich und trat zu ihm unter das schmale Vordach, das den Eingang vor Regen schützte. Es war nicht viel Platz, aber sie konnten beide dort stehen.

Das Licht, das durch die winzige Fensteröffnung neben der Tür fiel, reichte gerade aus, dass sie einander sehen konnten.

Ein Blitz zuckte und erhellte ihr Gesicht, sodass der Hunger in ihren dunkelblauen Augen erkennbar war.

Aye, in ein paar Minuten würde er einen Vorgeschmack auf den Himmel zu kosten bekommen, er konnte es kaum erwarten, seiner Enthaltsamkeit ein Ende zu bereiten.

Braden stützte sich mit dem Unterarm über Taras Kopf an dem Türrahmen ab und ließ seinen Blick über ihre verführerischen Formen gleiten. Sie besaß eine dieser Figuren, die einen Mann um den Verstand bringen konnten. Volle, üppige Brüste, in denen ein Mann Gesicht, Hände und anderes vergraben konnte, und eine schmale Taille, die dazu einlud, umspannt zu werden. Ihre Hüften waren sanft geschwungen, und an der Art und Weise, wie sie sich an ihm rieb, konnte er erkennen, dass sie ein paar Kniffe kannte, wie man einem Mann Lust schenkte.

Doch dann geschah das Unvorstellbare, als sie mit den Händen über seine Brust strich.

Sein Körper blieb ungerührt.

Nein, das kann nicht sein.

Sein Lächeln verblasste jäh.

Tara drückte ihren Busen an seine Brust und legte ihm die Arme um den Hals. Sie hauchte etwas in sein Ohr, zerzauste sein nasses Haar, ehe sie dann sein Ohrläppchen zwischen die Zähne nahm und mit der Zungenspitze über den Rand fuhr.

Zu jeder anderen Zeit hätte so etwas seinen Körper in Flammen gesetzt, er würde ihr normalerweise mittlerweile in fieberhafter Hast die Kleider vom Leib streifen.

Aber heute Nacht …

Nun, er konnte nicht behaupten, dass es nicht nett wäre, denn das war es. Doch irgendwie war es nicht befriedigend. Schlimmer noch, sein Körper bekundete nur mäßiges Interesse. Das war ein gewaltiger Unterschied zu den glühenden Lenden, unter denen er die letzten Tage gelitten hatte.

Und in dem Augenblick erkannte er warum.

Er begehrte Maggie.

Bei allen Heiligen im Himmel! Es fiel ihm schwer, nicht laut zu fluchen, als Tara ihm mit den Fingernägeln das Rückgrat hinabfuhr. Nichts geschah. Keine Schauer, keine …

Na ja, sein Körper regte sich ein wenig, als sie über sein Geschlecht rieb. Dennoch war es nicht annähernd dieselbe Reaktion wie letzte Nacht, als Maggie, um ihn zu ärgern, ihren vollkommen von Kleidung bedeckten Busen gereckt hatte.

Entschlossen sich zu beweisen, dass er sich täuschte, nahm Braden Taras Kinn in die Hand, hob es an, sodass sie den Kopf in den Nacken legen musste, und küsste sie voll auf den Mund.

Sie erwiderte den Kuss voller Leidenschaft und mit der Erfahrung einer Frau, die sich in der körperlichen Liebe auskennt. Sie konnte einen Mann hart hernehmen, daran bestand kein Zweifel.

Trotzdem blieben sein Körper und sein Geist schmerzlich uninteressiert.

Was er tatsächlich wollte, war der kühne, unschuldige Kuss eines Wildfangs mit roten Haaren. Die Frau in seinen Armen war nicht mehr als ein armseliger Ersatz, und sein Körper wusste das.

Verdammter Mist!

Wie kam es, dass er Maggie so begehrte? Sie trieb ihn schier in den Wahnsinn. Sie war so starrköpfig wie eigensinnig, und das Letzte, was sie wollte, war, einem Mann zu Gefallen zu sein.

Und doch …

Ich bin ein Narr! Ein dummer, verfluchter Narr, dem man den Kopf abreißen sollte.

Plötzlich erschien ihm Taras Umarmung abgeschmackt und schlecht. Entsetzlich.

Falls Maggie je davon erfahren sollte, würde es sie tief verletzen.

»Es geht nicht«, sagte er und wich von Tara zurück.

Nein, das konnte er nicht tun, nicht wenn der wahre Gegenstand seines Verlangens mit seinem Bruder im Stall wartete.

»Mein Vater liegt schon im Bett«, erklärte Tara. »Er wird nichts davon erfahren.« Sie griff nach der Verschnürung seines Hemdes.

Braden fing ihre Hand in seiner und machte einen Schritt zurück. »Du bist eine schöne Frau«, erwiderte er.

»Aber ich fürchte, ich bin heute Abend nicht ganz bei der Sache.«

Tara leckte sich verführerisch die Lippen. »Ich könnte dich die andere vergessen machen, die, die dich beschäftigt.«

Wie sehr wünschte er sich, das wäre möglich.

»Gute Nacht, Tara«, sagte er und ließ sie los, um zur Scheune zurückzukehren. Mit jedem Schritt durch den strömenden Regen verfluchte er sich und Maggie.

Was sollte er nur tun?

Gütiger Himmel, liebte er sie etwa schon?

Nein, brüllte sein Verstand. Er konnte sie nicht lieben. Er weigerte sich, eine Frau zu lieben. Liebe schwächte einen Mann, machte ihn blind und dumm.

Was, wenn sie eines Tages von ihm verlangte, sich von seinem Fleisch und Blut loszusagen, wie seine Mutter es von seinem Vater gefordert hatte? Oder Isobail von Kieran und Ewan?

Es war nur Wollust, entschied er. Er hatte von Maggie gekostet und wollte nun mehr.

Richtig schlimm war, dass er wusste, er konnte sie nicht einfach verführen, um sich von ihrem Zauber zu befreien. Er konnte ihr nicht ihre Unberührtheit nehmen.

Den Kopf in den Nacken legend wünschte er sich, der verdammte Blitz würde ihn treffen, da wo er stand. Denn es gab für ihn keine Möglichkeit, Frieden zu finden, es gab keinen Ausweg.

Sobald sie aus dem Stall getreten war und zum Haus ging, prasselte Regen auf Maggie herab, sodass sie fast blind war und ihre Kleidung binnen kürzester Zeit klatschnass wurde.

Sie war sich ganz sicher, Braden dort mit einem der

Mädchen zu finden. Sie hatte schon eine Vermutung, welche von ihnen in seinen Armen lag.

Mit zusammengebissenen Zähnen, um den Schmerz zu vertreiben, umrundete sie die Stallecke.

Ein lautes Blöken ertönte.

Durch den Regen spähend entdeckte sie zwei Umrisse, die unweit von ihr miteinander zu ringen schienen. Sie sahen aus wie zwei Tiere vom Hof, die etwas taten, wobei sie besser nicht störte.

Maggie hatte gerade beschlossen, nicht weiter darauf zu achten, als ein Blitz die Szene erleuchtete und sie die Umrisse eines Männerkörpers erkannte.

Verblüfft blieb sie stehen, unfähig ihren Augen zu trauen – bis ein weiterer Blitz zuckte und sie wieder den Mann an dem kleinen Tier zerren sah.

Maggie lächelte. Diese muskulösen Schultern hätte sie überall wiedererkannt. Selbst wenn sie von nassem Stoff bedeckt waren, während ihr Besitzer einem hilflosen Tier zu helfen versuchte.

Eilig lief Maggie zu ihnen und erkannte, dass sich ein kleines Schaf im Zaun verfangen hatte. Braden kniete neben ihm im Schlamm und versuchte, es zu befreien.

Erleichterung erfasste sie bei dem Anblick. Er war nicht in den Armen einer anderen! Sie hätte am liebsten vor Freude geweint. Es hatte so lange gedauert, weil er dem Tier zu helfen versucht hatte.

Sie eilte an seine Seite.

»Was tust du hier draußen?«, fragte er, als sie neben ihm stehen blieb.

Nicht willens, ihm ihren Verdacht mitzuteilen, wechselte sie das Thema. »Kann ich dir irgendwie helfen?«

»Aye, du kannst wieder ins Warme, Trockene gehen, ehe du dir den Tod holst.«

Es kostete sie ihre ganze Beherrschung, ihn nicht zu küssen. In dem Augenblick war er in ihren Augen schöner als je zuvor, und sie empfand heftige Schuldgefühle, dass sie ihn so falsch beurteilt hatte. »Lass mich sehen, ob ich helfen kann.« Sie kniete sich hin und hielt das Schäfchen fest.

»Halt es ruhig«, sagte Braden, stand auf und beugte sich über den Zaun, um den Hinterlauf des Tieres zu befreien.

Das Schaf wand sich und blökte erneut.

Braden hob eine Zaunlatte hoch, die heruntergefallen war und sich verklemmt hatte, und das Schaf war frei.

Es lief über den Hof und verschwand in der Nacht.

»Wir müssen dich ins Trockene bringen«, erklärte Braden, fasste sie bei der Hand und rannte mit ihr zurück zum Stall.

Was für ein guter, lieber Mann er war. Am liebsten hätte sie das hinausgeschrien, so froh war sie.

Sin hatte Recht gehabt. Braden war ihr Held.

Unterdessen öffnete er die Stalltür, sodass sie eintreten konnten.

»Du bist nass bis auf die Knochen«, fuhr Braden sie an, als sie erschauerte. »Was hast du dir dabei gedacht, als du nach draußen gegangen bist?«

Statt zu antworten, nieste sie.

Er nahm sich ein Plaid und wickelte sie darin ein. Dann drängte er sie zu der einzigen leeren Stallbox hinten bei den vier Reitpferden. »Jetzt schau, dass du aus den nassen Sachen herauskommst, ehe du krank wirst.«

Zu ihm auflächelnd nickte Maggie und trat hinter die Tür, wo sie vor den Blicken der Männer geschützt war. Sie hörte Bradens sich entfernende Schritte, schaute aber nicht, wohin er ging.

»Warum hast du sie nicht daran gehindert?«, wollte Braden von Sin wissen.

Maggie runzelte angesichts der unverhohlenen Wut in seiner Stimme die Stirn. Es passte nicht zu ihm, über irgendetwas verärgert zu sein, besonders, wenn es etwas so Belangloses wie ein kleiner Regenguss war.

»Ich habe mir nichts weiter dabei gedacht«, entgegnete Sin ruhig und gelassen.

»Das hättest du aber.«

»Beruhige dich erst einmal, Brüderchen. Dein Ton gefällt mir nicht.«

Braden knurrte.

Rasch streifte sie sich ihr nasses Plaid und das durchweichte Hemd ab, dann schlang sie die trockene Decke um sich. Sie stellte sich auf die Zehenspitzen, um einen der Männer zu bitten, ihr ein neues Hemd zu bringen, aber die Worte erstarben ihr auf den Lippen, als ihr Blick auf Bradens Rücken fiel.

Seinen *nackten* Rücken.

Ihr wurde der Mund trocken, als sie in dem Anblick seiner bloßen, gebräunten Haut schwelgte, die im Kerzenschein schimmerte. Sie hatte immer schon gewusst, dass Braden gut gebaut war, aber sie hatte nicht geahnt, was für einen schönen Körper er in Wahrheit besaß.

Bronzefarbene Haut spannte sich über Muskeln, bei deren Anblick ihr ganz warm wurde.

Von ihrer Bewunderung nichts merkend sprach er weiter mit Sin, ließ sein Plaid fallen und entblößte ihr so seine Kehrseite völlig.

Bei dem leichten Schwindelgefühl, das sie erfasste, fürchtete sie einen Augenblick, sie könnte ohnmächtig werden. Er war herrlich, einfach herrlich. Egal wie sehr sie sich bemühte, sie konnte ihren Blick nicht von seinen festen, goldenen Pobacken losreißen, die um die Liebkosung einer Frau zu flehen schienen.

Sie legte ihre Hand Halt suchend auf die Tür vor sich. Glühendes Verlangen durchströmte sie, während sie sich ausmalte, wie es sich anfühlen würde, wenn sie mit der Hand über sein Rückgrat und die festen Muskeln fuhr, diese schwach behaarten Schenkel berührte.

Ihre Brüste wurden schwer.

Dreh dich um, flehte sie innerlich und sehnte sich danach, ihn in seiner ganzen Pracht zu sehen.

Wenn er von vorne auch nur halb so gut aussah wie von hinten …

Braden schaute über die Schulter und ertappte sie dabei, wie sie ihn anstarrte. Maggie keuchte entsetzt auf, konnte aber den Blick nicht abwenden.

Statt wegen seiner unzureichenden Bekleidung verlegen zu werden, verzog Braden seinen Mund zu einem langsamen, unartigen Lächeln.

Maggies Gesicht lief flammend rot an, und sie duckte sich rasch in die Box. Lieber Himmel, er hatte sie ertappt.

Sie schlug die Hände vors Gesicht und wünschte sich, im Boden zu versinken.

Lieber Himmel, lieber Himmel!

»Brauchst du etwas?«, erklang Bradens spöttische Stimme.

»Ein Hemd«, rief sie ihm zu und wünschte sich, sie hätte es vorhin schon mit Rufen versucht. Warum nur, oh warum nur hatte sie die Brüder heimlich beobachtet?

Ein paar Minuten später reichte ihr Braden eines über die Boxenwand.

Das schurkische Grinsen auf seinem Gesicht erfüllte sie mit Argwohn. »Gibt es noch irgendetwas, das ich dir bringen kann?«, fragte er.

Den Blick abwendend schüttelte Maggie den Kopf. Sie würde ihm nie wieder in die Augen sehen können. »Danke, das ist alles.«

»Bist du dir sicher?«

»Ganz.«

»Wenn das so ist, dann … ich meine, ich könnte …«

»Mir geht es bestens«, erwiderte sie scharf und schnitt ihm das Wort ab. Dann jedoch beging sie den Fehler, zu ihm aufzuschauen.

Der neckende Ausdruck in seinen Augen raubte ihr den Atem. Der Schurke spielte mit ihr.

»Du sittenloser Schuft«, sagte sie, aber trotz größter Anstrengung konnte sie nicht verhindern, dass sich ihre Lippen zu einem Lächeln verzogen.

»Sittenlos?«, erkundigte er sich betont empört.

Während er seinen Blick über ihren Körper gleiten ließ, wurde sie sich nur allzu deutlich der Tatsache bewusst, dass sie nichts als ein dünnes, schwarzrotes Plaid trug, das sie sich um die Schultern geschlungen hatte. Gütiger Himmel, sie war praktisch nackt, und er stand ganz dicht vor ihr.

Verwirrt trat sie von einem Bein auf das andere. »Lässt du mich kurz allein, damit ich mich anziehen kann?«

Er betrachtete sie unter hochgezogenen Augenbrauen. »Ich weiß nicht recht. Eigentlich gefällst du mir so ganz gut.«

Sie hob das Hemd, um ihre bloßen Schultern zu bedecken.

Er lachte über diesen armseligen Versuch, ihre Blößen zu verhüllen. »Zieh dich an«, sagte er dann und kehrte ihr den Rücken zu.

Erleichtert aufatmend streifte sich Maggie hastig das Hemd über und verließ den Stall.

Ohne ein weiteres Wort oder einen Blick ging Sin an ihr vorbei und kletterte die Leiter zum Heuboden nach oben.

»Was tut er da?«, fragte sie Braden, als sie sich zu ihm stellte.

»Ich lasse euch beide allein«, ertönte Sins Stimme gedämpft von oben.

Braden legte seinen Kopf schräg und betrachtete die Holzbalken über ihren Köpfen. »Als ob das etwas ändern würde, wo wir doch wissen, dass du alles hörst, was wir sagen.«

»Aye, nun, das vielleicht schon, aber ich gucke nun einmal nicht gerne zu.«

Braden lachte, Maggie dagegen fand es nicht sonderlich lustig.

Sie hängte ihre nassen Sachen über die Tür zum Kuhstall.

Braden trat zu ihr, so dicht hinter sie, dass sie seine Nähe spüren konnte. Sie drehte sich um und entdeckte, dass er ein neues Plaid in der Hand hielt. Er nahm es und begann, ihr damit die Haare trockenzureiben.

Maggie stand wie angewurzelt da, während er mit seinen starken Händen das Tuch in kreisenden Bewegungen rieb. Ihr stockte der Atem. Schauer überliefen sie, als sie wieder an seinen nackten Rücken denken musste.

Jetzt wollte sie ihn küssen. Mehr als je zuvor.

Bis er sprach. »Verrat mir, warum du draußen warst.«

Sie riss die Augen auf, und er hörte auf, ihr das Haar zu trocknen.

Nicht willens, ihm zu verraten, welcher Schlechtigkeit sie ihn verdächtigt hatte, wich sie seinem forschenden Blick aus. »Es war nichts.«

»Nichts?«, wiederholte er ungläubig. »Hattest du etwa

plötzlich Lust auf einen kleinen Spaziergang, während es draußen wie aus Kübeln gießt?«

Er beugte den Kopf vor, bis er ihr in die Augen schaute. »Du bist gegangen, um mir nachzuspionieren, nicht wahr?«

Woher wusste er das?

Dass er aber auch ausgerechnet jetzt anfangen musste, scharfsinnig zu werden!

»Warum denkst du das?«, fragte sie ausweichend.

»War nur so eine Eingebung.« Ein seltsames Gefühl verdunkelte seinen Blick. Eines, das sie nicht beschreiben konnte, das aber verdächtig nach Schuldbewusstsein aussah. »Dachtest du, du würdest mich mit Tara erwischen?«

Ihre Wangen wurden warm. Sie kam sich so närrisch vor, dass sie je an ihm gezweifelt hatte. Aber sie erkannte auch, dass sie nicht davonkommen würde, ohne ihm zu sagen, weshalb genau sie in den Regen gegangen war.

Seufzend nickte sie. »Nun, du hast dir ja vorhin schon anmerken lassen, dass du an ihr Interesse hast.«

»Wie denn? Indem ich mit ihr gesprochen habe?«

»Nein, indem du mit ihr *geschäkert* hast.«

Er schaute sie entsetzt an. »Geschäkert?«

»Aye«, entgegnete sie, sich rechtfertigend. Schließlich hatte sie wegen seines Verhaltens Verdacht geschöpft. »Wie du eine Frau eben anschaust, so als sei sie die Einzige auf der ganzen Welt für dich, als hättest du Augen für keine andere.«

»Wirklich?«, fragte er, und sein Tonfall schwankte zwischen Stolz und Unglauben.

»Aye.«

»Und du meinst, das mache ich immer?«

Maggie versteifte sich. »Das weiß ich. Was denkst du, weshalb die Frauen so verrückt nach dir sind?«

»Mein blendendes Aussehen, natürlich.«

Oh, der Mann war unerträglich eingebildet. Sie konnte kaum glauben, dass sie ihm auch noch schmeichelte. Sie sollte stehen bleiben, doch aus irgendeinem Grund konnte sie das nicht. »Deine Brüder sehen alle blendend aus, doch ihnen sind die Frauen nie derart nachgelaufen wie dir.«

»Ich habe immer angenommen, das läge daran, dass ich im Gegensatz zu ihnen ein umgängliches Wesen habe.«

»Was du umgängliches Wesen nennst, ist in Wahrheit Schäkern. Und es ist nahezu unwiderstehlich.«

Er lachte so heftig, dass er sich verschluckte.

»Was ist?«, wollte Maggie wissen, die keine Ahnung hatte, was er daran so komisch fand.

Er beruhigte sich ein wenig. »Ich denke, dass es dir immer schon ganz gut gelungen ist, mir zu widerstehen.«

»Weil du nie mit mir geschäkert hast. Für dich könnte ich genauso gut ein Baumstumpf sein.«

Ihre Worte schienen ihn zu treffen. Eine tiefe Furche bildete sich zwischen seinen Brauen. »Wie bitte?«

»Es stimmt«, beharrte sie, auch wenn ihr die Kehle eng wurde, als ihre Erkenntnisse aus ihr hervorsprudelten. »Andere Frauen siehst du an, als könntest du sie bereits in deinen Armen spüren, aber mich *über*siehst du einfach. Es ist eine schreckliche Angewohnheit von dir, die mich schon immer gekränkt hat.«

»Hast du mich darum als Kind gebissen?«

Halt den Mund, Maggie!

Aber sie hörte nicht auf die warnende Stimme. Ehe sie es verhindern konnte, platzte sie mit der Wahrheit heraus. »Aye. Alles, was ich je wollte, war, dass du *mich* wahrnimmst.«

Er dachte darüber nach und stritt nicht gleich alles

rundweg ab. Als er sie wieder ansah, war sein Blick eindringlich. Forschend und beunruhigend. »Vielleicht habe ich dich falsch eingeschätzt, aber ich frage mich, ob du daran nicht ebenso schuldig bist wie ich.«

»Was meinst du damit?«

»Hast du mich jemals angeschaut und mich gesehen? Oder warst du wie die anderen und hast immer nur auf mein Äußeres geachtet? Ich wette, es war nicht mein Wesen, sondern meine Kehrseite, die du noch vor ein paar Minuten bestaunt hast.«

Maggie öffnete entsetzt den Mund, schloss ihn aber rasch wieder. Empörung erfasste sie. Wie konnte er es wagen, ihr so etwas zu unterstellen? Sie war keines dicser oberflächlichen Mädchen, die sich ihre Köpfe von einem wohlgeformten Körper oder ebenmäßigen Zügen verdrehen ließen. »Das ist absurd.«

»Tatsächlich? Wenn du mich so gut kennst, dann sag mir, was meine Lieblingsfarbe ist.«

»Grün«, erwiderte sie, ohne zu zögern. »Dunkelgrün. Die Farbe, die in fast allen Plaids vertreten ist, die du trägst.«

An seiner Miene konnte sie ablesen, dass sie ihn mit ihrer Antwort verblüfft hatte. Er konnte nicht glauben, dass sie das registriert hatte.

Dabei war das beileibe noch nicht alles. Ehe sie sich davon abhalten konnte, ratterte sie alles herunter, was sie über ihn wusste. »Dein Lieblingsessen ist Wildbraten mit Schmorkohl und Holunderkuchen. Du trinkst dunkles Ale, wenn du unter Männern bist, aber in Wahrheit magst du Gewürzwein lieber. Wenn du zu Hause bist, trinkst du immer einen Becher warme Milch mit Honig, ehe du zu Bett gehst. Deine Lieblingssage ist ›Deirdre von den Schmerzen‹, und auch wenn du es nie zugeben würdest und du stets versuchst uninteressiert auszusehen, wenn sie spielen, hörst du gerne fahrenden Minnesängern zu.«

Völlig entgeistert starrte er sie an. »Wieso weißt du das alles?«

»Weil ich dich schon mein ganzes Leben lang liebe.«

Kapitel 13

Braden wusste nicht, wer von ihnen beiden von ihrem Geständnis überraschter war. Sobald die Worte ihren Mund verlassen hatten, sah Maggie ihn entsetzt an.

Er selbst *war* entsetzt.

In der Tat konnte er sich weder rühren noch atmen, sondern starrte sie einfach an, während ihre Worte ihn innerlich zerrissen.

Eine Ewigkeit lang, so schien es ihnen, standen sie so da, etwa einen Fuß voneinander entfernt, während ihre Erklärung wie ein trennender Vorhang zwischen ihnen hing.

»Nein«, sagte er schließlich. »Du kannst mich nicht lieben.«

»Warum nicht?«, erkundigte sie sich, und ihre Stimme spiegelte dieselbe Pein wider, die in ihren bernsteinfarbenen Augen zu lesen stand.

»Weil es nicht geht.«

Ehe sie sich rühren konnte, drehte er sich um und verließ die Scheune auf der Suche nach einem Weg, mit dem eben Erfahrenen fertig zu werden.

Aber alles, woran er denken konnte, war der bohrende Schmerz in seiner Seele. Er wollte nicht, dass irgendeine Frau ihn liebte, wenigstens nicht für mehr als eine Stunde oder zwei.

Bei allen Heiligen, wie konnte das nur passieren?

Und warum?

Braden blieb vor dem Tor stehen, lehnte sich mit dem

Rücken gegen das verblasste Holz und legte sich eine Hand über die Augen. Der Regen fiel nicht mehr ganz so schwer wie vorhin, aber er war dennoch binnen kürzester Zeit durchweicht.

Immer wieder und wieder gingen ihm ihre Worte durch den Sinn. Sie liebte ihn. Liebte ihn und wusste Sachen über ihn, die keine andere Frau wusste, ja vermutlich noch nicht einmal seine Mutter.

Die ganze Zeit über hatte er sie ignoriert. Hatte ihr nicht die geringste Beachtung geschenkt.

Er konnte nicht sagen, was er schlimmer fand.

Ihre Qual fuhr ihm schneidend durch das Herz. Gefühle, die er nicht bestimmen konnte, drangen auf ihn ein. Lieber Gott, es fühlte sich an, als würde es ihn innerlich zerreißen.

»Braden?«, hörte er Maggies Stimme.

Er wisperte ein Stoßgebet, hin und her gerissen zwischen dem Wunsch, sie zu lieben, und so schnell wegzurennen, wie er nur konnte.

Ehe er sich entscheiden konnte, kam sie an seine Seite geeilt.

Braden schaute sie finster an und fluchte leise. »Frau, hast du nicht mehr Verstand, als gleich wieder nach draußen in den Regen zu rennen?«

Sie zog eine Augenbraue in die Höhe, verschränkte die Arme vor der Brust in einem armseligen Versuch, warm zu bleiben. »Dasselbe könnte ich dich fragen.«

»Man sollte doch meinen, du hättest begriffen, dass ich allein sein möchte.«

»Warum?«

»Weil ich es will. Und jetzt geh zurück ins Trockene.«

Trotzig hob sie ihr Kinn. »Ich gehe rein, wenn du das auch tust.«

Erbitterung machte sich in ihm breit. »Ich kann nicht glauben, dass du erwachsen geworden bist, ohne dass einer deiner Brüder dir deinen sturen Hals umgedreht hat.«

Sie zuckte noch nicht einmal mit der Wimper. »Die haben schlecht reden, da sie schließlich meine Lehrer waren. Und jetzt möchte ich eine Antwort von dir.«

Braden schloss die Augen, während er um Fassung rang. Er wusste nicht, was er tun oder sagen sollte. »Geh wieder rein.«

»Antworte mir erst.«

Wenn es nur so einfach wäre. Seine Gefühle waren ein wildes Durcheinander. Sein ganzes Leben lang war er geliebt worden. Jede Frau, die er kennen gelernt hatte, hatte ihm ihre unsterbliche Liebe zugeflüstert, während sie sich amüsiert hatten, aber am Ende hatten sie alle einen anderen geheiratet.

Mit sechzehn hatte er den Fehler begangen, Nera ingen Alward zu fragen, ob sie seine Frau werden wolle. Zwei Wochen später hatte sie sich mit Colum vermählt.

Ihre Begründung hatte er bis zum heutigen Tag nicht vergessen: *Braden, warum sollte ich dich heiraten? Du hast ein hübsches Gesicht, und du bist ein leidenschaftlicher Liebhaber, aber Colum hat mehr Geld, als du dir vorstellen kannst. Außerdem ist er oft auf Reisen, sodass du und ich viel Zeit füreinander haben werden.*

Er knirschte mit den Zähnen. Am Ende hatte er es ihr gezeigt. Neben seinem Vermögen heute erschien Colums im Vergleich wie ein armseliger Bettel. Trotzdem war die Wunde, die seinem jungen Herzen zugefügt worden war, nie vollständig verheilt.

Nein, Frauen waren flatterhafte, treulose Geschöpfe. Und anders als seine Brüder würde er nie ihren honigsüßen Lügen glauben.

Aber darin genau lag das Problem. Wenn solche Worte aus Maggies Mund kamen, *wollte* er sie glauben.

Warum das so war, konnte er nicht genau sagen. Er wusste nur, dass es das zerstören würde, was von seinem Herzen noch übrig war, wenn er herausfände, dass sie ein falsches Spiel mit ihm trieb.

Maggie kniff die Augen zusammen und schaute ihn finster an. »Mich nennst du dickköpfig, aber du stehst hier, eher bereit im Regen zu ertrinken, als mir eine einfache Frage zu beantworten.«

Fast gegen seinen Willen streckte Braden die Hand aus und legte sie ihr zärtlich auf die eiskalte Wange. »Du frierst.«

»Ich weiß.«

Diese ungerührte Antwort entlockte ihm ein kurzes Lachen. »Wenn du mich schon so lange liebst, warum hast du dann nie ein Wort darüber verloren?«

»Weil ich der Ansicht war, dass du es nicht hören wolltest.«

Maggie war viel zu scharfsinnig. Aber das war sie schon immer gewesen.

Ihr Blick wurde stumpf. »Schau, Braden, ich bin keine Närrin. Ich weiß, dass ich dich nicht haben kann. Ich weiß, dass du meine Gefühle nicht erwiderst, und ich wünschte, ich hätte nicht davon gesprochen. Unglückseligerweise kann ich meine Worte nicht zurücknehmen. Können wir nicht einfach vergessen, was ich gesagt habe, und wieder hineingehen, ehe wir uns beide den Tod holen?«

Braden nickte. Nicht aus Sorge um sich selbst – er hatte unter wesentlich schlimmeren Bedingungen überlebt –, sondern weil er nicht wollte, dass sie krank wurde. Den Gedanken, wie weit er gehen würde, um sie zu schützen, traute er sich nicht weiterzuverfolgen. In Wahrheit jagte ihm der Teil seines Wesens, wo seine Sorge für sie ihren Ursprung nahm, mehr Furcht ein, als alles andere es je getan hatte.

Zögernd fasste er sie am Arm und ging mit ihr in die Scheune zurück.

»Ratet mal, wer jetzt eine Weile nackt bleiben muss, weil alle Sachen nass sind?«, ertönte Sins Stimme vom Heuboden, als sie eintraten.

»Eigentlich«, erklärte Braden, während er sich den Regen aus dem Haar wrang, »wollte ich deine Sachen plündern.«

»Das habe ich mir schon gedacht.«

Braden reichte Maggie eines von Sins Plaids und ein Hemd.

Maggie nahm beides und zog sich rasch an einer nicht einsehbaren Stelle um. In ihrem Kopf stoben ihre Gedanken wild durcheinander. Warum hatte sie nur überhaupt davon angefangen? Und warum quälte es Braden so, von ihrer Liebe zu wissen?

Der Mann war ihr schon immer ein Rätsel gewesen, aber nie mehr als heute Nacht. Sollte Liebe nicht eigentlich glücklich machen?

Bei dem Gedanken verzog sie verächtlich die Lippen. Wann hatte ihre Liebe für Braden sie je glücklich gemacht? Die traurige Wahrheit lautete doch, dass diese Liebe ihr nur Leid gebracht hatte. Nichts als Leid.

Bedrückt schlang sie das Plaid um sich.

Als sie in die Mitte der Scheune zurückkehrte, entdeckte sie Braden, der lediglich notdürftig in ein Plaid gehüllt war, sodass seine bloße Brust im schwachen Licht der Lampe schimmerte. Ihr wurde die Kehle trocken.

Es würde eine sehr, sehr lange Nacht.

Ehe sie weiter darüber nachsinnen konnte, sprang Sin vom Heuboden herab. »Hoffentlich kann man das Scheunentor irgendwie verrammeln.«

Maggie runzelte die Stirn, verwirrt von seiner seltsamen Bemerkung und seinem befremdlichen Verhalten. »Warum?«

»Da kommt ein ganzes Geschwader zu allem entschlossener Frauen auf uns zu, und so wie es aussieht, könnte uns eine üble Szene bevorstehen«, erwiderte Sin auf seinem Weg zum Tor.

Die Furche zwischen Maggies Brauen vertiefte sich. Wovon redete er?

Braden fluchte, war vor seinem Bruder am Tor und begann eilig, nach einem Riegel zu suchen. »Das passt ja mal wieder herrlich zusammen!«, fluchte er leise.

»Es gibt keinen Balken, den wir vorlegen können«, erklärte Sin. »Das schlägt dem Fass den Boden aus!«

Noch verwirrter als zuvor starrte Maggie ihre beiden Begleiter an. Sie sahen aus, als stünde der Tod vor der Tür und sie hätten vergessen, um einen Priester und die Letzte Ölung zu bitten. »Es sind doch nur Frauen. Sagt ihnen einfach, dass ihr kein Interesse habt …«

»Dann setzen sie alles daran, uns umzustimmen«, fiel ihr Braden ins Wort.

Maggie verdrehte bei seinem schicksalsergebenen Tonfall die Augen. »Nein, das werden sie nicht. Ihr vergesst, dass ich eine Frau bin. Ich weiß, wie Frauen denken.«

»Und ich weiß, wie sie handeln«, entgegnete Braden, als er sich neben sie stellte. »Sie werden nicht eher gehen, bis sie bekommen haben, was sie wollen.«

Maggie lachte. »Du benimmst dich lächerlich, Braden. So unwiderstehlich bist du nun auch wieder nicht.«

Sein Blick durchbohrte sie. »Denkst du nicht? Dann

erklär mir doch bitte, warum Tara hierher unterwegs ist, nachdem ich ihr schon gesagt habe, dass ich kein Interesse an ihr habe.«

Bevor ihr eine Erwiderung darauf einfiel, stießen Seamus' drei älteste Töchter das Tor auf.

»Überraschung«, flötete Tara, stemmte sich die Hände in die Hüften und musterte sie. »Wir sind gekommen, es euch gemütlich zu machen.«

Kapitel 14

Sin zog sich in den hinteren Teil der Scheune zurück, möglichst weit von den Frauen fort.

Der Hab-ich's-dir-nicht-gesagt-Blick, den Braden ihr zuwarf, schien Maggie urkomisch, wenigstens bis die Jüngste der drei geradewegs mit schwingenden Hüften und einem einladenden Blick auf sie zukam, der alle Zweifel daran ausräumte, was *genau* die junge Frau wollte.

Sie wollte Maggie.

O *nein!* Sie sollte sich besser aus dem Staub machen, und zwar schnell.

Maggie ging rückwärts in den Verschlag hinter sich, stolperte aber und fiel hin.

»Ach je«, rief das Mädchen, beugte sich besorgt über Maggie und legte ihr eine blasse Hand auf die Stirn. »Habt Ihr ein Wehweh, das ich wegküssen soll?«

Die Lippen des Mädchens kamen ihr gefährlich nahe, während es seinen Busen gegen ihren Arm drängte.

Ihren Verstand nach einem Weg durchforstend, sich von der frühreifen Göre zu lösen, verzog Maggie angewidert die Lippen.

»Eh, nein«, sagte sie mit tieferer Stimme, während sie sich unter dem Mädchen hervorrollte. »Meinem Wehweh geht es bestens. Danke.«

»Meine Damen«, begann Braden und wich geschickt Taras ausgestreckten Armen aus. »Was würde Euer Vater sagen, wenn er Euch hier draußen erwischt?«

Tara folgte ihm.

Von Bradens Ausweichmanöver völlig unbeeindruckt lachte sie. »Oh, er würde Euch die Hölle heiß machen, ganz bestimmt. Aber er schläft. Nun«, erklärte sie, fasste nach seinem Plaid und zog ihn daran näher. »Wie wäre es mit einer neuerlichen Kostprobe deiner süßen Lippen?«

Braden duckte sich und entwand sich ihr mit einer geschickten Körperdrehung.

Maggie war abgestoßen. Nie in ihrem Leben hatte sie so etwas gesehen. Braden hatte Recht.

Mo chreach! Sie steckten in ernsthaften Schwierigkeiten.

Gerade als das junge Mädchen sich wieder an sie heranmachen wollte, wurde Maggie von zwei starken Armen gepackt und in Sicherheit gezogen.

In einer einzigen fließenden Bewegung hob Sin sie hoch, warf sie auf ein Pferd und versetzte dem Tier einen Schlag auf die Hinterflanke. Das Pferd wieherte schrill, dann galoppierte es durch das offene Tor aus dem Stall.

Außer sich vor Angst versuchte Maggie, das Tier unter Kontrolle zu bringen.

Das Pferd floh in den Wald, und Maggie zerrte an den Zügeln, was keinerlei Wirkung auf die Stute zeigte, die einfach weiter durch die Zweige brach, die an ihrer Reiterin zerrten und drohten, sie jeden Moment zu Boden zu reißen. Mit wild klopfendem Herzen beugte sich Maggie vor, klammerte sich an dem Pferdehals fest und betete, dass sie nicht stürzen und sterben würde.

Bestimmt gut fünf Minuten vergingen, ehe Braden und Sin sie eingeholt hatten und ihr Pferd zum Stehen brachten. Braden lehnte sich zu ihr herüber und nahm ihr die Zügel ab, während er sein eigenes Pferd gegen ihres drängte, sodass es langsamer werden musste. Ihr Herz pochte immer noch laut in ihren Ohren, während sie rasch ein kurzes Dankgebet für ihre rechtzeitige Rettung zum Himmel sandte.

»Geht es dir gut?«, erkundigte sich Braden besorgt.

Immer noch zu verängstigt, um sprechen zu können, atmete Maggie tief ein und nickte.

Braden tätschelte ihr beschwichtigend den Arm, dann wandte er sich mit einem wütenden Blick an seinen Bruder. »Mann, was hast du jetzt schon wieder angestellt?«

»Ich hab dir deinen verdammten Hintern gerettet. Was denkst du wäre geschehen, wenn sie herausgefunden hätten, dass Maggie kein junger Mann ist? Hättest du das erklären können?«

In Bradens Wange begann ein Muskel zu zucken. »Jetzt werden wir als Pferdediebe gehängt.«

Sin schüttelte den Kopf. »Ich habe mehr als das, was diese Schindmähren wert sind, in Gold dagelassen. Ihre Besitzer werden überglücklich sein.«

Maggie bemerkte, dass etwas von der Spannung aus Bradens Körper wich. »Dann danke.«

Sin richtete sich in seinem Sattel auf und betrachtete Braden voller Mitleid. »Weißt du, Brüderchen, ich habe das Gefühl, dass dein Leben die Hölle sein muss. Man kann dich nirgendwo mit hinnehmen, ohne dass die Frauen sich auf dich stürzen, als wärst du der letzte Bissen ihrer Henkersmahlzeit.«

Braden fuhr sich mit der Hand über den Hals. »Aye. Ich wünschte nur, du hättest früher etwas unternommen. Diese Tara hat Nägel wie die Krallen eines Falken. Ich könnte schwören, ich blute.«

Da verstand Maggie mit einem Mal, wie Braden in Wahrheit war. Er war kein gewissenloser Verführer, der sich an jede Frau heranmachte, die er traf. Eigentlich hatte er sich weiter nichts zu Schulden kommen lassen als ein bisschen harmloses Schäkern, und doch hatte Tara sich an ihn herangemacht.

Obschon sowohl er als auch Sin versucht hatten, es ihr beizubringen, begriff sie es erst jetzt.

»Wo sollen wir schlafen?«, fragte sie die Männer, während sie sich mit ihrer hastig von Sin zusammengerafften Habe am Sattel ihren Weg durch den finsteren Wald suchten. »Und was machen wir mit den Tieren?«

Braden antwortete ihr. »Da wir die Pferde nun einmal haben, sollten wir auf ihnen über das Land der MacDouglas reiten, bis wir zu viel Aufmerksamkeit erregen. Dann lassen wir sie einfach grasen. Was die nächtliche Finsternis angeht, hat jemand Probleme damit?«

Sin knurrte nur. »Jetzt willst du reiten? Wieso hast du nicht schon vor zwei Tagen daran gedacht, ehe ich mir meine Beine krumm gelaufen habe?«

Braden lachte. »Du solltest dankbar sein. Es ist besser, diese Gäule zu stehlen, als dein Schlachtross oder gar meinen Deamhan in Gefahr zu bringen.«

Sin musste ihm beipflichten.

»Wenn wir das hier doch nur schon hinter uns hätten«, bemerkte Maggie leise. Auf dieser Reise war einfach schon zu viel geschehen, und sie wünschte sich nur, die letzte Auseinandersetzung wäre bereits vorüber.

So ritten sie schweigend weiter.

Lange nach Mitternacht und nachdem es zu regnen aufgehört hatte, döste Maggie im Sattel ein.

Braden lenkte sein Pferd neben sie, sobald er das bemerkte. Aus Sorge, sie könnte aus dem Sattel rutschen und sich wehtun, zog er sie vor sich.

Sie erwachte mit einem Ruck.

»Sch«, beschwichtigte er sie. »Ich wollte nur nicht, dass du fällst. Schlaf wieder ein.«

Statt erbitterter Gegenwehr, auf die er gefasst gewesen war, nickte sie nur, bettete ihren Kopf an seine Brust und schlief gleich darauf ein.

Ihr Vertrauen erstaunte ihn. Aber nicht annähernd so sehr wie die seltsame Zärtlichkeit, die in seinem Herzen aufwallte, während er auf ihren rotgoldenen Schopf an seiner bloßen Brust hinabblickte. Ihr Atem kitzelte ihn ein wenig. Es kostete ihn seine ganze Selbstbeherrschung, nicht den Kopf zu senken und ihren Mund mit seinem zu bedecken. Mit der Hand fuhr er ihr durch die kurzen Locken.

Sein Körper erwachte jäh zum Leben und verlangte nachdrücklich nach ihrer Weichheit.

Zum ersten Mal war Braden dafür dankbar. Nach dem, was bei Tara geschehen war, hatte er sich zu fragen begonnen, ob vielleicht etwas mit ihm nicht mehr stimmte. Aber das Feuer in seinen Lenden bestätigte nur seinen Verdacht von vorhin. Es war Maggie, die er wollte. Und zwar Maggie allein.

Er schüttelte den Kopf.

Wer hätte je gedacht, dass er, Braden MacAllister, sich nach der kleinen unscheinbaren Maggie ingen Blar mitsamt ihren hässlichen Schuhen verzehren würde?

Heirate sie.

Die Worte schossen ihm durch den Kopf, so schnell, dass er sie fast überhört hätte. Einen Moment lang ließ er sich in Versuchung führen.

Aber es war unmöglich. Er weigerte sich, eine Frau zu heiraten, die er vielleicht sogar liebte. Das käme Selbstmord gleich.

»Was denkst du?«, fragte Sin ihn unvermittelt.

Erstaunt blickte Braden auf; Sin saß in seinem Sattel und betrachtete ihn. »Was soll das?«

»Du siehst irgendwie nachdenklich aus, und ich habe mich gefragt, welche Überlegungen dich quälen.«

»Wer sagt denn, dass mich etwas quält?«

Sin zügelte sein Pferd, sodass sie nebeneinander reiten konnten. »Oh, das weiß ich nicht. Vielleicht die Art und Weise, wie du Maggie an dich drückst und wie du sie ansiehst, als könntest du dich nicht entscheiden, ob du sie dichter an dich ziehen oder lieber vom Pferd schubsen sollst.«

Braden verabscheute es zutiefst, dass Sin in ihm lesen konnte wie in einem aufgeschlagenen Buch. »Du hast da eine unheimliche Fähigkeit, Bruder. Kein Wunder, dass deine englischen Freunde schwören, du hättest deine Seele dem Teufel verschrieben.«

Sin musterte ihn mit ausdrucksloser Miene. »Ein Mann muss erst einmal eine Seele haben, ehe er sie irgendwem verschreiben kann.«

Braden wurde still. Hinter dieser Bemerkung verbarg sich großer Schmerz, Jahre der Qual und des Leids. Sein Bruder hatte das Schlimmste, was das Leben zu bieten hatte, durchmachen müssen, es war wirklich ein Wunder, dass er daraus erstarkt hervorgegangen war. Für das, was Sin erlitten hatte, fühlte sich Braden schuldig. Die anderen Lairds hatten ihre jüngsten Söhne als Geiseln nach England geschickt. Eigentlich, wäre es gerecht zugegangen, hätte er fortgehen müssen und nicht Sin.

Selbst wenn er tausend Jahre alt würde, er würde sich nie damit abfinden, dass Sin an seiner Stelle nach England gebracht worden war.

»Besteht die Möglichkeit, dass du meiner Mutter je verzeihen kannst, was sie getan hat?«, erkundigte Braden sich schließlich.

Es war zu dunkel, um Sins Miene erkennen zu können,

aber Braden spürte Sins Hass fast körperlich. »Man sagt, alles wäre möglich. Da ich jedoch meiner eigenen Mutter nicht verzeihen kann, was sie getan hat, warum sollte ich dann deiner je vergeben?«

Braden schwieg. Er konnte jenen schicksalsträchtigen Tag ebenso wenig vergessen wie Sin. Den Tag, an dem König David zu ihrer Burg geritten gekommen war und einen Sohn als Pfand verlangt hatte, um Frieden mit den Engländern zu schließen. Alle fünf hatten vor Angst den Atem angehalten, sich der Tatsache bewusst, dass einer von ihnen würde gehen müssen.

Lochlan wollte gerade mutig vortreten, als ihre Mutter ihn plötzlich gepackt und zurückgezogen hatte. Sie hatte alle ihre vier Söhne zu sich gerufen, sodass Sin allein und verloren dastand. Abgesondert.

»Wenn du einen meiner Söhne nimmst, dann schwöre ich, setze ich meinem Leben ein Ende«, hatte ihre Mutter erklärt.

Sein Vater, der sie mehr als alles auf der Welt liebte, hatte nicht widersprochen. Bis zum heutigen Tag konnte Braden noch Sins entsetzte Miene sehen, als er begriff, was sein Vater tun würde.

Und warum.

»Mach schon, alter Mann«, hatte Sin ihm mit der Kühnheit der Verzweiflung entgegengeschleudert und die Hände zu Fäusten geballt. »Schick den Bastard zurück nach England, damit du deine schottische Hure in Ruhe verhätscheln kannst.«

Das hatte Sin eine schallende Ohrfeige eingebracht, unter der er rückwärts taumelte. »Keiner meiner Söhne beleidigt meine Frau«, hatte sein Vater erklärt.

»Dann bin ich keiner deiner Söhne.« Die Augen voller Wut und Verachtung hatte sich Sin wieder aufgerichtet und das Blutrinnsal aus seinem Mundwinkel abgewischt. Dann hatte er seinen Vater angespuckt.

Der hatte sich den Speichel fortgerieben und verächtlich die Lippen verzogen. »Du bedeutest mir nichts, Junge«, hatte er kühl erklärt.

Der Schmerz auf Sins Gesicht in dem Moment hatte sich auf ewig in Bradens Gedächtnis eingegraben. »Sag mir doch mal etwas, Alter, das ich nicht schon weiß.«

König Davids Männer hatten Sin ergriffen, und nur Braden und seine Brüder hatten aufgeschrien.

Sein Vater hatte sich bloß umgedreht und nach der Kinderfrau gerufen, um seine anderen Söhne auf ihr Zimmer bringen zu lassen.

Nicht ein Mal hatte sein Vater zu Sin zurückgeschaut oder je wieder seinen Namen erwähnt. Von jenem Tage an hatte sein Vater gelebt, als hätte es Sin nie gegeben.

Das hatte Braden ihm nie verziehen.

Es war jener Tag gewesen, als sein ältester Bruder gegangen war, dass Braden sich geschworen hatte, nie eine Frau zu lieben. Er würde es keiner Frau erlauben, ihm wichtiger zu werden als sein eigen Fleisch und Blut, er würde nie wegen der Rachsucht oder Eifersucht einer Frau seinen Sohn im Stich lassen. Aus diesem Grund war er in den letzten Jahren vorsichtig gewesen. Vorsichtig, kein Kind zurückzulassen, das für seine Taten büßen müsste. Er wusste von dem Albtraum, den Sin durchlebt hatte. Eher würde die Hölle zufrieren, als dass Braden es zuließe, dass ein Kind von ihm Ähnliches durchlitt.

Maggie murmelte leise etwas im Schlaf.

Braden drückte sie fester an sich. Sie war ihm ein Rätsel. Dass sie diesen dornigen Weg zum Wohl ihrer Brüder und dem der anderen Männer des Clans eingeschlagen hatte, verriet viel über sie.

Er ertappte sich dabei, dass er sich fragte, welche Wahl sie wohl getroffen hätte, wäre sie an der Stelle seiner Mutter gewesen. Hätte sie auch das Kind geopfert, das nicht von ihr war, oder hätte sie sich gleichermaßen vor sie alle gestellt?

Und was ändert das?

Wer will schon ernsthaft eine Ehefrau?

Aber tief in seinem Herzen, da wusste er, gab es ein winziges Stück von ihm, das sich wirklich nach einer Familie sehnte. Maggie hatte Recht. Er liebte die ausgeschmückten Geschichten der Barden, die von Frauen erzählten, die ihre Familien mit ihrem Leben verteidigten. Er wollte, dass dieser Traum wahr würde. Sein Traum von der vollkommenen Seelengefährtin, die nie mehr von ihm verlangen würde, als er zu geben imstande war. Eine selbstlose Frau, die nie seine Liebe oder sein Vertrauen verraten würde.

Zu seinem nicht geringen Erschrecken ertappte er sich dabei, wie er Maggie anschaute und sich überlegte, ob sie vielleicht diejenige sein könnte …

Du bist ein Narr, Braden MacAllister. Und ein verfluchter noch dazu.

Aye, das stimmte. Er hatte ihr schon entgegen aller Vernunft erlaubt, ihn auf ihr von vornherein zum Scheitern verurteiltes Unterfangen mitzunehmen, das sie aller Wahrscheinlichkeit nach alle das Leben kosten würde.

Eine Frau wie Maggie war für einen Mann wie ihn Gift.

Keine Frau war es wert, dass er ihretwegen sein Leben verlor. Jetzt nicht, und auch später nicht.

Noch nicht einmal Maggie.

Kapitel 15

Sie ritten die Nacht durch und auch noch einen Teil des nächsten Tages, ehe sie schließlich Rast machten.

Während die Männer die Pferde auf die eine Seite des rasch aufgeschlagenen Lagers führten, um sie abzureiben, bereitete Maggie ein spärliches Mahl aus dem Brot und dem Käse, den sie noch hatten.

Den ganzen Morgen lang hatten sie alle geschwiegen, ob nun wegen der ständigen Anspannung oder aus Müdigkeit, wusste sie selbst nicht. Braden war ihr gegenüber seltsam zurückhaltend und distanziert, was merkwürdig war, bedachte man, wie sanft er zu ihr gewesen war, solange sie in seinen Armen schlief.

Mehrere Male in der Nacht war sie aufgeschreckt, nur um festzustellen, dass er sie sicher in seinen starken Armen hielt. Einmal hatte sie sogar gespürt, dass er seine Wange an ihr Haar geschmiegt hatte, während er mit einer Hand ihr Gesicht zärtlich umfing. Nie hatte sie sich so geborgen gefühlt, so geliebt.

Aber als sie schließlich aufgewacht war, hatte er angehalten und sie wieder auf ihr eigenes Pferd gesetzt. Seitdem hatte sie das Gefühl, als hätte er eine Mauer zwischen ihnen errichtet. Fast als hätte er sich völlig von ihr abgeschottet.

Maggie mochte dieses Gefühl überhaupt nicht. Nicht ein bisschen.

Aber was soll's, fragte sie sich. *Morgen um diese Zeit wird alles vorüber sein, so oder so.*

Bei dem Gedanken verspürte sie einen plötzlichen Schmerz in der Brust. Aye, diese Reise würde morgen enden.

Morgen Abend konnten sie alle tot sein.

Sie, Sin *und* Braden.

Als die Wirklichkeit sie so brutal einholte, wurde Maggie mit einem Mal entsetzlich kalt. Sie stellte das Essen auf den Boden. Es konnte genauso gut sein, dass Robby MacDouglas sie einfach umbrachte, wie dass er ihr zuhörte. Vermutlich war Ersteres sogar wahrscheinlicher.

Das war eine ernüchternde Erkenntnis, zum ersten Mal, seit sie zu dieser Reise aufgebrochen war, begriff sie es wirklich. Es war gut möglich, dass heute ihr letzter Tag auf Erden war.

Mühsam um Atem ringend blickte sie sich um, als sähe sie die Welt mit neuen Augen. Sie sah die Schönheit der Tannen und Eichen und aller anderen Bäume um sie herum, wie ihre grauen und braunen Rinden sich von dem üppigen Grün des Waldes abhoben. Sie spürte das frische Gras, auf dem sie saß. Hörte das leise Wiegenlied aus Vogelgezwitscher und Insektensummen. Sie roch das helle Sonnenlicht, das ihre Haut wärmte und den Tau auf dem Heidekraut.

Die Welt war wirklich wunderschön.

Lieber Gott, sie wollte nicht sterben. Noch nicht. Sie hatte noch so viel zu tun!

Ungebeten fielen ihr gleichzeitig tausend Wünsche ein. All das, was sie in ihrem Leben hatte tun wollen, aber nie die Gelegenheit dazu hatte. Sie wollte wenigstens einmal Irland besuchen und den Hadrianswall im Süden Schottlands. Sie wollte ihren Kindern und Enkelkindern beim Spielen im Garten zuschauen, wie sie auf Schatzsuche oder Drachenjagd gingen oder sich zankten.

Sie hatte sich darauf gefreut, zu sehen, wie Anghus' kleiner Sohn zu einem Mann heranwuchs, ihn das Reiten zu lehren und mit ihm Beeren pflücken zu gehen. Sie hatte sich sogar gewünscht, dass Ian eine nette Frau fand und heiratete.

So vieles wollte sie tun, hatte sich auf so viel gefreut.

Jetzt war ihre Zeit auf Erden vielleicht schon so gut wie abgelaufen.

Dann blieb ihr Blick an Braden hängen, der gerade ihr Pferd losband, damit es grasen konnte, und sein eigenes abzureiben begann. Er hob eine starke Hand und strich sich eine dunkle Locke aus der feuchten Stirn.

Maggie erstarrte. Von allem, was sie sich für ihr Leben gewünscht hatte, war er das eine, das nicht zu haben sie am meisten bedauerte. Ihre vielen Träume, die sich um ihn rankten, die vielen Küsse, die sie sich ausgemalt hatte – an all das musste sie mit einem Mal denken.

Dann traf sie eine Entscheidung.

Nach all den Jahren ihres Lebens, die sie für andere da gewesen war, gab es etwas, das sie für sich tun wollte.

Wenn sie morgen sterben sollte, dann gab es eine letzte Sache, die sie sich wünschte. Eine Sache, deren Versäumnis sie nicht bedauern wollte.

Braden ließ die Pferde grasen. Er wollte gerade zu Maggie zurückgehen, als ihm auffiel, dass Sin mit dem Rücken gegen einen Baumstamm gelehnt dasaß. Er machte zwei Schritte auf ihn zu, ehe er merkte, dass sein Bruder tief und fest schlief.

Über diesen ungewöhnlichen Umstand lächelnd schüttelte Braden den Kopf. Sin war also doch menschlich. Es gab nämlich Zeiten, da er das ernsthaft bezweifelte.

Nicht willens, Sin zu stören, zwang sich Braden, an

Maggie vorbeizusehen. Aber es war schwierig. Er wusste, er musste den Abstand zwischen ihnen wahren, doch das war das Schwerste, was er je in seinem Leben zu tun versucht hatte.

»Während Sin schläft, werde ich baden«, sagte er und hob sein Bündel vom Boden auf.

Das musste der Neid Sin lassen. Sein Bruder hatte es geschafft, fast alle ihre Sachen zusammenzuraffen, ehe er sie aus den Klauen von Tara und ihren Schwestern befreit hatte. Aber rasches Handeln und schnelles Denken unter Druck waren Sins Spezialität.

Als Maggie nichts antwortete, wagte er einen Blick zu ihr. Sie saß reglos und schweigend da und schenkte ihm keinerlei Beachtung.

Zweifellos habe ich durch meine betonte Gleichgültigkeit heute Morgen ihre Gefühle verletzt. Bei diesem Gedanken erfasste ihn ein heftiger Schmerz, und innerlich fluchte er.

Er hätte nie mitkommen dürfen. Hätte sich nie freiwillig anbieten sollen, die Frauen aus der Kirche zu holen. Wenn er nicht so viel Zeit mit Maggie in den beiden vergangenen Tagen verbracht hätte, dann hätte er nie erfahren, wie viel sie ihm bedeutete. Er hätte sein ganzes weiteres Leben in seliger Unkenntnis leben können.

Mit einem Seufzer ging er zwischen den Bäumen hindurch zu dem Fluss, dessen Lauf sie gefolgt waren.

Er streifte seine Kleider ab und watete in die Fluten, aber noch nicht einmal die Kälte des Wassers konnte sein Verlangen für sie lindern. Genauso wenig wie es sie aus seinen Gedanken vertrieb.

Braden tauchte unter und gab sich größte Mühe, nicht an rothaarige Nymphen zu denken, die Männern ihre Seelen stahlen.

Maggie starrte blicklos in die Richtung, in der Braden verschwunden war. Ihre Hände bebten, während sie überlegte, was sie tun sollte.

Geh schon, drängte ihr Verstand sie. *Du hast dich doch bereits entschieden.*

Aye, das hatte sie zwar, aber sie musste ihren Entschluss noch in die Tat umsetzen. Und das bereitete ihr Schwierigkeiten. Sie wusste, Braden würde sie nicht abweisen.

Aber wie würde es ihre Beziehung verändern? Wenn sie erst einmal mit ihm intim geworden war, würde sie nie wieder zu ihrem alten Verhalten zurückkehren können.

Natürlich wollte sie nicht wirklich, dass sie für ihn wieder unsichtbar war.

Was also willst du?

»Ich will ein Wunder«, flüsterte sie.

Ein ausgewachsenes, allmächtiges Wunder. Sie wollte, dass Braden ihr gehörte. Und wenn sie das Treffen mit MacDouglas überlebte, dann wollte sie keinen Abschiedskuss und ihm hinterherwinken, wenn er zu einer anderen Frau weiterwanderte.

Und wenn du stirbst?

Sie zitterte noch mehr.

Mit geschlossenen Augen versuchte sie zu entscheiden, was sie tun sollte. Während sie angestrengt nachdachte, erschien vor ihr das Bild, wie er sie vorhin gehalten hatte. Sie konnte ihn spüren, konnte ihn riechen.

Schmecken.

Ihr ganzes Leben lang hatte sie ihn gewollt, ihn allein. Da erkannte sie die Stärke ihrer Liebe zu ihm. Nein, sie konnte nicht in ihr Grab steigen oder auch nur einen weiteren Tag ertragen, ohne sich dem Mann zu schenken, der ihr Herz besaß.

Selbst wenn es bedeutete, dass sie ihn am Ende ziehen

lassen musste, wollte sie doch wissen, was es hieß, ihn als Frau zu lieben.

Am ganzen Körper bebend erhob sie sich und eilte durch den Wald auf der Suche nach dem einzigen Mann, den sie je lieben würde.

Braden keuchte und fuhr sich mit den Händen durch sein nasses Haar. Es fühlte sich gut an, endlich wieder sauber zu sein. Er beugte sich vor, um sich das Gesicht zu waschen. Als er sich wieder aufrichtete, hörte er hinter sich ein Platschen.

Ehe er sich umdrehen konnte, schlangen sich zwei wohl geformte nasse Arme um seine Mitte und zogen ihn gegen zwei vollkommen gerundete Brüste, die sich verführerisch an seinen Rücken schmiegten.

»Braden?«

Beim Klang von Maggies Stimme erstarrte er, während sie mit ihren bloßen Brüsten zwei kreisförmige Löcher in die Haut auf seinem Rücken sengte. Er wollte etwas sagen, aber seine Kehle war so eng, dass er kaum Luft bekam.

»Würdest du es erlauben, dass ich dich liebe?«, fragte sie.

Ach, es war nur ein Traum! Es musste ein Traum sein.

Sicherlich würde seine Kleine nicht einfach …

Seine Gedanken zerstoben, als sie ihre Arme von seinem Bauch löste und um ihn herumging.

Lieber Himmel, war sie schön. Mehr als je zuvor.

Sein Blick glitt über ihren Körper, auf dem unzählige Wassertropfen glitzerten. Ihr feuchtes rotgoldenes Haar ringelte sich um ihr süßes sommersprossiges Gesicht. Die Tropfen auf ihren sahnigen nackten Schultern funkelten im Sonnenlicht wie Diamanten.

Aber am meisten faszinierten ihn ihre Brüste, die harten kleinen Spitzen, die um den Kuss eines Liebhabers flehten, um die Berührung eines Liebhabers.

In dem Moment wünschte er sich, dass das Wasser nicht so tief wäre, denn es ging ihr bis zum Bauchnabel. Er wollte mehr von ihr sehen.

»Maggie«, keuchte er. »Was …?«

»Psst!«, sagte sie und legte ihm einen Finger auf die Lippen. »Sag nichts, sonst ändere ich noch meine Meinung.« Sie verschlang ihn mit hungrigen, fast verzweifelten Blicken. »Und ich will meine Meinung nicht ändern.«

Braden wusste, er sollte sie zurückweisen. Das wäre ehrenhaft und anständig. Aber auf der anderen Seite hatten Ehrenhaftigkeit oder Anstand eigentlich noch nie zu seinen Stärken gezählt.

Ehe er sich zu einem Entschluss durchringen konnte, streckte sie die Hand aus und fuhr über seine Brust, über die harten Brustwarzen und kratzte ganz leicht mit ihren Fingernägeln darüber. Tausend Schauer durchfuhren seinen Körper, während er von innen nach außen in Flammen aufging.

Warum tat sie das?

Warum wollte sie einen Mann wie ihn haben? Es ergab einfach keinen Sinn. Sie nahm ihre Hand von seinen Lippen, neigte den Kopf vor, sodass sie seine Brustwarze in ihren Mund ziehen und sachte daran saugen konnte.

Braden stöhnte unter dem Wonnegefühl auf, das sie ihm mit Mund und Zunge bereitete. Dann tat sie das Unglaublichste überhaupt: Sie tauchte ihre Hand ins Wasser und umfasste ihn. Diese zarte, zögerliche Berührung ihrer Finger an seinem Schaft ging weit über das Körperliche hinaus. Es berührte ihn bis in seine unverbesserliche Seele hinein.

Ihm war schwindelig und ganz heiß, sodass er zu keinem klaren Gedanken mehr fähig war. Alles, woran er denken konnte, war nur noch, den quälenden Hunger nach ihr zu stillen, der unablässig an ihm nagte, seit sie sich ihm so trotzig an der Kirchentür in den Weg gestellt hatte.

Wie sehr er sie begehrte! Es überstieg sein Begriffsvermögen, er war so verzweifelt, dass es ihn bis tief in die Seele hinein erschütterte.

Ihr Gesicht sanft umfassend hob er ihren Kopf ein wenig, sodass er sie voll auf den Mund küssen konnte.

Sie seufzte, während sie weiter sein geschwollenes Glied mit einer Hand streichelte.

Unwillkürlich drängte Braden ihr seinen Unterkörper entgegen, überließ sich dem Spiel ihrer Finger, während er in ihrem Mund einen Vorgeschmack auf den Himmel kostete.

Maggie fürchtete, ohnmächtig zu werden, während ihr sein Geschmack, das Gefühl der seidigen Haut an seinem steifen Schaft zu Kopf stieg. Nie hätte sie sich träumen lassen, dass es sich so anfühlen würde. Braden war so hart und zugleich seltsam weich. Wie mit Samt überzogener Stahl.

Aye, sie wollte diesen Mann haben. Und wenn dies die einzige Art und Weise war, wie sie ihn haben konnte, dann würde sie die Chance ergreifen.

Für diesen Bruchteil der Ewigkeit gehörte er ihr, und sie würde ihn so lieben, wie sie es sich immer ausgemalt hatte.

Mit ganzem Herzen.

Für Zurückhaltung war kein Platz und für Ängstlichkeit auch nicht.

Sie würde nie wollen, dass ein anderer Mann sie so berührte, sie küsste oder in den Armen hielt. Braden war der einzige Mann, für den sie je entflammen würde. Zum Teufel mit ihren Befürchtungen.

Braden nahm sie auf die Arme und watete mit ihr zum Ufer. Er bettete sie auf das Plaid, das sie auf dem Boden für sie beide ausgebreitet hatte.

»Du hast alles genau geplant, was?«, erkundigte er sich amüsiert.

Maggie nickte.

»Und wenn ich abgelehnt hätte?«, fragte er.

»Das hätte ich nicht zugelassen«, flüsterte sie, dann schlang sie die Arme um seinen Hals und zog seinen Kopf zu sich herab für einen weiteren tiefen und befriedigenden Kuss.

Braden wollte sie nicht enttäuschen, während er ihren Mund plünderte. Sie seufzte beseligt und fuhr mit ihren Händen über seinen breiten Rücken.

Er war der Mann ihrer Träume, und sie würde dies hier genießen.

Unter ihren Händen spürte sie das Spiel seiner Muskeln, während er seine Brust an ihrer rieb. Er erregte sie, neckte sie und schenkte ihr ungeahnte Wonnen.

Himmel, fühlte sich dieser Mann gut an. Und er schmeckte sogar noch besser.

Ihr Held. Die Liebe ihres Lebens.

Wie sie sich wünschte, sie könnte ihn so auf ewig halten, an den Augenblick verloren, in dem es nur sie beide gab. Keine Vergangenheit, keine Zukunft. Nichts, was sie trennen könnte.

Es war vollkommen.

Er ließ von ihren Lippen ab und zog eine Spur aus Küssen zu der Kuhle an ihrem Halsansatz, wo er an ihrer Haut zart saugte, sie mit Zunge und Zähnen neckte. Maggie bog sich ihm entgegen, wand sich vor Lust unter ihm, während er sie überall am Körper streichelte, seine Hände über ihre Arme gleiten ließ zu ihrer Taille, wo er ihre Hüften mit den Händen umschloss.

Als er sich ihren Brüsten zuwenden wollte, hielt sie ihn auf.

Stirnrunzelnd hob er den Kopf.

»Das hier ist meine Phantasie«, erklärte Maggie mit einem leicht verlegenen Lächeln.

Dann rollte sie ihn auf den Rücken und setzte sich rittlings auf ihn.

Einen Moment lang genoss sie einfach nur das Gefühl seiner straffen Muskeln an der empfindsamen Stelle zwischen ihren Beinen. Es fühlte sich so herrlich an, wie seine Sehnen sich bei jedem Atemzug anspannten und wieder lockerten. Unwillkürlich drückte sie sich fester dagegen, worauf ihren Körper ein Wonneschauer überlief und sich Bradens Kehle ein Stöhnen entrang.

Alle Gefühle, die sie so lange unterdrückt hatte, stiegen wieder auf, und sie überließ sich ihren Träumen und Phantasien, all den Momenten in ihrem Leben, da sie sich ausgemalt hatte, er wäre ihr und ihrer Gnade ausgeliefert.

In diesem Augenblick gehörte er ganz ihr. Sie empfand ein seltsames Gefühl von Macht und fühlte sich gleichzeitig frisch und belebt. Er mochte sie am nächsten Morgen verlassen, aber er würde sie nicht vergessen.

Nie.

»Wie genau sieht diese Phantasie aus?«, fragte er, während er beobachtete, wie sie ihn beobachtete.

Ihr Lächeln wurde breiter. Sie beugte sich vor, aber statt ihn zu küssen, wie er es erwartet hatte, senkte sie ihre Lippen auf seinen Hals.

Braden atmete zischend aus, als sie ihn mit der Hitze

ihres Mundes versengte. Mit der Zunge fuhr sie über die Bartstoppeln an seinem Hals, neckte und quälte ihn mit immer neuen Wellen der Lust.

Es war so merkwürdig. Er konnte die Frauen kaum zählen, die das vor ihr mit ihm angestellt hatten, doch bei keiner von ihnen hatte er je dieses Gefühl von Richtigkeit verspürt, dieses Gefühl von Vollständigkeit.

Die Tatsache, dass er sie nicht von sich stoßen konnte, ängstigte ihn ungeheuer. Er brauchte das hier auf eine Art und Weise, die sich jeder Erklärung entzog.

Sie beugte sich weiter vor, sodass ihre Brüste gegen seinen Brustkorb gepresst wurden und er neuerlich erschauerte.

»Maggie«, stieß er schwer atmend aus und streichelte die weiche, glatte Haut auf ihrem Rücken.

Dann rutschte sie ein Stück weiter an ihm nach unten.

Langsam, gründlich bedeckte sie seine Brust mit ihren sengenden Küssen. Ihr Busen strich über seine Haut, badete sie in Lustgefühlen, während sie mit ihren Händen jeden Zoll seines Körpers erkundete.

Braden konnte sich nicht entsinnen, dass eine Frau je so kühn mit ihm gewesen war. Eine Frau, die Lust daraus bezog, ihm Lust zu bereiten. Es war unglaublich.

Jetzt begriff er, wie viel sie ihm bedeutete.

Mochten die Heiligen Mitleid mit seiner Seele haben. Was sollte er nur tun?

Stoß sie von dir.

Er würde lieber sterben, und doch wusste er, dass er sie würde verlassen müssen.

Denk nicht daran.

Nein, das würde er nicht. Er würde einfach die Augenblicke mit ihr genießen, leben ohne an morgen zu denken. Jetzt gab es nur sie beide, und er würde niemandem, noch nicht einmal sich selbst gestatten, sie auseinander zu bringen, zu zerstören, was sie miteinander erlebten.

Maggie genoss Bradens halb erstickte Laute der Lust. Eigentlich müsste es ihr peinlich sein, was sie hier tat, aber sie hatte sich entschieden. Wenn sie das hier tun wollte, dann ohne Vorbehalte.

Ehe dieser Tag zu Ende ging, wollte sie seinen Körper vom Scheitel bis zur Sohle kennen.

An dem Gedanken festhaltend senkte sie ihren Mund auf seine Hüfte. Braden schnappte nach Luft und erbebte.

Maggie lachte kehlig und setzte ihre gnadenlose Erkundung seines Körpers fort.

Wer hätte gedacht, dass ein so tapferer, starker Mann von einem einfachen Kuss niedergestreckt werden konnte?

Das Wissen verlieh ihr Macht und erregte sie nur noch mehr.

Er gehörte ihr.

Braden vergrub seine Hand in ihrem Haar und bekämpfte den Drang, die Situation an sich zu reißen. Bald schon würde er sie völlig ausfüllen dürfen. Für den Moment würde er sich damit bescheiden, ihr die Führung zu überlassen.

Aber das war schwer. Und wurde mit jeder Minute schwerer.

Sie machte eine Bewegung mit der Hand und umschloss sein schmerzhaft pochendes Glied. Dann senkte sie zu seiner Verwunderung den Kopf und nahm es in den Mund.

Braden erschauerte wieder, als er ihre Zunge fühlte. Er holte zischend Luft, während er beinahe ehrfürchtig auf ihren rotgoldenen Schopf zwischen seinen Schenkeln starrte.

Sie hatte keine Ahnung, was dieser Anblick ihm antat.

Ihre Selbstlosigkeit, ihre Freigebigkeit. Sie nahm nicht nur von ihm wie seine anderen Gespielinnen. Sie beteiligte sich, erlebte es mit ihm zusammen, so wie keine andere vor ihr.

Dafür liebte er sie.

Unfähig mehr zu ertragen, musste er sie jetzt einfach berühren, sie kosten.

Maggie schaute auf, als Braden sich ihr zu entziehen begann. »Braden?«

Er schenkte ihr ein lausbubenhaftes Lächeln und streckte sich neben ihr aus, sodass sich sein Kopf in Höhe ihrer Füße befand.

»Hör nicht auf«, bat er mit einem unartigen Funkeln in den Augen.

Ehe sie darauf etwas erwidern konnte, spreizte er ihre Beine und senkte seine Lippen dazwischen.

Maggie schloss die Augen und stöhnte auf, als sie seine Zunge in sich spürte.

Oh, es war unvorstellbar. Nie hatte sie so ungezügelte Leidenschaft erlebt. Sie wollte mehr davon und spreizte ihre Beine weiter. Erfreut erfüllte er ihr ihre wortlose Bitte.

Sie biss sich auf die Lippen und stöhnte kehlig, ehe sie sich wieder den Zärtlichkeiten zuwandte, die sie ihm erwiesen hatte.

Das gegenseitige Geben und Nehmen berührte sie tief. Himmlisch.

Und wenn sie die MacDouglas überlebten, dann würde sie darum kämpfen, diesen Mann zu halten. Egal, was es sie kosten mochte.

Sie war eine Kämpferin, würde immer eine Kämpferin sein, und sie würde nicht aufgeben. Nie. Nicht ehe er ihr mit Herz und Seele gehörte.

Braden erfasste ein leichtes Schwindelgefühl, als er wieder ihren Mund und ihre Zunge spürte. Er fasste sie an den Hüften, fuhr mit der Zunge über ihre Spalte und fühlte sie erschauern.

Sie war unglaublich. Wenn er daran dachte, dass er sie all die Jahre keines Blickes gewürdigt hatte …

Du warst ein Narr!

Aye, das ließ sich nicht leugnen.

Aber damit war nun Schluss. Er würde nie wieder blind gegen sie sein.

Sie nie wieder übersehen.

Wie Besitz ergreifend seine Gefühle für sie waren, das jagte ihm richtig Angst ein. Sie hatte sein Herz erobert wie keine andere Frau zuvor. So wie es keine andere Frau je könnte.

Sie alleine konnte ihn vernichten. Sie allein besaß Macht über seine Seele, unter dieser neu gefundenen Erkenntnis erbebte er.

Maggie konnte nicht glauben, was geschah. Wo sie den Mut hernahm, mit Braden Dinge zu tun, von denen sie gar nichts wusste. Aber es war wundervoll, erschütterte sie bis in ihre Seele. Es war so tiefgehend, so ergreifend, so unglaublich, dass sie nicht wollte, dass dieser Moment je verging.

Die Hitze seines Mundes versengte sie, während er abwechselnd an ihrem Fleisch vorsichtig nagte und saugte. Noch unglaublicher war das Gefühl seiner Finger in ihr. Er stieß sie in sie, zog sie wieder heraus, streichelte sie und begann wieder von vorn. Ihr Körper zuckte und wand sich unter seinen Liebkosungen.

Sie schloss die Augen. Es war zu viel. Gerade, als sie sicher war, sie würde vergehen, explodierte ihr Körper.

Maggie warf den Kopf in den Nacken und schrie vor

Lust auf, als sich die Welt um sie herum in einen Wirbel aus Farbe und Licht auflöste.

Nie, niemals hatte sie so etwas erlebt.

Immer noch folterte er sie mit seiner Zunge weiter.

»Braden«, seufzte sie.

Er lachte beinahe niederträchtig, ehe er sie auf den Oberschenkel küsste. »Ich bin noch nicht mit dir fertig«, sagte er in zugleich warnendem und neckendem Ton.

Er schob sich über sie. Maggie hob die Hände und vergrub sie in seinem Haar, während er ihre Schenkel mithilfe seiner Knie weiter spreizte.

Er senkte den Kopf und küsste sie auf den Mund, gleichzeitig stieß er sich tief in sie.

Maggie erstarrte, als Schmerz alle Lustgefühle verdrängte. »Braden?«

»Psst«, flüsterte er an ihren Lippen. »Wart ab.«

Er lehnte sich ein wenig zurück und berührte sie an der Stelle, wo sich ihr ganzes Sein zu konzentrieren schien. Schnell vergaß Maggie den Schmerz, während er sanft mit ihrem Körper spielte und ihre Lust steigerte.

Er war so umsichtig und gut. Von dem, was sie über Männer gehört hatte, wusste sie, dass es viele gar nicht kümmerte, ob sie einer Frau beim ersten Mal wehtaten oder nicht. Braden war da anders.

Und das war eine der Eigenschaften, die sie am meisten an ihm liebte.

Unwillkürlich rieb sie sich an ihm, trieb ihn tiefer in sich als zuvor.

Braden biss sich auf die Lippen, als er ihre Bewegung spürte. »Aye, Liebes«, sagte er und schloss die Augen, um die warme, enge Hitze ihres Körpers intensiver zu genießen. »Genau so.«

Sein Atem ging abgehackt und schwer. Er überließ ihr

die Kontrolle, als sie seinen Körper mit ihrem Unterleib molk.

Nie zuvor hatte er so etwas empfunden.

Die Augen öffnend sah er das Erstaunen auf ihrem Gesicht. Aye, es gefiel ihr, die Führung zu übernehmen.

Stets bereit, ihr zu Gefallen zu sein, rollte sich Braden auf den Rücken, ohne sie zu verlassen.

Maggie seufzte, als sie entdeckte, dass sie nun auf ihm lag. Sie schaute ihn voller Ehrfurcht an, fühlte ihn tief in sich, zwischen ihren Schenkeln.

In seinen dunklen Augen stand ein zärtlicher Ausdruck, als er mit den Händen ihre Brüste umfasste. Sie legte ihre eigenen darüber, dann hob sie sich an, sodass sein Glied ein Stück aus ihr herausglitt.

»Aye«, stöhnte er. »Genau so!«

Dann begann er wieder die Stelle zwischen ihren Beinen zu streicheln, während sie ihn hart und schnell ritt.

Diesmal erreichte er gemeinsam mit ihr den Höhepunkt.

Befriedigt und ermattet streckte sich Maggie auf ihm aus und genoss ganz einfach das Gefühl seiner Arme um sich herum, während ihre Löckchen in seinem Atem wehten.

Braden legte den Kopf in den Nacken, erschüttert von dem eben Erlebten. Er hatte gewusst, dass sie wie ein Feuerball sein würde, aber nie hätte er sich das wahre Ausmaß ihrer Leidenschaft träumen lassen.

Er hatte noch nicht genug.

Wenn sich überhaupt etwas geändert hatte, dann wollte er sie jetzt mehr als je zuvor. Denn nun, da er ihre Liebe erfahren hatte, wusste Braden, dass sie ohnegleichen war.

Das jagte ihm eine Heidenangst ein.

Maggie hob schließlich den Kopf, um auf ihn herabzusehen.

»Ist etwas nicht in Ordnung?«, fragte sie, die Brauen besorgt zusammengezogen.

»Nein«, flüsterte er und strich ihr besänftigend über den Rücken. Das war nicht wirklich gelogen.

Denn in Wahrheit war nichts je mehr in Ordnung gewesen.

Glelichzeitig war nichts je weniger in Ordnung gewesen.

Kapitel 16

Während sie sich wieder anzogen, konnte Maggie Bradens Anspannung spüren; sie ging ihr unter die Haut, dabei wollte und konnte sie es nicht einfach belassen.

»Braden«, sagte sie, damit er sie ansah. »Ich will, dass du weißt, ich bereue nichts.«

Seine Miene wurde noch grimmiger als zuvor. Sie konnte die Antwort »ich schon« in seinen Augen deutlich lesen.

Schweren Herzens wandte sie ihm den Rücken zu.

So war es dann also. Er empfand wirklich nichts für sie und würde sie am liebsten einfach vergessen.

In dem Augenblick wünschte sich Maggie, sie wäre im Lager geblieben. Sie sollte …

»Maggie«, begann Braden und zog sie in die Arme. »Ich bin nicht böse auf dich«, flüsterte er. »Ich ärgere mich über mich selbst. Ich hätte dich nicht nehmen sollen. Das war nicht recht von mir.«

Er legte einen Finger unter ihr Kinn, sodass er ihr in die Augen sehen konnte. »Warum bist du zu mir gekommen?«

»Weil ich dich wollte.« Sie hob die Hand und berührte ihn an der Wange. »Ich verlange nichts von dir im Gegenzug, Braden. Ich erwarte nicht, dass du mich anders behandelst als vorher. Ich war einfach neugierig, und jetzt weiß ich es.«

Braden biss die Zähne zusammen. Das Problem bestand

darin, dass er es jetzt auch wusste. Sein Körper reagierte schon wieder auf ihre beiläufige Berührung, den Duft ihres frisch gewaschenen Körpers, ihre Nähe.

Er wollte sie immer noch.

Am liebsten würde er sie gleich noch einmal nehmen.

Das machte ihm Angst. Machte ihm mehr Angst, als irgendetwas sonst es je getan hatte. Er würde lieber nackt in die Schlacht gegen eine ganze englische Garnison ziehen als ihr so gegenüber stehen.

Wenn er nur wüsste, ob er ihr trauen konnte.

Du könntest es versuchen.

Wie einfach das klang. Aber die möglichen Folgen waren zu schwerwiegend.

Keine Frau war den Preis seines Lebens wert. Das war die Überzeugung, nach der er lebte, und die würde er nicht aufgeben.

Maggie sah, dass sich ein Schatten über seine Züge legte. Er traf eine Entscheidung, das spürte sie. Von der Anspannung seines Körpers her zu urteilen, verhieß es nichts Gutes für sie oder ihr Herz.

Das hast du doch bereits geahnt.

Ja, das hatte sie. Jetzt war es an der Zeit, ihre Würde zu wahren. Sie erhob sich auf die Zehenspitzen, drückte einen zärtlichen Kuss auf seine raue Wange.

»Danke«, flüsterte sie ihm ins Ohr, dann trat sie aus seiner Umarmung, kehrte ihm den Rücken und ging zum Lager zurück.

Braden schloss die Augen, als eine Welle des Schmerzes über ihn hinwegspülte. Er verstand, was sie meinte, und es zerriss ihn innerlich, dass er nicht der Mann war, den sie verdiente.

Er blieb stehen, hob das Plaid vom Boden auf und faltete es. Bilder drangen auf ihn ein. Bilder davon, wie sie nackt auf ihm gelegen hatte, während sie sich ihrer Vereinigung hingab.

Sie war großartig.

Er war ein Idiot. Ein riesengroßer, eingebildeter Idiot, den ihre Brüder einer nach dem anderen gehörig durchprügeln sollten.

Mit einem Seufzen drehte er sich um und versuchte nicht länger daran zu denken, während er zum Lager zurückging.

Die Nacht verstrich zäh für Maggie, die nicht richtig schlafen konnte. Die ganze Zeit drehte sie sich von der einen auf die andere Seite, während sie sich den Kopf auf der Suche nach den passenden Worten für Robby MacDouglas zerbrach.

Noch schlimmer war allerdings, dass Träume von Braden sie abwechselnd verfolgten und verführten. Der entsetzlichste Traum war der, in dem der Laird der MacDouglas sein Schwert zog und Braden damit durchbohrte, während sie hilflos daneben stand und es nicht verhindern konnte.

Sie wachte am Morgen schweißgebadet auf, mit zitternden Händen und ein Stoßgebet noch auf den Lippen.

»Geht es dir gut?«, erkundigten sich Braden und Sin gleichzeitig, während sie sich aufrecht hinsetzte.

Mit wild klopfendem Herzen konnte sie nur nicken. Doch das war eine Lüge, und sie wussten es beide. Es ging ihr nicht gut. Sie war außer sich vor Angst und Sorge.

Alles ruhte auf ihren Schultern. Wenn sie versagte, würden sie es alle drei mit dem Leben bezahlen müssen.

Den ganzen Morgen lang konnte sie die Furcht nicht abschütteln.

Nach einem kargen Frühstück ritten sie den Morgen

hindurch bis in den Nachmittag, hielten Ausschau, ob jemand sie auf den Pferden entdecken und zur Rede stellen würde. Doch das Glück blieb ihnen hold, und sie begegneten niemandem.

Tatsächlich war es fast schon unheimlich, dass sie niemandem in den saftig grünen Feldern bei der Arbeit oder auf den Wegen begegneten, als sie über das Land der MacDouglas zur Burg des Clans ritten. Es kam ihnen fast so vor, als wäre die Welt untergegangen und sie die einzigen Überlebenden.

Als sie dem Ziel ihrer Reise so nahe gekommen waren, dass sie es mühelos zu Fuß erreichen konnten, ließen sie die Pferde auf einer kleinen Wiese zum Grasen zurück.

»Meinst du, sie sind noch hier, wenn wir wieder heimreiten wollen?«, fragte Maggie Braden, der gerade das letzte der drei Pferde von Zaumzeug und Zügeln befreite.

»Das wird sich zeigen«, erwiderte Braden nur, während er mit Sin zusammen Sättel und Zaumzeug im Unterholz verbarg.

Maggie nickte; ihr war nicht entgangen, dass er nicht erwähnte, was geschehen würde, sollte sie versagen.

Es muss einfach gut gehen, versuchte sie, sich Mut zu machen. Sie nahmen ihre Bündel und stiegen den steilen Berghang hinauf, wo die Burg und damit auch ihr Schicksal lag.

Sie durfte nicht versagen. Nicht solange Bradens Leben von ihrem Erfolg abhing.

Es war ein paar Stunden vor Einbruch der Dämmerung, als sie schließlich die Steinmauern erreichten, die die Festung der MacDouglas umgaben.

Seit William Rufus in England geherrscht hatte, hatten diese Mauern die MacDouglas vor ihren Feinden geschützt. Niemand hatte die Veste je eingenommen, sie erfolgreich belagert oder einen Laird der MacDouglas als Geisel nehmen können.

Niemand ... bis zu dem Moment, da Maggie sich mit der Burgherrin verbündet hatte und Ceana MacDouglas mit ihren Frauen die Männer aus der Burg vertrieben hatte.

Trotz allem verspürte Maggie einen Anflug von Stolz, dass sie das zustande gebracht hatte, als sie das Lager entdeckte, das die Männer vor den Burgmauern aufgeschlagen hatten, während oben auf den Wehrgängen die Frauen patrouillierten und sich über sie lustig machten. Es war ein wunderlicher Anblick. Etwas, das sie hoffte, einmal ihren Enkelkindern erzählen zu können.

Als sie sich dem Lager näherten, sah Maggie, dass die Männer ihre Zelte verlassen hatten und sich um einen von ihnen scharten. Dem Aussehen des Lagers nach schien Ceana MacDouglas nach Maggies Aufbruch wenig Zeit verschwendet zu haben, ihren Gatten mitsamt seinen Männern aus der Burg auszusperren. An deren mürrischen Mienen ließ sich mühelos ablesen, dass sie Maggies Belustigung in keiner Weise teilten.

Braden hielt sie fest, sodass sie stehen bleiben musste, als er MacDouglas entdeckte.

Kaum dreißig Jahre alt sah Robby MacDouglas fast so gut aus wie die MacAllisters.

Er war ein weithin geachteter Laird im besten Mannesalter und ein gefürchteter Krieger. Breitschultrig und ebenso groß wie Braden konnte der Mann selbst einen Dämon einschüchtern.

Sein rötlich blondes Haar passte gut zu seinen hellblauen Augen. Seine Körperhaltung verriet, dass er dazu geboren war, andere zu befehligen. Er hielt sich gerade und aufrecht, das Kinn gereckt.

Maggie fühlte, wie ihr die Beine vor Angst schwach wurden. Jetzt, da ihre Stunde gekommen war, verließ sie der Mut.

Was für eine selbstgefällige Angeberin ich doch bin, dachte sie voller Reue, während sie beobachtete, wie der Laird der MacDouglas seine Männer herunterputzte.

Wie um alles auf der Welt sollte sie sich je trauen, sich einem so großen, Angst und Schrecken verbreitenden Mann in den Weg zu stellen?

Genau das musste sie jetzt tun.

Lauf, befahl ihr Verstand. *Lauf, bevor es zu spät ist*.

Doch das konnte sie nicht. Nie in ihrem Leben war sie ein Feigling gewesen, und das hier war weder die Zeit noch der Ort, einer zu werden.

Ha, widersprach ihr Verstand. *Das hier ist der beste Zeitpunkt überhaupt, um Feigheit zu entwickeln*.

Maggie weigerte sich zuzuhören. Tief Luft holend, trat sie vor, erstarrte aber, als sie die Worte hörte, die Robby MacDouglas zu der Menge sprach: »Ich gebe demjenigen eine Kiste Gold, der mir Maggie ingen Blars Kopf auf einer Pike bringt! Ich schwöre, ich teile lieber mit dem König von England mein Brot, als mit dieser pferdegesichtigen, schleimigen Kröte im selben Land zu leben!«

Maggies Herz klopfte heftiger, und einen Moment lang fürchtete sie, sie würde doch auf dem Absatz kehrtmachen und weglaufen.

Sin beugte sich vor und flüsterte ihr ins Ohr: »Worauf wartest du? Geh und erzähl ihm, wie falsch es ist, die Fehde nicht zu beenden.«

Entsetzt starrte Maggie ihn an. Sie konnte an der Angelegenheit nicht das Geringste witzig finden.

Braden schnitt eine Grimasse und zog sie beiseite. Ehe er jedoch sprechen konnte, wurde es im Lager still. Ein

Pferd samt Reiter kam den Hügel von der Burg hinab in den Kreis aus Zelten galoppiert.

Die Männer verteilten sich, sodass Maggie den Reiter sehen konnte, der halb über den Hals des Schimmels gebeugt im Sattel hing.

Er war von oben bis unten bedeckt mit …

Tropfte er?

Stirnrunzelnd machte Maggie einen Schritt vor, nicht ganz sicher, ob sie ihren Augen und dem, was sie zu sehen meinte, trauen durfte.

Das Pferd blieb stehen, und der Reiter schaute seinen Anführer an, als wäre ihm schlecht. Als er sich in den Steigbügeln aufstellte, gab es ein seltsam schmatzendes Geräusch, und als er sein Bein über den Rücken schwang und abstieg, hinterließ er bei jedem Tritt einen schillernden Film. Er schlurfte auf seinen Laird zu, während Fliegen und andere Insekten um ihn herum summten.

»Sie haben mich mit Honig übergossen«, erklärte der Reiter an die Gruppe gewandt und schüttelte die Arme, sodass die klebrige Flüssigkeit in alle Richtungen spritzte. Mehrere Männer fluchten, als sie von Honigtropfen getroffen wurden.

Mit grimmiger Miene rief der Reiter: »Die Weiber haben mich von Kopf bis Fuß mit Honig begossen. Haben gesagt, sie würden Kohlköpfe nach dem Nächsten von uns werfen, der sich vors Tor wagt.«

Maggie hielt sich rasch die Hand vor den Mund, um nicht laut aufzulachen.

Robby MacDouglas fluchte. »Hast du ihnen gesagt, du wärest da, um einen Waffenstillstand auszuhandeln?«

»Aye, Mylord. Die Lairdess lässt ausrichten, es gäbe keinen Waffenstillstand, ehe Ihr nicht Hand in Hand mit Lochlan MacAllister vor dem Tor steht.«

Neben dem Fluch, den Robby MacDouglas nun hören ließ, erschien der von eben geradezu lächerlich zahm.

»Mylord«, meldete sich Braden plötzlich zu Wort.

Maggie starrte ihn an, und Eiseskälte erfasste sie. Was dachte er sich nur?

Mit klopfendem Herzen beobachtete sie schweigend, wie Braden die kurze Strecke mit ausholenden Schritten zurücklegte und direkt vor dem Todfeind seiner Familie stehen blieb.

Wie um Himmels willen konnte er nur so ruhig und gefasst sein, während es sie all ihre Kraft kostete, nicht ohnmächtig zu werden?

Robby MacDouglas bedachte Braden mit einem feindseligen Blick. »Wer seid Ihr? Ich kenne Euch nicht.«

Die Stille war ohrenbetäubend.

Braden nickte Robby MacDouglas zu – dem Mann, der geschworen hatte, ihn und seine Brüder unter die Erde zu bringen.

Braden konnte nicht glauben, dass er das hier tat. Es musste eine besondere Ecke in der Hölle für solche Narren wie ihn geben. Er hoffte nur, dass es noch ein paar Jahre dauern würde, ehe er herausfand, ob das stimmte.

In der Zwischenzeit musste er nun einen Weg finden, die Lage zu entschärfen, ehe sie von den Männern an Ort und Stelle niedergemetzelt oder von den Frauen am Burgtor mit Kohlköpfen gesteinigt wurden.

»Nein«, pflichtete Braden Robby MacDouglas also in unbekümmertem Ton bei und hoffte damit, das Misstrauen des Lairds zu beschwichtigen. »Ihr kennt mich nicht. Ich bin nur ein umherziehender Bänkelsänger, aber ich denke, ich könnte hierbei vielleicht behilflich sein.«

Braden konnte es sich gerade noch verkneifen, über seine eigene Bemerkung abfällig zu schnauben.

Wie, zur Hölle, schaffte er es nur immer wieder, in solche Situationen hineinzugeraten?

Bei der Gottesmutter Maria und allen Heiligen, kannst du deinen Mund mal eine Minute lang geschlossen halten? Warum musst du dich immer mitten in das Kampfgetümmel stürzen?

In Robbys Augen spiegelten sich Bradens eigene Zweifel an seiner Fähigkeit, die Lage zu meistern. »Könnt Ihr das? Was bringt Euch auf den Gedanken?«

»Ich denke, ich und meine Brüder könnten versuchen, mit den Frauen zu reden.«

Die Männer um sie herum brachen in schallendes Gelächter aus, manche höhnten sogar lauthals.

Der mit Honig bedeckte Mann drehte sich zu Braden um und musterte ihn ungläubig. »Wollt Ihr etwa so aussehen wie ich?«

Braden zuckte die Schultern. »Es gibt Schlimmeres als einen Honigguss, und ich bin schon mit härteren Sachen als Kohlköpfen beworfen worden. Aber ich denke, meine Brüder und ich könnten die Frauen vielleicht zur Vernunft bringen.«

Immer noch lachend stemmte sich Robby MacDouglas die Hände in die Hüften und schüttelte den Kopf. »Wenn Ihr Lust habt, es auszuprobieren, dann habe ich Lust, zuzusehen, wie Ihr auf die Nase fallt. Geht nur, und Gottes Segen mit Euch.«

Braden nickte und bedeutete Maggie und Sin, zu ihm zu kommen.

»Also gut«, flüsterte Braden Maggie zu, während sie langsam zum Burgtor gingen. »Das hier ist deine Chance. Du musst Lady MacDouglas dazu bringen, auf dich zu hören.«

»Und wenn sie das nicht will?«

Er wechselte einen entschlossenen Blick mit Sin. »Dann verzeihst du mir hoffentlich, was ich werde tun müssen, um das hier zu beenden.«

Ihr bestürzter Gesichtsausdruck drückte ihm schier das Herz ab. Er wollte ihre Sorgen nicht noch vermehren, aber sie waren zu weit gelangt, um wieder umzukehren. Sie musste Erfolg haben.

Während sie sich so dem Tor näherten, kam ein Kohlkopf auf Braden zugesegelt, dem er erst in letzter Sekunde durch ein geschicktes Ducken ausweichen konnte.

Die alte Frau, die ihn geworfen hatte, rief von ihrem Platz auf der Wehrmauer herab: »Wir haben euch Männern doch gesagt, wir …«

»Halt!«

Maggie erkannte die Stimme von Ceana MacDouglas.

Die Lairdess schaute – wie es schien – eine Ewigkeit auf sie herab. Nach einer langen Minute verließ sie die Mauer, und Maggie konnte das Klappern ihrer Absätze auf den Holzstufen hören, als sie die Treppe auf der anderen Seite hinabstieg.

Ein paar Sekunden später rasselte und knirschte ein Schloss, dann öffnete sich eine schmale Pforte an der Seite des Haupttores und eine schöne Frau, vielleicht ein oder zwei Jahre älter als Maggie, steckte ihren Kopf heraus. Die Lairdess der MacDouglas sah wie ein Engel aus; ihr goldenes Haar hatte sie zu Zöpfen geflochten und um ihren Kopf aufgesteckt. Das schwarzblaue Plaid, das sie trug, betonte die sahnige Farbe ihrer hellen Haut und ließ ihre blauen Augen leuchten.

»Maggie, bist du das?«, fragte Ceana MacDouglas.

»Aye«, erwiderte Maggie. »Dürfen wir hineinkommen?«

»Aye«, sagte Ceana und trat in die Sicherheit der Burg zurück.

Eine Frau von etwa vierzig Jahren, die ihren Besen wie ein Schwert hielt, öffnete die Tür gerade weit genug, dass Maggie und ihre zwei Begleiter hindurchtreten konnten, ehe sie sie wieder ins Schloss warf und verriegelte.

Ceana machte einen Schritt vor und nahm Maggies Hand in ihre. Ihre Wangen waren gerötet, und ihre Augen strahlten glücklich. »Ist es vorbei?«, erkundigte sie sich hoffnungsvoll.

Maggie schüttelte den Kopf. »Nein, leider nicht. Es ist schlimmer geworden. Die Männer meines Clans sind bereit, unseren Laird zu töten, falls er nichts unternimmt, und er weigert sich, etwas zu unternehmen, ehe dein Ehemann nicht einwilligt, nicht länger seinem Bruder nach dem Leben zu trachten.«

Ceana ließ Maggies Hand los, und alle Fröhlichkeit verschwand aus ihrem Gesicht. »Heilige Gottesmutter Maria«, hauchte sie entsetzt. »Was sollen wir jetzt nur tun?«

»Ich weiß es nicht«, flüsterte Maggie. »Ich bin dieses Blutvergießen so leid, aber ich fürchte, die Männer haben diesmal gewonnen.«

»Mylady?«, sagte Braden und lenkte so die Aufmerksamkeit auf sich. »Wisst Ihr etwas, das Euren Gatten dazu bewegen könnte, die Fehde zu beenden?«

Ceanas Miene wurde kühl und verärgert. »Nein. Er liebt einzig und allein diese Hexe und nichts und niemand anderen.«

»Warum hat er dich dann geheiratet?«, wollte Maggie wissen, bereute ihre Frage aber augenblicklich.

Ceana schien nicht im Mindesten beleidigt, sondern antwortete in teilnahmslosem Ton: »Wegen meines Geldes und weil seine Mutter darauf bestand, dass er sich eine Frau nimmt.«

»Seine Mutter?«, fragte Braden. »Ist sie hier?«

»Ich stehe direkt hinter Euch, Ihr junger Hund, mit einem Besen in der Hand, um ihn auf Eurem Rücken tanzen zu lassen, solltet Ihr eine falsche Bewegung machen.« Sie musterte ihn von Kopf bis Fuß. »Denkt ja nicht, ich wäre so alt, dass ich nicht wüsste, was ein junger Kerl wie Ihr im Schilde führt.«

Braden drehte sich langsam um und erblickte die Frau, die sie eingelassen hatte.

Agnes MacDouglas sah für ihr Alter jung aus. Ihr erdbeerblondes Haar wies nur vereinzelt feine graue Strähnen auf, und ihre blauen Augen waren scharf und funkelten so lebendig wie bei einer etwa halb so alten Frau.

Sie stellte den Besen auf den Boden und hielt den Stiel mit einer Hand, wie ein Soldat einen Speer, stemmte sich die andere in die Hüfte und betrachtete ihn aus zusammengekniffenen Augen.

»Ich habe meinem Robby-Jungen gesagt, dass die Frau eine hinterlistige Schlange ist, als ich sie und ihren wanderlustigen Blick das erste Mal gesehen habe. Ich wusste sofort, dass sie nicht gut ist. Aber er wollte einfach nicht hören. Er musste sie trotz meiner Warnungen einfach haben.«

Maggie trat vor. »Gibt es irgendetwas, das ihn …«

Agnes schüttelte den Kopf, ehe sie ausreden konnte. »Sie hat den Verstand meines Jungen mit ihrem geübten Schmollmund vergiftet.«

Ceanas Miene versteinerte sich. »Jetzt trage ich sein Kind unter dem Herzen und werde es nicht eher auf die Welt bringen, als bis mein Ehemann aufhört, sich nach dieser Hexe zu verzehren!«

Sin schnaubte abfällig. »Darf ich Euch darauf hinweisen, Mylady, dass Ihr beim Geburtstermin vermutlich nichts mitzureden habt?«

Ceana bedachte ihn mit einem vernichtenden Blick.

Sin lächelte nur zurück.

»Wartet!«, rief Maggie plötzlich. »Ich denke, ich habe einen Plan.«

Braden durchlief ein unheilvoller Schauer. Mochte der Himmel ihnen beistehen, denn Maggie und ihre Pläne kannte er inzwischen zur Genüge.

Wenn er auch nur ein bisschen Verstand besäße, würde er auf der Stelle kehrtmachen und mit Sin im Schlepptau nach England zurückreiten.

Er schaute zu den Frauen, die um ihn herumstanden. Aller Augen waren auf Maggie gerichtet, und sein Magen zog sich zusammen. Sie wollten sie wirklich anhören.

Natürlich tun sie das. Sie ahnen ja nicht, was ihnen bevorsteht.

Er allerdings schon.

»Mein Bruder Anghus hat immer gesagt«, erklärte Maggie, »man weiß nicht zu schätzen, was man besitzt, bis es einem genommen wird.«

Die Haare in Bradens Nacken stellten sich warnend auf, und seine innere Stimme empfahl ihm nachdrücklich, Maggie einfach zu packen und mit ihr so schnell ihn seine Beine trugen nach Hause zurückzulaufen.

Aber er, verdammter Narr, der er war, blieb da.

»Nun«, fuhr Maggie fort, »ich denke, ich weiß einen Weg, Robby MacDouglas vor Augen zu führen, was er besitzt, und herauszufinden, ob es ihm etwas bedeutet.«

Kapitel 17

Nachdem die Pläne für den folgenden Tag geschmiedet worden waren, führten Agnes und Ceana Maggie, Braden und Sin in die Burg, um ihnen etwas zu essen vorzusetzen und letzte Vorbereitungen zu treffen. Maggie blieb gerade lang genug, um sicherzugehen, dass alles fertig war, doch dann musste sie sich zurückziehen.

Anders als die Männer war ihr überhaupt nicht nach Essen zu Mute. Ihr Magen hatte sich fest zusammengezogen, und Zweifel plagten sie.

Sie brauchte dringend frische Luft und ein bisschen Zeit mit sich allein, um nachzudenken. Zeit allein, damit niemand sehen konnte, wie sehr die zahllosen Unwägbarkeiten ihr zusetzten, ihre Zuversicht untergruben und sie verletzlich und verängstigt zurückließen.

Aus dem Burgfried heraustretend blieb Maggie oben an der Treppe stehen, um in den Hof zu schauen. Binsenfeuer waren angezündet worden, und die Frauen auf den Wehrgängen hatten aufgehört, die Männer unten zu verhöhnen, sie verzehrten nun ihr Abendmahl und unterhielten sich angeregt miteinander.

Keine schenkte ihr Beachtung, als sie die Stufen hinabstieg und ziellos auf dem dunklen Burghof herumzuschlendern begann.

Wo habe ich mich da nur wieder hineingeritten, überlegte Maggie.

Sicher, sie und die beiden MacAllister waren immer noch am Leben, aber es gab noch eine Menge zu tun, ehe sie das Gefühl hätte, gewonnen zu haben. Schließlich hing alles davon ab, dass es MacDouglas etwas ausmachen würde, wenn seiner Frau etwas zustieß.

Wenn nicht …

Maggie zitterte und wickelte sich fester in ihr Plaid.

Als sie eine Ecke umrundete, fiel ihr ein verdächtiger Schatten auf. Sie blieb stehen und wandte den Kopf, um ihn genauer zu betrachten.

Zuerst dachte sie, sie bildete sich etwas ein, aber dann konnte sie deutlich den Umriss einer Gestalt ausmachen. Jemand trieb sich hier herum, und wenn ihr Gefühl sie nicht trog, beobachtete derjenige sie.

Stirnrunzelnd machte sie einen Schritt vor, um besser sehen zu können. Der Schatten wich aus ihrem Blickfeld. Maggie zögerte, aber der Schatten wirkte eigentlich weder sonderlich groß noch bedrohlich.

Schließlich siegte ihre Neugier über die Vorsicht.

Entschlossen, herauszufinden, wer sie beobachtete und warum, näherte sich Maggie ihm. Vor ihr stand ein Junge von vielleicht sieben Jahren, der verängstigt zurückwich.

Mit entsetzter Miene sah er sich nach einem Fluchtweg um.

»Alles ist in Ordnung«, versuchte Maggie ihn zu beruhigen, selbst erleichtert darüber, dass es ein Kind und kein Mann war.

Zweifellos war der Junge einfach nur hungrig und auf der Suche nach etwas Essbarem oder seiner Mutter. »Ich will dir nichts tun.«

Seine Züge konnte sie immer noch nicht deutlich sehen, erkannte aber die Umrisse eines schmalen Gesichts. Mehrere Sekunden lang stand sie völlig still, während er sie mit Blicken maß. Sein schemenhaft zu sehender Mund war an den Mundwinkeln nach unten gebogen, sodass er den Eindruck erweckte, als fände er sie irgendwie unzulänglich.

»Seid Ihr das MacAllister-Mädchen?«, erkundigte er sich vorsichtig. »Es heißt, sie hätte kurze Haare so wie Ihr.«

»Aye, ich bin vom Clan der MacAllister.«

Maggie hörte sein erleichtertes Aufatmen. Zu spät fiel ihr wieder ein, was Robby MacDouglas über sie und die Belohnung gesagt hatte, die er auf ihren Kopf ausgesetzt hatte. Konnte der Junge womöglich darauf aus sein?

Das hielt sie für eher unwahrscheinlich, aber warum sonst sollte er sie gesucht haben?

»Und wer bist du?«, fragte sie.

»Mein Name ist Connor.«

Maggie lächelte. Wie süß, er hieß genauso wie Bradens Holzpferd. »Und was möchtest du von mir, Connor?«

Der Junge trat in den hellen Mondschein, sodass Maggie endlich sein Gesicht sehen konnte.

Ihr stockte der Atem, denn sie erblickte ein genaues Abbild von Braden. Das schwarze Haar des Jungen war zerzaust und bedurfte dringend eines Schnittes. Sein dünner, schlaksiger Körper verriet, dass er keine regelmäßigen Mahlzeiten erhielt, aber diese Augen …

Diese grünbraunen Augen würde sie überall wiedererkennen. Während jedoch Bradens belustigt funkelten, blickten die des Jungen hart und müde, wütend und grimmig.

»Ich möchte, dass Ihr mich mit zu Euch nach Hause nehmt«, erklärte er.

Bei der Bitte des Jungen zog sich Maggies Brust zusammen.

»Nach Hause?«, fragte sie und betete, dass alles nur ein Zufall wäre. Vielleicht war er entfernt mit Braden verwandt. Vielleicht hatte jemand aus dem Clan der MacDouglas ihn entführt, um ihn als Druckmittel gegen die MacAllister zu benutzen.

Ihr Verstand suchte nach anderen möglichen Erklärungen als der offensichtlichsten.

»Aye«, bestätigte Connor. »Ich bin ein Bastard. Meine Mutter hat mir erzählt, dass mein Vater ein MacAllister ist, und ich möchte nun zu ihrer Burg gehen und meine Familie sehen.«

Maggie wurde schwindelig, als sich ihre schlimmste Befürchtung bewahrheitete. Braden hatte einen Sohn. Einen, der übel vernachlässigt worden war, wenigstens seiner Erscheinung nach zu urteilen.

In dem Moment wäre sie am liebsten in die Burg zurückgestürmt und hätte dem Mann den Hals umgedreht. Wie konnte Braden es wagen, sich um seine Pflicht zu drücken!

Warte nur, Braden, dachte sie. *Dafür wirst du büßen.*

»Und wo ist deine Mutter?«, wollte sie wissen.

Connor schaute zur Seite, und der Ausdruck in seinen Augen wurde noch etwas bitterer. »Sie ist vor zwei Sommern gestorben. Ich habe bei ihrer Schwester gelebt, aber sie hat gesagt, sie wollte keinen Bastard bei sich haben, der nicht tut, was man ihm sagt. Und da habe ich gedacht, da Ihr gerade hier seid, könntet Ihr mich mitnehmen, wenn ich Euch dafür bezahle.«

Damit trat er vor und hielt ihr seine kleine, dünne Hand hin, auf der ein glitzernder Kieselstein, ein verkratztes, angelaufenes Silberstück, das sich nicht näher identifizieren ließ, und eine schillernde Perle lagen.

»Ich weiß, es ist nicht viel«, sagte er, »aber das ist alles, was ich habe. Wenn Ihr mich mit zu ihnen nach Hause nehmt, dann könnt Ihr das alles haben, und ich verspreche, dass ich eine Arbeit finde und Euch richtig dafür bezahle.«

Tränen sammelten sich in ihren Augen, während sie auf seine ausgestreckte Hand schaute.

Wie konnte jemand nur so verroht und gefühllos sein, ein so liebes Kind abzuweisen? Es war offenkundig, dass er ein guter Junge war. Trotz der hilflosen Wut, die sich in ihm aufgestaut hatte, war er respektvoll, höflich und ehrlich.

Maggie kniete sich neben ihn und schaute sich seine Gaben an. »Was für einen schönen Schatz du da hast.«

Er nickte ernsthaft. »Das hier«, erklärte er und nahm die Perle, »war an der Anstecknadel meiner Mutter. Es ist herausgefallen, und ich wollte es wieder ganz machen, aber dann ist sie gestorben, ehe ich genug Geld für den Schmied verdienen konnte.«

Dann zeigte er auf den Kiesel. »Das hier habe ich aus unserer Hütte mitgenommen, als ich ein kleiner Junge war und sie mir sagten, ich könnte nicht länger da wohnen.«

Als Letztes berührte er das Stück Silber. »Das hier war der Ring, den mein Vater meiner Mutter gegeben hat. Mein Onkel hat versucht ihn einzuschmelzen, aber ich habe ihn schnell aus dem Feuer geholt, als er gerade weggesehen hat.«

Er streckte wieder seine Hand aus und bot ihr alles, was er auf der Welt besaß.

Ihre Tränen hinunterschluckend umfasste Maggie mit beiden Händen seine und schloss sie über seinen Schätzen. »Das ist viel zu wertvoll für mich.«

Verwirrt musterte er sie.

Sie nahm das Plaid von ihrer Schulter und wickelte ihn darin ein. »Du musst mich nicht bezahlen, Connor.

Es wäre mir eine große Ehre, wenn du mich begleiten würdest.«

Glück strahlte in seinen Augen auf, ehe Misstrauen es wieder vertrieb. »Was willst du sonst von mir?«

»Nichts.«

Er verzog verächtlich die Lippen. »Die Leute tun nichts Nettes, ohne etwas zu wollen.«

Liebe Güte, der Junge klang so sehr nach Sin, dass ihr ganz kalt wurde. Was genau hatte er erlebt, dass er schon in einem so zarten Alter so argwöhnisch geworden war?

Maggie hob eine Hand und strich ihm eine verirrte ebenholzschwarze Locke aus der Stirn, dann legte sie sie ihm auf die kühle Wange. »Nicht alle Menschen sind so.«

Er wirkte noch nicht überzeugt.

Maggie erhob sich und hielt ihm die Hand hin. »Hast du schon etwas gegessen?«

Connor zögerte, ehe er schließlich seine Hand in ihre legte. »Die Frauen wollen mir nichts zu essen geben, weil ich ein Mann bin.«

Ihr Griff um seine Hand festigte sich, während sie über den Hof gingen. Der Junge war bei weitem noch kein Mann, auch wenn er sich benahm, als wäre er uralt.

Oh, wenn sie je seine Tante und seinen Onkel in die Finger bekäme, dann würde sie mit ihnen gehörig ins Gericht gehen! Wie konnte jemand nur so grausam sein, wo es doch offensichtlich war, dass der Junge ein gutes Herz besaß?

»Komm mit«, sagte sie leise, »ich gebe dir etwas zu essen.«

Connor sträubte sich, als sie mit ihm zur Burg gehen wollte.

»Nein«, wehrte er sich. »Wenn meine Tante mich sieht, schlägt sie mich gewiss.«

Das soll sie nur versuchen! In der Stimmung, in der sich Maggie inzwischen befand, hätte die Frau nicht die geringste Chance. Aber es war auch deutlich, dass der Junge genug Gewalt in seinem Leben erfahren hatte.

Jetzt benötigte er vor allem ihren Schutz, und sie würde dafür sorgen, dass ihm nichts zustieß, gleichgültig, was es sie kosten sollte.

»Ich sorge dafür, dass sie dich nicht sieht.«

Maggie hielt seine eiskalte Hand fest in ihrer, änderte die Richtung und ging zu der schmalen Treppe, die zu der Kammer führte, die Ceana ihr für die Nacht gegeben hatte.

Es war ein sehr kalter Abend, der arme Connor war barfuß und trug sonst nur ein fadenscheiniges blaugelbes Plaid, das längst als Putzlappen Verwendung hätte finden sollen.

Maggie konnte die Grausamkeit seiner Tante und seines Onkels einfach nicht begreifen. Sie könnte nie ein Kind so behandeln, und ganz besonders keines, das mit ihr verwandt war.

»Connor«, begann Maggie, während sie die Tür zu ihrer Kammer öffnete, »hat deine Mutter deinem Vater je von dir erzählt?« Sie ging ins Zimmer und zündete die zwei Kerzen auf dem schmalen Tisch vor dem Kamin an.

Er blieb auf der Türschwelle stehen.

Maggie beobachtete, wie sich seine Augen weiteten, als er sich staunend im Raum umsah, das Feuer im Kamin, das große Bett, den Tisch und den Stuhl und die warmen Felle in sich aufnahm. Er blinzelte, als fiele es ihm schwer zu glauben, dass sie ihn an so viel Luxus teilhaben lassen wollte.

Eilig trat er vor das Feuer und streckte seine kleinen Hände aus, um sie sich zu wärmen. »Sie hat gesagt, sie ist zu ihm gegangen, um ihm von mir zu erzählen, aber als sie ankam, hat sie ihn mit einer anderen Frau gesehen.«

Connor lehnte sich ein wenig vor und flüsterte seine nächsten Worte, als verriete er ein Geheimnis. »Sie sagte, sie hätten sich geküsst.«

Dann richtete er sich wieder auf und wiederholte, was seine Mutter ihm immer wieder erzählt hatte, bis er es sich fest eingeprägt hatte. »Sie sagte, da habe sie gewusst, dass all seine guten Worte und glühenden Liebesschwüre gelogen waren. Sie sagte, alle Männer wären falsch und gemein, und dass, wenn Gott wirklich gnädig wäre, ich ein Mädchen geworden wäre und kein weiterer Mann, der auf der Welt sei, um ihr das Herz zu brechen.«

Maggie durchfuhr es schmerzlich bei seinen Worten, die er mit stiller, ruhiger Ergebenheit aussprach.

Unfähig, es auszuhalten, fiel Maggie auf ihre Knie und schloss den Jungen fest in die Arme. Zuerst versteifte er sich und wehrte sich gegen sie, aber sie festigte ihren Griff. Sie weigerte sich, ihn loszulassen. Er brauchte Liebe. Er brauchte eine Umarmung, und sie würde keine weitere Minute verstreichen lassen, ohne sie ihm zu geben.

Dann aber legte er zögernd seine dünnen Ärmchen um ihre Schultern und bettete seinen Kopf an ihre Schulter.

»Weißt du, Connor, Gott ist gnädig, und es ist wundervoll, als Sohn geboren zu werden.«

Er sagte nichts, aber sie konnte seine heißen Tränen an ihrem Hals spüren.

Sie umschloss seinen Kopf mit einer Hand, hielt ihn so fest sie konnte an sich gedrückt und wiegte ihn sachte hin und her.

Jetzt wusste Maggie, was sie an Aisleens Stelle getan hätte. Sie hätte Sin nicht links liegen lassen und ihn ganz gewiss nicht den Feinden seines Vaters ausgeliefert. Genauso wenig wie sie dieses Kind einen Tag länger leiden lassen konnte.

Sie wusste nicht, was Braden zu Connor sagen würde, aber sie wusste genau, was sie tun musste.

»Weißt du, Connor«, flüsterte sie, während sie ihn sachte weiter wiegte, »wenn du nicht bei deiner Familie bleiben willst, ich lebe auf einem kleinen Bauernhof zusammen mit meiner Schwägerin Kate. Sie hat zwei kleine Kinder, einen Jungen und ein Mädchen. Ich denke, die beiden könnten einen Cousin gut gebrauchen, der hilft, auf sie aufzupassen.«

Er legte den Kopf schräg und schaute sie stirnrunzelnd an.

Maggie lächelte und strich ihm das Haar aus dem Gesicht, dann legte sie ihm eine Hand auf die Wange und erklärte ihm, was sie meinte. »Ich dachte, dass du, wenn du willst, bei uns leben kannst.«

Sein Stirnrunzeln wich einer ungläubigen Miene, dann begannen seine Augen zu leuchten. »Ich hätte eine Familie?«

Maggie nickte. »Aye. Eine, die dich bei sich haben will, und du hättest eine Mutter, die dich liebt. Nicht zu erwähnen, eine, die die besten Holunderkuchen macht, die du je gekostet hast.«

Zum ersten Mal sah sie ihn lächeln. Ihr wurden die Augen feucht, sie streckte die Hand aus und berührte die Grübchen, die sich dabei auf beiden Seiten seines Mundes bildeten.

»Ich verspreche, ich werde ganz artig sein und nur das essen, was Ihr mir gebt. Mehr werde ich nie verlangen, ehrlich.«

»Du kannst so viel essen, wie du schaffst.«

»Wirklich?«

Sie nickte.

»Juhu!«, rief er, zuckte aber sofort zusammen und hielt sich die Hand vor den Mund, während er sich verstohlen umsah. »Entschuldigung, es tut mir Leid.«

»Mich stört der Krach nicht«, erklärte Maggie. »Ich bin mit sechs Brüdern aufgewachsen, und die haben immerzu geschrien und gelärmt.«

Sie stand wieder auf und zauste ihm das Haar. »Du wartest hier, und ich hole dir etwas zu essen.«

Wieder trat Argwohn in seine Augen, aber sie sagte nichts, als sie ihn verließ.

Ein wahrer Gefühlswirrwarr tobte in ihr, als sie die Treppe hinabstieg, sich rasch ein Tablett mit Essen füllte und den Mägden sagte, sie wolle allein essen. Niemand stellte ihr Fragen.

Nachdem Maggie genug beisammenhatte, dass Connor satt wurde, eilte sie zu ihm zurück und verfluchte bei jedem Schritt seine herzlose Familie.

Warum hatte Connors Mutter Braden nichts gesagt?

Maggie wusste es nicht sicher, aber sie vermutete, dass Braden den Jungen mit Freuden bei sich aufgenommen hätte. Und selbst wenn nicht er, so hätte Lochlan es ganz bestimmt getan.

Verurteile seine Mutter nicht, Maggie, mahnte sie sich. *Das steht nur Gott allein zu.*

Aber es fiel ihr schwer.

Genau genommen konnte sie im Augenblick gar nicht sagen, wen sie lieber zur Rede gestellt hätte, Connors Mutter oder Braden.

Die Sache für den Moment auf sich beruhen lassend, stieß sie die Tür auf und sah Connor auf dem Bett sitzen. Er sprang auf, als hätte er Angst, sie würde mit ihm schimpfen, sobald er aber das Essen auf ihrem Tablett entdeckte, jauchzte er auf.

Maggie stellte das Holzbrettchen auf das schmale Tischchen vor dem Feuer und verfolgte gerührt, wie er sich Unmengen gebratenes Fleisch, Erbsen, Zwiebeln und Äpfel in den Mund stopfte.

Nachdem er fertig gegessen hatte, steckte sie ihn in ihr Bett und überließ ihn seinen Träumen von besseren Zeiten, die nun für ihn anbrechen würden.

Er schlief ein, sobald er die Augen schloss.

Maggie lauschte seinem leisen Schnarchen und strich ihm über die Haare.

»Braden«, flüsterte sie dabei und überlegte, wie sie ihm beibringen sollte, dass er einen Sohn besaß.

Auf der anderen Seite könnte sie ihn dafür umbringen, dass er den Jungen seinem Schicksal überlassen hatte, obwohl sie natürlich wusste, dass er nichts von Connors Existenz geahnt hatte. Connors arme Mutter war vermutlich mit ihrer Weisheit am Ende gewesen, und der Anblick von Braden, wie er eine andere küsste, hatte sie bis ins Herz hinein getroffen.

Wäre Maggie an Stelle der Frau gewesen, wäre sie geradewegs zu Braden gegangen und hätte ihn zur Rede gestellt, während er sich an eine andere heranmachte.

Aber der armen Frau hatte es wahrscheinlich das Herz gebrochen.

Plötzlich überlief sie ein Schauer, als sie an sich selbst dachte. Was, wenn sie sein Kind trug?

Die Antwort war einfach.

»Ich werde es so sehr lieben, wie ich seinen Vater liebe«, flüsterte sie. Das würde sie wirklich. So wie sie auch das Kind von Braden liebte, das leise in ihrem Bett schnarchte.

Wie der Vater, so der Sohn.

Sie beugte sich vor und strich mit den Lippen über seine Stirn. »Süße Träume, mein Kleiner.«

Sie zog die Decke über ihn und machte sich dann auf die Suche nach seinem Vater.

Braden saß allein in der Halle. Alle anderen hatten sich schon vor langem zu Bett begeben, um für den morgigen Tag mit seinen Anstrengungen Kräfte zu sammeln.

Selbst Sin war gegangen, sodass Braden sich unwillkürlich fragte, ob sein Bruder am Ende doch noch ein schottisches Mädchen getroffen hatte, das ihm gefiel. Denn es gab hier gewiss genug, unter denen er wählen konnte.

Schlecht war allerdings, dass ihn selbst zum ersten Mal in seinem Leben keine reizte.

Braden fluchte tonlos.

»Sie hat mich in einen verdammten Eunuchen verwandelt«, stieß er aus, während er den letzten Schluck Ale trank.

Dann musste er an Maggies Worte denken: *Du magst am liebsten Gewürzwein …*

Mit einem erneuten Fluch stellte er den Krug wieder auf den Tisch. Wie hatte sie das nur geschafft? Wie hatte sie in sein sorgsam gehütetes Herz vordringen können?

Wieder und wieder erinnerte er sich daran, wie sie sich in seinen Armen und unter ihm angefühlt hatte, hörte ihre gemurmelten Liebesworte und spürte ihren Atem auf seiner Haut. Er schloss die Augen und gab sich der Erinnerung hin.

Er würde sie jetzt ein für alle Mal aus seinen Gedanken verbannen. Jawohl.

»Braden?«

Beinahe wäre er vom Stuhl gefallen, als plötzlich ihre Stimme hinter ihm ertönte.

Er wandte sich um und sah sie in den Schatten stehen. »Ich dachte, du lägst inzwischen im Bett.«

»Ich kann nicht schlafen«, erklärte sie und trat zu ihm. Sie blieb am Tisch stehen, drehte sich zu ihm um und lehnte sich mit der Hüfte gegen die Tischkante, sodass sie ihn ansehen konnte, während sie sprachen.

Braden hielt seinen Blick auf den Krug gesenkt. Er wagte es nicht, in diese bernsteinfarbenen Augen zu schauen, denn sie würden ihn unweigerlich in ihren Bann ziehen und vergessen lassen, was er mit ihr tun musste – oder genauer gesagt nicht tun durfte.

»Woran denkst du gerade?«, erkundigte er sich mit einer Gleichgültigkeit, die er nicht empfand.

»Ach, nur an etwas, das du kürzlich gesagt hast.«

Sie machte eine Pause, und als es klar wurde, dass sie ihren Gedanken nicht näher ausführen würde, beging Braden den Fehler, zu ihr aufzuschauen.

Sein Herz zog sich schmerzlich zusammen, als er die Verwirrung und Sorge in ihrer Miene sah. Den Blick auf den Boden geheftet, hatte sie die Brauen zusammengezogen.

»Was meinst du?«, hakte Braden nach, obwohl eine innere Stimme ihm riet, die Sache auf sich beruhen zu lassen.

Maggie blickte auf und durchbohrte ihn mit einem prüfenden Blick. »Du hast gesagt, du hättest liebend gerne eine eigene Familie. War das dein Ernst?«

Sein Magen verkrampfte sich. Das also hatte sie im Sinn. Sie wollte, dass er sie heiratete. Aber das konnte er nicht. Er durfte es nicht.

»Nun, Maggie, denke nicht …«

»Ich will dich nicht heiraten«, schnitt sie ihm scharf das Wort ab. »Ich bin nicht die richtige Frau für dich, das wissen wir beide. Ich wollte nur erfahren, ob du ernst gemeint hast, was du gesagt hast. Möchtest du Kinder?«

Er konnte sich nicht vorstellen, warum sie ihn das ausgerechnet jetzt fragte.

Ungebeten erschien vor seinem geistigen Auge das Bild eines Kindes. Eines Mädchens mit den rotgoldenen Locken seiner Mutter und den haselnussbraunen Augen seines Vaters. Er konnte die Kleine so deutlich vor sich sehen, ihr vergnügtes Lachen hören, dass man meinen könnte, es gäbe sie wirklich.

Fast noch schlimmer als das Bild war das plötzliche Bedürfnis, das er in seinem Herzen entdeckte, dieses Kind Wirklichkeit werden zu lassen.

»Nein!«, rief er aus dem Wunsch heraus, diese Phantasie so schnell wie möglich zu vertreiben.

Maggie wurde blass.

»Ich verstehe«, sagte sie leise und stieß sich von der Tischkante ab. Sie wollte gehen.

Braden streckte die Hand aus und ergriff ihre, damit sie dablieb. »Maggie, warte, das habe ich so nicht gemeint.«

»Doch, das hast du«, erklärte sie und entzog ihm ihre Hand. »Ich habe die Entschiedenheit in deiner Antwort nur zu deutlich gehört.«

»Das bezog sich nicht auf deine Frage.« Sondern auf seine eigenen sinnlosen Wünsche.

»Worauf bezog es sich dann?«

Braden öffnete den Mund, um zu antworten, schloss ihn aber lieber wieder. Er wagte es nicht, ihr die Wahrheit zu sagen. Es würde ihr mehr wehtun, wenn sie erfuhr, dass es die Vorstellung war, auf ewig durch ein Kind mit ihr verbunden zu sein, die ihn in Wahrheit beunruhigte.

Doch er wollte sie nicht verletzen.

»Ich ...« Er strengte sich an, eine Ausrede zu ersinnen.

Irgendetwas, das er ihr sagen konnte, das ihre Gefühle schonte, aber gleichzeitig keine Lüge war.

Doch ihm wollte einfach nichts einfallen. Er musste sich zwischen Wahrheit und Unaufrichtigkeit entscheiden. So erzählte er ihr zum ersten Mal in seinem Leben eine Lüge. »Nein, ich will keine Kinder.«

»Warum?«

Wieder sah er das Bild des kleinen Mädchens vor sich, wie es ihm die Hände entgegenstreckte.

Die Augen schließend stieß Braden die Worte hervor, wegen derer er Lochlan vor wenigen Tagen erst getadelt hatte. »Sie sind schmutzig und stinken.«

Maggie starrte ihn mit offenem Mund an. »Es sind Kinder, Braden«, sagte sie schließlich. »Ich kann mir vorstellen, du warst auch nicht sonderlich sauber, als du ein Kind warst.«

»Aber ich habe nie jemanden gebissen.«

Hitze färbte ihre Wangen rot, als sie ihn anstarrte. »Es ist eine Schande, dass ich nicht fester zugebissen habe.«

Damit entfernte sie sich.

Ohne lange nachzudenken, fasste Braden sie am Arm und zog sie zurück. »Geh nicht weg, solange du böse auf mich bist.«

»Dann nenn mir einen Grund, warum ich nicht böse sein sollte.«

Er überlegte, aber es fiel ihm nichts ein. Tatsächlich konnte er nur auf ihre feuchten Lippen starren und daran denken, wie sie geschmeckt hatten.

Ohne es geplant zu haben, hob er eine Hand und legte sie ihr auf die Wange.

Alle Verärgerung wich aus ihrem Blick, und ihre goldbraunen Augen wurden dunkler. »Braden …«

Sie konnte nicht zu Ende sprechen. Braden zog sie an

sich und küsste sie auf den Mund. Sie schmeckte so gut. Er konnte ihren Atem auf seiner Zunge spüren, und er sog gierig ihren süßen, weiblichen Duft ein.

Sie hatte ihn auf eine Art und Weise korrumpiert wie keine andere Frau vor ihr. Sie machte ihn edelmütig, mitfühlend und freundlich.

Maggie sah in ihm Wesenszüge, von denen er nichts geahnt hatte. Er wäre so gerne der Mann, der er in ihren Augen war.

»Maggie«, murmelte er, als er sie auf seinen Schoß zog.

Maggie wusste, dass sie sich wehren sollte. Sie sollte ihn vermutlich sogar hassen. Aber das konnte sie nicht. Trotz seiner Fehler und seiner Vergangenheit liebte sie ihn. Sie würde ihn immer lieben.

Sie erlag seiner Anziehungskraft. Sie ließ sich von ihm verzaubern und würde mit ihm gehen, wohin auch immer er wollte.

Sie brauchte ihn, verzehrte sich nach ihm mehr als je zuvor.

Er fuhr mit den Händen über ihren Rücken, rieb die zarte Haut unter ihrem Hemd. Maggie vertiefte ihren Kuss, biss und leckte seine Lippen, während sie sich der Hitze zu erwehren versuchte, die ihren Körper erfasste.

Braden stand mit ihr auf und lehnte sie mit dem Po gegen den Tisch. Seine Berührung versengte sie, während er ihr Hemd aufband und es zurückschlug, um ihre rechte Brust seiner Berührung zu enthüllen. Seine Hand schloss sich über der festen Spitze, quälte sie mit immer neuen Wellen der Lust, während er die empfindsame Haut an ihrem Hals mit der Zunge liebkoste.

Maggie schob die Hände in sein Haar und stöhnte leise.

Dann senkte er den Kopf und nahm ihre Brustspitze in

den Mund. Maggies Körper ging in Flammen auf. Ihr wurde noch viel heißer als zuvor.

Braden unterbrach seine köstliche Folter.

»Sagst du mir, was du willst?«, fragte er mit vor Verlangen heiserer Stimme.

»Dich«, erwiderte sie und streckte die Hände nach ihm aus. »Ich will, dass du mich liebst, Braden.«

Braden erbebte unter ihrer Bitte. Unfähig, es sich oder ihr zu verwehren, hob er sein Plaid an und stieß sich tief in sie, bis er ganz von ihr umschlossen war.

Sie stöhnten einstimmig. Mit entblößtem Busen wand sich Maggie auf dem Tisch. Braden beugte sich vor und drückte seine Lippen auf ihre, während er sich immer tiefer in sie drängte.

Maggie schlang ihm die Arme um den Hals und erwiderte jeden seiner Stöße hingebungsvoll. Sie liebten sich mit einer Leidenschaft, die sich über Jahre des Sehnens hinweg aufgestaut hatte.

Braden hatte sein Leben lang auf eine Frau gewartet, die in ihm mehr sehen würde als nur ein hübsches Gesicht oder eine prall gefüllte Börse. In Maggies Augen war er ein Mann. Ein menschliches Wesen mit Gefühlen und Bedürfnissen wie sie.

Er machte eine schreckliche Entdeckung: Er liebte sie. Vollkommen und rückhaltlos.

Einzig sie allein hatte je sein launisches Herz einfangen können. Er erbebte unter dieser Erkenntnis, während er das Wunder der körperlichen Liebe mit ihr neu entdeckte. Mochten die Heiligen ihm beistehen, jetzt war er wirklich und wahrhaft verloren.

Maggie bog sich ihm entgegen und erschauerte, als sie den Höhepunkt erlebte.

Braden beschleunigte seine Bewegungen und fand

rasch seinen eigenen Himmel, während er sich tief in ihr verströmte.

Maggie lag auf dem Tisch, und ihr war noch ganz schwach vor Wollust. Mit Braden, der immer noch zwischen ihren Schenkeln lag, setzte sie sich auf und küsste ihn auf den Mund.

Der Kuss war tief und voller Leidenschaft, und zu ihrer Verwunderung spürte sie, wie er wieder in ihr hart wurde.

»Ich bin noch nicht fertig mit dir«, murmelte er an ihrem Hals. »Sag, dass du heute Nacht bei mir bleibst.«

»Ich bleibe bei dir.«

Braden zog sich aus ihr zurück und hob sie auf die Arme. Dann trug er sie die Stufen hinauf nach oben in sein Zimmer.

Er schloss die Tür mit einem Tritt und ließ Maggie erst herunter, als er am Bett angekommen war.

Zärtlich bettete er sie auf die Felle und streifte ihr die Kleider vom Leib.

Maggie kniete sich hin und zog ihm sein Hemd, seine Stiefel und das Plaid aus. Sie konnte ihn nur im flackernden Feuerschein sehen, aber es war genug, um ihr das hungrige Verlangen zu enthüllen, das er für sie empfand.

Sie lächelte. »Du bist so hübsch«, erklärte sie und strich ihm mit der Hand über die bloße, muskulöse Brust. Er erschauerte unter ihrer Berührung.

»Und du, meine Süße, bist so wunderschön.«

Sie schnaubte abfällig. »Was für ein Lügner du bist.«

Er schüttelte den Kopf und legte sie zurück auf die Matratze. Wie gebannt beobachtete Maggie das Spiel des Feuers auf seiner gebräunten Haut, während er seinen Kopf senkte, um an ihrem Busen zu saugen. Wieder begann das Inferno in ihr, und ihr Körper verzehrte sich aufs Neue nach ihm und seinen Zärtlichkeiten.

Mit den Händen streichelte er ihre Hüften, ihre Taille, während er seine Zunge langsam über ihre rechte Brust gleiten ließ.

Maggie wurde ganz schwindelig.

»Das magst du, oder?«, erkundigte er sich mit heiserer Stimme.

»Aye«, hauchte sie.

Ihre Liebe und ihre Hingabe schlugen wie eine Welle über ihr zusammen, während er sich der empfindsamen Stelle zwischen ihren Schenkeln zuwandte.

»Und das?«

Sie konnte nicht sprechen; alles, was sie tun konnte, war, sich unter seiner Berührung zu winden, sich diesen wundervollen Fingern entgegenzudrängen, die sich so herrlich in ihr anfühlten.

Braden lachte, dann senkte er den Kopf wieder und ersetzte seine Finger durch seinen Mund.

Maggie streckte die Hände aus und vergrub sie in seinem Haar, während er sie mit schierer Seligkeit folterte.

Er umfasste ihren Po und hob ihre Hüften an, sodass er sie dort leichter berühren konnte. Maggie gehorchte, stemmte ihre Füße in die Matratze und bäumte sich seiner fragenden Zunge entgegen.

Sie zitterte am ganzen Körper, als leidenschaftliche Gefühle auf sie eindrangen, bis sie es nicht länger ertrug.

Da entzog sich Maggie ihm. Er sah sie überrascht an, als sie sich aufsetzte und ihn anschaute.

»Jetzt bin ich an der Reihe«, erklärte sie.

Sie wollte ihm dieselbe Lust schenken, die er ihr bereitet hatte.

Braden lächelte erfreut, als sie sich auf alle viere kniete und vorbeugte.

Ihr Anblick auf seinem Lager, ihr kurzes, rotgoldenes

Haar, das sich ganz reizend um ihr Gesicht lockte, war fast zu viel für ihn.

Sie rollte ihn auf den Rücken. Doch statt sich rittlings auf ihn zu setzen, blieb sie rechts neben ihm. Sie nahm seine Hand in ihre viel kleinere und hob sie an die Lippen. »So wunderschöne Hände hast du«, hauchte sie und streichelte seine raue Haut. »So stark und gebräunt.« Dann nahm sie seinen Zeigefinger in den Mund und fuhr mit der Zunge über die Spitze.

Braden keuchte unwillkürlich auf, als sie an dem empfindlichen Fleisch zu knabbern begann. Er beobachtete fasziniert, wie sie einen nach dem anderen jedem seiner Finger dieselbe Aufmerksamkeit schenkte.

Während sie so mit ihm spielte, streckte er seine andere Hand aus und schloss sie über ihrer Brust.

Sie stöhnte und ließ seine Hand los. Braden legte sie rasch auf ihre andere Brust. Sie lächelte ihn an und bedeckte seine mit ihren Händen.

Ihrer beider Hände so vereint über ihrem erlesenen Busen zu sehen, war unglaublich erregend. Aber nicht annähernd so sehr wie der Ausdruck in ihren Augen, dunkel und verführerisch, während sie ihm dabei zusah, wie er sie beobachtete.

Sie war Aufsehen erregend. So, wie sie sich ihm hingab, ohne Scheu oder Rückhalt.

Nie hatte er so etwas zuvor erlebt. Er wollte mehr. Er griff nach ihr.

Maggie hielt seine Hand fest und schnalzte tadelnd mit der Zunge. »Muss ich dich etwa fesseln?«

Er grinste unartig. »Würdest du das tun?«

Sie lachte. »Willst du es?«

»Ich muss gestehen, dass ich noch nie gefesselt wurde. Es könnte interessant sein.«

Sie hob fragend eine Braue. »Du würdest mir so weit vertrauen?«

»Nur wenn du versprichst, mich am Ende wieder loszubinden.«

Ihre Augen begannen zu funkeln. Ehe er es sich anders überlegen konnte, zog sie die Bänder aus seinem Hemd und machte sich daran, seine Handgelenke an die Bettpfosten zu binden.

Braden konnte nicht glauben, dass er dem hier zugestimmt hatte, doch besaß die Vorstellung einen sinnlichen Zauber. Er war ihr völlig ausgeliefert. Das hatte er noch nie erlebt.

Maggie starrte auf Braden herab, der auf den weißen Laken lag. Seine dunkle Haut hob sich scharf von dem hellen Leinen ab. Die Muskeln in seinen Armen zuckten leicht, als sie sich neben ihn setzte.

»Willst du mich nur ansehen?«, fragte er.

»Für den Augenblick ja.« Denn er sah einfach köstlich aus, wie er so dalag, nackt und verführerisch warm.

Es gab so viele Stellen an seinem Körper, die sie gerne näher erforschen wollte. Den Hals, die starken Schultern, die Muskeln an seinem Bauch, die sich bei jedem Atemzug bewegten.

Aber anfangen würde sie mit den Schenkeln.

Aye, diese kräftigen dunklen Beine schienen das Beste an ihm zu sein. Nun, die und sein Hintern. Maggie lächelte. Sie würde ihn überall dort kosten, ehe die Nacht vorüber war.

Sie stand auf, stellte sich zwischen seine gespreizten Beine und strich mit der Hand die Beine hinauf, von den Waden bis zu den Oberschenkeln.

Braden biss die Zähne zusammen, während ihre Fingernägel leicht seine Haut ritzten. Er starrte auf sie hinab, sie senkte den Kopf und begann ihn zart in das Fleisch auf der Innenseite seiner Schenkel zu beißen.

Er spürte keinen Schmerz, nur unvorstellbare Lust. Nie hatte er etwas Erregenderes verspürt als ihre Zunge auf seiner Haut, während sie ihn mit den Händen erkundete.

Lachend schaute sie zu ihm auf. »Hm«, sagte sie nachdenklich, »wo soll ich nur weitermachen?«

Sie malte kleine Kreise mit der Fingerspitze auf sein Bein.

»Wo würdest du denn gerne weitermachen?«, fragte er.

Sie biss sich auf die Lippe, als überlegte sie scharf. Sie rutschte an seine Seite und fuhr mit einem Finger die Umrisse seines Ohres nach. »Könnte dir das hier gefallen?«

»Aye«, hauchte er, und flüssiges Feuer rann durch seine Adern.

Braden atmete zischend aus und sein ganzer Körper zuckte. Sein Glied wurde augenblicklich noch härter.

Mit dem Mund zog sie eine Spur von seinem Ohr zu seinem Kinn, dann drückte sie ihre Lippen auf seinen Hals. Braden bäumte sich unter den Fesseln an seinen Handgelenken auf.

»Ich will dich anfassen«, erklärte er mit vor Verlangen heiserer Stimme.

»Wo?«, fragte sie.

»Überall.«

Sie lachte wieder. »Tut mir Leid, mein Lieber, da wirst du noch warten müssen.«

Dann schwang sie sich rittlings über ihn. Braden wand sich unter ihr, während sie weiter an ihm nach unten rutschte, bis sie auf seinem Bauch saß.

»Du bringst mich um!«, knurrte er, so sehr sehnte er sich danach, sie zu berühren.

Maggie lächelte schadenfroh über seinen gequälten Ton, während sie seine Bauchmuskeln unter ihren Schenkeln zucken spürte. Der Hunger in seinen Augen verbrannte sie.

Er hob seine Hüften jäh an, sodass sie auf seine Brust fiel. »Küss mich, Süße«, verlangte er.

Das tat sie. Sie schlang ihm die Arme um den Hals, bot ihm ihre Lippen und erwiderte seinen Kuss voller Leidenschaft.

Oh, wie wunderbar er schmeckte. Als ihr Kuss intensiver wurde, fühlte sie ihn unter ihren Schenkeln noch härter werden.

»Du bist aber hungrig«, bemerkte sie, als sie sich von ihm löste, um auf sein Glied zu schauen, das sich ihrem Blick stolz entgegenreckte.

»Du hast gar keine Ahnung«, erwiderte er atemlos.

Sie beschloss, dass sie ihn genug gequält hatte, drehte sich um und legte ihre Hand auf sein steifes Glied. Er erschauerte am ganzen Körper.

»Das magst du, nicht wahr?«, erkundigte sie sich unschuldig.

»Aye.«

Sie strich mit den Fingern über seine geschwollene Männlichkeit, spielte sanft mit ihm, während sie mit der anderen Hand die schmale Haarlinie nachfuhr, die von seinem Nabel zu seinem Geschlecht verlief. Er atmete zischend aus und wand sich heftiger.

Maggie badete in dem Gefühl ihrer Macht.

Braden stockte der Atem, als er beobachtete, wie sie ihn anschaute. Die Liebe und das Verlangen in ihrer Miene versengten ihn bis in seine schwarze Seele hinein. Als er meinte, mehr nicht ertragen zu können, erbarmte sie sich seiner.

Mit brennenden Augen erhob sie sich über ihm und pfählte sich mit seinem Schaft.

Er warf den Kopf in den Nacken und knurrte leise, so herrlich eng umschloss ihn ihr Körper wieder. Er bäumte sich unter ihr auf und drang tiefer in sie.

Nie hatte er so gefühlt wie jetzt, als sie ihn ritt. Wie ihr Körper sich an seinem rieb, während sie über ihm stöhnte.

Unfähig, es länger auszuhalten, kämpfte er gegen die Fesseln. Er wollte sie anfassen und spüren, er musste es einfach.

Maggie hatte wohl ebenfalls beschlossen, dass es reichte, denn sie beugte sich vor und band ihn los.

Mit einem triumphierenden Ausruf setzte Braden sich auf.

»Jetzt gehörst du mir«, erklärte er scherzend.

»Ich habe dir immer schon gehört«, versetzte sie flüsternd.

Ehe er darüber länger nachdenken konnte, drückte er sie auf die Matratze zurück, spreizte ihre Beine mit seinen Knien und drang tief in sein persönliches Paradies ein.

Sie zerkratzte ihm mit den Nägeln den Rücken, während er sich immer ungestümer in sie stieß. Hinein und heraus, schneller und schneller, bis sie dachte, dass sie verrückt werden würde.

Sie schloss ihre Beine fester um seine Hüften und ihre Arme um seinen Hals. Als sie ihren Höhepunkt erreichte, schrie sie seinen Namen.

Braden lachte, ohne seine Stöße zu unterbrechen.

»Genau so soll es sein, Maggie«, hauchte er ihr ins Ohr. »Halt mich.« Er wollte nicht, dass sie ihn je wieder losließ.

Während er seine Erlösung fand und dabei am ganzen Körper erbebte, festigte sie ihren Griff.

Nie hatte er eine Frau getroffen, die ihr gleichkam. Braden lag da, immer noch mit ihr verbunden, und lauschte auf ihren Atem. Ihr Busen ruhte flach gedrückt an seiner Brust, und zum ersten Mal in seinem Leben wollte er seine Geliebte nicht verlassen. Wenn er könnte, würde er ihr unter die Haut kriechen und dort für immer verweilen.

Der Friede, den er empfand, war unbeschreiblich. Sein Körper war völlig gesättigt, und doch verlangte er immer noch nach ihr.

Das war das Seltsamste und Erschreckendste, was ihm je geschehen war.

Was hatte sie nur an sich? Sie musste über Zauberkräfte verfügen.

Er rollte sich herum und zog sie mit sich. Sie schmiegte sich in seine Arme, den Kopf auf seine Schulter gebettet und einen Arm über seinen Bauch gelegt.

Stundenlang lagen sie so, ohne ein Wort zu sprechen, und genossen einfach nur das Gefühl, einander nahe zu sein, während sie sich gleichzeitig vor dem fürchteten, was ihnen der Morgen bringen mochte.

Erst in den frühen Morgenstunden schlief Maggie schließlich ein.

Braden blieb wach und drückte sie eng an sich.

»Maggie«, flüsterte er in ihr Haar, er wusste, dass er sie verlassen musste, wenn dieser Tag vorüber war.

Warum, begehrte sein Verstand auf.

Ich habe keine andere Wahl!

Sie beherrschte ihn auf eine Art und Weise wie keine andere zuvor. Ihre Berührung schwächte ihn, er war ihr gegenüber hilflos. Tief im Innern wusste er, er würde ihr alles geben, was sie verlangte.

Genau das durfte nicht sein.

Nein, wenn dieser Tag vorüber war, dann war ihre Liebesgeschichte das auch. Dafür musste er sorgen.

Mit den Lippen über ihre Stirn streichend gönnte sich Braden einen Augenblick, ihren Geschmack und ihren Duft zu genießen. Er schloss die Augen und ließ die Gefühle über sich hinweggleiten. Er würde diese kostbare Erinnerung den Rest seines Lebens in sich tragen.

Sie würde ihn bis in alle Ewigkeit verfolgen.

»Leb wohl, Liebste«, flüsterte er.

Kapitel 18

Maggie wachte langsam von dem Geräusch von Bradens leisem Schnarchen auf.

Noch nicht bereit endgültig aufzustehen, kuschelte sie sich dichter an ihn, bis ihr plötzlich der arme Connor einfiel, der in ihrem Zimmer wartete.

Von der Angst getrieben, dass der Junge meinen könnte, sie habe ihn im Stich gelassen, erhob sie sich und zog sich rasch an.

Mit einem letzten Blick auf Braden, der nackt auf dem Lager aus Fellen schlief, eilte sie aus dem Raum und suchte sich Brot, Äpfel und einen Becher Milch für Connor.

Sie wusste, sie hätte Braden gestern Nacht von seinem Sohn erzählen sollen, aber sie hatte nicht den Eindruck gehabt, es wäre der rechte Zeitpunkt gewesen. Besonders nicht, nachdem er so abweisend reagiert hatte, als sie ihn nach Kindern gefragt hatte.

Nein, sie würde warten müssen, bis er dafür bereit war. Das Letzte, was Connor jetzt gebrauchen konnte, war, zu erfahren, dass seinem Vater schon die bloße Vorstellung, ein Kind zu haben, verhasst war. Dem Jungen war genug wehgetan worden; sie würde seiner verwundeten Seele nicht noch mehr Schmerz zufügen.

Dennoch drängte sie eine Stimme in ihrem Kopf, Braden von Connor zu berichten. Er hatte das Recht, es zu wissen.

Das Tablett mit dem Essen an ihren Busen drückend versuchte Maggie, nicht daran zu denken, da sie sonst weinen würde. Sie hatte sich selbst fest versprochen, nicht wegen etwas zu weinen, das nicht zu vermeiden war.

Braden würde seiner Wege gehen, und sie …

Sie würde sich um Connor kümmern. Der Junge wäre bei ihr glücklich. Glücklicher als bei seinen Onkeln oder seinem Vater. Schließlich waren sie alle nicht verheiratet und hatten wenig Ahnung von Kindern. Was Connor am dringendsten benötigte, war die Liebe einer Mutter.

Wenn sie Braden ihre Liebe nicht geben konnte, dann würde sie sein Kind damit überschütten.

Maggie kehrte zu ihrer Kammer zurück, als der Junge gerade aufwachte.

Noch nicht ganz wach, zuckte Connor erschreckt zusammen, als sie plötzlich vor ihm stand. »Ich geh schon die Kühe melken«, wimmerte er und hob schützend eine Hand über seinen Kopf, als erwarte er, geschlagen zu werden.

»Ich bin es nur, Connor«, sagte sie leise und stellte das Essen und die Milch auf den Tisch. »Es gibt keine Kühe, die du melken musst.«

Er ließ seinen Arm sinken und blinzelte, als fiele es ihm schwer, seinen Augen zu trauen.

»Ich habe dir hier etwas zu essen gebracht«, sagte sie und reichte ihm eine Scheibe Brot.

Er aß sie so schnell auf, dass sie fürchtete, er würde daran ersticken. »Langsam, Junge, sonst wird dir noch schlecht.«

Er gehorchte zwar, aber es dauerte nur eine Minute, dann schlang er wieder Brot, Äpfel und Milch in sich hinein.

Über die Hingabe lächelnd, mit der er aß, zauste ihm Maggie sachte das Haar. »Ich will dir nur sagen, dass ich gehe, mich mit den MacDouglas zu treffen, aber sobald ich wieder …«

»Nein«, keuchte er mit vollem Mund. Er schluckte schwer und schaute sie aus entsetzten, weit aufgerissenen Augen an. »Das könnt Ihr nicht tun. Er wird Euch umbringen!«

»Keine Sorge«, versuchte sie ihn zu besänftigen und wünschte sich, ihre Worte könnten auch sie selbst beschwichtigen. »Er wird mir nichts tun.«

»Oh doch, das wird er.«

»Nein«, versicherte sie ihm und betete, das wäre wahr. »Ich kann auf mich aufpassen. Aber ich möchte, dass du hier bleibst, bis ich zurückkehre. Wirst du das tun?«

In seinen grünbraunen Augen standen Zweifel, doch er nickte. »Ihr werdet zurückkommen, nicht wahr?«

»Aye«, erwiderte sie und hoffte, dass sie nicht Lügen gestraft werden würde.

Zögernd verließ sie ihn und kehrte zu seinem Vater zurück. Während sie ging, fiel ihr ein, dass heute der Tag war, an dem Ewan Lochlan befreien würde. Hoffentlich waren Lochlan und ihre Brüder unversehrt und in Sicherheit.

So sanft sie nur konnte, rüttelte sie Braden an der Schulter, um ihn zu wecken.

»Braden«, flüsterte sie und strich ihm das Haar zurück, ehe sie einen federleichten Kuss auf die warme Haut in seinem Nacken drückte. Dann knabberte sie zart an seinem Haaransatz. »Es ist Morgen.«

Braden stöhnte und drehte sich ein wenig zur Seite, sodass sich ihrem interessierten Blick ein Stück brauner Haut an seiner Hüfte bot. »Es kann noch gar nicht Morgen sein«, murmelte er schlaftrunken. »Ich bin eben erst eingeschlafen.«

Maggie lachte, hob die Felle an und bewunderte seine nackte Kehrseite. In ihrem Kopf sah sie ihn wieder wie letzte Nacht vor sich, wie er unter ihr lag, vollkommen ihr gehörte, während sie ihn ritt. Sie konnte seine starken Hände auf ihren Hüften spüren, seinen warmen Atem auf ihrer Haut fühlen.

Selbst jetzt brannte in ihr das Verlangen nach ihm.

Sie musste sich sehr bemühen, sich nicht von der Aufgabe, die vor ihr lag, ablenken zu lassen. Unten wurde sie erwartet.

»Es ist Morgen«, wiederholte sie, »wir müssen uns mit dem Laird treffen.«

Wieder stöhnte er, dann rollte er sich auf den Rücken, sodass sie seinen nackten Körper in seiner ganzen Schönheit bewundern konnte.

»Fein«, erwiderte er und rieb sich das Gesicht. »Dann wollen wir mal vor unseren Schöpfer treten, nicht wahr?«

Ihre Wangen begannen zu brennen, als sie sein steifes Glied bemerkte.

Braden lachte, als er bemerkte, wohin sie schaute. »Was soll ich sagen? Du verfolgst mich selbst noch in meinen Träumen.«

Er setzte sich auf und zog sie näher. »Willst du …?«

Ein plötzliches Klopfen an der Tür unterbrach ihn. »Braden?«, rief Sin seinen Bruder von der anderen Seite.

»Ich bin wach«, entgegnete Braden laut und fügte leiser hinzu: »Und werde es auch bleiben, wenn du weiter so einen Krach machst.«

»Wir warten auf dich«, erklärte Sin.

»Ich komme gleich.«

Maggie lächelte verlegen. »Sie warten.«

An seiner Miene konnte sie erkennen, dass sich Braden nur mit Mühe eine sarkastische Bemerkung verkniff. Widerwillig und leise vor sich hin schimpfend verließ er sein Bett.

Maggie reichte ihm seine Kleider, dann gingen sie Hand in Hand die Treppe hinunter.

Sie wusste, sie sollte ihm von Connor erzählen, bevor er sie verließ, aber sie konnte sich einfach nicht dazu aufraffen. Der Junge hatte genug Zurückweisung erlebt. Sie würde ihn mit nach Hause nehmen und dann, in ein paar Monaten oder sogar Jahren, wenn Braden dafür bereit war, würde sie es ihm sagen.

Als sie am Fuß der Treppe ankamen, sah sie die Frauen in der großen Halle versammelt. Trotz ihrer großen Zahl war es so still, dass das einzige Geräusch, das Maggie hören konnte, ihr eigenes Herzklopfen war.

Sin erhob sich von dem Tisch, an dem er gesessen hatte, und trat ihnen entgegen.

»Ceana ist fertig«, teilte er ihnen mit. »Ich habe dafür gesorgt, dass sie es den Rest des Tages bequem hat.«

»Denkst du, es wird funktionieren?«, fragte Braden seinen Bruder.

Sin zuckte mit den Achseln. »Warum nicht? Ich hätte nie gedacht, dass wir so weit kommen. In einer Stunde wissen wir es sicher.«

Braden schaute Maggie an und festigte seinen Griff um ihre Hand. »Aye, das werden wir.«

Maggie entging nicht, dass kurz Unsicherheit in seinem Blick aufflackerte, ehe er sich unter Kontrolle bekam.

Ohne ein weiteres Wort führte er sie aus der Halle.

Vor der Tür wartete Agnes auf sie.

»Seid Ihr bereit, Mylady?«, fragte Braden sie.

Agnes nickte mit entschlossener Miene. »Das sind wir alle«, erklärte sie. »Möge der Himmel dem Jungen beistehen, wenn er nicht so handelt, wie er es sollte. Ich mag alt sein, aber ich bin immer noch kräftig genug, ihm den

Hintern zu versohlen, wenn er mir und seiner Erziehung Schande macht.«

Maggie musste lächeln, obwohl sie nahezu außer sich vor Angst war.

Braden, Agnes und sie gingen gemeinsam zum Burgtor. Maggie bekreuzigte sich und flüsterte ein leises Gebet um Erfolg.

Ein paar der Frauen, die die Burgmauern bemannt hatten, öffneten langsam die schweren Tore.

Über die vor der Burg versammelten Männer senkte sich Schweigen, als sie sahen, dass die Tore aufschwangen.

»Ich will verdammt sein«, stieß Robby MacDouglas hervor. Mit skeptischer Miene trat er den dreien entgegen.

Dann streckte er ungläubig lächelnd Braden die Hand hin, der sie ergriff und schüttelte. »Wie habt Ihr das geschafft, Mann?«

Braden zuckte die Achseln. »Es war nicht schwer.«

»Was Ihr nicht sagt«, erwiderte Robby.

Dann schaute er zu seiner finster blickenden Mutter und über ihre Schulter, als suchte er jemanden. »Wo ist Ceana?«

»Fort«, antwortete seine Mutter, ehe Braden die geplanten Worte sprechen konnte.

Robby nahm die Nachricht entgegen, wie ein König, der entdecken muss, dass ihm sein Thron genommen worden ist. Das Lächeln wich aus seinem Gesicht, und seine Haut färbte sich dunkelrot.

Wut blitzte in seinen Augen auf. »Was?«, brüllte er. »Was meinst du damit, ›fort‹? Wohin fort?«

Agnes stellte sich mit in die Hüften gestemmten Armen vor ihren Sohn. »Sie konnte dein ewiges Gejammer wegen Isobail nicht mehr hören. Wer könnte ihr daraus einen Vorwurf machen? Ich bin überrascht, dass sie es so lange bei dir ausgehalten hat.«

Robby blickte finster zwischen ihnen hin und her, als könnte er nicht entscheiden, wen er zuerst niederstrecken sollte. Jeder Muskel in seinem Körper war angespannt. »Wann ist sie gegangen?«

»Letzte Nacht«, sagte seine Mutter. »Als ich sie heute Morgen wecken wollte, habe ich das hier gefunden.« Sie reichte ihm das gefaltete Stück Pergament, das sie letzte Nacht vorbereitet hatten.

Robby las es mit zitternden Händen.

Dann drehte er sich mit einem grässlichen Fluch zu seinen Männern um. »Durchsucht die Burg«, verlangte er von ihnen. »Ich will sichergehen, dass das hier kein weiterer von Ceanas Streichen ist.«

»Das ist kein Streich«, erklärte seine Mutter fest. »Sie hat dich verlassen.«

Da endlich sah Maggie ganz deutlich, worauf sie gewartet hatten. Der schmerzliche Ausdruck auf Robbys Gesicht, die Sorge und die Verlorenheit. Ob er es nun zugab oder nicht, seine Frau bedeutete ihm viel.

Sie lächelte.

»Holt die Pferde«, rief Robby seinen Männern zu.

»Warum?«, wollte Braden wissen. »Wenn sie Euch doch egal ist …«

Die Augen von MacDouglas flammten anklagend auf. »Warum habt Ihr sie nicht aufgehalten?«

»Sie sagte, Ihr würdet sie nicht vermissen«, antwortete Braden ihm mit den Worten, die Ceana gestern benutzt hatte, um sie von ihrem Vorhaben abzubringen. »Sie sagte, Ihr hättet sie nie wirklich angesehen, weil Ihr nur Augen für Isobail ingen Kaid hattet.«

Robby zuckte zusammen wie unter einem Schlag. »Ich will meine Ceana wiederhaben!«, erklärte er mit gequälter Stimme. »Ich werde nicht aufhören nach ihr zu suchen, ehe ich sie gefunden habe.«

Ein junger Bursche brachte ihm ein gesatteltes Pferd. Als er Anstalten machte aufzusitzen, hielt Braden ihn zurück.

»Das ist nicht nötig.«

Ehe Braden weitersprechen konnte, zerriss ein Schrei die Luft.

Maggie drehte sich um und sah dichte Rauchwolken aus einem der kleineren Gebäude am Rande des Burghofes quellen. Ein Augenblick verstrich, ehe ihr klar wurde, welches Gebäude es war.

Dort hatte Ceana sich versteckt.

Mit vor Entsetzen zugeschnürter Kehle verfolgte Maggie, wie die Flammen das ganze Gebäude erfassten.

»Braden!«, rief sie, aber er rannte schon darauf zu.

»Gütiger Gott«, hauchte Robbys Mutter. »Ceana!«

»Ceana?«, wiederholte Robby verständnislos.

»Sie ist dort drinnen«, erklärte Maggie, dann lief auch sie zu dem Gebäude, Robby dicht auf den Fersen.

Maggie beobachtete starr vor Angst, wie Braden in das brennende Haus rennen wollte, doch einer der Männer hielt ihn davon ab.

»Es ist zu spät«, schrie der Mann über das Brausen der Flammen hinweg. »Es ist ausgeschlossen, dass sie bei dem Feuer noch am Leben ist.«

Maggie starrte auf die orangen und roten Flammen, die an den Wänden leckten, das Dach verzehrten und in den blauen Morgenhimmel aufstiegen. Sie wollte ihren Augen nicht trauen.

Wie hatte das geschehen können?

O Gott, o Gott, o Gott, war alles, was sie denken konnte.

Ceana war tot!

Es war allein ihre Schuld. Es war ihr Plan gewesen. Ihr dummer, grässlicher Plan, und jetzt war die arme Ceana tot.

»Wo ist mein Bruder?«, fragte Braden.

Sich die Hand vor den Mund schlagend drehte sich Maggie zu Braden um, der die Menge nach Sin absuchte.

Eine Frau, die neben ihr stand, schüttelte den Kopf. »Der Engländer ist hineingestürzt, um die junge Herrin zu retten, als das Feuer ausbrach.« Die Frau wandte den Blick ab, in ihren Augen stand ein trauriger, gequälter Ausdruck. »Er ist nicht wieder herausgekommen.«

Maggies Beine zitterten, und einen Moment lang bekam sie keine Luft.

Bradens gepeinigter Aufschrei ertönte fast gleichzeitig mit dem des Laird der MacDouglas. Beide Männer sanken auf die Knie, während sie hilflos zusahen, wie das Feuer das Gebäude zerstörte, in dem Ceana und Sin eingeschlossen waren.

Tränen traten Maggie in die Augen. So war das hier nicht geplant gewesen. Ceana hatte nur für den Fall hier bleiben sollen, dass ihr Mann die Burg durchsuchen ließ. Sobald er ging, sie zurückzuholen, hätte sie herauskommen sollen.

Es ist alles meine Schuld!

Schmerz zerfleischte ihr die Brust. Sie hatte nicht gewollt, dass jemand verletzt wurde. Niemals!

Wie sollte sie mit der Verantwortung weiterleben können?

»Braden«, flüsterte sie und legte ihm eine Hand auf die Schulter. »Es tut mir so Leid.«

Maggie erkannte den Schmerz in seinem Blick, als er

sie ansah, und es zerriss sie. Sie hatte das hier auf dem Gewissen. Sie hatte sie beide umgebracht.

Warum nur, o warum nur hatte sie das alles getan?

Plötzlich drehte sich MacDouglas mit einem wütenden Knurren zu ihnen herum. Aus zu schmalen Schlitzen zusammengekniffenen Augen schaute er sie sich an, als sähe er sie zum ersten Mal.

»Ihr habt mit einer Frauenstimme gesprochen«, sagte Robby anklagend.

Schwer atmend stieß er sich vom Boden ab und baute sich in seiner ganzen stattlichen Größe auf. Dann kam MacDouglas auf sie zugeschritten wie ein Löwe, der einen Hasen erblickt hat. »Ihr seid diese Hexe Maggie, nicht wahr?«

Maggie konnte vor Angst nicht sprechen. Mit weit aufgerissenen Augen taumelte sie rückwärts.

Mit tödlicher Ruhe, die er jahrelanger Übung verdankte, zog Robby MacDouglas sein Schwert aus der Scheide. Das mörderische Funkeln in seinem Blick machte aus seiner Absicht keinen Hehl.

Er wollte sie töten.

Überwältigt von Trauer und Entsetzen wich Maggie weiter zurück.

Sie kam aber nur ein oder zwei Schritte weit, ehe ihre zitternden Beine unter ihr nachgaben und sie zu Boden sank, wo sie zu Reglosigkeit verurteilt sitzen blieb. Völlig gelähmt und verblüfft schaute sie hilflos zu ihm auf.

Mit bedrohlicher Miene ragte der Laird der MacDouglas über ihr wie ein riesiger Berg auf, und seine mächtigen Schultern versperrten ihr den Blick auf die Sonne und den Himmel.

Er hob das Schwert mit beiden Händen, um es auf sie herabfahren zu lassen.

Als Maggie sich sicher war, dass er sie in der Mitte entzweischlagen würde, blitzte ein zweites Schwert auf, das den Hieb von MacDouglas abwehrte.

Der Laird fluchte und wandte sich dem wütenden Braden zu.

Braden richtete mit glühendem Blick die Schwertspitze auf Robby MacDouglas' Hals. »Um sie zu schlagen, müsst Ihr erst mich besiegen.«

»Dann wollt Ihr für sie sterben?«, fragte Robby.

»Aye«, erwiderte Braden ohne Zögern. Er blickte sie an, und sie erkannte zum ersten Mal seine Liebe zu ihr. »Ich werde für sie sterben.«

»Dann stirb«, schleuderte ihm Robby entgegen, schob Braden zurück und schlug mit seinem Schwert auf ihn ein.

Braden parierte geschickt jeden seiner Hiebe.

Maggie konnte sich nicht rühren, konnte nicht einmal atmen, während sie die beiden Männer beobachtete. Am schlimmsten war, dass sich bald schon zeigte, wer das größere Geschick besaß. MacDouglas kämpfte tapfer, aber es bestand kein Zweifel daran, dass Braden als Sieger aus diesem Zweikampf hervorgehen würde. Doch wenn Braden den Laird der MacDouglas tötete, dann waren auch sie und Braden schon so gut wie tot.

MacDouglas stieß sein Schwert in einem Streich auf Bradens Brust vor. Braden wich aus.

Als sein Hieb so ins Leere ging, geriet Robby ins Stolpern.

Braden holte zu einem Schlag auf den Rücken seines Gegners aus.

»Halt!«

Maggie riss die Augen auf, als sie Sins Stimme erkannte.

Sie wagte es aber nicht, ihren Blick von Braden abzuwenden, den sie wie gebannt vor Entsetzen musterte.

Irgendwie gelang es Braden, seine Klinge wenige Zoll über dem Rückgrat des anderen anzuhalten; dann riss er sein Schwert hoch und von seinem Gegner fort, gerade rechtzeitig, um Robby vor dem tödlichen Stoß zu bewahren.

Maggie stieß den angehaltenen Atem aus, als Braden sich umdrehte.

Erst dann schaute sie zu Sin, der auf sie zukam, seinen linken Arm mit seiner rechten Hand haltend, Ceana neben sich. Die beiden waren mit Ruß bedeckt, ihre Kleider angesengt und zerrissen, ihre Gesichter gerötet, aber sie waren beide am Leben!

Robby MacDouglas richtete sich mit einem Freudenschrei auf, eilte zu seiner Frau und rief laut ihren Namen.

Immer noch zitternd lächelte Maggie, als die beiden sich umarmten. Es war ein wunderschöner Anblick. MacDouglas hob seine Frau auf die Arme und küsste sie leidenschaftlich.

Maggie sah wieder zu Braden. Zu ihrer Verwunderung eilte er nicht an Sins Seite.

Er ging zu ihr.

Mit besorgter Miene hielt ihr Braden eine Hand hin und half ihr aufzustehen. Dann, sie konnte es kaum glauben, schlang er seine Arme um sie und drückte sie so fest an sich, dass sie fürchtete, er würde ihr die Rippen brechen.

»Gott sei Dank«, sagte er wieder und wieder, während er sie hielt.

Braden liebte sie. Er liebte sie wirklich und wahrhaftig. Auch wenn er es nicht ausgesprochen hatte, konnte sie es daran sehen, wie fest er sie umarmte, wie erleichtert er klang, als er ihren Namen flüsterte.

Tränen traten ihr in die Augen, als sie ihre Arme um seinen Bauch schlang. Das hier war so viel mehr, als sie je erhofft hatte. In all ihren närrischen Träumen hatte sie sich das hier gewünscht. Und jetzt …

Am liebsten hätte sie vor Freude aufgeschrien, wäre in die Luft gesprungen und hätte gesungen, irgendetwas Wunderbares getan, um ihr Glück allen zu zeigen.

Braden ließ sie los, umfing ihr Gesicht mit seinen Händen und küsste sie leidenschaftlich.

Maggie spürte, wie ihr die Tränen über die Wangen rannen.

»Holt die Heilerin!«

Bei dem besorgten Schrei fuhren sie auseinander, und da erst schaute Braden dorthin, wo Sin stand … oder gestanden hatte.

Sein Bruder war zusammengebrochen.

Ceana saß auf der Erde und hatte Sins Kopf in ihren Schoß gebettet, während sie nach Hilfe rief. Robby kniete neben Sin.

Braden eilte zu seinem Bruder, Maggie folgte dicht hinter ihm.

Ihr Herz klopfte heftig, und Entsetzen drohte sie zu überwältigen, als sie auf Sin herabblickte. Er lag auf der Seite, sein linker Arm blutete und wies schwere Verbrennungen auf.

»Was ist geschehen?«, fragte Braden, der neben Sin auf die Knie gefallen war.

»Er hat mich gerettet«, erklärte Ceana. »Im einen Augenblick stand ich noch da und habe ein paar Sachen weggeräumt, im nächsten Moment brach das Feuer aus. Vielleicht habe ich die Kerze umgeworfen, oder ich bin mit einem der Säcke dagegen gestoßen. Ich bin mir nicht sicher.«

Tränen liefen ihr über die Wangen, während Ceana von Robby zu Braden schaute und dann wieder auf Sins reglose Gestalt. »Ich weiß nicht, was genau geschehen ist. Ich habe versucht, nach draußen zu laufen, aber mein Saum war eingeklemmt. Ich konnte mich nicht bewegen, das Feuer war überall. Ich dachte, ich müsste sterben, darum habe ich angefangen zu schreien. Das Nächste, woran ich mich erinnern kann, ist, dass Sin plötzlich da war. Er hat meinen Rock losgerissen, aber gerade, als wir aus dem Zimmer laufen wollten, fiel ein glimmender Balken auf ihn.«

Ceanas weit aufgerissene Augen verrieten, dass sie selbst nicht begreifen konnte, was passiert war. »Er hat den Balken weggestoßen und uns ins Freie gebracht. Ich dachte, es ginge ihm gut«, sagte sie atemlos. »Er sagte, es sei alles in Ordnung. Er sah auch so aus.«

»Dann ist er plötzlich einfach zusammengebrochen«, beendete Robby den Satz für sie.

Die Heilerin bahnte sich den Weg durch die Menge und stieß Braden, Robby und Ceana zur Seite, damit sie Sin untersuchen konnte.

»Wir müssen ihn nach drinnen bringen.«

Robby befahl seinen Männern, Sin vorsichtig zu seinem Lager zu tragen.

Braden beobachtete hilflos, wie Sin fortgeschafft wurde. Er sah zu Maggie und spürte ein entsetzliches Ziehen in seinem Herzen. Wäre er nicht damit beschäftigt gewesen, sie zu beschützen, hätte er seinen Bruder retten können.

Er hatte ihre Sicherheit über die seines Bruders gestellt.

Wie konnte er das nur tun?

Warum war er nicht zuerst zu Sin gelaufen? Sin war sein Bruder. Ihm hätte Bradens ganze Sorge gelten müssen.

Maggie berührte ihn tröstend am Arm, aber Braden schüttelte ihre Hand ab. Er wollte ihren Trost nicht. Nicht jetzt. Nicht, ehe er sich nicht mit der Entscheidung abgefunden hatte, die er getroffen hatte. Und dem möglichen Preis für sein Tun.

»Braden?«, fragte sie.

»Ich muss nach Sin sehen«, erklärte er in abweisendem Ton.

Maggie runzelte die Stirn, als Braden sie einfach auf dem Hof stehen ließ. Irgendetwas stimmte nicht. Braden war so zärtlich und liebevoll gewesen, bis er Sin gesehen hatte.

Was war geschehen?

Enttäuschter als je zuvor in ihrem Leben, folgte sie den anderen in die Burg.

Doch als sie an Sins Kammer im oberen Stockwerk ankam, schickte Braden sie aus dem Raum.

»Lass mich doch helfen«, widersprach sie.

»Du hast schon genug angerichtet«, erklärte Braden mit einer Wut in der Stimme, die sie sich nicht erklären konnte.

Schweren Herzens wandte sie sich ab und ging nach unten, um nach Connor zu sehen.

Etwa eine Stunde später stand Braden immer noch neben dem Lager seines Bruders. Als die Heilerin gerade in ihren Tontopf griff, um einen Blutegel herauszunehmen, schlug Sin die Augen auf. Er streckte seinen gesunden Arm aus und hielt die alte Frau davon ab, das ekelhafte Geschöpf auf seine Haut zu setzen.

»Bringt diese widerwärtige Kreatur in meine Nähe, alte Frau, und ich schneide Euch das Herz aus der Brust.«

»Aber Ihr müsst doch …«

»Ich blute schon genug, und ich persönlich liebe alles Gift in meinem Blut und möchte nicht, dass es mir entzogen wird«, unterbrach Sin sie scharf. »Braden, schaff sie mir aus den Augen.«

Braden widersprach nicht und tat, was sein Bruder von ihm verlangt hatte, dann kehrte er zum Bett zurück.

Sins Gesicht war blass, aber Braden konnte die Lebensflamme in Sins schwarzen Augen deutlich brennen sehen. Erleichterung breitete sich zum ersten Mal in Braden aus, seit sein Bruder zusammengebrochen war.

»Wo ist Maggie?«, erkundigte sich Sin.

»Unten.«

Sin zog eine Braue in die Höhe. »Warum ist sie unten und du bist hier?«

Braden überging die Frage einfach. »Ich dachte, du würdest sterben.«

Sin verzog verächtlich die Lippen. Als er sich anders hinlegen wollte, versteifte er sich vor Schmerz. Zischend atmete er aus und deutete mit seinem Kinn auf den verbrannten Arm. »Es ist mehr als ein kleines Feuer nötig, mich umzubringen.«

»Das war kein kleines Feuer.«

Sin warf ihm einen viel sagenden Blick zu. »Vertrau mir, Bruder, es war nur ein kleines Feuer.«

Nicht willens, sich darüber zu streiten, schüttelte Braden nur den Kopf. »Ich hätte dich nicht allein lassen sollen.«

Sin schaute ihn mit gerunzelter Stirn an. »Was, zum Teufel, redest du da?«

»Ich hätte dich dazu bringen sollen mitzukommen.«

Sins Blick schrie beinahe: *Bist du übergeschnappt?*

»Ich bin kein Mädchen, auf das sein kleiner Bruder aufpassen muss, Braden. Falls es dir entgangen sein sollte, ich bin zufälligerweise einer der am meisten gefürchteten Ritter ganz Englands und des Heiligen Landes. Es ist nicht so, als ob der bloße Anblick *deines* Banners ganze Armeen zum Aufgeben bewegen kann, sondern das geschieht beim Anblick meines Banners.«

»Aber trotzdem bist du meine Familie.«

Sins prüfender Blick schien bis in die Tiefen seiner Seele vorzudringen. »Das hier hat doch in Wahrheit gar nichts mit mir zu tun, oder?«

»Natürlich hat es das«, beharrte Braden. »Du bist meine Familie, und ich habe Maggie beschützt, obwohl ich auf dich hätte achten müssen.«

»Nein, Brüderchen. Ein Mann beschützt immer die, die es am nötigsten haben. Die, die sich nicht selbst schützen können.«

»Aber ich habe ihr Leben über deines gesetzt.«

Sin legte den Kopf schief. »Da beide, sie und ich, gesund und munter sind, vermag ich deiner Logik nicht zu folgen.«

»Du bist nicht gesund. Du hättest sterben können.«

Sin schnaubte abfällig. »Ich bin nur ein bisschen versengt. Ich versichere dir, ich habe schon viel Schlimmeres überlebt als dies. Aber was ist mit Maggie? Was ist mit ihr geschehen?«

Braden biss die Zähne zusammen, als er wieder an die Ereignisse des heutigen Morgens dachte. Wieder und wieder konnte er sie auf dem Boden liegen sehen, während der Laird der MacDouglas mit seinem Schwert ausholte. Das Entsetzen dieses Augenblicks und die Angst um ihr Leben waren für immer in seine Erinnerung eingebrannt.

»Ihr Plan hat funktioniert«, flüsterte Braden. »Aber als Robby das Feuer gesehen hat, hat er versucht sie umzubringen.«

»Und?«

»Ich habe sie gerettet.«

»Du hast dein Leben für sie gewagt?«, fragte Sin ungläubig.

Braden nickte.

»Ich will verdammt sein«, erklärte Sin lachend. »Brüderchen, du bist endlich von Amors Pfeil getroffen worden.«

»Das ist nicht komisch«, entgegnete Braden erbost. »Ich bin ihr gegenüber vollkommen wehrlos.«

Wieder richtete sich dieser durchbohrende Blick auf ihn. »Wirklich?«

»Aye«, antwortete Braden seufzend. »Ein Blick von ihr, und ich bin völlig erledigt. Wohin soll das nur führen?«

»In die Glückseligkeit, könnte ich mir vorstellen.«

»Du bist nicht komisch.«

Alle Belustigung wich aus Sins Zügen. »Du auch nicht. Weißt du, Braden, ich habe der Not gehorchend lernen müssen, stets misstrauisch zu sein. Du aber …«

Sin beendete den Satz nicht. Er musste es nicht. Braden wusste gut, was sein Bruder meinte.

Braden war noch nie verraten worden. Nur durch die Beobachtung dessen, was sein Bruder erlebte, hatte er die härteste Lektion des Lebens gelernt.

»Denkst du, ich kann ihr vertrauen?«, fragte Braden.

»Das kann ich nicht beantworten. Der einzige Weg, das herauszufinden, ist, es zu versuchen.«

»Und wenn sie nicht vertrauenswürdig ist?«

Sin seufzte und schüttelte den Kopf, als wäre er mit seiner Geduld am Ende. »Du bist stärker als Kieran. Du wirst es überleben. Aber ich denke, Brüderchen, dass dir die eigentliche Frage entgangen ist. Was, wenn sie dein Vertrauen verdient?«

»Dann bin ich ein verdammter Esel.«

Sin lächelte. »Da scheinen wir immer wieder zu landen, was?«

Braden lachte. Sin hatte Recht. Es war an der Zeit, dass er aufhörte, so kurzsichtig zu sein. Er musste es wagen.

All die Jahre lang hatte er Angst gehabt. All die Jahre lang hatte er sich für so stark gehalten, obwohl er in Wahrheit schwach gewesen war und sich zu sehr gefürchtet hatte, es einfach darauf ankommen zu lassen.

Aber Maggie …

Sie war es wert.

Sein Leben und auch sein Herz war sie wert. Und alles andere auch. Er würde seinen dummen Ängsten nicht erlauben, sie auch nur eine Minute länger zu trennen.

Braden nahm sich vor, sie zu suchen und dann zu heiraten.

»Wünsch mir Glück.«

Sin nickte. »*Bon chance, mon frère.*«

Braden lief aus dem Zimmer. Er musste Maggie finden.

Er nahm immer zwei Stufen auf einmal, als er in die gedrängt volle Halle lief, um sie zu finden. Etwa vier Dutzend Menschen waren hier versammelt, die lachend in Grüppchen zusammenstanden und sich miteinander unterhielten.

Braden sah sich um, aber nirgends konnte er Maggies kurz geschnittenen rotgoldenen Schopf oder ihre lachenden Bernsteinaugen entdecken.

Wo steckte sie?

Braden eilte zur Tür.

»Braden MacAllister!«

Bei Robby MacDouglas' Ruf verstummten alle Anwesenden, und Schweigen senkte sich über die Halle. Braden blieb stehen.

Jeder Muskel in seinem Körper spannte sich, als er sich langsam zu dem Laird umdrehte und sich auf das Schlimmste gefasst machte.

Mit ausdrucksloser Miene durchquerte Robby die Halle, die Hände in die Hüften gestemmt, ohne Braden aus den Augen zu lassen.

Nichts und niemand machte eine Bewegung oder regte sich, während die beiden Männer einander mit Blicken maßen.

Als Robby nach ihm griff, machte Braden einen Schritt zurück, bereit sich zu prügeln, sollte es nötig werden. Dann aber schloss der andere ihn zu seiner grenzenlosen Überraschung wie einen Bruder in die Arme. Robby schlug ihm voller Zuneigung fest auf den Rücken.

»Ich stehe tief in deiner Schuld und in der deines Bruders für das Leben meiner Gattin und meines Kindes. Von diesem Tage an werden die MacDouglas Verbündete der MacAllister sein.«

Braden blinzelte fassungslos, als laute Jubelrufe in der Halle ertönten und von den steinernen Wänden widerhallten.

Der Mann wollte ihn nicht umbringen? Das konnte er kaum fassen.

Robby schlug ihm noch einmal fest auf die Schulter und trat dann zurück. »Du bist ein guter Mann, meinem Zorn zu trotzen und dich herzuwagen, um unseren Clans Frieden zu bringen. Du bist wahrlich der geborene Vermittler.«

Braden schoss der Gedanke durch den Kopf, dass ihm dieses Lob gar nicht gebührte. Maggie hatte das alles erreicht. Aber jetzt schien nicht der richtige Zeitpunkt, MacDouglas zu widersprechen. Nicht, wenn der Friede noch so jung war.

»Danke.«

Robby nickte. »Du suchst vermutlich Maggie, oder?«

»Aye.«

»Sie war draußen auf dem Weg zum Stall, als ich sie zuletzt gesehen habe.«

Braden wurde bei der Nachricht eiskalt.

Nein, sicherlich würde sie nicht …

Wen wollte er an der Nase herumführen? Schließlich ging es um Maggie.

Es war gut möglich, dass sie allein nach Hause aufgebrochen war. Das war genau das, was zu ihr passen würde.

Außer sich vor Sorge verließ er Robby und lief so schnell er konnte nach draußen. Falls sie etwas Närrisches getan hatte, wie auf eigene Faust die Rückreise anzutreten, wo die Wegelagerer sie überfallen konnten, würde er sie höchstpersönlich umbringen.

Am ganzen Körper vor Angst bebend stieß er die Tür zum Stall auf und hätte beinahe ein kleines Kind umgerannt.

»Entschuldige«, sagte er zu dem Jungen. »Ich suche nach …«

Bradens Stimme erstarb, als er sich den Kleinen genauer ansah und sein Ebenbild erkannte.

Kapitel 19

Braden erstarrte, als die Wirklichkeit ihn einholte. Rasch überschlug er im Kopfe, wann er das letzte Mal mit einer Frau von den MacDouglas zusammen gewesen war.

Etwa zu der Zeit, als die Fehde begann. Vielleicht vor sieben oder acht Jahren. Was etwa dem Alter des Jungen entsprach. Er zuckte zusammen.

Maggie würde ihn umbringen.

Wie betäubt konnte er immer nur daran denken, wie sie ihn ansehen würde, wenn sie es herausfand. Zweifellos würde sie ihn in den Schritt treten, sobald sie den Jungen erblickte.

Himmel, er war erledigt.

Das Kind betrachtete ihn argwöhnisch.

»Hallo«, sagte Braden und versuchte das Kind nicht zu erschrecken, während er selbst innerlich vor Entsetzen bebte. »Wie heißt du?«

»Connor«, antwortete der Junge. »Und wer seid Ihr?«

Was er darauf erwidern sollte, wusste Braden nicht.

Dein Vater, schien ihm nicht die beste Art und Weise, sich dem Jungen vorzustellen, der ihn am Ende vielleicht sogar hasste.

Stattdessen wechselte Braden also das Thema. »Wo sind deine Eltern?«

Der Junge zuckte die Achseln. »Hab keine. Nein, wartet!«, sagte er, und seine Augen begannen zu leuchten. »Ich habe jetzt eine Mutter.« Er runzelte die Stirn und legte sich nachdenklich einen Finger an die Lippen, als dächte er angestrengt nach. »Aber ich kann mich nicht mehr erinnern, wie sie heißt.«

»Du weißt nicht, wie deine Mutter heißt?«

Der Junge kratzte sich an der Nase. »Meine richtige Mutter war Fia, aber die ist jetzt bei den Engeln. Und diese andere Frau will mich mit sich nach Hause nehmen, damit ich bei ihr lebe.«

Fia. Braden durchforstete sein Gedächtnis. Der Name war ihm vage vertraut, aber er konnte damit kein Gesicht verbinden. Doch die bloße Tatsache, dass ihm der Name irgendetwas sagte, war Beweis genug.

Lieber Himmel, das hier war wirklich sein Sohn. Dessen war er sich nun sicher.

Er musste bewusst darauf achten, gleichmäßig zu atmen, als eine Vielzahl von Gefühlen ihn gleichzeitig erfasste: Scham, Freude, Schuldgefühl und Entsetzen. Er durchlebte das ganze Spektrum menschlicher Empfindungen innerhalb weniger Herzschläge.

»Was ist mit deinem Vater?«, erkundigte sich Braden zögernd.

»Ich bin ein Bastard«, erklärte der Junge, und seiner Stimme war die Verbitterung deutlich anzuhören. »Mein Vater wollte meine Mutter nicht.«

Braden wich zurück, als hätte der Junge ihn geschlagen. »Vielleicht doch.«

Der Junge schüttelte den Kopf. »Meine Mutter hat mir erzählt, dass er andere Frauen liebte und sie einfach nicht wollte.«

Braden schloss die Augen, und es schien ihm, als zerschnitten die Worte ihn innerlich. Er hatte nie gewollt, dass ein Kind für sein Tun leiden musste. O Gott, wie sollte er das nur an dem Kleinen wieder gutmachen?

Irgendwie würde er es schaffen. Und wenn der Rest seines Lebens dazu nötig war, er würde dafür sorgen, dass der Junge begriff, sein Vater liebte ihn und würde ihn beschützen.

Plötzlich drang ein vertrauter Klang an Bradens Ohr. Maggies Stimme!

Braden wurde eiskalt. Oh, oh, das hier war nicht gut. Überhaupt nicht gut.

Er musste den Jungen verstecken, und zwar schnell. Nicht auszumalen, was Maggie tun würde, wenn sie ihn erblickte.

Immer wieder sah er die Reaktion seiner Mutter auf Sin vor seinem geistigen Auge. Die Wut und Verachtung auf ihren Zügen.

Er hatte den Jungen bisher nicht beschützen können, aber jetzt würde er die Verantwortung für ihn übernehmen.

Maggie würde er es erklären, wenn er alles arrangiert hatte, sodass der Junge von ihrer Reaktion nicht verletzt werden konnte.

»Connor«, begann Braden und legte ihm sanft eine Hand auf die schmale Schulter. »Hättest du Lust, ein Spiel zu spielen?«

Die Miene des Jungen hellte sich auf. »Aye!«

»Es heißt Verstecken. Du suchst dir einen Platz und bleibst dort, bis ich dich finde.«

Der Junge wirkte nicht überzeugt.

Braden schob ihn tiefer in den Stall. »Geh und versteck dich. Ich halte mir solange die Augen zu. Schnell!«

Connor lief los.

Braden hörte, wie er die Leiter auf den Heuboden nach oben kletterte, im selben Moment schwang die Stalltür auf, und Maggie kam herein.

Braden schluckte, und Schweiß trat ihm auf die Stirn.

Sie trug einen großen Korb in den Händen und schaute sich suchend im Stall um. Als sie ihn erblickte, erstarrte sie.

»Braden«, sagte sie kühl. »Ich hatte nicht erwartet, dich hier zu finden.«

Er schluckte noch einmal; Schuldbewusstsein und Schmerz drohten, ihn zu überwältigen. Er wollte ihr genauso wenig wehtun wie Connor.

Himmel, da hatte er sich aber in ein feines Schlamassel manövriert. Er hoffte nur, er würde Maggie nicht deswegen verlieren.

»Wir müssen reden«, erklärte er.

»Warum?«, fragte sie. »Es ist alles gesagt worden. Ich habe dir erklärt, dass ich nichts von dir verlange. Das habe ich auch so gemeint. Wenn du mich jetzt entschuldigen willst …«

Er packte sie am Arm, als sie an ihm vorbeigehen wollte. »Ich werde nicht zulassen, dass du dich alleine auf den Heimweg machst.«

Sie schaute ihn an, als sei er blöde. »Meinst du, ich bin verrückt? Das würde mir nicht im Traum einfallen.«

»Was tust du dann hier?«

»Das geht dich nichts an.« Der Ausdruck in ihren Augen wurde nachgiebiger. Sie streckte die Hand aus und berührte ihn am Arm. »Ich dachte, du müsstest dich um Sin kümmern.«

»Er ist bei Bewusstsein, und es geht ihm gut, aber ich wollte dich sehen.«

»Warum?«

Braden nahm ihr den Korb ab und stellte ihn auf den Boden. Er fasste sie an der Hand und führte sie zur Tür.

»Braden, ich …«

»Sch«, unterbrach er sie. »Ich muss dich alleine sprechen.«

Sie sah sich im leeren Stall um. »Sind wir hier denn nicht alleine?«

Braden blickte nach oben. Er wollte das Risiko nicht eingehen, dass Connor hörte, was er mit Maggie besprach und wie sie auf die Neuigkeit seiner Vaterschaft reagierte.

»Mir wäre es lieber, wir würden draußen reden.«

»Na gut.«

Braden trat mit ihr vor die Tür und ging zu einer alten Eiche mit ausladender Krone. »Maggie, ich …« Er brach ab.

Zum ersten Mal in seinem Leben wusste er nicht, was er zu ihr sagen sollte.

Sollte er einfach damit herausplatzen: *Maggie, ich will dich heiraten, und während du darüber nachdenkst, lass dir von meinem unehelichen Sohn erzählen?*

Nein, das ging nicht.

Maggie, ich liebe dich. Würde es dir etwas ausmachen, dich um meinen …

Kein Wunder, dass sein Vater Sins Existenz so lange wie möglich vor Bradens Mutter geheim gehalten hatte. Das hier war viel schwieriger, als er gedacht hatte.

Maggie wusste, dass er nie ein Heiliger gewesen war, aber ihn für einen Frauenhelden zu halten und sich dem lebenden Beweis einer seiner früheren Affären gegenüberzusehen, waren zwei völlig verschiedene Dinge.

Er wollte sie nur nicht verlieren.

»Maggie«, begann er gedehnt. »Ich habe ein paar Sachen, die ich dir sagen muss, und ich bin mir ziemlich sicher, dass ich es vermasseln werde. Könntest du einfach abwarten und mich in Ruhe ausreden lassen?«

Sie nickte.

Braden holte tief Luft. Er kannte keinen einfachen Weg, zu sagen, wie es in seinem Herzen aussah, daher erklärte er ohne Umschweife: »Ich liebe dich und möchte dich heiraten.«

Ihre erschreckte Miene war fast schon komisch. Ihre Hände begannen zu zittern, sobald die Worte seinen Mund verlassen hatten.

»Braden, ich weiß nicht, was ich sagen soll.«

»Sag einfach: *Aye, Braden, ich liebe dich auch und würde dich sehr gerne heiraten.*«

»Braden, ich würde dich liebend gerne heiraten, aber es ist nicht so einfach.«

Die Brust wurde ihm eng. »Warum nicht?«

Ihr Blick glitt von ihm zum Stall und wieder zurück. »Ich … ich …«

»Du?«

»Ich …« Die Stalltür flog auf, ehe sie weitersprechen konnte. Connor kam mit Maggies Korb in der Hand heraus und hüpfte fröhlich auf sie zu.

Im Stillen verfluchte Braden den Zeitpunkt, den das Kind sich gewählt hatte, um aufzutauchen, und machte einen Schritt nach hinten, um dem Tritt zu entgehen, den Maggie ihm zweifellos gleich versetzen würde.

»Sind das meine Kekse und Marmelade?«, fragte Connor Maggie. »Ich hoffe schon, denn sie riechen lecker.«

»Aye, Krümelchen, sie gehören dir, aber trink auch die Milch aus.«

Der Junge krauste die Nase. »Ich mag lieber Ale.«

»Aber du wirst die Milch trinken.«

Mit offenem Mund verfolgte Braden diesen Dialog und schaute von einem zum anderen. »Du kennst ihn?«

»Natürlich kennt sie mich«, antwortete Connor. »Sie ist meine neue Mutter.«

Braden wich noch einen Schritt zurück, während er diese Neuigkeit verarbeitete. »Aber wie ...«

»Ich habe ihn letzte Nacht getroffen«, erklärte Maggie. »Er wollte, dass ich ihn zu den MacAllister bringe.«

Da begriff er auf einmal, weshalb sie gestern zu ihm gekommen war. »Darum also hast du mich nach Kindern gefragt?«

Sie nickte. »Ich wollte nicht, dass du die Gefühle des Jungen verletzt.«

Braden brach in lautes Gelächter aus.

Connor kratzte sich am Kopf, während er zwischen den beiden Erwachsenen hin- und herschaute. »Kann ich jetzt essen?«

»Aye«, sagte Maggie, »aber bevor du gehst, möchte ich dich deinem Vater vorstellen, Braden MacAllister.«

»Das ist nicht mein Vater«, erklärte der Junge. »Kieran MacAllister ist es.«

Braden und Maggie standen wie vom Schlag getroffen da.

»Fia ingen Bracken!«, rief Braden plötzlich, als ihm das Mädchen wieder einfiel, für das Kieran wochenlang geschwärmt hatte, ehe er Isobail kennen gelernt hatte.

»Du bist Kierans Sohn?«, erkundigte sich Maggie bei Connor. »Bist du dir sicher?«

Der Junge schaute sie an, als zweifelte er an ihrem Verstand. »Aye. Meine Tante ist ihn suchen gegangen, als meine Mutter gestorben war, aber sie kam zurück und hat gesagt, er sei auch tot und dass ich nun an ihr hängen bliebe.«

Braden sank auf ein Knie, sodass er sich das Kind genauer ansehen konnte.

Jetzt erkannte er die Unterschiede in ihren Zügen. Kieran und er selbst hatten dieselbe Augen- und Haarfarbe besessen, aber der Schnitt ihrer Gesichter war verschieden gewesen.

Er umfasste das Gesicht des Jungen mit beiden Händen und starrte auf Kierans lebendes Vermächtnis. »Du ahnst ja gar nicht, wie viele Leute dich lieben werden, da, wo wir hingehen.«

»Wirklich?«, fragte Connor mit hoffnungsvoller Stimme und glänzenden Augen.

»Aye«, bestätigte Maggie und kniete sich ebenfalls hin. »Angefangen mit Braden und mir.«

Braden schaute sie mit wild klopfendem Herzen an. »Du wolltest ihn aufziehen, dachtest, dass er mein Sohn wäre, und wolltest es mir nicht sagen?«

»Ich hätte es dir erzählt, sobald du dazu bereit gewesen wärest.«

Er konnte seinen Ohren nicht glauben. Er hatte sich so sehr geirrt, was sie betraf. So sehr. Er würde den Rest seines Lebens damit zubringen, es wieder gutzumachen.

»Du bist erstaunlich.«

Verlegen wandte sie den Blick ab.

Er nahm ihre Hand und hauchte einen Kuss auf ihre Fingerknöchel. »Danke, Maggie. Für alles.«

Als sie ihn diesmal ansah, beugte er sich vor und küsste sie auf den Mund.

»Igitt«, rief Connor. »Wie ekelig.«

Braden löste sich lachend von Maggie. »Vertrau mir, Junge, eines Tages denkst du anders darüber.«

»Wenn der Tag je kommt, dann könnt Ihr mir den Kopf abschlagen und ihn aufspießen.«

»Geh schon und iss«, bemerkte Maggie mit lachender Stimme.

Connor bedurfte keiner weiteren Ermunterung. Eilig lief er davon.

»Weißt du«, sagte Braden und fuhr die Linie ihrer Wange mit der Fingerspitze nach, »du hast mir auf meinen Antrag noch gar nicht richtig geantwortet. Wirst du mich heiraten?«

Maggie biss sich auf die Lippe und runzelte die Stirn. »Warum sollte ich das? Alles, was du je getan hast, ist, mich zu quälen. Besonders jetzt, da du ernsthaft angenommen hast, ich wäre so kaltherzig, einen kleinen Jungen zu verstoßen.«

»Du dachtest, ich wäre so kaltherzig, das Kind überhaupt nicht zu wollen.«

»Daran bist du selbst schuld. Du hast schließlich gesagt, Kinder stänken.«

Braden lachte. »Das habe ich gesagt, stimmt, aber ich habe es nicht so gemeint.« Er nahm ihr Kinn zwischen Daumen und Zeigefinger und schaute ihr in die bernsteinfarbenen Augen. »In Wahrheit gibt es nichts auf der Welt, das ich mir mehr wünsche, als ein stinkendes, schmutziges Kind von dir zu haben.«

»Ehrlich?«

Er nickte.

Maggies strahlendes Lächeln brachte ihr ganzes Gesicht zum Leuchten. »Nun dann, Braden MacAllister, ich werde dich liebend gerne heiraten und jede Menge stinkender, schmutziger Kinder von dir bekommen.«

Epilog

Zwei Monate später stand Maggie mit zitternden Händen inmitten der Gäste auf ihrer Hochzeitsfeier. Sie konnte immer noch nicht glauben, dass dies alles wirklich geschah!

All die vielen Jahre, die sie damit zugebracht hatte, hiervon zu träumen, doch kein noch so schöner Traum konnte der Wirklichkeit gerecht werden.

Pegeen, Merry und Ceana standen schwätzend um sie herum und wünschten ihr Glück.

Aber Maggies Aufmerksamkeit galt der anderen Seite des Raumes, wo Braden mit seinen und ihren Brüdern sowie Connor und Robby MacDouglas lachte und trank.

Sin war wieder in englische Tracht gekleidet, und sein linker Arm war nicht mehr verbunden. Hätte er den Arm nicht kaum merklich geschont, würde man von der Brandwunde nichts mehr bemerken.

Connor hüpfte zwischen den Männern umher und genoss es, dass sie ihn mitsamt seinem jugendlichen Übermut um sich duldeten.

Ewan überragte alle anderen, er stand mit grimmiger Miene da; dennoch beobachtete Maggie immer wieder ein belustigtes Funkeln in seinen Augen, während er Beleidigungen mit Braden oder Lochlan austauschte oder Connor übers Haar strich.

Und Robby … es war immer noch merkwürdig, ihn mit den anderen zusammen zu sehen. Niemand würde je ahnen, dass sie vor wenigen Wochen noch Todfeinde gewesen waren. Die Veränderung, die Ceana und das Baby in dem rauen Laird bewirkt hatten, war kaum zu glauben. Liebe vermochte anscheinend fast alles.

In diesem Augenblick war ihre Welt völlig in Ordnung, und für dieses Wunder war sie wirklich dankbar.

»Oh, Maggie«, rief Pegeen. »Was für schöne Schuhe du hast!«

Maggie sah nach unten auf ihren rechten Fuß, der unter dem Saum ihres Rockes hervorlugte. Die zierlichen schwarzen Schuhe aus weichem Leder mit winzigen aufgestickten Rosenblüten waren ein Hochzeitsgeschenk von Braden.

Lächelnd erinnerte sie sich daran, was Braden ihr über Enos und seine Bemerkung über ihre Schuhtracht erzählt hatte, und dass ihr Ehemann sich geschworen hatte, sie würde nie wieder ein Paar hässlicher Schuhe besitzen.

»Danke«, sagte sie zu Pegeen.

Braden gesellte sich zu ihnen. Er nahm ihre Hand in seine und drückte sachte einen Kuss auf den Rücken. »Ich habe mich schon gefragt, wo du hingegangen bist.«

»Ich werde nie weit weg sein«, erwiderte sie. »Das kann ich mir gar nicht leisten, schließlich wüsste ich nie, in welchem Bett ich dich fände.«

Er lachte. »Das weißt du doch besser, Kleines. Es gibt nur eine Frau, die mich glücklich machen kann. Und wo wir gerade von ihr sprechen …« Er beugte sich vor und flüsterte ihr einen Vorschlag ins Ohr, der ihr heiße Röte in die Wangen trieb.

»Braden!«, keuchte sie. »Bekommst du denn nie genug?«

»Nie«, entgegnete er mit einem teuflischen Blitzen in seinen Augen. »Aber du ja auch nicht.«

Maggie biss sich auf die Lippen und sah sich um, ob ir-